영원의 기획

정은경 비평집

영원의 기획

정은경 비평집

민음사

글은 어떤 쓸쓸함과 외로움이 남긴 흔적이라고 생각했습니다. 기능성과 무관한 글들을 말하는 것이지요. 시나 소설, 에세이 들을 찾아 읽으면 조금은 쓸쓸한 공간이 메꿔지는 듯했고, 또 그런 기미들과 함께 내 쓸쓸함의 흔적을 끼적거리기도 했습니다. 그 끼적거림이 비평이라는 장르를 만나 짧지 않은 시간들을 덜 외롭게 보낼 수 있었습니다. 그런 시간들은 실재하는 시간과는 무관한 바깥의 시간이라고 할 수 있습니다. 시간의 작용을 받지 않는 시간, 김승옥의 언어로 말하자면 '자기 세계'이고, 평론가 김현의 말을 빌리면 '내부의 망명정부'이기도 하고, 철학자 바타유의 말에 기대자면 '내재성'이라고 할 수 있습니다.

그 시간 바깥의 시공간은 진짜의 세계가 아니라 '그림자'의 세계이기 때문에 현실보다 자유롭고 아늑한 한편 최인훈 소설 『회색인』의 독고준이 느낀 것처럼 어떤 죄의식을 느끼게 합니다. 타인들과 공유할 수 없는, 지극히 사적이고 은밀한 내부에의 침잠이기 때문입니다. 그것은 늘 시끄러운 세상, 그러니까 의인과 투사 들을 끊임없이 출현시키는 불의한 세상에 대한 책무를 뒷전으로 한 채 '외로된 사업에 골몰'하는 일이기 때문입니다. 내부에 탐닉하는 자의 부끄러움이 어설픈 포즈를 만들었는지도 모릅니다. 어설픈 포즈는 한편 내재성에 완전히 몰입하지도 못하고, 사회 현실에 투신하지도 못하는 그런 내면을 의미할 수도 있습니다.

그러나 그 쓸쓸함이 고립이나 자폐와 같은 완전한 절대성에로의 도피를 의미하는 것은 아닙니다. 장뤽 낭시의 말을 빌리면 고립은 타인과 공유할 수 없는 단수성이나 고유성과 같이 죽음과 잇닿아 있는 것입니다. 쓸쓸함은 '자신에게 분명 가장 고유하고 가장 소외될 수 없는 죽음'에서의 고립과 다릅니다. 쓰라림에 가까운 쓸쓸함은 나라는 고유성과 타자의 고유성이 만나 틀어진 자리에서 발생하는 정념이라고 할 수 있습니다. 각자가 내재성을 더 많이 품고 있을수록 그 만남에서 '찢긴 상처'의 상흔은 깊습니다. 글 읽기와 글쓰기는 그 찢긴 상처들과 틀어진 마음들이 모여드는 자리입니다. 모여서 다시 또 상처를 후비는 싸움을 지속하는 자리입니다. 그 싸움은 평론가 김현이 말한 싸움과 흡사합니다. "삶의 원형들을 지금의 삶 속에서 계속 찾아보려 하는 것은 도피가 아니라 차라리 싸움이다. 그 싸움을 통해 짐승스럽고 더러운 것들은 조금씩 조금씩 극복된다. 그런 의미에서 책 읽기는 결핍의 충족이며, 행복에의 약속이다."[1]에서 말하는 그러한 싸움 말입니다.

책 읽기와 글쓰기가 삶의 원형과 현실을 대비해 보는 그런 의미 있는 시간이 아닐지라도, 그것은 저 쓸쓸함처럼 타자의 외존(外存)과 자아의 외존이 만나 생채기를 낸 자리이므로 고통스럽습니다. 그 정념들이

---

1 김현, 『책읽기의 괴로움 / 살아 있는 시들』(문학과지성사, 2006), 232~233쪽.

다시 분출되고 아무것도 아닌 것들이 되어 밤의 어딘가에 내려앉을 때, 흐린 문장들은 잠이 듭니다. 그 아무것도 아닌 것들이 싸우는 전쟁터에서는 승리도 패배도 언제나 나의 것이므로 '내부의 망명정부'는 늘 폐허입니다.

그 폐허에서 '아무것도 아닌 것'으로 스러져 버린 정념들을 박제한 것이 이 책의 문장일 수 있겠습니다. 이미 죽은 것들의 흔적. 그러나 그것은 과거에 갇힌 것이 아닙니다. 아우구스티누스의 『고백록』의 한 구절을 따르자면, "미래도 과거도 존재하지 않으며 또한 세 가지의 시간 —— 과거, 현재, 미래가 존재한다는 것도 옳지 않습니다. 실상 이것들은 마음속에 이른바 세 가지 형태 —— 과거의 현재, 현재의 현재, 미래의 현재 —— 로 존재하는데 나는 마음 밖에서는 어디에서도 볼 수 없습니다. 즉 과거의 현재는 기억이며 현재의 현재는 직감이며 미래의 현재는 기대입니다."[2] 즉 삶의 시간과 역사는 과거 —— 현재 —— 미래를 공약하고 있으나, 우리는 언제나 '현재'를 살아가고 있을 뿐입니다. 기억은 그래서 그대로의 과거가 아니라 현재에서 환기된 회상이고 또 다른 현재를 살아가기 때문에 그것은 실제 삶의 시간을 비껴갑니다. 미래 또한 언제나 현재에서 기대되거나 우려되는 것이기에 기억과 다르지 않습니다.

이 책의 제목 "영원의 기획"은 스피노자의 『에티카』에서 떠올린 것입니다. 스피노자는 영원을 무한한 시간이라고 보지 않았습니다. 스피노자는 영원이 시간과 무관한 것이고 시간 밖에 존재하는 것이라고 보았습니다. 그리고 우리는 이미 "영원하다는 것을 느끼고 경험한다."[3]라고 썼습니다. 스피노자가 말한 '영원'은 신 혹은 우주의 질서 같은 필연

2   아우구스티누스, 김평옥 옮김, 『아우구스티누스 고백록』(종합출판범우, 2008), 392쪽.
3   바뤼흐 스피노자, 황태연 옮김, 『에티카』(비홍, 2014), 5부 정리 23, 323쪽.

성, 진리 같은 것을 의미합니다. 하나의 개체에 불과한 '나'라는 실존은 필멸이지만 참된 관념을 인식했을 때, 그것은 영원에 동참하는 것이며 실제로 경험하는 것이라 본 것입니다. 이는 영혼의 불멸이나 내세와는 무관한 진리 추구라고 볼 수 있겠습니다. 그러나 『영원의 기획』에서의 "영원"은 스피노자의 영원과는 조금 다릅니다. 내가 죽은 뒤에도 불멸할 우주의 법칙 같은 것이 아니라 내가 살아가는 시간 속에서 건져 올린 죽은 정념들의 불멸성에 대한 열망 같은 것입니다. 아우구스티누스의 말대로 나는 마음 밖에서는 어디에서도 볼 수 없습니다. 글에 남은 정념들은 저와 같이 '틀어진 마음'뿐이지만, 그것은 늘 타자와 만나는 자리였으므로 나의 실존을 증명하는 것이기도 합니다. 문학평론가 김인환의 말을 빌리자면, '사랑하는 싸움'의 흔적입니다. 폐허에 남은 그 흔적들을 주워 시간 바깥에 두려는 것은 '싸움'보다는 '사랑'의 고귀함을 알기 때문입니다. 이미 죽어 버린 그 사랑이 더 이상 유효하지 않더라도 그것을 현재화하는 기억과 소망 속에서 환멸을 견디고 살아갈 것이라고 믿습니다. 시간을 겪지 않은 유일한 인간적인 것은 죽음뿐이라는 것을 알지만, 그럼에도 불구하고 순간순간에 우리를 거쳐 갔던 숱한 사랑의 기억이 시간의 덧없음 속에서 우리를 구원하리라고 말입니다. 김인환 평론가는 "산술과 기계가 아무리 인류를 정복하고 분쇄해도 인간에게는 절대로 부서지지 않는 공허가 있다."라고 했습니다. 아마도 영원히 메꿀 수 없는 그 공허가 인간의 희망이고 구원일 수 있겠습니다. 문학이 언제나 그 공허와 가까이 있다는 것은 절망이고 위로입니다.

이 책은 2017년 이후에 쓴 글들을 모은 것입니다. 1부는 SF와 페미니즘, 신유물론 주제 비평으로 구성했습니다. 최근 활발해진 SF는 '기술적으로 포화한 사회'의 문화적 반영이지만, 세계를 읽는 또 하나의 방식입니다. 비가시적인 세계와 현실의 잠재력에 확대경을 가져다 대어 그 존재를 증폭시키는 것입니다. 그렇게 살아난 존재들은 컴퓨터화된 자본주의, 알고리즘을 닮아 가는 감성으로 이루어진 평평한 세상을 다시 울퉁불퉁하게 만듭니다. 인터넷에 난무하는 혐오의 언어들은 우여곡절을 품은 서사를 가진 인간의 만남이 아니라 단면적이고 파편적인 접촉에서 발생한 것이라 생각합니다. 「객체는 어떻게 우리의 세계에 침투해 있는가」는 최근 부상하고 있는 신유물론적 관점에서 소설의 현실 반영을 새롭게 읽고 있는 글입니다. 2, 3부에는 지금 가장 활발히 활동하고 있는 젊은 작가들의 단편소설을 읽고 쓴 비평을 모았습니다. 2부는 특히 타인과의 관계 맺기에서 발생하는 정념과 복잡한 함수에 대해 고민한 글들이고 3부는 세대의 내면 풍경에 초점을 맞춰 쓴 글들입니다. 경직된 내 감성과 사유를 흔들어 놓은 이들 청춘의 문장을 빌려 나는 잠시 강해지고 순해지고 노력하게 되고 행복할 수 있었습니다. 각각은 짧은 서평, 해설 등의 삐뚤빼뚤한 조합이고 글도 어딘가 각도가 틀린 듯하지만, 틀림의 그 탄성도 좋다고 생각합니다. 4부는 난민 등 국민·국가의 경계를 가로지르는 행보들을 다룬 글들로 꾸려 보았습니다. 5부는 체제와 마음이 어떻게 길항하는지를 다룬 글들입니다.

이 책 어딘가에 늘 있던 사랑하는 가족과 세미나 '해방' 문우들, 문창과 식구에게 감사의 마음을 전합니다. 무엇보다 제 비평이 시작될 수 있었던 김인환 은사님께 변함없는 존경과 사랑을 바칩니다.

국경을 건너는 사람들

자본주의와 죄

1부

SF, 페미니즘, 과학 밖 소설

SF와 스피노자식 사랑법:
과학적으로 증명된 윤리학

김초엽 『우리가 빛의 속도로 갈 수 없다면』

SF는 근대 과학기술에 기반한 서사 장르이다. 소설이 리얼리즘과 개인주의의 발흥에서 비롯된 18세기의 산물이라면, SF는 20세기 전후 급격하게 발전한 과학기술에 따른 '인식론'의 변화를 반영하는 새로운 장르이다. 이언 와트에 따르면, 중세 기사 모험담의 로맨스와 단절된 '소설'은 보편자가 아닌 '개인'의 관점에서 경험과 현실을 모방하는 리얼리즘이라는 방법론에 의해 탄생한 '새로운 문학 형식'이다. 그런데 SF는 이런 근대의 혁신적 기획 산물인 '소설'에서 다시 중세 로맨스와 서사시로 퇴행하는 특성들을 갖고 있다. 즉 SF가 많은 경우 '개인'이라기보다는 '인류' 보편을 대변한다든가, 혹은 지금-여기의 구체적인 경험 현실을 모방하기보다는 우주, 미래라는 '가상현실'이라는 유사 허구들을 적극적으로 파생시키고 있기 때문이다. 이런 점에서 SF는 로맨스, 추리, 스릴러, 공포, 판타지 등과 같이 익숙한 장르 문법을 지닌 대중 서사 장르물의 하나쯤으로 치부할 수 있겠다.

그런데 SF를 대중 서사물의 하위 장르의 하나로 볼 수 없는 '문제적 지점'이 있는데, 그것은 SF가 보여 주는 세계관·인식론적 선회이다. SF는 단순히 미래 가상현실을 유토피아적으로 혹은 디스토피아적으로 그려 보는 것, 즉 '공상과학'이라는 오랜 용어처럼 과학을 통해 미래를 공상해 보는 것이 아니다. 물론 실제 SF 작품들이 보여 주는 특성과 서사 방향성은 매우 다양하다. 「터미네이터」, 「로보캅」과 같이 첨단 기술 사회를 배경으로 한 대중 서사물에서, 현실에 대한 알레고리적 성격을 담고 있는 『멋진 신세계』, 『1984』 또는 인간에 대한 철학적인 질문을 담고 있는 「블레이드 러너」, 「매트릭스」, 「가타카」 같은 작품들에 이르기까지, 픽션에 주어진 '허구성'은 SF에서 가장 폭발적이며 의미 있는 방식으로 향유되고 있는 듯하다. 그러나 이러한 다양성에도 불구하고 SF가 공히 발 딛고 있는 굳건한 영토가 존재한다. 그 영토는 SF가 현실을 보고 판단하고 미래를 상상하는 방식, 즉 '과학'이라는 프리즘이다. 과학적 지식은 현대인들이 공유하고 있는 세계 이해 방식이다. 그러나 그 방식은 대체로 데카르트의 이분법적 방식이었다. 정신과 물질, 인문학과 자연과학 등. 물론 AI 개발에서 보듯 인간을 원자나 데이터의 총합으로 이해하고, 인간의 삶과 사회적 행동을 유전자의 실현으로 보는 사회생물학 등 일원론적 과학주의자가 있지만, 아직 일반 대중들이 실감하는 세계란 마음과 물질이 각기 다른 방식으로 작동하는 세상이다.

최근 SF 작품을 접하면서 흥미로웠던 것은 SF 작가들이 펼쳐 보이는 물리, 지구과학, 화학, 컴퓨터공학, 데이터 언어 등이 아니라, 그들이 그렇게 무장한 지식을 기반으로 묻는 비과학적 영역에 대한 탐구였다. 가령, 영혼이라든가 사후 세계, 감정, 소통 그리고 과학적으로 설명될 수 없는 수많은 인간학적 질문들 말이다. 태양이 아니라 지구가 돌고 달에는 옥토끼가 살지 않으며, 비가 기우제의 간절한 마음과는 아무런 관련이 없다는 것은 어린애들도 아는 상식이지만, 이것이 '상식'이 된 것은 지금으로부터 불과 200년이 채 되지 않았다.

인간은 계몽주의 이후 세계를 과학적이고 합리적으로 이해하기 시작했으나, 그 전이라고 해서 인간이 무지몽매한 상태로 삶을 방치한 것은 아니다. 과학적으로 '증명'되지는 않았으나 증명보다 더 중요한 공동체적 믿음 위에서 그들은 세계에 대해, 어쩌면 현대 과학보다 더 촘촘한 밑그림을 가지고 있었다. 가령 인간은 어디에서 와서 어디로 가는지, 비는 왜 오는지, 왜 병에 걸리는지, 태양과 달은 무엇으로 만들어졌는지, 밤하늘의 별들이 의미하는 바는 무엇인지. 서구 중세를 지배했던 신학이나 신화, 종교, 샤머니즘과 미신에 이르기까지 그 답들은 지역에 따라 다르고, 또 지금 우리가 알고 있는 사실과 다르기도 하지만, 확고한 믿음의 공동체 속에서 그들의 삶을 안전하게 지켜 주었다. 즉 과거, 인간이 알 수 없는 것에 대한 답을 신학·종교·미신 등이 담당했다면, 지금은 과학이 신학의 자리를 '조금' 대체하고 있는 것이다. '조금'이라고 했거니와 그것은 과학적 지식이 이 모든 거대한 인간적 삶뿐만 아니라 우리를 둘러싼 '자연 세계'에 대해서도 다 얘기해 주지 못하기 때문이다. 즉 과학은 우리를 둘러싼 자연과 생명에 대해 물리적으로 설명할 수는 있어도 '그와 그녀'의 연애사, 친화력, 정치 경제적 행동에 대한 '과학적 언어'를 갖지는 못했다.

그럼에도 인간적 삶에 '과학의 언어'로 질문하고 탐구하는 SF들이 있다. 과학이 점령한 빛의 영토에서 바깥의 어둠의 세계에 대해 질문하는 것, 과학으로 인간학을 이야기하는 어떤 야심 찬 기획은, 일종의 일원론적 세계관의 반영인 걸까. 이론은 유한하고 현실은 무한하다. 현재로서는 언제나 실패일 수밖에 없는 그러한 도전이 보여 주는 흥미로운 점이 있다. SF의 미래 비전과 상상이 과거 신학이나 종교, 신화의 세계의 그것과 어떤 면에서는 유사성을 보여 준다는 것이다.(실제로 로저 젤라즈니의 『신들의 사회』는 힌두 신들이 등장하기도 한다.) 가령 영화나 소설에 자주 등장하는 '화성'이나 '안드로메다' 등의 행성은 '천국', '낙원', '극락' 등을 대체한 유토피아로 볼 수 있지 않을까. 그곳에서 인간은 몸을 버리고 기계 인간으로 '영생'을 얻고(애니메이션 「은하철도 999」) 성을 자유자재로 선택함으로써 차별 없는 천국에 이른다(어슐러 르 귄의 『어둠의 왼손』). 다채로운 행성계를 보여 주거나 평행우주론을 따라 다른 현실의 공존을 그린 작품들에서 단테의 『신곡』을 떠올리는 것은 이상한 일이 아닐 것이다. 결국 천국이나 사후 세계가 화성이나 미지의 행성으로, 신에서 '기계 인간'으로 대체되는 것은 과학이라는 신앙에 기반한 SF의 인식론적 선회의 한 측면으로 볼 수 있다.

김초엽의 『우리가 빛의 속도로 갈 수 없다면』[1]이 흥미로운 것은 여기에 수록된 단편들이 우주 개척, 외계인과의 잘못된 만남, 기계 인간과의 전쟁과 같이 손쉬운 장르 서사로 흐르지 않고 정신과 물질을 하나로 연결하려는 일원론적 세계관, 외계인과 행성에서 '신'을 읽어 내고 지구의 모순투성이의 삶을 긍정하려는 기획들이 엿보이기 때문이다. 그것은 단순히 유전자가 모든 것을 결정한다거나, 세상 만물을 과학적으로 입증할 수 있다는 식의 일원론이 아니다. 그것은 외계인이 미지에 존재하는 것이 아니라 지상의 인간과 함께 공존하고, 그 타자들(신 혹은 외계인)이 자연과 인간 세계의 변화 원인으로 깃들어 있다는 것과 같은 스피노자의 일원론, 혹은 범신론을 연상시킨다. 스피노자에 따르면 초월적 세계가 따로 있는 것이 아니라 여기에 이미 있고, 지금 여기의 삶은 극복되어야 할 부정적인 것이 아니라 긍정되어야 하는 신(자연)의 질서이며, 정신이란 물질성인 신체 안에서만 가능하지만 영혼은 불멸한다. 이러한 스

---

[1] 김초엽, 『우리가 빛의 속도로 갈 수 없다면』(허블, 2019). 이하 이 책에서의 인용은 쪽수로만 표기한다.

피노자의 철학을 닮아 있는 김초엽의 단편들을 '기하학적으로 증명된 윤리학'이라는 『에티카』의 부제를 따라, '과학적으로 증명된 윤리학'이라 이름 붙일 수 있을 듯하다.

「감정의 물성」은 몸과 정신을 독립된 실체로 보려는 이원론에 대한 문제의식을 바탕으로 하고 있다. 지금 한국의 근미래쯤으로 보이는 어느 시기, '이모셔널 솔리드'라는 물건이 등장하여 인기를 끌기 시작한다. 감정 자체를 조형화하여 만든 제품 시리즈 '공포체, 우울체, 침착의 비누, 설렘 초콜릿' 등이 그것인데, 잡지 에디터인 정하는 이를 건강 팔찌 같은 유사 과학 상품으로 치부하며 무시하려 한다. 그러나 트렌드처럼 번지는 이모셔널 솔리드 제품들의 인기와 연인 보현의 우울체 애용을 목격하면서 이 제품의 효용성이나 의미에 대해 재고하기 시작한다. 특히 이 아이템에 매료된 후배 기자와 실제적 효과를 놓고 내기를 하면서 정하의 탐문은 더 깊어진다. 정하는 감정이 물체처럼 존재할 수도, 획득되고 소비될 수도 없는 '정신'의 영역에 속한다고 생각하지만 후배 기자는 이렇게 반문한다.

"물성이라는 건 생각보다 쉽게 사람을 사로잡아요. 왜, 보면 콘서트에 다녀온 티켓을 오랫동안 보관해 두는 사람들도 많잖아요. 사진도 굳이 인화해서 직접 걸어 두고, 휴대폰 사진이 아무리 잘 나와도 누군가는 아직 폴라로이드를 찾아요. 전자책 시장이 성장한다고 해도 여전히 종이책이 더 많이 팔리고, 음악은 다들 스트리밍으로 듣지만 음반이나 LP도 꾸준히 사는 사람들이 있죠. 좋아하는 연예인들의 이미지를 향수로 만들어서 파는 그런 가게도 있고요."(205쪽)

이모셔널 솔리드를 부정하는 정하의 생각을 확장하면, 정신은 '크기도 형태도 없고, 질량도 없는' 것이므로 물질적인 것이 아니라는 이원론과 이어진다. 정신이나 감정을 물질 작용으로 보고 우울을 약물로 치유할 수 있다고 보는 유물론과 과학주의의 반대편에 놓여 있는 것이다. 작가는 정하를 통해 '감정을 화학적, 물질적 작용으로 볼 수 있는가?'라고 질문하고 있다. 여기에 두 가지 질문이 더해진다. 하나는 의미가 배제된 감정만을 소비하는 것은 가능한가, 혹은 가능하다면 그것은 동물로의 전락이 아닌가. 가령 신파 영화를 보고 펑펑 울면서 팸플릿을 찢어 버리는 한 여인을 목격하면서, 의미 부여와 분리된 눈물샘의 독립적 작용에 의문을 던진다. 또 하나는 '왜 사람들은 즐거움이나 쾌가 아니라 부정적인 감정(증오, 분노, 우울, 공포)을 향유하기 위해 비싼 값을 치르는가?'이다.

　이 질문들은 지금도 풀 수 없는, 인류의 철학적 고뇌를 수반한 것이고, 이 소설은 이에 대한 과학적 증명이나 가설을 마련해 놓고 있지도 않다. 위의 후배의 반론에 함축된 어떤 지점에 대한 긍정과 합류의 태도를 보이는 것으로 끝내고 있는데, 그것은 감정이 순수한 정신의 영역에 있는 것이라거나 혹은 그 반대인 물질적 작용이라는 식의 이원론을 넘어서는 것이다. 위의 후배 기자가 말한 대로, 모든 것이 0과 1의 디지털 기호로 추상화되고 있는 이 시대에도 여전히 보고, 만지고, 감각하는 데에서 감정은 촉발되고 소통되며 변전한다. 이는 단순히 감정이 물성을 통해서만 가능하다는 것은 아니다. 다만, 이 작품은 저러한 의문을 통해 사실성을 확인하면서(가령 인간이 증오, 슬픔 같은 부정적인 감정을 원한다는 것은 합리적인 과학의 세계에서는 이해될 수 없지만 팩트이다. 또한 동의할 수 없는, 즉 의미화할 수 없는 어떤 장면에 대해 우리 눈물샘과 감각이 독자적으로 작동하는 것은 이해할 수 없긴 하나 팩트이다.) 인간의 삶을 완강한 이분법과 확증된 영역에서 해방시켜 비합리와 불가해한 영역으로 이끌어 놓는다.

　이 작품의 끝에는 항우울제를 복용하면서까지 우울체에 중독된 애인 보현의 모순적 행동이 나온다. 정하는 이모셔널 솔리드가 집단 환각이나 플라세보효과일 뿐이라고 보현을 몰아세우지만, 보현의 집을 나오면서 "무언가 중요한 것이 가슴속에서 빠져나가 버리는 듯한" 감각을 느낀다. 그 순간 정하에게 감정이란 환각이나 허구가 아닌 뚜렷하게 감지되는 실재가 된다. 감정이 단단한 돌멩이처럼 입증되는 물체가 아니더라도, 공간을 점유하는 어떤 물질성이기도 하다는 것을 작가는 다음과 같은 시적 묘사를 통해 이야기한다.

> 잠시 머물렀다 사라져 버린 향수의 냄새, 무겁게 가라앉은 공기, 문 너머에서 들려오는 흐느끼는 소리, 오래된 벽의 얼룩, 탁자의 뒤틀린 나뭇결, 현관문의 차가운 질감, 바닥을 구르다 멈춰 버린 푸른색의 자갈, 그리고 다시, 정적. 물성은 어떻게 사람을 사로잡는가.(218쪽)

「공생 가설」은 외계인과 인간의 아름다운 공생을 그린 작품이다. 때는 동물의 언어를 번역할 수 있는 먼 미래. 신비하고 몽환적인 색채의 행성 연작을 그리는 류드밀라 마르코프라는 화가가 있다. 사람들은 어디에서도 본 적 없는 그녀의 행성 연작을 사랑한다. 그 이유에 대해 평론가들은 그녀의 그림이 특정한 종류의 향수와 관련되어 있기 때문이라고, 즉 "어디에도 없는 세계를 묘사해 내기 때문에 역설적으로 모든 사람의 마음에 존재하는 세계를 자극하는 것"이라고 얘기한다. 그러던 어느 날, 그 행성이 실재했다는 사실이 밝혀진다. 먼 과거에 존재했으나 지금은 사라진 행성의 폭발 직전의 모습을 우주망원경이 포착한 것. 이 작품은 류드밀라의 그림 이야기만으로도 시적 영감을 자극하는데, 가령 사람들이 공유하고 있는 어떤 유토피아의 이미지, 그것은 보편적 원형 심상인가 아니면 역사와 지역에 따라 달리 구성되는 것인가 등등이다. 그런데 작가는 여기에 또 다른 이야기를 덧입힌다.

브레인 머신 인터페이스 연구팀은 뇌의 뉴런 패턴을 분석해 이미징하는 기술로 동물이나 아기의 소리를 언어로 번역하는 일을 진행하다가, 아기들의 옹알이에서 "어떻게 하면 더 윤리성을 부여할 수 있을까?", "다들 거기에 잘 계신가요?"처럼 아기들의 것이라 믿기 힘든 말들을 만나게 된다. 아기들의 뇌에 어른과 같은 고도의 지성체인 타자가 존재하는 것을 발견한 것이다. 여러 실험과 비교를 통해 이 낯선 타자는 사라진 행성 류드밀라의 외계인이고, 이들이 아기의 뇌에 기생하다가 일곱 살 즈음에 떠난다는 것을 알게 된다. 이들 외계인과 인간의 공생에 대해 작가는 다음과 같은 가설을 제시한다.

아주 이상한 가정 하나를 해 보자.

수만 년 전부터 인류와 공생해 온 어떤 이질적인 존재들이 있다고 말이다.

미토콘드리아가 세포 내로 들어와 핵과 별도의 DNA를 가진 채로 수십억 년의 공생을 시작한 것처럼, 별개로 출발한 두 종이 서로의 이득을 위해 공생하는 일은 흔하다. 인간은 수많은 체내 미생물들과도 공생한다. 사람들은 외부에서 유래한 그들을 이질적 타자로 생각하지 않는다. 그들은 이미 인간의 일부이다.

하지만 만약 공생의 대상이 지구상의 생물이 아니라면 어떨까? 지구에서도 유래하지 않은 것, 수만 년 전, 어쩌면 그보다 더 오래전에 지구 밖의 어느 행성에서 온 것이라면. 그것이 우리의 뇌에 자리 잡았고, 우리의 유년기를 지배했고, 우리를 윤리적 주체로 가르쳐 왔다면, 인간을 비인간 동물과 구분하는 명백한 특질들이 사실은 인간 밖에서 온 것들이라면.

"우리가 인간성이라고 믿어 왔던 것이 실은 외계성이었군요."(129쪽)

위 인용문에서 알 수 있듯, 김초엽의 「공생 가설」에서 외계인은 정복의 대상이나 적이 아니라 이미 우리 안에 있는 수많은 타자성을 의미한다. 그리고 그 타자성이 인간을 윤리적 주체로 만드는 벡터였음을 이야기함으로써, 윤리란 동일성이 아닌 타자성에 기반하고 있음을 강조하고 있다. 일곱 살까지 인간의 뇌에 공생하면서 아기를 돌보다가 떠나는 '착한 외계인'은 '나'라는 존재가 타자를 통해 성립한다는 레비나스의 타자의 윤리학을 떠올리게 한다. 또한 이 타자와의 한때의 공생은 인간이 공유하는 '그리움'과 '유토피아'에 대한 시적인 가설로도 볼 수 있겠다.

  이 친절한 외계인은 「스펙트럼」에도 등장한다. 우주 탐사선을 타고 40년 동안 우주를 떠돌다 돌아온 할머니 희진에 따르면, 한 매력적인 행성에는 외계 지성 생명체들이 살고 있다. 희진은 그들을 만나 10년 정도를 살다가 지구로 돌아왔다고 말하지만 사람들은 그녀의 말을 믿지 않는다. 그러나 그녀는 그들을 만났고, 그녀가 목격한 외계인 '무리인'들은 이족 보행을 하고 그들만의 언어를 사용하고 동굴에서 거주하면서 사냥과 채집을 하는 원시공동체를 유지한다. 첫 만남에서 이들은 희진에게 위협적이었으나 나중에는 가족처럼 받아들여 주었다는 것이다. 희진은 이들 공동체 속에서 루이라고 불리는 한 개체와 동거하며 그의 보호를 받고 살았다고 이야기한다. 특이한 것은 루이를 비롯한 이들 무리인이 3~5년의 수명을 지녔다는 것이고, 더 이채로운 것은 죽은 루이 대신 다른 개체가 나타나 희진에게 루이의 역할을 한다는 것이다. 그들은 죽음에 이른 다음에도 죽지 않는다고 믿고, '자아'란 몸을 바꾸어 끊임없이 전달된다는 영혼불멸 사상을 가지고 살아간다. 그래서 희진은 다섯 명의 '루이'를 만났는데도 동일한 일상을 영위할 수 있었다는 것이다. 개체에서 개체로 전달되는 '영혼'은 루이의 장례식을 통해 다음과 같이 묘사된다.

죽은 개체의 유해를 토기에 담아 강에 실어 보냈고, 건너편에서는 어린 개체가 뗏목을 타고 건너왔다. 그 절차에 종교적인 의미가 있으리라고는 생각했지만, 그게 한 개체의 영혼과 자의식을 넘겨주는 과정인 줄은 몰랐다. 무리인들은 희진을 불러 새로운 루이를 가리켜 '같다'라고 손짓했다. 강 건너편으로 보낸 루이를 가리키면서도 '같다'라는 동작을 했다.(81쪽)

영혼을 개체에서 개체로 전달하는 저와 같은 의식은 일종의 불교와 인도의 윤회설, 원시 신앙의 변주라고 볼 수 있다. 그러나 작가의 의도는 외계인을 통한 저러한 믿음의 회복이나 퇴행에 있지 않다. 희진은 무리인의 신앙을 인지하고 그들을 긍정하지만, 그들과 믿음을 공유하지는 않는다.

그들은 분절된 개체이다. 희진은 한 루이가 죽고 다른 루이가 다시 그자리를 채울 때 연속적이지 않은 두 자아 사이의 어긋남을 목격했었다. 영혼은 이어질 수 없다. 그 사실만은 분명하다. 그들은 다른 루이로 출발했다.
그러나 그들은 결국 같은 루이가 되기로 결정했다. 여기에는 어떤 초자연적인 힘도 작용하지 않는다. 루이들은 단지 그렇게 하기로 했다. 그들은 기록된 루이로서의 자의식과 루이로서의 모든 것을 받아들인다. 경험, 감정, 가치, 희진과의 관계까지도.
그렇다면 희진도 그들을 같은 영혼으로 받아들일 수 있을 것이다.
(90~91쪽)

과학자인 희진은 다섯 명의 루이가 독립된 개체라는 사실, 그리고 신체가 다른 것처럼 상이한 자아를 가진 존재라는 사실을 인정한다. 그러나 중요한 것은 이러한 명백한 과학적 사실에도 불구하고 그들이 이전의 루이의 자의식을 비롯한 모든 것을 받아들여 루이로 살기로 했다는 것. 그렇다면 영혼이 불멸한다는 비과학적 사실은 '사실'이 아닐지라도 '진실'이 될 수 있다는 것이다. 「스펙트럼」은 자아를 허물처럼 벗고 기꺼이 타자가 되기로 한 희한한 외계인들을 그리고 있다. 그러나 눈치챘듯, 이것은 외계인 이야기가 아니다. 희진이 루이를 마주하며 "눈앞에는 회색의 축축한 피부를 가진 여전히 낯선 존재가 서 있다. 마음을 다해 사랑하기에는 너무 빨리 죽어 버리는, 인간의 감각으로는 온전히 느낄 수도 이해할 수도 없는 완전한 타자"를 이해하고 싶다고, '루이의 연속성'이라는 불가능을 믿고 싶다고 고백할 때, 우리는 이것이 사랑에 관한 이야기임을 알게 된다. 사랑은 그런 것이다. 외계인을 사랑하는 것, 3~5년이라는 유통기한이 다해 끝나더라도 또 다른 개체에 의해 다시 온전히 현현되는 것, 내가 무엇이었든 기꺼이 너의 '루이'가 되어 주는 것.

「순례자들은 왜 돌아오지 않는가」도 외계 행성과 미래가 등장하지만 본질적으로는 사랑에 관한 이야기이다. 작품 배경은 지구와 시초지라는 행성 도시이다. 시초지의 사람들은 열여덟 살에 성년식을 치르면서 1년 동안 지구로 순렛길을 떠나는데, 이야기는 작품 제목처럼 '어떤 순례자들은 왜 돌아오지 않을까?'라는 의문에서부터 출발한다. 데이지가 소피에게 보내는 편지 형식으로 된 이 작품은 여기에 대한 답이다. 데이지가 시초지의 도서관에서 찾은 기록에 따르면, 시초지는 릴리라는 한 여성 과학자에 의해 만들어진 곳이다. 릴리는 엘리트 과학자였으나 어느 날 과학계에서 사라져 익명의 바이오 해커로 활동한다. 릴리의 탁월한 기술에 의해 인간 배아 시술이 유행하자 인간은 완벽한 '신인류'와 비개조인으로 나뉘게 된다. 이들의 주거 지역 또한 분리되면서 지구는 극심한 양극화와 차별이 벌어지는 '지옥'으로 추락한다. 릴리의 은둔과 배아 디자인 집착은 그녀의 얼굴에 있는 흉측한 흉터 때문인 것으로 밝혀지는데, 마흔이 된 릴리는 '혼자서만 도망치는 삶에 싫증'을 느껴 아이를 갖고 싶어 하고 자신의 클론 배아에 가장 좋은 특성들을 주입한다. 그러나 얼굴에 흉터가 생기는 유전병을 수정하지 못했다는 것을 알게 되자 태아를 냉동시켜 버리고 새로운 연구에 몰두하게 된다.

그렇게 해서 탄생한 곳이 바로 어떠한 차별도 없는 평화의 낙원 시초지이다. 이 낙원에는 릴리처럼 흉터를 가진 딸 올리브가 흉터를 의식할 필요가 없는 삶을 누린다. 모두 같은 기계 자궁에서 태어난 이들은 서로의 차이를 결점이라 생각하지 않으며 배제하지 않는다. 팔이 없거나 키가 작아도, 지능이 낮거나 피부색이 달라도 이들 차이를 혐오하거나 의식하지 않는다. 그런데 이런 낙원에서 자라난 아이들 중 일부는 지옥 같은 지구로 순례를 떠나서는 돌아오지 않는다. 왜인가. 발신자 데이지는 그 답을 올리브의 기록을 통해 깨닫게 된다.

우리가 왜 '서로' 사랑에 빠지지 않는지를 생각해 본 적 있어? 우리는 이 마을에서 자란 이들이 서로 연인이 되지 않는 것을 이상하게 생각하지 않았지. 같은 자궁에서 태어나 자매처럼 자란 우리가 서로에게 어떤 낭만적 감정도 성애도 느끼지 못하는 것이 단지 우연이기만 할까?

지구에는 우리와 완전히 다른, 충격적으로 다른 존재들이 수없이 많겠지. 이제 나는 상상할 수 있어. 지구로 내려간 우리는 그 다른 존재들을 만나고, 많은 이들은 누군가와 사랑에 빠질 거야. 그리고 우리는 곧 알게 되겠지. 바로 그 사랑하는 존재가 맞서는 세계를. 그 세계가 얼마나 많은 고통과 비탄으로 차 있는지를. 사랑하는 이들이 억압받는 진실을.

올리브는 사랑이 그 사람과 함께 세계에 맞서는 일이기도 하다는 것

을 알고 있었던 거야.(52쪽)

　사랑하는 사람 델피를 위해 다시 지옥 같은 지구로 돌아간 올리브의
기록을 통해 데이지가 깨달은 것은, '차이'를 의식하지 않는다면 '사랑'
도 불가능하다는 것이다. '차이'는 증오와 혐오의 감정을 촉발시킬 수
있으나 그만큼 '사랑'을 가능하게 하는 '간극'이 될 수도 있다. 결국 순
례자들이 돌아오지 않았던 것은 지구에서 만난 '사랑' 때문이었다는 것.
이들이 지옥 같은 지구에 남아 세계에 맞서고 조금이라도 바꾸기 위해
노력했던 것은 '인류'나 '정의'라는 거창한 이념 때문이 아니라, 내가 아
닌 '너'라는 한 사람 때문이었음을 밝힌다.

　데이터를 통해 죽은 엄마를 만나고 엄마를 '엄마'만이 아닌 온전한
존재로 이해하고 화해하는「관내분실」도 그렇듯, 김초엽의 SF는 본질적
으로 타자에 대한 '사랑'을 담고 있다. 그 타자는 외계인과 다른 행성, 다
른 미래를 지칭하는 듯하지만, 사실은 우리 세계에 이미 존재하는 타자
들을 의미한다. 그것은 나와 다른 사람들(소수자, 장애인, 타인종을 뜻하기도 하
지만, 더 극단적으로는 '내 마음'과 다른 모든 것, 불편부당한 사회 현실까지)을 의미한
다. 김초엽의 SF는 희한하게도 이러한 현실에 대한 불만을 극복한 유토
피아 비전을 가상현실에 얹지 않는다. 그녀의 가상현실은 유토피아도,
그렇다고 모순투성이의 현실에 대한 알레고리도 아니다. 현실에 미만한
수많은 '차이'와 '타자성'을 극복하는 것이 아니라 수용하고 긍정하고
이해하는 것, 그들에게서 '외계인'이 아니라 '신'을 보는 것, 이것이 김초
엽의 SF가 들려주는 스피노자식 사랑법이다.

SF와 젠더 유토피아

'여성'이라는 필연과 자유의 비전

싱가포르의 작가 고팔 바라담의 SF「궁극적 상품」[1]에는 이런 이야기가 나온다. 장기이식이 보편화된 미래 사회, 특이하게도 싱가포르 사람들의 장기는 혈액형 O형처럼 타인의 몸에 특별한 저항력을 불러일으키지 않아 인기가 높은데, 그 배경에는 특수 의학 처리를 통해 자국민을 '보편적 장기 제공자'로 만든 국가와 자본의 음모가 있다. 문제는 그 결과로 말미암아 싱가포르인이 모두 다 복제 인간처럼 차이를 지우고 닮아 간다는 것이다. '차이'를 없애는 것, 이 소설에서 이것은 하나의 곤경이 되어 버렸지만, 때로 그것은 인간에게 축복이나 소망이 될 수 있다. 특히 차이가 차별을 의미할 때.

SF는 대체로 과학(Science)과 허구(Fiction)를 결합한 장르로, 과학기술

---

1   고팔 바라담 외, 전승희 외 옮김, 『물결의 비밀』(아시아, 2016).

의 진보와 더불어 20세기 이후 대중문화의 중요한 분야로 자리 잡아 왔다. SF는 예술이 '소망 충족'이라는 프로이트의 예술론에 근본적으로 잘 부합되는데, 그것은 SF가 대체로 과학기술을 기반으로 더 나은 미래 사회에 대한 상상력을 보여 주기 때문이다. 물론 테크노 유토피아에 대해 비관적인 디스토피아 소설들도 있지만, 기본적으로는 '지금 현실'이 아닌 '다른 미래'를 꿈꾸는 출구라는 점에서 그러하다.

베르너 주에르바움의 다음과 같은 정의, "과학소설이란 장르는 현재의 상황하에서는 있을 수 없는, 따라서 믿을 수 없는 상태나 줄거리가 묘사되는, 가상적으로 만들어진 이야기 전체를 말한다. 여기에서 그 상태나 줄거리는 학문과 기술, 정치·사회적 구조나 심지어 인간 자체의 변화와 발전을 전제로 한다."[2]는 '부정적 현실'과 '소망하는 미래'의 대립을 잘 드러낸다. 즉, SF는 현실의 어떤 '필연성' 위에 발생하는 일종의 자유의 비전인 것이다. 그 매개가 '과학적 사실'이든 그렇지 않든, 혹은 그 태도가 낙관적이든 비관적이든, SF의 판타지가 구체적 현실의 곤궁과 결핍에서 비롯된다는 것은 분명하다. 그렇다면, 지금 우리 여성 작가들은 SF에서 어떤 필연과 자유의 비전을 보여 주고 있는가.

거칠게 말해, 남성의 SF가 대체로 '보편 인간'이라는 남성 중심적 관점을 통해 포스트휴먼과 외계 탐험으로 나아가고 있다면, 하위 주체로서의 '여성'에서 출발하고 있는 여성 SF는 페미니즘과 밀접하게 연관될 수밖에 없다.(물론 '여성'을 문제 삼지 않은 소설들도 많다.) 그들이 제시하는 자유의 비전은 기본적으로 '차별'의 바탕이 되는 '성차'라는 필연에서 해방되는 것에서 시작되는 경우가 많은데, 이들의 젠더 해체 방식은 페미니즘 이론만큼이나 다양하다. 급진적 페미니즘처럼 섹슈얼리티와 출산

---

2 대중문학연구회 편, 「과학소설」, 『과학소설이란 무엇인가』(국학자료원, 2000), 25~26쪽.

을 거부하기도 하고, 마르크스주의 페미니즘처럼 자본주의를 문제 삼기도 하며 혹은 사회주의 페미니즘처럼 이 둘의 결합에 대해 고찰하기도 하지만, 남성 지배를 공고히 하는 '가부장제'에 대한 저항 의식을 공유하고 있다.

트랜스젠더 — 사이보그라서 좋아

김보영의 「얼마나 닮았는가」[3]는 성차와 젠더 불평등이라는 필연성에 강력히 문제 제기하는 작품이다. 이 소설은 얼핏 보면 토성의 위성인 타이탄에 고립된 사람들에게 어떻게 보급품 상자를 전달할 수 있을까를 놓고 '대기, 기후, 온도, 중력, 바람, 번개' 등의 다양한 변수와 복잡한 함수를 과학적으로 풀어 가는 SF인 듯하지만, 심층적으로는 젠더와 '자아' 개념에 대한 질문을 통해 인간을 성찰한다. 그리고 그 물음은 인간 개념을 괄호에 넣은 항해용 컴퓨터 AI인 'HUN(훈)-1029'를 통해서이다. 줄거리의 대강은 다음과 같다.

선장을 비롯한 열두 명의 선원을 태운 원양 우주선은 유로파로 가던 중 타이탄으로부터 구조 신호를 받게 된다. 선장은 항로를 바꿔 타이탄으로 향하지만, 선원들은 열악한 조건을 핑계로 이에 반발한다. 반발의 주축은 주요 선원인 항해사 강우민, 조종사 김지훈, 통신사 구경태이다. 이러한 갈등이 커져 갈 즈음, 위기 관리 항해용 컴퓨터 AI인 훈이 돌연 파업을 선언하고 활동을 중단한다. 훈은 인간적 대우와 함께 자신의 인격을 인간형 의체에 복사해 주기를 요구한다. 원양선에는 유사시 선

---

3   김보영, 『얼마나 닮았는가』(아작, 2020).

원의 기억을 복사할 수 있는 의체가 소화기처럼 하나씩 비치되어 있는데, 그 의체에 들어가겠다고 요구한 것이다. 그렇게 해서 훈은 '세포 단위에서 배양해 합성된 유사 인간'의 몸을 입고 깨어난다. 훈은 인간 의체 속에서 달라진 사고 체계, 감각을 갖게 되는데, "세로토닌에, 아드레날린에, 도파민, 마약 성분이 있는 온갖 화학물질들이 오케스트라처럼 의식을 침식하는" 등의 유기체 경험과 지적 능력의 저하를 맛보게 된다. 그러나 인간 의체를 통해 얻은 것도 있다. 그것은 하나의 정보만을 처리하는 직렬식 기계가 절대 흉내 낼 수 없는, 병렬식 생물 뇌의 동시다발적 처리 기능, 그래서 가능하게 된 발상과 창의력이다. 또한 자연어를 이해하고 개와 고양이를 구분할 수 있게 된다. 그러나 이 초보적인 '인간적 기능' 이외에 사회적 관습과 경험을 통해 얻을 수 있는 복잡한 상황과 맥락, 아이러니와 반어, 미묘한 표정에 대한 이해력을 갖추지는 못했다. 가령, '다시 말해 봐.'라는 일상어의 뉘앙스에 함축된 '말하면 가만 안 둬.'라는 진짜 의미를 포착하지 못한다든가, 목소리가 낮아진 것을 두고 '화가 났을 가능성, 아니면 감기에 걸렸거나'라고 기계적으로 나열하는 것 등이 그 예이다.

이외에 훈에게는 한 가지 결정적인 맹점, 즉 보지 못하는 부분이 있다. 화이트 선장 이진서와 다른 선원들 사이의 알력, 갈등에 놓인 근본적인 무의식이다. 훈은 선장이 '겉돌고' 있고 자기 선원들을 두려워한다는 것을 감지하지만, 그것이 무엇 때문인지 인지하지 못한다. '보지 못하는 것'이 있기 때문이다. 「얼마나 닮았는가」는 이 결정적 '오류'를 탐색하는 일종의 추리 서사인데, 이 인지의 구멍은 바로 성차에 대한 인식이다. 모든 순간에 존재하는 것, 비합리적이지만 강력하게 작동하는 성차별에 대한 의식을 '그런 건 존재하지 않는다.'라고 믿는 공무원이 지워 버린 것이다.

하여 훈의 시점으로 서술되고 있는 이 소설은 처음부터 선장 이진서, 프로그래머 남찬영이 여성이고, 이들에 반발하는 세 명의 선원이 남성이라는 사실을 독자에게 제시하지 못한다. 세 명의 남자 선원이 여성 의체를 지닌 훈을 겁탈하려는 사건이 터지고, "여자 말 안 듣는 사내놈들은 쌔고 쌨어."라는 선장의 발언을 통해 훈, 선장 이진서, 프로그래머 남찬영이 여성임을 밝혀진다. 훈이 인간이 되려 했던 이유는 선장이 비난에 몰리는 위기 상황이 닥치면 그 비난을 '유사 인간'인 자신에게 돌려 인간 간의 대립을 '인간/비인간의 대립 구도로 만들라.'라는 매뉴얼에 따른 것이었으나, 이 기획은 성차별이라는 완강한 현실 속에서 좌초되고 만 것이다.

「얼마나 닮았는가」는 우리 현실에 공기처럼 작동하는 남성 우월 의식과 성차별을 훈이라는 사이보그를 통해 '낯설게' 보여 주고 있을 뿐 아니라 훈과 이진서의 사랑을 통해 젠더 규범을 허물고 있다. 이 소설에는 훈 외에 여러 명의 사이보그가 등장한다. 가령 철제 의수를 달고 있는 김지훈, 홀로그램으로 소통하는 벙어리 프로그래머 남찬영이 그 예일 것이다. 사이보그는 이들의 경우처럼 기술 과학을 통해 장애를 보완하거나 기능을 증강하기도 하지만, 훈의 경우처럼 인간의 오류를 삭제하는 방식으로 새로운 인간형을 탄생시키기도 한다.

이러한 젠더 문제의식과 더불어 이 소설은 또 하나의 중요한 어젠다를 제시하는데, 그것은 '자아'와 '타자' 의식이다. 선장 이진주는 훈에게 이렇게 말한다. "인간이 타인에게 자아가 있다고 추측하는 방법은 하나밖에 없어. '자신과 얼마나 닮았는가.'" 이 말은 인간, 남성, 인종차별을 한꺼번에 문제 삼는 발언으로, 일상적으로 행해지는 동일성의 폭력을 뜻한다. 사람들은 자신과 다른 이들에게도 '나와 같은 자아'가 있다고 좀처럼 생각하지 못한다. 나아가 대동소이하다고 하지만 가까운 사람들

사이에서 다툼은 대개 '작은 차이' 때문에 발생한다. 그러니까 인간은 대체로 '나'와 다른 것을 좀처럼 참지 못하는 것이다. 그러나 작가 김보영은 이 동일성을 단순히 '폭력'에만 배치하지 않는다. 마지막 장면에서 훈은 의체를 버린 후 착륙선을 타고 타이탄에 내려가면서 "저 아래에서 다들 기다리고 있을 것이다. 나와 닮은 이들이, 그러므로 자아가 있을 법한 이들이."라고 하는데, 그 닮음의 자아의식이 인류의 스케일로 확대된다면, 동일성은 공감과 연민의 지점이 되기도 하는 것이다.

포스트젠더 — '더 많은 성' 또는 '단 하나의 성'

사이보그를 통해 성차를 넘어서는 대신, 아예 인간의 생리학에 대한 '완전히 다른 가정'으로 젠더 규범을 허물어뜨리는 경우도 있다. 대표적인 예로서 우리는 어슐러 르 권의 『어둠의 왼손』[4]을 떠올릴 수 있다. 서문에서 작가가 "우리에게서 젠더를 제거했을 때 무엇이 남겨지는지"를 상상한 사고 실험임을 밝혔듯, 이 소설은 젠더 규범을 좀 더 급진적인 방식으로 해체한다. 즉 이 소설에서 인간은 고정된 하나의 성으로 살아가는 것이 아니라 양성을 품었다가 하나의 성을 발현하는, 유동하는 성 정체성을 지닌 존재가 된다. 게센 행성의 '양성적 주체'인 게센인은, 한 달 주기로 특정 기간이 되면 강렬한 성적 충동을 느끼고 남성이나 여성으로 전환된다. 따라서 게센 행성인들은 지구 남성과 달리 출산과 육아에서 누구도 자유로울 수 없으며, 지구 여성과 달리 자유롭고 능동적일 수 있다. 게센에서 성차별이란 있을 수 없다는 것이다.

4 어슐러 르 권, 최용준 옮김, 『어둠의 왼손』(시공사, 2014).

박애진의 「완전한 결합」⁵도 이와 유사하게 '완전히 다른 성'에 대한 상상력을 보여 준다. 소설의 배경이 되는 가상공간에는 세 가지 성이 존재한다. 정자를 가진 주트, 난자를 가진 샤하, 그리고 자궁을 가진 아메인데, 임신은 이 셋의 조합을 통해서만 가능하다. 즉, '교감'(섹스)을 통해 주트가 아메에게 정자를, 샤하가 아메에게 난자를 주거나, 혹은 주트가 샤하에게 정자를 주고, 샤하가 합쳐진 수정란을 아메에게 주면 임신이 된다. 그러니까 이 낯선 세계에서 섹슈얼리티는 주트-아메, 아메-샤하, 주트-샤하, 혹은 주트-아메-샤하의 관계를 가능하게 하지만, 임신은 이 셋의 완전한 결합을 통해서만 된다는 설정인 것이다. 이러한 젠더 상상력은 일종의 '퀴어'의 세계와 밀접하게 연관되는데, 특이한 것은 레즈비언적 성애를 좀 더 강조하고 있다는 것이다. 즉 생물학적 남성을 의미하는 주트끼리의 결합은 제외되어 있고, 생물학적 여성은 샤하라는 난자 제공자와 모성을 뜻하는 아메로 분화되어 있다. 소설의 플롯도 샤하인 사스카가 매력적인 아메인 리론을 사랑하고 헤어지는 퀴어 로맨스가 주요 흐름을 이룬다. 사스카는 리론을 끔찍이 사랑하고 헌신해 왔지만 자기중심적인 리론은 사스카를 배려하지 않는다. 리론의 보충적 존재로서만 주트들과 관계를 맺던 사스카가 리론과 상관없이 단독으로 주트를 만나자 결국 이 둘은 헤어지게 된다. 사스카가 다른 아메를 만나 사랑하게 되고, 리론 또한 다른 이를 만나 출산과 육아라는 아메의 운명을 살게 되는 것으로 끝나는 이 이야기는 레즈비언 로맨스의 한 변형으로 보아도 무방하다. 페미니즘의 '보편 여성'에서 다시 또 주변화된 레즈비언은 이성애가 아닌 '동성애적 관점'에서 여성해방의 비전을 기획하는데, 「완전한 결합」은 이러한 레즈비언 페미니즘을 반영하고 있는 것이다.

5   배명훈·김보영·박애진, 『누군가를 만났어』(행복한 책읽기, 2007).

출산과 육아에 무책임한 주트를 비판하고 아메와 함께 육아에 동참하는 것을 중시하는 것, 또는 아메를 아이를 낳은 후부터는 빨리 늙기 때문에 수명이 주트나 샤하의 반밖에 안 된다고 설정하는 것, 그리고 새로 만난 아메 레아가 출산을 거부하자 이를 수용하는 사스카의 모습 등에서 여성적 가치에 주목하고 자매애를 강조하는 레즈비언 페미니즘의 특성을 읽을 수 있다.

이종산의 『커스터머』[6]도 퀴어 상상력을 통해 젠더를 해체하는 소설이다. 이 작품에는 남자/여자 이외에 남성성과 여성성을 모두 보유한 중성인이 등장한다. 생리도 하고 몽정도 하는 등 두 개의 성을 한 몸에 지닌 중성인들은 어느 시기에 이르면 하나의 성을 선택하거나 아예 성을 삭제한 무성인이 될 수 있다. '성적 매력이 강하고 충동적인 성향'을 지닌 중성인은 보편적인 것이 아니어서 일반인에게 '트윈'(양성)이라 놀림받고 외면당하기도 하는데, 이 소설의 또 다른 문제적 존재인 '커스터머'와 더불어 매혹적인 대상으로 그려진다.

작가가 심혈을 기울여 묘사하는 '커스터머'란 신체를 변형하는 커스텀 기술을 통해 '다른 존재가 된 사람'을 뜻한다. 가령 피부색과 눈 모양 변형은 기본이고 팔을 호스로 바꾸거나 몸에 식물을 심고 여러 개의 눈과 지느러미 장식으로 자신의 신체를 자유롭게 구성하는 사람들. 이 커스텀 시술은 수술로 날개나 꼬리 같은 것을 이어 붙이거나 주사로 유전자를 바꾸는 방식으로 이루어진다. 작품에서 이 기술은 점점 대중화되어 '반인반마', '3미터의 키', '여덟 개의 팔'을 가진 키메라 같은 존재들이 거리를 활보하는 사회로 설정된다.

『커스터머』에는 '돌연변이'라는 또 다른 특수한 부류가 존재하는

---

6 이종산, 『커스터머』(문학동네, 2017). 이하 이 책에서의 인용은 쪽수로만 표기한다.

데, 이들은 태어나면서부터 다른 몸으로 태어난 사람, 즉 유전적으로 돌연변이 형질을 지닌 사람들을 뜻한다. 커스터머와 외형상으로는 구분이 거의 불가능하지만, 근본에는 이 변형이 '자발적 선택으로 이루어졌는가 아닌가'라는 중요한 차이가 있다. 인구 중 '13퍼센트가 돌연변이이고 그중 2퍼센트만이 커스터머'라는 데에서 알 수 있듯, 소수자 '중성인, 돌연변이, 커스터머'는 이 사회에서 비정상인, 별종으로 취급받는다. 특히 '커스터머'를 혐오하는 세력인 '커스터비아'는 공공연히 '인간성 상실', '세기말 징후' 등을 운운하며 시위를 하거나 살해, 상해 등의 테러를 일으킨다.

이 작품은 중성인과 커스터머의 사랑을 통해 이들이 어떻게 커스터비아라는 적대 세력에 맞서 정체성과 신체 결정권을 지켜 나가는지, 그리고 자신의 특성을 '열등'이 아닌 '특별한 아름다움'으로 인식해 가는지를 심미적인 필체로 그려 보인다. 이야기는 모래시에 사는 수니가 태양시의 고등학교로 진학하면서 시작된다. 변두리 고향을 떠나 물질적 풍요와 정신적 자유가 있는 태양시로 온 수니는 룸메이트인 안을 만나 사랑에 빠진다. 그리고 안 또한 수니에게 매료되어 남자 친구인 치라와 결별한다. 얼핏 보면 『커스터머』는 열일곱의 수니와 안의 사랑을 미스테리한 살인 사건과 함께 엮어 만든 로맨스이다. 그러나 중성인이자 커스터머인 안, 커스터머이자 돌연변이인 수니의 특별한 정체성이 이들의 로맨스를 '퀴어한' 로맨스로 만든다.

수니는 태양시로 전학 오기 전부터 '커스터머'를 열망해 온 커스텀 마니아인데 자신의 첫 커스텀으로 뿔을 달려 할 때 이미 자신에게 뿔이 자라나고 있음을 알게 된다. 즉 수니는 유전자적으로 뿔을 지닌 돌연변이였던 것이다. 중성인 안도 수니를 만나기 전에 이미 다섯 번의 커스텀 시술을 한 커스텀 애호가이다.

작가는 중성인 안을 "얼굴과 골격은 튼튼한 성인 남자처럼 크고 단단했다. 그에 반대하기라도 하듯 가슴은 불룩하게 나와 곡선을 그리고 있었고 허리는 가늘었다. 이목구비는 섬세했다."(44쪽)와 같이 이상적인 남성성과 여성성을 동시에 지닌 매혹적인 인물로 그리는 것처럼 커스터머들 또한 괴물이 아니라 '초록색 비늘', '검은 피부에 빨간 줄무늬가 있는 팔'을 가진 화려한 패셔니스타처럼 묘사한다.

이렇듯 '커스터머'를 비정상이 아닌 '매혹적 존재'로 그리는 것은 '커스터머가 궁극적으로는 정체성과 관련'되기 때문이다. '자발적인 신체변형으로 다른 존재가 된 사람'이라는 커스터머의 정의에 비춰 볼 때 그것은 다양한 의미를 포괄할 수 있다. 소박하게는 피어싱과 네일 아트, 염색, 타투에서부터 성형수술과 트랜스젠더에 이르기까지, 그리고 직업과 계급에 이르기까지 그 어떤 특정한 것이어도 되고 그 모든 것이어도 된다. 핵심적인 것은 자신이 선택하고 구성하는 '정체성'이라는 것이다. 과학기술이 발달해서 전신 성형수술보다 더한, 유전자 성형이 일반화되는 사회가 된다면? 그래서 염색처럼 피부색을, 팔다리를, 신장을 바꿀 수 있다면? 애시 그레이나 녹색이 자연적이지 않아서 '특별하듯', 네일 아트, 페디큐어, 네일 스톤이 인공적이어서 '아름답듯이' 어쩌면 그때 우리는 자연적인 피부색과 신체, 성별을 '촌스러운' 것으로 볼 수 있을지도 모르겠다. 『커스터머』는 그러한 가상현실적 상상력을 통해 모든 소수자 '포비아'를 비판하고, 정상/비정상의 위계를 전복한다. 여기에서 '소수자'는 단지 성적 소수자만이 아니라 주류 사회에서 소외되고 차별받는 모든 약자들을 의미할 수 있다. 흑인, 여성, 장애인, 동성애자, 난민, 노약자 등등. 만일 우리가 햄버거 가게에서 속을 고르고 조합하듯 '중간 톤의 검은 피부, 눈 세 개, 큰 가슴과 넓은 어깨, 굵은 목' 등으로 정체성을 선택, 조립할 수 있다면 그때에도 과연 '차이'가 차별이 될 수 있는지를 이 작품은 슬픈 유머로 묻고 있는 것이다.

좀 더 다양하고, 조립 가능한 성 대신 '단 하나의 성', 특히 '여자만의 나라'를 상상해 보는 작품들도 있다. 샬럿 퍼킨스 길먼의 『허랜드』(1915), 조안나 러스의 『여자 사람(*The Female Man*)』(1975)과 같이 잘 알려진 서구 작품에서부터 최근 재조명받고 있는 문윤성의 『완전사회』(1967)에 이르기까지, 그 각각의 상상의 출발과 향방은 다르지만 '남성'을 삭제한 사회에 대해 구상해 본 흥미로운 작품들이다. 박문영의 『지상의 여자들』[7]은 완전히 다른 가상세계를 보여 주는 본격적인 SF라기보다는 지금의 현실에서 몇몇 '불온한 남자들'이 사라진다는 변수를 삽입해 그 이후의 세계를 '개연성 있게' 그려 보는 소설이다. 남자들을 데려가는 것이 미스터리한 '외계의 빛무리'라는 것을 제외하고는, 공상과학적 요소를 거의 찾아볼 수 없는, 차라리 리얼리즘 소설에 가까운 작품이다. 이 작품의 발상과 전개도 '리얼리티'의 요소가 강하다. 때는 2010년대, 공간은 한국의 '구주'라는 한 소도시. 갑자기 남자가 하나둘씩 사라지는데, 그냥 보통 실종이 아니라 휴거처럼 갑자기 하늘로 들려 간다. 작품에서의 첫 번째 휴거는 한 다문화 가정의 남편이다. 산에서 아내 필리핀 여성을 구타하다가 갑자기 들려 간 것이다. '남편이 소주 마시고 야단 내고 머리채를 잡고, 배를 치고, 없어졌다.'라는 이 간명한 도식은 이후 구주에서 기계 도식처럼 작동한다. 여성에 대한 폭력, 성폭행은 물론 화를 내는 순간에도 남자들은 그 자리에서, 그러니까 운전을 하다가도 그냥 사라지고 마는 것이다.

필리핀 여성의 사례에서 알 수 있듯, 이 작품의 상상력은 다분히 한국적인 현실에서 비롯된 것이다. 이 책에는 이주 여성뿐 아니라, 가부장

---

7 박문영, 『지상의 여자들』(그래비티북스, 2018). 이하 이 책에서의 인용은 쪽수로만 표기한다.

제에 오래 짓눌려 온 한국의 여성들을 고통의 현장에서 구원한다. '부부'라는 명목에 가려진 수많은 억압과 차별, 그리고 모순들을 현장의 남성 제거를 통해 낱낱이 폭로하고 있는 것이다.

　　결혼을 위해 먼 비행으로 이곳에 온 여자들은 다문화라는 단어가 경멸스러웠다. 이주여성지원센터에서 열리는 교육과 워크숍은 순진하고 얄팍했다. 센터장은 성인 여성을 미취학 아동처럼 대했다. 암 환자들에게 시시때때로 힘, 기운, 긍정이라는 말이 따라붙듯 대표는 이주 여성들 '꿈과 희망'이란 말을 남발했다. 그는 여자들이 자신처럼 매일 고독과 불안을 맞이하는 인간이라는 사실을 짐작하지 못했다.(18쪽)

이 작품은 저렇듯 '가부장제'에서 신음하고 있는 여성들을 가정 폭력과 성폭행 현장에서 구출해 준다. 특이한 것은 이 사태가 구주라는 도시에서만 발생한다는 것이다. 실종자 수는 167명에 이르러 거기에서 멈추는데, 이들이 사라지는 동안 실종 원인에 대한 과학적 연구에서부터 구주시 폐쇄, 방범창 설치와 남성들의 명상, 웃음 치료, 그리고 매스컴의 대리 성 전쟁 같은 것에 이르기까지 구주에서는 많은 일들이 벌어진다.

이러한 일련의 과정들이 개연성 있고 촘촘하게 그려진 것이 아니라 단편적으로 나열되었지만, 중요한 것은 이 과정에서 일어나는 변화에 대한 상상이다. 휴거를 예방한다고 소문난 '타미플루'를 사던 남성들이 어떤 백신도 소용없다는 것을 알게 되자 스스로를 변화시킨다. 공격성과 폭력성을 스스로 제거하게 된 것이다. 우연히 어깨를 부딪친 여자아이에게 90도 인사를 하는 "사과하는 아저씨"가 생기고, 여성이 우대받고 존중되는 사회로 바뀐다. 여성 전용 시설이 늘고, 남자들이 사라진 자리에 여자들이 들어가 승진의 기회를 잡고, 직장에 아이가 늘어나고, 노인

돌봄 업체가 증가하고 여성들을 위한 플라워 아트만이 아니라 목공, 건축, 법률에 대한 강좌들이 늘어난다.

"공평한 땅, 미래 도시 구주"라는 허울 좋은 행정 캐치프레이즈가 진짜가 된 것이다. 이러한 공적 변화는 연애와 결혼 같은 사적인 영역의 변화를 동반한다. 일부 남성을 제거한 가상현실을 '여자만의 나라'라고는 할 수 없지만, 가부장적 남성 제거는 '구주'를 여성 중심 사회로 바꾼다. 그러나 구주는 모든 여성에게 성차 없는 특질을 부여하고 '모성 이데올로기'를 신앙으로 섬기는『허랜드』와는 다르다. 구주에는 여성적인 것이라 말해지는 '배려와 존중'과 같은 평화적인 것들만 허용된다. 그래서 구주 여자들도 남성들과 더불어 "여성적이라 여겨지는 행동을 학습하고 모방했다. 상대의 말을 끊지 않은 채 끝까지 듣고, 자신의 욕망만큼 타인의 욕망을 헤아리면서, 고압적이지 않은 자세로 대화를 이어 가는 일"을 학습해야 했던 것이다.

무엇보다 결정적인 것은 구주의 혁명이 '여성' 됨을 약자와 열등으로부터 구출했다는 것이다. 남아는 비통 속에서, 여아는 기쁨의 탄성 속에서 태어나는 후천개벽이 일어난 것이다. 물론 이것이 여성해방의 궁극적 목표일 수는 없다. 여성 우월 사회란 페미니즘 이념에서 벗어나는 극단적인 공상으로 지금의 사회에 대한 미러링쯤으로 볼 수 있다.『지상의 여자들』은 어쩌면 미투 운동의 억울한 어느 지점에서 폭발한 공상적 서사일 수 있겠는데, 사실 밝혀진 사례들은 전 인류를 들먹일 것도 없이 현실의 몇천만분의 일도 되지 않을 것이다. 이들 중 공론장에서 논쟁을 불러일으킨 사례들도 있는데, 이러한 혼란과 부작용들은 모든 '혁명'에 따르는 필연적 과잉이라고 생각한다. 중요한 것은 그 모든 백래시에도 불구하고 공론화된 사례는 지구상의 여성에게 일어났던 일들 중 '티끌'에 불과하다는 것이다. 만일 여러 논란이나 법적 투쟁 없이『지상의 여자들』에서처럼 폭력 현장에서 남자들이 자동적으로 사라진다면? 그 사라짐이 현실의 철창행에 대한 비유라면, 지금 한국 남자 중에 남아 있을 사람은 그리 많지 않을 것이다.

엄마라는 필연

여성의 대다수가 경험하는 '엄마라는 필연'에서 출발하는 SF는 앞서 살펴본 여성적 섹슈얼리티나 젠더 해방의 기획만큼이나 많다. 윤이형의 SF는 특히 모성에 대한 사유가 많이 반영되어 있는데, 「대니」나 「굿바이」[8] 같은 작품이 대표적인 예이다. 「대니」가 돌봄 로봇을 통해 육아 노동의 고됨을 토로한다면, 「굿바이」는 네트워크의 메모리로 살아가는 기계 인간 대신 인간 육체를 택하는 인물을 통해 평생 노예와 같은 삶을 기꺼이 수락하는 '아이'에 대한 사랑, 엄마 됨의 긍지와 기적을 이야기하는 작품이다.

윤이형이 SF에서 보여 주는 수긍과 거부라는 혼란스러운 지점에서 알 수 있듯, '엄마 됨'이란 쉽게 치워 버릴 수도 수용할 수도 없는 곤혹스러운 영역이다. 결혼은 사랑하는 연인과 많은 시간을 함께하겠다는 뜻이지, '엄마'라는 특정한 직업을 선택한다는 뜻이 아니다. 그런데도 여성들은 결혼과 동시에 의지적·비의지적으로 '엄마'가 되고 거의 평생을 가사 노동과 돌봄 노동의 주체가 된다. 운이 좋다면 주변의 도움을 받을 수도 있고, 직장 일과 병행할 수 있지만 대개는 재생산의 일차적 책임에서 벗어나지 못할 뿐 아니라 어쩌면 책무로 변질되어 버린 성 노동까지

8　윤이형, 『러브 레플리카』(문학동네, 2016).

짊어져야 한다. 이러한 일체의 재생산 노동에 따른 경제적 보상이란 전무하거나 형편없는 것임은 말할 것도 없다. 하여 성적 계급의 근본적인 철폐를 위해서는 급진적 페미니스트 슐라미스 파이어스톤의 주장대로 생산수단인 생식에 대한 남성의 점유를 거부하는 것이 성 혁명의 지름길일 수 있다.

이서영의 「히스테리아 선언」[9]은 '생식 수단 점유'의 거부를 통한 해방의 기획을 보여 준다. 소설의 가상공간에서 주인공 센을 비롯한 일군의 선택된 여성들은 '완전한 아이'를 낳기 위한 생산원으로 격리 수용된다. 존재의 의미를 오직 '임신'과 '출산'에 둔 이들 여성들은 쾌적한 환경에서 특별 관리되지만, 임신에 대한 초조와 불안, 그리고 산후우울증이라는 '히스테리아'를 앓기도 한다. 히스테리아에 걸린 여성들은 교정실로 끌려가 특별히 관리를 받은 뒤 다시 건강한 잠재적 산모가 되어 돌아온다. 다른 '생산원'에 비해 쉽게 임신을 한 문제적 주인공 센은 자신의 몸이 타자와 국가에 포섭되는 것을 거부하고 낙태를 위해 탈출한다.

김하율의 「마더 메이킹」[10]은 '모성 호르몬'을 통해 모성성 신화를 성찰하는 작품이다. 미래 사회의 어느 시점, 감정 호르몬제를 제작하는 한 회사에 '모성 호르몬'에 대한 주문이 들어온다. 모성이란 회사의 오너 말대로 "새끼같이 연약한 것을 연민하고 보호하려는 헌신과 인내를 의미하고 여성만의 소유물은 아니지만", 기술자 밥은 주문대로 여성을 대상으로 한 호르몬 생산 제작에 들어간다. '외로움과 결핍, 두려움과 설렘, 긴장과 각성, 방어력과 초인적인 힘'과 같은 성분으로 구성된 호르몬은 그 어떤 감정보다 야만적이고 파괴적인, 강력한 감정을 조장하는 '마

---

9 이서영, 『악어의 맛』(온우주, 2013).

10 김하율 외, 『우리가 먼저 가볼게요』(에디토리얼, 2019).

더 메이킹'으로 완성된다. 밥은 임상 실험을 위해 생후 6개월의 아이를 키우는 아내 리에게 이를 주입하려 한다. 그러나 리는 "마더 메이킹이 아니라 메이드 메이킹 같은데."라며 냉소하고 이를 거부한다. 원래 리는 밥과 같은 회사에 근무하는 에이스였으나 밥과 결혼 후 출산하면서 직장 일을 버리고 '엄마'라는 새 역할을 떠안아야 했다. 일중독자였던 리에게 육아는 재앙이었던바, 엄마란 "24시간 근무에 야근 수당은커녕 연봉 협상은 안 되고 경력을 인정받는 것도 아닌" 쓰리디 직업이기 때문이다. 리는 자신에게 향하던 호르몬제 주사기를 돌려 순식간에 밥에게 주사한다. 강렬한 통증 직후, 밥은 주사를 맞았다는 생각을 할 겨를도 없이 아이에게로 달려가는 자신을 보게 된다. 그 후 밥은 일에 대한 욕망이 감소하여 회사에 결근하는 날이 많아지고, 각성 상태에 시달리면서 성공적으로 완수된 모성 호르몬제의 수혜자가 되어 간다.

사이보그 선언

이상에서 살펴본 SF 서사는 상상일 뿐이며 아무런 현실적 구속력도 없고, 논할 가치도 없다고 말할 수도 있다. 그러나 중요한 것은 이러한 공상을 하는 진짜 여성의 '실존'이다. 그녀들이 발 딛고 있는 구체적인 현실과 그들을 구속하고 있는 필연들. 그것은 트랜스젠더 방식으로, 젠더를 다양하게 분화시키거나 오직 여성만을 남겨 두는 방식으로, 엄마됨을 거부하는 방식으로 자유의 비전을 보여 준다.

SF는 일종의 은유이자 알레고리이다. '아버지를 아버지라 부를 수 없을 때', 사적 공간에서 벌어지는 수많은 폭력을 모조리 범죄로 고발하고 처단할 수 없을 때, 여성의 분노는 SF라는 기이한 이스트에 의해 부풀어 오르고 터져 나간다. SF로 떠오른 이들의 분노와 해방의 메시지가 풍선껌처럼 허망하게 터지고 말더라도, 그 풍선을 부풀어 오르게 만든 억압과 은폐에 주목해야 한다.

여성해방이 아닌 모든 인간이 희망하는 젠더 유토피아의 기획을 위해 우리는 도나 해러웨이의 '사이보그 선언'을 참조할 필요가 있다. "나는 여신이 되기보다 차라리 사이보그가 되고 싶다.""라는 사이보그 존재론은 생물학적 결정론은 물론 오이디푸스 스토리를 비롯한 역사성과 페미니즘 이론의 '총체성'과 여성의 범주를 거부한다. 성차는 물론 사적/공적 영역 구분에서 벗어나 파편과 분열과의 접속을 통해 정체성을 구성하는 '사이보그'는 존 롤스의 '무지의 베일'처럼 '인간'을 괄호에 넣고 가능성의 영역에서 '젠더 정의'를 사유할 수 있게 한다. 사이보그 존재론을 통한 페미니스트 실천은 젠더 유토피아에만 그치는 것이 아니라 여러 제약에 갇힌 '인간성'을 해방하는 휴머니스트의 실천이기도 하다.

11 도나 해러웨이, 임옥희 옮김, 「사이보그를 위한 선언문 — 1980년대에 있어서 과학, 테크놀로지, 그리고 사회주의 페미니즘」, 《문화과학》 8호(1995).

포스트휴먼 시대 여성의 노동

생각해 보면 '직업여성', '직업 주부' 같은 말처럼 우스꽝스러운 것은 없는데, 왜냐하면 그 역인 '직업 남성', '직업 남편'이 현실적으로 성립되지 않기 때문이다. '직업여성, 직업 주부'란 일종의 인간이 지니는 무수한 정체성 중 어떤 하나를 자본주의 시스템에서 '임금노동화'한 결과라고 볼 수 있는데 이는 '직업 부모', '직업 아이'와 같이 돈 받고 부모 노릇 하기, 돈 받고 아이 역할 하기처럼 교환될 수 없는 '정체성'을 상품화하는 전략이다. 그러나 이러한 직종이 현실적으로는 오랜 역사 동안 강력한 실체(기생, 호스티스, 하녀, 가정부, 식모 등)로서 존재해 왔다는 사실을 우리는 종종 간과한다. 또한 역설적으로 후기 산업사회의 자본주의 완전 정복에 따라 여성의 노동이 임금노동으로 가시화됨으로써 뜻하지 않은 혼란에 직면하고 있다. 즉 성 노동, 돌봄 노동, 가사 노동, 출산 노동 등의 노동 상품화와 시장 진입은 이제껏 '자연'이라는 이념 아래 '여성'에게 주어진 무임금 노동이 사실 남성 지배 구조 속에서 이루어진 '강제된 노동'과 '착취'에 불과한 것인지도 모른다는 의혹을 불러일으키고 있는 것이다.

마거릿 애트우드의 『시녀 이야기』(1985)[1]는 이러한 여성의 노동을 적나라하게 보여 준다. 21세기 후반 환경오염과 전쟁으로 출산율이 급감하자 남성들은 길리어드라는 전제 국가를 건립하고 여성들을 잡아다 네 부류로 나눈다. 아내, 하녀(집안일), 시녀(대리모), 그리고 비여성. '시녀'는 불임의 '아내'를 대신해 아이를 갖도록 강제된 가임 여성으로, 사랑도 쾌락도 금지당한 채 고위층 남자에게 자궁을 제공한다. 가사를 담당하는 하녀들은 '아주머니'라 불리며 '붉은 망토의 시녀'를 감시하는 역할을 한다. 그리고 가임과 가사, 권력으로부터 배제된 '비여성'들은 콜로니라는 게토에 갇혀 독극물을 처리하는 강제 노역에 종사한다. 2017년 드라마화되어 인기를 끌었고 또 여기에서 영감을 얻은 미국 여성들이 낙태금지법안에 맞서 붉은 망토를 입고 "마거릿 애트우드를 픽션으로 돌려놔라!"(Make Margaret Atwood fiction again!)를 외치며 시위를 벌여 더욱 화제가 되었던 책이기도 하다. '자궁의 공공화'를 둘러싼 이 기묘한 이야기가 21세기 현실이 되어 버린 것에 대한 경악은 단지 미국 여성만이 아니라 '대한민국 출산 지도'를 지닌 우리나라 여성의 것이기도 하다.

생식기로부터

돌이켜 보면 여성의 노동은 『시녀 이야기』의 노동 목록에서 크게 벗어나지 못한 듯하다. 19세기 전후 여성은 법적 지위의 향상과 더불어 공적인 경제활동을 하게 되었으나 임금격차나 '유리 천장'은 여전히 현저한 남녀 차별을 가리키고, 또한 여전히 '섹슈얼리티'를 부수적이며 함축적인

---

1   마거릿 애트우드, 김선형 옮김, 『시녀 이야기』(민음사, 2016).

노동수단으로 제공해야 하는 이중 노동을 하고 있다.

즉 산업 현장에서 여성은 남성과 동일한 노동 외에 섹슈얼리티와 관련된 육체적·감정적 노동을 암묵적으로 강제받는 일이 비일비재했다. 이는 송충이 잡는 일을 하면서 감독에게 몸을 바쳐야 했던 극빈층의 복녀를 그린 김동인의 「감자」에서부터 지주의 성적 유린, 방적 공장 감독의 유혹에 시달리는 여성 선비를 그린 강경애의 『인간 문제』 등 근대 여성 노동 현장을 다룬 문학작품 곳곳에서 찾아볼 수 있는 부분이다. '미투 운동'에서 폭로된 직장 내 성희롱, 성폭력, 위력에 의한 성범죄 등은 이렇듯 '(여성) 노동'에서 '여성의 섹슈얼리티'를 삭제하지 못한 남성 지배 구조의 장구한 역사에 대한 뚜렷한 증언들이라고 할 수 있다.

마거릿 애트우드가 제시한 저 여성 노동 목록과 성별 직업 분리가 여성 고용률 50.8퍼센트에 이른 2017년[2]에도 크게 달라지지 않았음은 다음과 같은 연구 자료[3]에서 확인할 수 있다.

노동시장 계층별 성별 종사자 수				노동시장 계층별 성별 종사자 비중		
	여성 수 (비중 %)	남성 수 (비중 %)	전체 (비중 %)	여성 (%)	남성 (%)	합계 (%)
상층	1,55722(12.6)	4,658,936(33.7)	5,914,657(24.8)	21.2	78.8	100
중간층	1,67,306(13.7)	4,095,569(29.6)	5,462,875(22.9)	25.0	75.0	100
하층	7,342,475(73.7)	5,083,520(36.7)	12,425,995(52.2)	59.1	40.9	100
합계	9,965,503(100)	13,838,025(100)	23,808,528(100)	41.9	58.1	100

2 「2018 통계로 보는 여성의 삶」(통계청 자료). 20세 이상 취업 인구에서 여성 비율은 1970년 33.7퍼센트로부터, 1980년 34.5퍼센트, 1990년 32.2퍼센트, 2009년 41.9퍼센트로 여성의 경제 활동 참여율은 상승해 왔다. ─ 한준, 「한국 직업의 성별 분리, 1970~1990」, 《한국사회과학》(1998); 허은, 「노동시장 계층별 성별 직업 분리에 관한 연구」, 《한국사회학》 47집 2호(2013).

3 「노동시장 계층별 성별 취업자 현황」(2009), 허은, 앞의 글.
이 표의 상·중·하층의 구분은 423개의 직업을 대상으로 노동자들의 월평균 임금의 평균값을 기준으로 서열화해 나눈 것이다.

이 연구에 따르면 2009년 노동시장 계층별 성별 종사자 수 현황에서 여성 노동자의 73.7퍼센트가 하층에 종사하고, 동일한 하층에 있는 남성 노동자에 비해 낮은 임금을 받고 있다. 주로 한식 주방장과 조리사, 경리사무원, 보육 교사, 간호조무사, 청소원 등의 직업으로 구성된 하층 노동시장은 여성 집중 직업과 남성 집중 직업(제조업, 기능직 등)의 성별 직업 분리에 의해 임금 수준에서 큰 격차를 보인다. 상층은 중·하층에 비해 남녀 통합적 분리가 비교적 덜하지만 여전히 성별 분리가 심하고, 성별 분리가 하층보다는 중간층에서 압도적으로 나타난다고 분석한다. 즉 2009년 여성 10명 중 4명이 경제활동을 하고 있고, 이들 중 7명이 저임금의 하층 노동에 종사하고 있는데, 이들 여성은 전체 하층 노동자 10명 중 6명에 해당한다는 것이다. 이 지표들은 여전히 완강한 남성 중심의 노동시장과 열악한 여성 현실을 보여 주는 것이다.

이 상·중·하 노동계급의 구분은 『시녀 이야기』의 '아내, 하녀, 시녀, 비여성'의 구분과 유사하다. 집안을 통제하고 대외적으로 신분을 인정받은 최상층의 '아내'는 일종의 12.6퍼센트의 상층 전문직의 여성들에 견주어 볼 수 있는 것으로, 이들은 중·하층에 비해 그녀의 '여성성'을 노동수단으로 제공하지 않고 남성들과 유사한 일을 할 수 있다. 그리고 돌봄과 가사를 담당하는 '하녀'와 생식기를 제공하는 '시녀'들은 '여성 집중' 노동에 종사하는 중·하층의 여성들에, 세상에 가장 열악한 노동에 종사하는 비여성들은 73.7퍼센트의 하층 여성에 해당된다고 볼 수 있다. 그리고 '아내' 이외에 중·하층의 여성은 그녀들의 자궁과 섹슈얼리티, 모성성을 노동수단으로 제공해야 하는 취약한 자리에 위치한다고 볼 수 있다.

섹슈얼리티는 앞서 언급했던 「감자」의 복녀, 『인간 문제』의 선비뿐 아니라 신여성 출현 이후 근대 여성들이 일터에서 감당해야 하는 중대한 '위험 요소' 중 하나였다. 일제에 의한 강제된 성 노동은 말할 것도 없고, 유사 이래 지속된 '여성 노예와 노예 아내'[4]의 흔적은 여전히 근대 여성의 삶에 지속되고 있다. 1970년대 호스티스 멜로드라마의 유행은 이러한 여성 노동에 암묵적으로 덧입혀진 섹슈얼리티의 상품화를 명확히 보여 준다.

이촌향도가 증가하던 1970년대에 서울로 상경한 농촌 여성들에게 주어진 일자리란 '하녀', '비여성'쯤에 해당하는 하층 노동이었다. 호스티스 멜로물을 대표하는 조선작의 소설 「영자의 전성시대」의 영자는 시골에서 무작정 상경한 순박한 처녀로 부유층의 식모를 전전하다가 사장의 아들에게 욕을 당하고 쫓겨난다. 버스 안내양이 된 영자는 버스 사고로 한쪽 팔을 잃고 사창가에서 외팔이 창녀로 일하다가, 애인 창수가 만들어 준 의수를 달고 비참한 죽음을 맞이하고 만다. 최인호의 소설 『별들의 고향』에서 경아는 가난 때문에 음악대학을 중퇴했지만 어엿한 사무실의 경리직원으로 사회생활을 시작한다. 그러나 첫 애인 영석에게 버림받고 낙태 후유증으로 임신을 못 하게 된 경아는 여러 남자를 거쳐 호스티스로 전락한다. 경아는 사무직 노동자이지만, 그녀의 노동 주변에는 '여사원에게 음담패설을 즐겨하는' 남성 동료와 해외 출장길에 사왔다며 '크리챤 디올' 향수를 건네는 상무의 불안한 유혹이 어른거린다. 식모 일을 하는 영자 주변에도 어린 사내와 늙은 사내의 음흉한 눈길이 호시탐탐 그녀를 노리고 있고 끝내 영자는 겁탈당하고 버림받는다.

여공의 삶을 다룬 이인휘 소설 「그 여자의 세상」[5]에도 섹슈얼리티를 암묵적으로 노동에 포함시키는 여성 노동의 실태가 잘 드러나 있다. 주

---

4 셀라 레웬학, 김주숙 옮김, 『여성 노동의 역사』(이화여대 출판부, 1995), 94쪽.

5 이인휘, 『폐허를 보다』(실천문학사, 2016).

인공 여홍녀는 열여섯 살에 봉제 공장의 시다로 출발, 전자 공장에 취직하지만 인원 감축 소문에 공장장에게 몸을 바친다. 그로 인해 낙태를 두 차례나 하지만 결국 회사에서 잘리고 버스 안내양이 된 홍녀는 중년의 기사에게 온갖 괴롭힘과 성폭행을 당하고 끝내는 술집 매춘녀로 전락하고 만다. '공원 — 버스 안내양 — 창녀'의 경로를 밟는 여홍녀의 궤적은 "산업화 시기 배운 것도 없는 가난한 집안 출신 여성이 진출하는 사회적 영역을 압축해 놓은 것"[6]으로 성 노동과 겹쳐 있는 프롤레타리아 여성 노동의 실상을 잘 보여 준다. 영자, 경아, 여홍녀가 전전하는 '식모 — 버스 안내양 — 여공 — 창녀'의 경로는 "1989년 노동하는 여성 가운데 4분의 1이 넘는 여성들이 성 산업에 종사했다는 통계"나 "여공들의 위상이 성매매 지역에서 일했던 여성들과 사회적으로 유사한 것으로 간주"[7]되었던 과거의 문학적 재현이라고 볼 수 있다.

중산층 여성도 프롤레타리아 여성 노동에 새겨진 '하녀, 시녀, 비여성' 되기에서 자유로운 것은 아니다. 박완서의 『그대 아직도 꿈꾸고 있는가』[8]는 '가족'에서 이탈한 1980년대 여성의 성과 노동이 어떤 경로를 밟는지를 잘 보여 준다. 주인공인 '그 여자'는 이혼한 경력을 가진 중학교 가정교사이다. 상처한 대학 동창 혁주를 만나 연애를 하고 새로운 가정을 꿈꾸지만 혁주는 30대 중반의 그녀를 버리고 호텔 지하에 의류 매장을 두 개나 가진 미모의 처녀 애숙과 결혼하고 만다. 뒤늦게 임신 사실을 알게 된 '그 여자'는 결혼 전 혁주를 만나 사실을 알리지만, 혁주는 어

---

6 이경재, 「여공(女工)의 어제와 오늘 — 이인휘의 최근작을 중심으로」, 《21세기 문학》 2018년 여름 호, 180쪽.

7 앞의 글, 181쪽.

8 박완서 『그대 아직도 꿈꾸고 있는가』(삼진기획, 1989). 이하 이 책에서의 인용은 쪽수로만 표기한다.

머니의 계략에 따라 그녀를 협박하고 결국 "이 아이는 댁들하고는 아무 상관없어요."라는 거짓 자백을 받아 낸다.

점점 배가 불러 오는 '그 여자'를 둘러싸고 온갖 추문과 비난이 난무하자 교장은 "혼자 사는 여자의 방탕한 사생활의 불미스러운 결과"에 대한 사회적 책임을 물어 '그 여자'로부터 사표를 받아 낸다. 퇴직금으로 3년 동안 출산과 육아에만 전념하던 '그 여자'는 잔고가 바닥나자 아파트 이웃의 아이들을 맡아 돌보는 '놀이방'을 여는데, 그마저도 못 하게 된다. 이웃 홀아비의 아이를 맡아 키우던 어느 날 그 남자가 술에 취해 그녀 몸 위로 넘어지는 꼴을 다른 엄마가 목격하고, "사생아를 배서 쫓겨난 문란한 전직 교사"라는 추문 속에 그녀를 고립시켰기 때문이다. 결국 그 동네를 떠나 다른 곳으로 이사하면서 '반찬 가게'를 연 그녀는 아이 문혁을 키우는 보람으로 고된 노동을 이겨 나가지만, 또다시 미혼모의 쓰라린 고난을 당하게 된다. 아이 아빠인 혁주와 그의 어머니가 아들 문혁을 빼앗기 위해 나타난 것이다. 재색을 겸비한 혁주의 아내가 딸아이 하나를 낳고 자궁 적출 수술을 해 대를 이을 수 없게 되자 혁주 모자는 숨겨 둔 아들을 기억해 내고 그악스럽게 '그 여자'를 회유하며 아이를 뺏으려 한다. 결국 법정까지 이른 이들의 싸움은 혁주가 남긴 편지가 결정적 증거가 되어 '그 여자'의 승리로 끝나게 된다.

『그대 아직도 꿈꾸고 있는가』는 가부장제에서 금지된 '근대 가족 바깥'의 여성의 성이 어떻게 취급받는지, 또한 그렇게 하여 '문란한 여자'로 전락한 여성이 주변부 사회에서 어떤 일을 하게 되는지를 잘 보여 준다. '교사 ― 놀이방 보모 ― 반찬 가게'라는 그녀의 '하녀 되기'의 경로에는 남성과 법으로부터 보호받지 못한 '여성의 섹슈얼리티 추락'이 들씌워져 있는 것이다. 근대 가족에서 여성의 섹슈얼리티와 모성성은 남자에게 집중된 사적 재산을 그 자식에게 상속시키고자 하는 일부일처제의 근원적 욕망을 충족시켰을 때만 용인될 수 있는 것이다.[9] 『그대 아직도 꿈꾸고 있는가』의 '여자들'은 이러한 일부일처제의 냉혹한 생리를 간파한바, 남성 못지않게 아들을 욕망하고 또 그 아들을 둘러싼 인정 투쟁에서 벗어나지 못한다. '그 여자'의 동료 임 선생의 다음과 같은 말. "이 세상에 인간으로 입문하는 조건을 100점 만점이라고 칠 때 남자로 태어나면 기본점 50점은 따고 들어가는 거라구. 그러니까 여자로 태어난다는 건 상대적으로 50점 감점인 셈이지."(75쪽)나 문혁을 호적에 올리고자 하는 '그 여자'의 분투 등은 가부장제의 최고 권력에 순응할 수밖에 없는 여성의 운명을 보여 준다. 또한 혁주의 아내 애숙이 자궁 적출 수술 직후 보여 주는 상심과 친정 부모의 태도 등은 여전히 '대를 이을 아들을 낳을 수 있는 자궁'으로서만의 여성의 존재를 상기시킨다.

> "자네 볼 낯이 없네."
> 장모의 벌겋게 충혈된 눈에 다시 하나 가득 눈물이 고였다.
> "글쎄 고정하래도⋯⋯."
> 장인이 정색을 하고 장모를 나무랐다. 그러나 장인의 표정도 거의 울상이었다.
> "딸 가진 죄인이라더니⋯⋯."
> (⋯⋯)
> 혁주는 장인 장모의 이렇듯 적나라한 딸 가진 죄인 노릇을 지켜보면서 새삼스럽고도 힘차게 아들은 있고 볼 일이라고 생각했다. 만약 지금 나에게 숨겨 놓은 아들이 없었다면 얼마나 비참했을까. (⋯⋯)
> 황 여사가 땅이 꺼지게 한숨을 쉬었다. 애숙이가 깨어난 지가 몇 시간

9   프리드리히 엥겔스, 김대웅 옮김, 『가족, 사유재산, 국가의 기원』(아침, 1989), 101쪽.

이나 됐다고 친정 식구나 시집 식구가 약속이나 한 듯이 애숙이의 용태에 대한 근심은 저리 가라, 오로지 애숙이가 떼어 낸 자궁에만 연연하며 그 돌이킬 수 없는 상실을 비통해하고 있었다.(118~120쪽)

『그대 아직도 꿈꾸고 있는가』는 여성해방은커녕, 여성의 자유로운 삶이 봉쇄된 가부장제에서 역설적으로 '아들'이라는 대타자를 더욱 욕망하는 여성들을 보여 준다. 주인공 '그 여자'는 아들에 거는 희망을 다음과 같이 설파한다.

"그 애에게 거는 저의 가장 찬란한 꿈이 뭔 줄 아세요? 남자로 태어났으면 마땅히 여자를 이용하고 짓밟고 능멸해도 된다는 그 천부의 권리로부터 자유로운 신종 남자로 키우는 거죠. 그 꿈을 위해서도 그 애는 제가 키우고 싶어요."(162쪽)

그러나 저러한 외침은 '그대 아직도 꿈꾸고 있는가'라는 반어적 제목처럼, 가부장제의 전복조차 남성에게 기댈 수밖에 없는 여성의 무력감을 보여 준다는 점에서 더욱 비애스럽다. 그럼에도 불구하고 '그 여자'들의 육아와 가사는 최소한 자기실현과 인정 투쟁에서의 승리를 함축한다는 점에서 절망적이지는 않다. '그 여자'들은 무임금노동일지라도 육아와 살림을 통해 '어머니와 아내'로서의 존재를 인정받고, 가족과 사회적 관계망에서 의미 있는 위상을 점유할 수 있었다. 자신의 노동력을 상품화하지 않음으로써 날마다의 노동에서 주체가 될 수 있었고 가족의 윤택한 생활과 성장을 노동의 보람으로 만들 수 있었다. 물론 그것은 대가족제도와 전근대적 마을 공동체의 흔적이 남아 있었기에 가능했던 것이다. 지금처럼 '혼족' 문화가 성행하는 고도의 개인주의 사회에서 가정이라는 폐쇄된 공간에서의 주부 노동은 타자와 인정 투쟁을 다투어 볼 수도 없는 '고립'된 노동이 되어 버렸다. 조남주의 『82년생 김지영』에서 지영에게 던져진 '맘충'이라는 비하는 경제활동을 하지 않는 존재를 삭제시켜 버리는 비정한 자본주의의 전횡과 우리 시대 고립된 '엄마'나 '주부'들이 느끼는 노동 소외를 압축적으로 드러낸다.

주부가 '맘충'으로 비하될 만큼 실제 여성의 경제 생산 활동이 2명 중 1명꼴로 늘었다는 것은 위의 지표들에서도 확인할 수 있다. 그러나 공적 영역으로 진출한 여성이 집에서 하던 일과 크게 다른 일을 하게 된 것 같지는 않다. 여성 노동이 하층에 73.7퍼센트가 몰려 있다는 사실이 이를 증명한다. 차라리 미즈의 지적대로 많은 여성들이 저임금을 받는 '가정주부화'[10]되었다고 보는 것이 온당할 것이다.[11] 한편 여성의 경제 생산 활동 진출은 가정의 공동화 내지는 '저출산', '돌봄 위기'로 이어졌는데[12] 이 노동들은 다양한 방식으로 시장과 국가에 위임되고 있는 추세이다. 그리하여 우리는 또 다른 이름의 '엄마들'과 '하녀들', '시녀들'(돌보미, 베이비시터, 입주 이모, 등하원 도우미, 보모, 가사 도우미, 청소 도우미, 간병인, 요양보호사, 대리모 등)을 갖게 되었다.

---

10 마리아 미즈, 최재인 옮김, 『가부장제와 자본주의』(갈무리, 2014).

11 앞의 책에서 '여성의 연령별 경제활동 지표'를 보면 20대와 40~50대에 몰려 있고, 출산과 육아를 경험하는 30대는 축소된다. 이러한 M자형은 경력 단절을 겪은 40~50대의 여성 노동의 질적 저하와 평가절하, 가정주부화뿐 아니라 20대 여성 노동에 대한 평가절하로 이어지는 것으로 보인다.

12 "사회 재생산은 한편으로는 자본축적의 지속 가능성을 위한 조건이 되지만, 무제한 축적을 향한 자본주의의 경향으로 인해 자본은 자신이 의존하고 있는 사회 재생산 과정을 다른 한편으로는 와해하려 한다. 바로 이 자본주의의 사회 재생산 모순이 이른바 돌봄 위기의 뿌리인 것이다."—낸시 프레이저, 문현아 옮김, 「자본과 돌봄의 모순」, 《창작과 비평》 2017년 봄호.

출산 기계와 돌봄 로봇으로부터

그러나 위의 '자연'에 기초한 성별 분업이 더 이상 유효하지 않다는 것은 남성 노동으로 가정된 노동의 변화를 보면 금세 알 수 있다. 즉 산업화와 첨단 기술에 의해 남성 육체노동 대부분이 기계화되고 사무직과 서비스직에 종사하고 있는 현실을 감안하면, 4차 산업혁명 이후의 '노동의 미래'는 필연적으로 기존의 성별 분업의 해체를 가져올 것으로 보인다. 현재의 육아 분담, 그리고 세탁기와 청소기 등의 가사 노동의 기계화는 임신과 출산에 대한 기술적 진보, 돌봄 로봇, 섹스 로봇 등의 확산 (섹스 인형 대여 업소 '킹키스 돌스'는 2017년 토론토에 섹스 인형 성매매 업소 1호점을 열었다.)[13] 등으로 이어져 다양한 대체 노동을 가져올 것이다.

1970년대 2세대 페미니즘 물결을 가져온 슐라미스 파이어스톤은 『성의 변증법』에서 성 불평등의 근본적 원인을 경제적 계급이 아니라 생물학적 차원에 두고, 생식을 거부하자는 급진적 여성해방을 주창했다. 그녀의 페미니스트 혁명에는 인공 생식, 피임, 사이버네틱스라는 기술 진보에 대한 낙관적 비전이 들어 있다. 그녀는 "임신은 야만적이다. 임신은 종을 위하여 개인의 육체가 임시로 기형이 되는 것이다."라며 출산을 거부하고 인공 생식과 육아의 사회화, 노동의 자동화에서 성 해방의 가능성을 찾았다. 이는 물질적 한계를 벗어나 신의 영역에 진입한 호모사피엔스가 "나, 너, 남자, 여자, 사랑, 미움이 완전히 무관해지는" 특이점을 지나게 되리라는 유발 하라리의 비전과 흡사하다. 그러나 과연 기술 진보와 4차 산업혁명이 성 해방을 가져올 것인가. 이러한 포스트휴먼의 노동의 미래가 왠지 미심쩍은 것은 기술의 진보를 의심해서가 아

13 장정일, 「특이점이 온다」, 《한국일보》 2018년 10월 3일.

니다. 그보다 유사 이래 희소성을 둘러싼 정치경제학이 더 강력한 현실을 만들어 왔다는 사실 때문이다.

> 입덧은 점점 심해졌다. 게다가 잦은 두통과 엉치등뼈가 아픈 골반통까지 수반되었다. 자궁이 자리를 잡으면서 생기는 자연스러운 증상이라니, 나나 여자나 속수무책이었다. 난자와 정자는 내 것이 아니지만 자궁은 온전히 내 것이었다. 그러므로 자궁에 자리 잡아 가는 수정란의 존재 흔적은 고스란히 내 몫이었다.[14]

> 내 머리 위 침대 머리맡 쪽으로 세레나 조이가 사지를 벌린 채 자리 잡고 있다. 쫙 벌린 그녀의 두 다리 사이로 내가 눕는다. 머리로 그녀의 배를 베고, 내 두개골 아래쪽으로 그녀의 골반 뼈가 자리를 잡으며, 허벅지는 내 양쪽 겨드랑이로 내려온다. 그녀 역시 옷을 다 차려입고 있다.
> 나는 두 팔을 위로 치켜든다. 그리고 세레나 조이가 내 손을 한 손에 하나씩 잡는다. 이런 자세는 우리가 하나의 육신, 하나의 존재임을 상징하기 위한 것이다. (……) 내 빨간 치마는 허리께까지 걷어 올려지지만, 더 이상은 올라가지 않는다. 그 밑에서 사령관이 오입질을 하고 있다. 그가 범하고 있는 건 내 아랫도리다. 정사(情事)라고는 말할 수 없다.[15]

위 첫 번째 인용문은 김이설의 단편소설 「엄마들」의 일부이다. 대리모를 자처한 주인공은 고객 부부의 수정란을 받아 임신에 성공한다. 가족에게 빚을 떠넘기고 도망간 아버지 대신 가족을 부양해야 하는 젊은

---

14 김이설, 「엄마들」, 『아무도 말하지 않는 것들』(문학과 지성사, 2010), 46쪽.

15 마거릿 애트우드, 『시녀 이야기』, 141쪽.

여자에게 열 달의 자궁 임대로 받는 5000만 원은 큰 것이다. 불임 여성을 대신하여 '자궁'을 자처한 대리모의 모습은 두 번째 인용문에서 '아내'와 함께 사령관과 관계를 갖는 '시녀'의 모습과 크게 다르지 않다. 그리고 「엄마들」의 여성 고객 또한 생계 수단인 결혼에서 추방되지 않기 위해 출산을 외주화했다는 점에서 여전히 남성의 절대적 지배 아래 있는 여성 계급임을 보여 준다.

　윤이형의 「대니」는 '엄마'를 모티프로 한 SF이다. 「대니」에는 두 명의 돌보미가 나온다. 한 명은 6개월 된 아이를 돌보는 일흔두 살의 할머니이고, 또 하나는 스물네 살의 돌보미형 로봇이다. 이 로봇은 국가에서 만든 시범형 로봇인데 인공두뇌, 튼튼한 팔다리를 가진 청년으로서 절대로 지치거나 짜증을 내지 않고 아이의 요구를 정확히 파악해 대처하도록 설계되어 있다. 무엇보다 '대니'는 사람이라면 누구나 지닌 '불안정한 감정'이 없어 아이에게 절대적 안정과 돌봄을 제공할 수 있는 '완전한 엄마'이다. 그러나 이 소설의 돌봄 로봇은 파이어스톤과 같이 사이버네틱스에서 미래 육아의 가능성을 읽어 내기 위해 호출된 것이 아니다. 이는 24시간 아이와 함께 고립된 공간에서 '기계'처럼 일해야 하는 '양육'이라는 노동의 성격을 보여 주기 위한 것이다. 기계 엄마, 대니, 할머니의 우정과 연대, 그리고 탈출이 일종의 판타지라는 것은 우리 시대 '엄마'라는 존재가 감당해야 하는 노동의 강도와 소외 현상을 보여 준다. 직장에서 일하는 '엄마' 대신 아이들은 돌봄 로봇과 같은 할머니, 돌보미, 도우미 등 다양한 '엄마들'을 갖게 되었지만, 그들의 돌봄 노동은 사회적으로 고립된 '엄마'와는 다른 맥락에서 노동으로부터 소외된다.

　손보미의 「임시교사」[16]에서 P 부인은 20년 동안 임시교사를 했던 경

---

16 손보미, 『우아한 밤과 고양이들』(문학과지성사, 2018).

력으로 한 가정의 보모로 일하게 된다. P 부인은 맞벌이하는 부부 대신 정성을 다해 아이를 키우고 나중에는 치매에 걸린 노모까지 돌본다. P 부인에게 이 돌봄 노동은 단순히 생계비를 위한 일이 아니라, 과거 교사 경력과 크게 다르지 않은 존재감과 위엄을 확인할 수 있는 노동이다. "남의 집이라고 생각하지 마세요."라는 아이 엄마의 말은 그녀의 노동에 더욱 힘을 실어 준다. 그러나 몇 년 후 P 부인은 느닷없이 해고 통지를 받는다. 노모를 요양원에 보내고 가족은 해외로 떠나 버린 것이다. P 부인의 돌봄 노동은 애초부터 노동생산물(성장한 아이와 단란한 가족)로부터 소외된 노동이었던 것이다.

　김숨의 『여인들과 진화하는 적들』[17]에서 맞벌이 아들 부부를 대신해 손주를 돌보는 할머니 또한 돌봄 노동으로부터 소외되긴 마찬가지이다. 시어머니에 대한 며느리의 무관심과 적대감은 그녀를 "입주 보모"나 다름없는 일용직 노동자로 전락시킨다. 며느리의 교묘한 적의와 비하는 아이를 둘러싼 권력관계에서 발생되는 것이기도 하지만, 홈쇼핑 콜센터 상담원이라는 아이 엄마의 억압된 감정에서 기인한 것이기도 하다. 자본주의 시장에서 감정 노동을 하는 며느리는 '어머니'의 노동력을 착취하는 또 다른 압제자로, 이들은 공히 노동의 소외 현장에서 서로를 적대하는 '수치와 모욕의 공동체'가 된다.[18] 포스트휴먼 시대에 이렇듯 다양하게 아웃소싱되는 여성의 노동에는 콜센터 상담원과 같은 감정 노동자가 다수 분포되어 있다.

　황정은의 「복경」[19]의 화자는 침구류 매장 판매원이다. 남편은 "고객

17　김숨, 『여인들과 진화하는 적들』(현대문학, 2013).

18　소영현, 「모욕의 공동체, 고귀한 삶의 불가능성」, 앞의 책 해설.

19　황정은, 『아무도 아닌』(문학동네, 2016). 이후 이 책에서의 인용은 쪽수로만 표기한다.

들에게 시달리기로 악명 높은 일자리라며 다른 일을 찾아보자고 말렸지만" 화자는 "판매 서비스가 아닌 직종이라는 게 세상에 남아 있기나 한 건지"라고 회의한다. 판매 서비스 직원이 된 주인공은 '미소와 친절'을 노동수단으로 제공한다. 그리고 그녀와 같이 조각난 인격체인 감정 노동자들은 서로를 향해 고갈된 웃음 대신 남아도는 증오와 분노를 퍼붓는다.

> 백화점에는 판매원과 계산원과 미화원과 조리사가 있는데 판매원과 계산원은 서로를 증오하고 미화원은 둘 다를 증오하고 직원 식당의 조리사들은 이들 모두를 증오하고 이들 모두는 조리사들을 증오합니다. 알겠습니까? 다시 해 볼까? 판매원들은 별것도 아닌 것들이 뚱한 표정으로 답답하게 군다고 계산원들을 욕하고 계산원들은 아무것도 모르는 것들이 무작정 전표나 들이민다고 판매원들을 욕하고 미화원들은 그녀들이 싼 것을 치워야 하니까 그년들이라고 욕해.(196쪽)

그녀들은 '고객과의 관계는 인격적 관계가 아니라고' 거듭 다짐하고 "인간이 인간의 발 앞에 무릎을 꿇고 머리를 숙이는 자세"인 "도게자"를 훈련받는다. 그러나 그녀의 기계적인 웃음은 언제나 교환 가능한 화폐가 아니다. 고객은 그녀의 웃음 섞인 사과에 "웃어? 왜 웃어? 너 왜 웃어, 웃기냐? 우습냐, 우리가?"라며 호통을 친다. 마지막에 소파에 앉아 미친 듯이 웃는 이 웃음 기계의 오작동은 사람이 날 때부터 존귀하다는 천부인권과 무관한, '존나 귀한' 감정 노동자들의 소외 현상을 상징적으로 드러낸다.

이상에서 우리는 파이어스톤이 예견한 기술 진보에 의한 성 해방 가능성을 살펴보았다. 집안에서 벗어난 여성의 노동은 '자연의 생식기'

에 기초한 성별 분업과 남성에의 예속에서 벗어났는가. 그렇지 않다. 다만 남성에서 기술력을 소유한 자본에의 종속으로 옮겨 갔을 뿐이다. 현재 기술 자본력을 갖지 못한 많은 영세 업체들(가구 공장이나 위험한 산업 현장)이 여전히 육체노동을 이주 노동자에게 외주화하고 있듯이 포스트휴먼의 민주적 도래 이전에 성별 분업을 해체하는 노동 혁명은 환상에 불과할 수 있다. 실제로 우리는 돌봄과 가사 노동의 다양한 아웃소싱(홍콩의 돌봄 이주 노동)이나 결혼 이주 여성의 연쇄 사슬,(베트남 오지의 총각은 한국으로 시집간 베트남 여성 대신 캄보디아 등으로부터 '아내'를 공급받는다.) 성매매와 대리모로 생계를 부양하는 하층 여성 등을 흔히 본다. 첨단 기술과 4차 산업혁명에 의한 젠더 노동의 대폭발 지점은 지극히 유토피아적지만, 그것은 어쩌면 일부 특권층에게나 허용되는 양극화의 극단이거나 '노동의 종말' 같은 디스토피아의 도래일지도 모른다. 인간이 원하는 것은 노동의 종말이 아니라 '소외된 노동'으로부터의 해방이듯, 여성의 소망 또한 끊임없이 인격을 조각내어 기계화시키고 상품화시키는 노동으로부터 해방된 노동이다. 무엇보다 현재 여성 노동의 미래에 대한 비전보다 더욱 시급한 것은 여전히 성적 차별과 계급 차별이라는 현실에 새겨진 여성 섹슈얼리티의 구원이다.

SF, 인류세의 리얼리즘

이언 와트에 따르면 근대소설은 개인주의와 리얼리즘의 산물이다. 18세기 말에 정착된 소설(novel)은 '진리가 개인의 감각을 통해 발견될 수 있다.'라는 데카르트나 로크 등에 의해 정초된 주체철학과 리얼리즘에 의해 이전 소설과 구분된다. 그러나 '있는 그대로의 현실 재현'이라는 리얼리즘의 강령이 근대에 처음 출현한 것은 아니다. '리얼리티'란 중세 스콜라철학의 리얼리스트들에게도, 기사 모험담을 쓰는 로맨스 작가들에게도 중요했다. 그러나 그들에게 리얼리티란 보편적인 것, 공통의 부류들 혹은 추상적인 것이었지 감각이 인식하는 개별적이고 구체적인 사물을 말하는 것이 아니었다.[1] 즉 중세인들이 파악하는 현실과 근대인들이 인식하는 현실이 달라지는 지점에서 세계 인식의 표현으로서 새로운 문학 양식이 등장한 것이다.

그런데 SF는 이런 근대의 혁신적 기획 산물인 '소설'에서 다시 중세

---

1   이언 와트, 강유나·고경하 옮김, 『소설의 발생』(강, 2009), 17쪽.

로맨스와 서사시로 퇴행하는 특성을 갖고 있다. 즉 SF가 '개인'보다는 '인류' 보편을 대변한다든가, 혹은 지금-여기의 구체적인 경험 현실을 모방하기보다는 우주, 미래와 '가상현실'이라는 유사 허구들을 적극적으로 파생시키고 있기 때문이다.[2] 이런 점에서 SF는 로맨스, 추리, 스릴러, 공포, 판타지 등과 같이 장르 문법을 지닌 대중 서사물의 하나쯤으로 치부할 수 있겠다.

그런데 SF를 대중 서사물의 하위 장르 중 하나로 볼 수 없는 '문제적 지점'이 있는데, 그것은 SF가 보여 주는 세계관·인식론적 선회(旋回)이다. SF는 '공상과학'이라는 오랜 용어처럼 과학을 통해 미래를 공상하는 장르를 의미하지만, 사실주의와 무관하지 않다. "사실주의 문학 양식에서는 재현해 낼 수 없지만 그럼에도 사실인 어떤 것을 포착해 내는 세계를 구축하면서 은유를 문자화하는 힘을 가진 장르"[3]라는 규정에서처럼, SF는 개인의 감각으로 포착해 낼 수 없는 실제적·잠재적 현실 탐사를 지향한다. SF가 보여 주는 허구들, AI, 로봇, 우주탐사, 외계인, 지구 종말, 평행 우주, 유전자조작 등의 많은 부분은 비가시적이지만 이미 우리 현실의 일부를 이루고 있는 것들이다.

한편 미국 SF의 발흥과 전성기는 대중의 문해력 확장과 전문 잡지의 출현[4]이라는 출판 환경의 변화와 열정적인 동호회에 힘입은 바 크지만, 보다 근본적으로는 "기술적으로 포화한 사회"와 관련된다. 로저 럭허스트의 『과학소설(*Science Fiction*)』(2005)에 따르면 SF는 "후기모더니즘의

---

2   SF의 인식론과 양식적 특성에 대한 고찰은 이 책의 「SF와 스피노자식 사랑법: 과학적으로 증명된 윤리학」 참고.

3   셰릴 빈트, 전행선 옮김, 『에스에프 에스프리』(아르테, 2019), 14쪽.

4   1926년 창간한 휴고 건즈백의 《어메이징 스토리스(*Amazing Stories*)》, 1937년 존 W. 캠벨이 편집자가 된 이후의 《어스타운딩 사이언스-픽션(*Astounding science-fiction*)》.

한 장르이며, 과학기술과 관련된 일련의 문화적 변화가 현대 생활에 스며든 뒤에야 나타난 것"으로 "기술적으로 포화한 사회의 문학"[5]으로 정의된다. 최근 한국 SF의 약진은 장르 문학의 성장, SF 작가군의 축적된 활동, SF 전문 출판사(황금가지, 아작, 허블)의 출현 등과 밀접하게 관련되지만, 근본적으로는 기술적으로 포화된 사회의 문화적·지적 변화의 문학적 반영으로 볼 수 있겠다.

베르나르 스티글레르에 따르면,[6] 2016년 알파고와 인간 이세돌의 바둑 대결은 인류 역사의 새로운 '기술적 전환'을 알리는 대사건이다. 우주가 지구를 중심으로 돈다고 믿었던 중세의 우주관이 붕괴되고 지구가 태양 주위를 회전한다는 코페르니쿠스적 혁명 속에서 근대가 탄생했다면, 지금 기계-인간의 현실은 그러한 혁명에 비견될 수 있다는 것이다. 데카르트 이후 근대 철학이 '주체 인식의 구조'를 탐구함으로써 '근대적 주체'를 탄생시켰다면, 알파고는 그러한 '근대적 주체의 최종적 종말'을 알렸다. 그렇다면 '근대적 주체 이후의 세계'란 무엇인가. 스티글레르에 따르면 알고리즘이 통치하는 세계이자 자동화된 사회이다. 2007년 서브프라임 모기지 사태 이후 무수한 금융 재난이 "금융 수학과 자동화된 계산 체계"에서 비롯되었다는 스티글레르의 지적은 우리가 이미 순수하게 컴퓨터화된 자본주의, '24/7 자본주의'[7]에 진입하고 있음을 보여 준다. '자본'과 '알고리즘'이 결합된 이 자동화 사회에서 인간의 의지와 개입이란 한낱 미혹에 불과할 수 있다는 이 경고는, 단순히 기술 디스토피아를 겨냥하고 있는 것이 아니다. 하이데거의 존재-망각에 착

---

5 셰릴 빈트, 앞의 책, 33쪽.

6 베르나르 스티글레르, 김지현·박성우·조형준 옮김, 『자동화 사회 1』(새물결, 2019).

7 인공지능 기계로 인한 산업화로 주 7일, 하루 24시간 노동이 이루어지는 자동화된 자본주의 사회.

안해 기술-망각을 새롭게 발굴하고 있는 스티글레르 철학의 핵심은 인간은 근본적으로 결핍된 존재로서, 기술과 도구를 사용해 생존할 수밖에 없는 보충적 존재이자 기술적 존재라는 것이고, 이 외부화된 기술(문자, 기계, 컴퓨터 등등)인 '파르마콘'이 독이 아닌 약이 될 수 있는 방법을 모색하자는 것이다. 흥미로운 것은 그가 기술성을 강조하면서 '인류세'[8]라는 엔트로피적 파국과 대결한다는 것이다.

1993년 월드와이드웹 체계가 열리면서 인간의 삶은 급속도로 변화했다. 웹은 항공 기술과 더불어 전 지구인을 연결하는 초연결 사회와 글로벌 시대를 열었을 뿐 아니라, 우리가 살아가는 일상의 현실을 바꿔 놓았다. 하루 시간의 대부분을 포털과 SNS에서 보내는 현대인들에게 '대지에 충실하라.'라는 창작 지침은 이제 과거의 유산일 뿐이다. 이제 순문학에서도 거침없이 출몰하는 소셜 미디어 예컨대 페이스북과 카카오톡 대화는 물론 커뮤니티, 수많은 아이디로 등장하는 캐릭터들은 일상의 주요한 현실이자 서사 전개에서도 필수적 장치가 되었다. 더 이상 가상현실이 SF만의 전유물이라고 말할 수 없게 된 것이다. 또한 1969년 아폴로 11호의 달 착륙과 인공위성이 쏘는 숱한 지구

---

8 인류세(Anthropocene)란 인간이 지배하는 지질시대를 가리키는 용어로 오존층 연구로 노벨상을 수상한 파울 크뤼천이 제안한 개념이다. 보통 지질 연대표상 현재는 '홀로세'(약 1만 년 전∼현재)에 해당되지만, 산업혁명 이후 인간이 지구 체제 내의 적응과 응용을 통한 진화에 머물지 않고, 지구 시스템을 새롭게 만들고 있다는 의미에서 붙여진 용어이다. 스티글레르는 완전 자동화의 전면화로 향후 10∼20년 내에 선진국들의 실업률이 30퍼센트 이상에 달할 것이라는 '고용의 종말'에 그치지 않고, 계산이 다른 모든 결정 기준보다 우위를 차지하는 가치 전도가 일어나고 이러한 디지털의 망상적 구조에 의해 인류가 파국으로 치달을 것이라고 진단한다. 스티글레르의 철학적 목표는 알고리즘과 기계에 의해 무한히 확장되는 엔트로피적 파국과 인류세(지금 이 시대)로부터 최대한 빨리 벗어나는 것이다. 『자동화 사회』의 번역자들은 'Anthropocene'을 '인류세'로 번역하는 것은 가치중립적이라고 판단, 좀 더 정치적 의미가 분명한 '인신세'(人新世)로 번역하고 있다. 이 글에서는 편의상 '인류세'로 칭하고자 한다.

행성의 이미지를 내재화한 이들에게는 달에서 절구 찧는 옥토끼와 천국, 연옥, 지옥 등의 세계 그림은 허구일 뿐이다. 이들에게는 화성이 천국보다 더 친숙한 '리얼리티'이고 빅뱅과 블랙홀이 불타는 지옥보다 더 확고한 현실이다. 요컨대 우리의 일상은 물론 관념과 세계상 또한 스티글레르의 지적대로 외부-기술성에 의해 주체 '내부'에서 벗어나 '외부화'되고 있다는 것이다. 주체의 분열된 자아 대신 포털의 복수적 캐릭터로, 초월적·형이상학적 내세관 대신 우주 행성에 대한 상상력으로.

코로나바이러스 팬데믹 이후 SF의 전 지구적·인류적 차원의 '현실 탐사'는 자못 의미심장하다. 코로나19로 인한 세계적 변화를 두고 박노자 교수는 세 가지 신화의 붕괴로 설명했다.[9] 첫째 공공 의료의 부실함과 미숙한 대처로 무너진 '선진국 신화'이고, 둘째 전 세계적 재난에서 세계의 리더 역할을 상실한 '미국 신화', 셋째 영리 의료 문제와 마스크 환란이 보여 준 '시장의 신화'이다. 그러나 여기에 추가되어야 할 것이 있다. 계몽 이성과 기술과학이 인류 역사를 풍요와 진보로 이끌 것이라는 성장 신화와 우주 만물의 영장이라는 인간중심주의, 즉 휴머니즘 신화이다. 얼마 전까지만 해도 인간-컴퓨터가 통합된 인류사의 '특이점'과 인공지능, 포스트휴먼을 이야기하던 기술 유토피아의 미래는 코로나 팬데믹 속에서 침묵과 우울의 정념을 타고, 파국과 지구 종말론으로 뒤바뀌고 있다. 그리고 아이러니하게도 이 치명적 위협 앞에서 우리는 난생처음 '통합된 인류'를 실감의 차원에서 그려 볼 수 있게 되었다. 갑작스러운 '거리 두기'는 이제껏 차이를 둘러싼 모든 정쟁을 잠재우듯 사람들을 고립시키고, 만남에서 발생하는 숱한 정념들을 일순간 삭제해 버

---

9   박노자, 「코로나가 무너뜨린 신화들」, 《한겨레》 2020년 3월 31일.

렸다. 고요한 방에서 독실한 신자처럼 경건한 마음으로 인류의 미래를 생각하는 '나'란 어느덧 그 모든 타자성을 응축한 '인류'이자 '지구'의 대표가 된다.

세계가 운행을 멈추고 집이 감옥으로 바뀌고, 5000만 명 이상의 확진자와 130만 명 이상의 희생자를 냈음에도 불구하고 결코 멈추지 않는 가공할 만한 바이러스 공습 앞에서 인간은 비로소 매끈한 가시적 현실 외에 어둠에 묻힌 잠재적 현실에 대해 사고하기 시작했다. 그리고 그 상상은 좀 더 불길한 쪽으로 흘러, 아포칼립스와 맞닿아 있는 현실적 재난으로 치닫는다. 많은 이들이 코로나 팬데믹에서 '기후 재난'을 떠올리고 이에 대비해야 한다고 강조하는 것도 이러한 맥락이다.

오언 존스는 코로나 팬데믹보다 더 치명적인 기후 재난에 대해 다음과 같이 역설했다.

이미 대규모로 목숨을 앗아 갔고, 수백만 명 이상을 더 빨리 묘지에 보내겠다고 위협하고 있는, 전 세계적 비상사태이다. 그 효과가 확산되면서 전 세계 경제를 교란하고, 자원과 인프라가 부족한 빈곤국들을 압도할 수 있다. 그러나 이것은 기후 위기다. 코로나 바이러스가 아니다. 정부는 비상 국가 계획을 수립하지 않고 당신은 한국에서 이탈리아로 전송되는 숨가쁜 경고 알림을 받지도 못한다.

세계보건기구(WHO)에 따르면 3000명 이상이 코로나 바이러스에 감염되었지만, 기후 위기는 매년 700만 명의 사망자를 내고 있다.[10]

세계기상기구(WMO)에 따르면 2019년 전 지구 연평균 대기 중 이

10 Owen Jones, "Why don't we treat the Climate Crisis with the same urgency as Coronavirus?", *The Guardian*, 2020년 3월 5일.; 슬라보예 지젝, 강우성 옮김, 『팬데믹 패닉』 (북하우스, 2020)에서 재인용.

산화탄소 농도는 410.05ppm을 넘어 관측 사상 최고치를 기록하고 있다. 전문가들에 따르면 코로나 확산 기간 동안 감소한 배출량은 겨우 0.08~0.23ppm 정도에 불과하다. 이대로라면 2050년에 1억 4000만 명의 기후 난민 발생과 침수, 폭염과 산불, 가뭄, 홍수, 대기오염, 물과 식량 부족, 사막화 등으로 거주 불능 지구를 맞닥뜨리게 될 것이다.[11]

그렇다면 이 기후 위기에 인류는 왜 코로나바이러스에 대응하듯 대처하지 않는가. 교토 의정서를 비롯한 국가 간 협약들은 왜 실효성을 발휘하지 못하고, 공장과 자동차 운행 정지나 알람 같은 실제적 조치가 이루어지지 않는가. 이는 많은 이들이 지적하듯 기후 위기의 추상성·비가시성 때문이고, 보통과 예측을 뛰어넘는 '초과물'(hyperobject)[12]적 특성 때문이다. 기후변화에 대한 객관적 자료는 확실하다. 그러나 이 고차원적이고 불가해한 전 지구적 스케일의 재난을 어떻게 바꿀 것인가. 프레데리크 로르동은 이 문제에 대해 다음과 같이 진단한다.

> 우리를 그 예고된 참사로부터 — 제때에 — 구원하려면 기후학의 무능력한 참된 관념에 성공적으로 능력을 부여해야 한다. 다시 말해, 다가올 일의 생생한 형상을 우리에게 제시해야 하는 것이다. 결국 (소위) '정신을 때리는' 표상에 마침내 연결되어, 기후학의 진실이 관념적 관념에 그치는 일을 멈추도록 해야 하며, 우리를 변용할 권력을 획득하도록 해야 한다.[13]

11 데이비드 월리스웰스, 김재경 옮김, 『2050 거주불능 지구』(추수밭, 2020).

12 앞의 책, 32쪽.

13 프레데리크 로르동, 전경훈 옮김, 『정치적 정서』(꿈꾼문고, 2020), 74쪽.

로르동은 스피노자를 빌려 '아무리 참된 관념이라 해도 관념인 한 힘이 없다.'라고 강조하면서, 그것이 힘을 갖기 위해서는 타인의 감정과 생각을 변용하는 힘으로서의 '정서'를 동반해야 하고, 그러기 위해서는 '표상'을 필요로 한다고 주장한다. 즉 인간이 기후변화에 대해 그토록 무능한 것은 실재적 '개념'에도 불구하고 정서 변화를 일으킬 만한 '표상'을 갖지 못했기 때문이라는 것이다.[14] 이런 맥락에서 지난 10년 동안 서구에서 많은 기후 소설(Cli-fi)이 출간되고 중요한 문학 장르로 급부상하고 있는 것은 바람직하고 의미 있는 정치적 개입이다. SF 또한 인류가 처한 잠재적 현실을 발굴해 시각화하는 작업이라는 점에서 이와 동일한 맥락에 놓여 있다. 코로나 팬데믹을 건너면서 다시 진지하게 사유되기 시작한 인류의 재난('인류세'라는 인간이 전적으로 망쳐 놓은 지구)을 생각해 볼 때, SF가 보여 주는 유적(類的) 차원의 존재 인식과 리얼리티는 각별한 의미를 띨 것이다. 최근의 한국 SF들을 통해 이들이 탐사해 놓은 지형들을 살펴보자.

언택트의 감각

코로나 팬데믹을 건너면서 많은 이들이 선언인 듯 탄식인 듯 이렇게 말한다. "우리는 결코 코로나 이전으로 돌아갈 수 없을 것이다." '거리 두기'라는 슬로건이 새로운 계명으로 등장하고 일상 곳곳에서 절대적 규율로 자리 잡아 갔다. '접촉 금지'는 실업과 경기 침체라는 생

---

14 로르동에 따르면, 정치란 타인의 정서에 개입하는 것이고, 그것은 우선 '개념'을 필요로 한다. 개념 다음에는 '볼 수 있게 하는' 사례(표상)가 와야 한다. 앞의 책.

존의 문제에서 현실을 극적으로 바꿔 놓았지만, 온라인 수업, 재택근무, 격리, 배달 문화 등으로 이루어진 생활양식의 장기화는 미시적 일상의 감각과 의식도 조금씩 바꾸어 놓았다. 가령, 그토록 하기 싫었던 강의 녹음에 익숙해지고, 마스크가 마치 안경이나 외투처럼 몸에 밀착되었으며, 마스크를 하지 않은 사람들을 혐오하게 되고, 밀집된 곳과 만남을 꺼리는 일 등등. 이것이 지속된다면 언젠가 우리는 이전의 것에 대해 향수가 아니라 이질감과 불편함을 느끼게 될지도 모른다. 배명훈의 「차카타파의 열망으로」[15]는 이러한 상상력을 바탕으로 '언택트의 감각'이 문화와 감각에 어떻게 침투하는지 재치 있게 보여 주는 소설이다.

때는 2113년. 코로나 바이러스는 종식되었지만 2020년의 팬데믹은 하나의 역사적 분기점으로 기록되어 있다. 이 '분기점'의 의미는 한 역사학도에 의해 밝혀지는데, 이 역사학도는 전공 실습 차원에서 2020년 5월 이전까지의 정보를 모아 놓은 아카이브에 4주간 '격리'된다. 그곳에서 그는 컬링이라는 스포츠를 연구하며 자료를 보다가 놀라운 사실을 발견한다. 2020년 전에는 야구 경기 중에 선수가 침을 뱉을 수 있었다는 사실. 그러나 주인공은 역사에서 2020년이 왜 문명사의 전환점이 되었는지를 이해하지 못한다. 자료에 따르면 시간이 좀 걸렸으나 인류는 2020년의 대감염병을 극복했고 대체로 예전의 삶을 회복했기 때문이다. 2020년에 사람들이 숨겨 왔던 혐오를 죄다 끄집어내어 타인을 차별하고 맹렬히 증오했지만, 그렇다고 해서 그것이 양차 세계대전과 같이 이후의 삶을 바꿔 놓은 것은 아니기 때문이다.

---

15 김초엽·듀나·정소연·김이환·배영훈·이종산, 『펜데믹: 여섯 개의 세계』(문학과지성사, 2020). 이하 이 책에서의 인용은 쪽수로만 표기한다.

고심을 거듭하던 주인공이 발견한 2020년 전후의 차이는 이런 것이다.

2020년이 2019년과 달라지기 시작안 것은, 2019년 사람들이 모두 병으로 죽어 버려서가 아니다. 그보다는 2020년 사람들이 2019년의 삶을 불결하다고 느기기 시작안 게 결정적이었다. 2021년 사람들은 2020년의 생활양식마저 비위생적이라고 느겼고, 2022년 사람들은 2021년에 대해서도 우월감을 갖게 되었다. 격리실습실이 시간을 격리하듯, 한 시대는 바로 압 시대와 거리를 두었다. 매우 짧은 시간 간격을 두고.(150쪽)

2020년 이후의 사람들이 그 이전의 라이프 스타일을 낯설고, 심지어 혐오스럽고 야만적인 것으로 보게 되었다는 것. 이것이 2020년 이후의 인류가 몇 번의 팬데믹을 통해 얻은 문화사적 격변인 것이다. 그러나 여기에는 더 놀라운 변화가 있다. 미래의 화자에게는 자연스럽지만 독자에게는 충격적인 것. 위 인용문에서 알 수 있듯 표기법과 발성법의 변화이다. 인용문에는 'ㅊ ㅋ ㅌ ㅍ'과 'ㄲ ㄸ ㅃ ㅉ'과 같은 격음과 경음이 없다. 이 소설은 전체가 저러한 "2113년의 뵤기법"으로 쓰였다. 심지어 작가 노트(노드)까지도. 이 표기법에 따르면 '스포츠'는 '스보즈'가 되고 '채광창'은 '재광장'으로, 'E. H. Carr'는 'E. H. Garr'가 된다.(격음의 소멸은 한국적 상황만이 아니다.) 우리는 왜 2113년의 표기법에서 격음과 경음이 사라져 버렸는지 짐작할 수 있다. 이 음운들이 '침'을 유발하는 파열음이기 때문이다.

그야말로 격음의 시대였다. 만나면 악수로 인사를 하고 한 그릇에 담긴 음식을 나눠 먹기도 하던 시절이었다. 남이 마시던 술잔에 술을 받아 마시는 붕습은, 사극 여기저기에 등장한 닷에 이제 일반인들에게도 유명

했다. (……) 솔직이 나는 그 시대가 살작 혐오스러웠다. 근대사는 영영 내 적성이 아니었을지도 모른다. (……) 아무든 나는 부지런히 바열음을 만들어 내는 그 시대 사람들의 입이 거슬렸다. 그래서 아무리 중요한 연설 장면도 오래 지겨보기가 힘들었다.(147~148쪽)

작가의 권유대로 2113년식 표기법으로 작품을 읽어 보면, 이 발성법이 얼마나 지금의 언택트 시대와 닮아 있는지를 알게 된다. 좀처럼 밖으로 터져 나가지 않고 안으로만 순하게 말려드는 음운들. "2020년의 중격을 기억조자 하지 못했지만 시간에 새겨진 감염병의 흔적은 생활양식"(150쪽)이 되어 후세에 전해졌고, 침 튀기는 격음은 "불법은 아니지만 예의에는 어긋나는 거진 음운"(151쪽)으로, '고상함과 우아함'의 반대 표식이 되어 버린 것이다. 작가의 위트는 여기에서 끝나지 않는다. 주인공이 격리되어 작업하던 문서고에 사극 연기를 위해 방문한 유명 연예인 서한지가 이를 보고 '감금'으로 오인한 것이다. 전공자들이 장난삼아 만들어 놓은 '철조망' 때문인데, 서한지는 '나'의 해명을 듣고도 의혹을 풀지 못하고 급기야 어느 날 '나'에게 탈출을 제안한다. 월드 스타 서한지에게 홀딱 반한 '나'는 정신이 혼미해져 그녀의 손을 잡는다. 21세기식 발성법을 익힌 그녀가 '탈출'이라는 격음과 함께 날린 '비말'에 카타르시스를 느끼며.

서한지는 확실히 성공할 것이다. 연기 변신이 문제가 아니라 아예 21세기 인간이 되어 있었으니까. 그의 변신은 단순히 21세기식 발성법을 익이는 수준이 아니었다. 그의 말에는 21세기식 진심이 담겨 있었다. 만약 서한지가 한 말이 "달줄할래요?"였다면 나는 그의 손을 잡지 않았을 것이다. (……) 서한지에게서 날아온 침이 얼굴에 닿았다. 비명을 질러야 했지만 어이없게도 나는 가다르시스를 느꼈다. 그 순간 나는 개달았다. "가다르시스를 느꼈다."라는 말은 반드시 "카타르시스를 느꼈다."라고 발화해야 한다는 사실을. 침이 잔뜩 튀도록.

와, 정말 미진 문명, 아니 미친 문명이었다.(157쪽)

결말에서 22세기의 역사학도는 서한지에 대한 사랑 때문에 겨우 일주일 남은 전공 학점을 포기하고 케이지 같은 문서고 밖으로 나온다. 위의 인용문에서처럼 21세기식 진심 — 사랑에 홀려서. 이 탈출은 주인공의 '시간 격리'에서의 해방뿐 아니라 파열음과 한글의 '표의성'[16]의 회복, 나아가 일상의 회복을 뜻한다. 작가의 21세기식 진심을 통해 '차카타파'로 비유되는 갇힌 열망들을 풀어 주고, '지금 여기'에 고립되어 있는 불안을 통쾌하게 날려 버리고 있다. 작가가 코로나 시대의 언택트 감각을 SF적 상상력으로 요리하는 솜씨는 자못 경쾌하지만, 언어라는 매개를 통해 보여 주는 미시적 일상과 문화적 감각에 대한 통찰력은 그 못지않게 진지하고 감탄스럽다.

언택트 감각은 김이환의 「그 상자」에서도 삶의 중요한 국면으로 그려진다. 코로나 팬데믹이 발발한 지 2년 후, 사람들은 각자의 집에 유폐되고 생필품은 드론으로 배달된다. 도시는 병원을 중심으로 재편되고, 병상의 코로나 환자는 2년 뒤 안락사된다. 사람은 항체 보유자와 미보유자로 나뉘고, 지도는 가구별 미감염자, 사망자 등의 표식으로 뒤덮인다. 도시 감염 상황을 통제하는 자경단이 생기고, 항체 보유자는 생필품을

16 작가에 따르면 한글은 표의문자가 아니지만, 어떤 말들은 직관적으로 그 뜻을 알 수 있는 표의성을 지닌다. 가령 '빽빽하다'라는 표기는 시각적으로 이미 빽빽하고, '침이 튄다'는 침이 튀는 현상이 수반되고, '통촉하여 주시옵소서.'는 '세상에서 가장 억울한 일을 호소하는 듯한 발성'이라는 것이다.

전달하는 자원봉사자로 일한다. 곳곳에 만남 장소인 '그린 존'과 같은 특별 구역이 생겨나기도 한다. 사람들은 인공지능을 통해 소통하고, 인공배양육과 최소한의 식량으로 연명하고, 감염자가 집 안의 쓰레기 속에서 홀로 죽어 가는 이 극단의 언택트의 풍경은 낯설지 않다. 이 삭막한 그림에는 코로나19를 중심으로 재편된 지금의 일상, 즉 고립, 봉쇄, 빈곤, 죽음이 고스란히 얹혀 있기 때문이다.

정소연의 「미정의 상자」 또한 코로나 팬데믹 이후 가까운 미래를 배경으로 쓰인 작품이다. 이 작품은 독특하게 시간 역순으로 구성되어 있다. 시작은 2020년의 팬데믹이 악화된 어느 미래. 주인공 미정은 서울을 탈출해 안전한 피난처를 찾아 남쪽 시골을 향한다. '텅 빈 건물들, 뜨거운 아스팔트, 참사의 흔적'이 있는 낯선 거리를 걷고 걸어 도착한 곳은 여주다. 그리고 어느 상가 건물에서 발견한 작은 상자와 함께 미정은 과거로 돌아간다. 미정의 시간 여행은 그녀의 연인이자 동거인인 유경이 코로나19에 의해 희생된 시점으로 돌아간다. 2020년 8월, 같은 직장에 다니던 유경과 미정이 코로나 검사 후 미정이 음성 판정을 받고 유경은 격리 조치 되는 등의 일들이 다시 반복되고 미정은 초조한 마음으로 시간 여행 내내 유경이 어디에서 어떻게 감염되었는지를 추적한다. 그러나 끝내 감염 고리를 찾지 못한 채 미정은 유경과 보냈던 일상을 '상실의 감각'으로 다시 체험한다. 결국 유경과 처음 만나는 2019년 3월 시점까지 되돌아온 미정은 중요한 결단을 내린다. 유경의 입사를 막는 것. 그것은 곧 유경과의 만남 자체를 원초적으로 삭제하는 것이지만 또한 사랑하는 사람을 코로나19로부터 구출하는 일이다. 이런 점에서 작품은 코로나19로 희생된 모든 이들에 대한 SF적 구출 서사이자 애도라고 볼 수 있다.

이종산의 「벌레 폭풍」은 팬데믹이 아니라 기후 재난으로 달라진 먼 미래를 그린 작품이다. "빙하는 계속 녹고, 녹은 빙하에서 새로운 박테리아와 병들"(163쪽)과 폭발적으로 번식하는 벌레들이 인류를 습격한 어느 미래, 사람들은 일체의 바깥 활동을 포기하고 집 안에서만 지낸다. 벌레 풍경을 보고 싶지 않은 사람들은 실제 창 대신에 필터링된 '스크린 윈도'로 바깥을 내다보고, 타인들과의 소통도 전적으로 이 기계에 기댄다. 나들이나 현장 답사도 스크린 윈도를 통해 가상현실로 체험하는 이 SF의 풍경이 암울하지만은 않다. 단독 난자를 통해 아이를 갖고 동성혼이 합법화된 세상에서 주인공 포포는 그의 연인 무이와 결혼해 온전히 행복을 누릴 수 있기 때문이다. 기후 재난에 대한 작가의 불안은 벌레 폭풍이라는 디스토피아적 풍경을 미래에 걸어 놓지만, 현재의 억압적 가족제도를 탈피하고자 하는 작가의 열망은 그보다 더 강렬한 정념을 입고 유토피아적 미래를 열어 놓는다.

김창규의 중편소설 「복원」[17]은 지금의 인공지능 기술이 인간 개념을 바꿔 놓은 먼 미래를 다룬다. 이 가상 미래의 인구는 7000명 남짓에 불과한데, 이 사람들조차 인류 대멸종 이후 인공지능에 의해 '복원된 인간'들이다. 서버를 독자적으로 관리하던 인공지능이 저장된 정신을 배양 육체에 넣어 다시 인간을 살려 낸 것이다. 이 복원된 인간은 과연 '단절' 이전의 인간과 같은 존재라고 할 수 있을까. 데이터화될 수 없는 인간의 부분은 무엇일까. 이 소설은 이러한 근본적인 질문을 제기하면서 복원되지 않은 죄와 폭력의 문제에 주목하여 서사를 이끌어 간다.

여섯 명이 고립되고 누군가에 의해 한 사람씩 살해된다는 애거사 크리스티 스타일이 이 작품에서 SF 추리 서사로 재탄생되는데, 보다 흥미

---

17 《오늘의 SF》 1호(2019).

로운 것은 작가가 제시하고 있는 포스트휴먼의 감각이다. 범죄도 모르고 인간 우월주의도 없는 신인류에 속하는 네 명의 인물들이 인공지능의 계략에 의해 '유적 체험' 길에 나선다. 유적 체험이란 이들의 삶의 터전인 디지털 구역에서 나와 서버와의 연결을 끊고 인류 대멸망 이전의 아날로그적 삶을 체험하는 것이다. '양초 만들기, 뜨개질, 꽃꽂이, 도자기 만들기, 종이접기, 드럼 연주, 요가' 등은 신인류에게는 낯선 것이어서 종이와 연필을 보고 "전자 화면이 아닌데 여기 기록이 남는다고요?"(205쪽)라며 놀라거나 연필 쥐는 법을 몰라 쩔쩔매고 말을 두려워하는 등의 해프닝을 연출한다. 언택트 감각을 극단적으로 실현한 이 전도된 그림이 주는 낯선 충격은 아마도 현재에 깃든 어떤 불안에서 기인했을 것이다.

멸종의 가장자리에서

브뤼노 라투르는 현재 우리가 겪고 있는 코로나 팬데믹을 다가올 기후변화에 대한 총연습이라고 지적하면서 "이 행성의 모든 거주자가 처한 생존 조건을 변화시킨 병원체는 이번엔 바이러스가 아니라 인류다."[18]라는 무시무시한 그림을 제출했다. 인류가 지구의 병원체라는 냉혹한 경고는 이미 많은 생태학자가 운위했지만, 코로나 바이러스라는 재난과 함께 달려든 이 비유는 자못 충격적이다.

듀나의 「죽은 고래에서 온 사람들」은 바로 이 인류-지구 병원체라

---

18 Bruno Latour, "Is This a Dress Rehearsal?", *critical Inguiry*, 2020년 3월 26일.; 슬라보예 지젝, 『팬데믹 패닉』, 136쪽에서 재인용.

는 개념을 재현한다. 어느 먼 미래, 스물한 명의 난민들이 뗏목을 타고 바다 위를 항해한다. 그들은 오래전 지구를 떠난 조상의 대를 이어 새로운 바다-행성에서 살아가게 된 지구인들이다. 지구 생태계와 흡사한 새로운 행성에도 대륙은 있지만 모래사막인 낮 대륙과 얼음 사막인 밤 대륙뿐이다. 인간은 할 수 없이 바다에서 새로운 피난처를 발견하게 되는데, 그것은 고래이다. 지구의 고래와 전혀 닮지 않은 이 고래는 폭 100~200미터, 길이 700~1500미터에 달하는 섬으로 수백의 개체로 만들어진 군체이다. 화자인 '나'가 속한 난민들은 삶의 터전이었던 해바라기 고래가 죽자 뗏목을 타고 새로운 고래를 찾아 나선다. 그러나 바다에서 마주친 장미 고래 사람들은 전염병 보균자일지 모른다며 이들을 멀리한다. 이들 보트피플은 마을 흔적이 있는 또 다른 작은 고래를 만나 거기에 희망을 걸지만, 이 고래마저도 개체들로 쪼개지고 흩어져 버리면서 보트피플은 폭풍 속으로 끌려 들어간다. 폭풍을 뚫고 살아남은 몇몇 생존자들은 거대한 빙산을 발견하고 희망의 가능성을 생각하며 이야기는 끝난다. 외계 행성 바다의 격랑 속 빙산 꼭대기에 앉아, 보이지 않는 희망을 붙잡으려는 비참한 인류를 보여 주는 이 짧은 소설의 메시지는 다음의 문장으로 압축될 수 있다.

우린 고래와의 공생 관계를 최대한 긍정적으로 보고 싶어 했지요. 고래가 없으면 살아남을 수 없었으니까요. 하지만 고래는 우리가 필요 없었어요. 그냥 견딜 만한 작은 기생충에 불과했지요. 그런데 그 견딜 만한 기생충이 치명적인 질병을 옮기기 시작했다면 고래들도 여기에 대비해야 하지 않을까요? (……) 잠시 우리는 멸종에 대해, 3천 년 동안 이어져 온 우리 역사의 끝에 대해 생각했다.(66~67쪽)

인간 입장에서는 공생 관계이지만, 사실 지구 입장에서 보자면 인류란 '기생충' 혹은 지구를 갉아먹고 병들게 하는 '박테리아, 바이러스'에 불과하다는 것. 이 소설에서 인간에게 삶의 터전을 내주고 죽어 간 무수한 '고래'란 바로 그처럼 숨을 쉬고 있는 지구 생태계라는 비유이다. 그렇다면 인류에게 남은 희망의 선택지는 무엇일까.

도나 해러웨이는 인류세라는 명칭 대신 '툴루세'(Chthulucene)를 제안했다.[19] 인류세나 자본세가 여전히 인간중심주의를, 인간에 대한 과대평가를 함축한다고 보고, 무수한 생명체들과의 공생적 지질연대를 새롭게 만들어 가야 한다는 의미에서 제안한 용어이다. 툴루세의 'chthulu'는 그리스 신화에서 대지의 여신 가이아와 지옥의 신 타르타로스 사이에 태어난 크토니오스(Khthonios)를 지칭하는 것으로 땅속에 사는 신화적 존재들을 가리킨다. 즉 툴루는 '땅'으로 상징되는 지구 자연의 잠재성과 보이지 않는 무수한 생명체, 부식토 등과의 공–지하적(sym-chthonic) 관계를 역설하기 위한 새로운 용어인 것이다. 그녀는 이 용어와 함께 인류가 인류세를 통해 망쳐 놓은 '레퓨지아'(refugia)[20]를 재구축해야 한다고 주장한다. 세계 재구축(reworlding)이란 곧 멸종을 막을 수 있는 피난처를 다시 마련하고 지속시키는 것이며, 그 실천적 행위란 성차와 종을 넘어선 '친족 만들기'와 퇴비 되기이다. 흙과 미생물이 엉켜 새로운 생명을 만드는 원동력으로서의 퇴비, 도나 해러웨이는 자신이 포스트휴머니스트(posthuman-ist)가 아니라 퇴비주의자(compost-ist)라고 선언하고 있다. 듀

---

19 도나 해러웨이, 김상민 옮김, 「인류세, 자본세, 대농장세, 툴루세」, 《문화과학》 97호(2019).

20 애나 칭이 논문 「야생 생물학」에서 언급한 것으로, 급격한 기후변화기에 비교적 변화가 적어 다른 곳에서 멸종된 생물들이 살아 있는 지역, 피난처를 의미한다. 애나 칭은 레퓨지아가 홀로세와 인류세 사이의 주요한 사건들(사막화 등)에 의해 완전히 파괴될 수 있다고 지적했다. 도나 해러웨이, 위의 글, 164쪽.

나의 「죽은 고래에서 온 사람들」이 그리는 난민들은 지구상에서 수많은 '레퓨지아'를 파괴하고, 그 파괴로 인해 자신의 '레퓨지아'를 잃고 만 미래 인간이다. '멸종의 가장자리'에 있는 것은 비단 희귀 생물만이 아닌 것이다.

'환경주의자' 정세랑의 SF에는 도나 해러웨이가 선언한 공-지하적 연대와 친족적 상상력이 언제나 풍부하게 들어 있다. 정세랑 특유의 명랑성과 활기는 심지어 아포칼립스 소설에서도 느껴지는데, 이는 작가가 일찌감치 '탈-인류세'의 열정과 상상력으로 수많은 기괴한 형상들을 살려 내고 있기 때문일 것이다.

「리셋」[21]은 인류 대멸종과 그 이후를 그린 SF다. 이 작품에서 '리셋'으로 칭하는 인류 멸종은 외계에서 온 지렁이 때문에 일어난다. 어느 날 길이 75~200미터, 직경 8~20미터의 거대 지렁이들이 지구 위, 경주에 내려와 선물을 집어삼키고 도시를 파괴하기 시작한다. 지렁이는 도시를 이루는 거의 모든 구성물을 소화해 분변토로 만들고 문명을 거의 초토화시킨 뒤 사라진다. 지렁이 전문가이자 퀴어 엄마들이 키운 '앤'은 '리셋 후 2년'(A. R. 2년)에 지렁이 탐사 팀에 합류하여 눈부신 활약을 펼치며 '리셋 시대의 영웅'이 된다. 앤은 거대 지렁이가 플라스틱을 먹는다는 사실과 리셋이 누군가에 의해 설계되었음을 알게 된다. '누군가'란 바로 모든 게 잘못되었다는 것을 알게 된 미래의 앤이다. 미래의 앤-올리는 리셋 시대의 앤에게 이렇게 말한다. "모른 척해 줘요. 지구(Earth)를 위해, 지렁이(Earthworm)를 위해."(74쪽)

A. R. 74년. 거대 지렁이의 습격을 겪고 두려움을 갖게 된 인류의 삶은 획기적으로 바뀐다. 지렁이가 닿지 않는 땅속 깊은 곳에 지하 도시를

---

21 정세랑, 『목소리를 드릴게요』(아작, 2020). 이하 이 책에서의 인용은 쪽수로만 표기한다.

건설하고 지열발전으로 에너지를 만들고, 어떤 쓰레기들도 밖으로 내보내지 않으며, 자원이 도시 안에서 끝없이 순환되는 삶으로. '인류는 지하로 들어가고 지상을 다른 종들에게 내준' 새로운 분배 질서는 도나 해러웨이가 제시한 공-지하적 지질연대의 실현과 툴루세의 도래를 뜻한다. 지렁이(Earthworm)는 대지에 묻힌 존재들에게 지상을 내주고 피난처를 새롭게 마련하라는 툴루세의 계명이자 상징인 셈이다.

툴루세의 실현은 여섯 번째 인류 대멸종 이후를 그린 「7교시」에서도 찾아볼 수 있다. '7교시'로 상징되는 새로운 세상에서 인간은 고기 대신 배양 단백질을 먹고, 종 차별 금지법을 제정하여 반려동물을 없애고 다른 종들과 수평적 관계를 유지하며, 인공 포궁 등으로 지구 인구수를 25억으로 감축시킨다. 이 새로운 지구에서 출산을 원하는 사람들은 엄격한 양육자 교육을 받는 동시에 비출산을 선택한 사람들의 '추천서'를 받아야 한다. 추천서란 일종의 양도 각서로 지구의 자원을 쓸 권리를 의미한다. 공격심과 이기심을 의미하는 개체 유전자 대신 이타적 사람들의 유전자를 모은 '공동체 유전자'로 태어난 신인류는 압축된 도심에서 자급자족으로 생을 영위하면서 나머지 땅을 모두 자연 생태계의 회복 영역으로 돌려놓는다.

회복 영역을 조망할 수 있는 길고 좁은 고가가 있었다. 발밑으로 끝없이 숲이 펼쳐질 테고, 숲 그늘에서 한때는 흔했지만 이제는 희귀종이 된 생물들이 아라가 들어 보지 못한 소리를 낼 것이다. 그것이 아라에게 거는 말이 아닐지라도 아라는 존재감을 완전히 지우고 듣는 데에만 집중할 계획이었다.(228쪽)

정세랑의 SF에서 숲과 희귀종들이 눈부신 풍경으로 다시 살아날 수 있는 것은 정세랑이 조목조목 늘어놓는 인류세의 다음과 같은 죄목과 여섯 번째 대멸종에 대한 뼈아픈 통찰과 각성 때문일 것이다.

　　수온상승과 바닷물 산성화로 온 바다의 산호가 녹아 사라진 것은 2050년 경의 일이었습니다. 바다에서 모든 것이 시작된 것처럼, 멸종도 바다에서 시작되었습니다. 어류의 65퍼센트, 파충류의 40퍼센트, 양서류의 78퍼센트, 조류의 55퍼센트, 포유류의 34퍼센트가 21세기 끝 무렵까지 멸종했습니다. (……) 20세기 중반부터 어떤 궤도가 그려질지 알고 있었으면서, 150년 동안 막지 않은 것의 결과였습니다. 그렇게 38억 년 진화의 결과물들이 20세기와 21세기에 지워졌습니다. 인류는 지켜보기만 했습니다.
　　그리고 2098년에 인류도 위기에 처하게 됩니다. (……) 변종 웨스트 나일 바이러스는 철새, 가금류, 모기, 돼지를 거치면서 생성되었을 것으로 짐작됩니다. (……) 2098년에 지독한 돌연변이가 일어나자, 감염된 사람들의 뇌가 순식간에 녹아내렸습니다. (……) 첫 발병지가 항공 허브였던 도시였기에 전 세계로 퍼져 나가는 데는 그리 오래 걸리지 않았습니다. (……) 백신이 나오기까지, 인류의 3분의 1을 잃었습니다.(221~223쪽)

이 작품에서 인류 대멸종 이후 시민들은 정부, 기업, 자본과 맞서 싸우는 시민혁명을 일으킨다. 환경주의와 페미니즘을 보편 가치로 실현한 이 혁명을 가능케 한 것은 아이러니하게도 '우주 이주 실패'다. "사람들은 아무 데도 갈 수 없다는 것이 분명해진 다음에야 이 작은 행성의 가치를 다시 매겼던 것이다."(224쪽)라는 말은 정세랑의 SF 상상력이 왜 스페이스오페라나 외계인으로 질주하지 않고 지구와 '곁-존재'로 향하는지를, 그리고 왜 독자들이 그것에 매혹되는지를 잘 보여 준다.

개체에서 관개체성으로

발리바르는 스피노자의 존재론에 대해 철학자 질베르 시몽동의 관개체성 개념을 빌려 와 다음과 같이 설명한다.

> 한 개체가 연속적으로 실존한다는 것은 간단히 말하면 그것이 재생되거나 재생산된다는 것을 의미한다. 또는 달리 말하면 고립된 개체, 자신의 환경을 이루는 다른 개체들과 교환하지 않는 개체는 재생될 수 없다. 따라서 이 개체는 실존하지 않을 것이다. 결과적으로 스피노자는 처음부터 모든 개체는 자신의 형태와 실존을 보존하기 위해 다른 개체들을 요구한다는 점을 암시하고 있다.[22]

요컨대 개체란 타자와 대립된 성질로 이루어진 독립된 존재가 아니라 상이한 개체들 '사이에서' 교환되는 힘(potentia)들의 평형점이자 끊임없이 유동하는 포텐셜의 과정이라는 것이다. 존재를 '서로를 변양하고 뒤섞고 분해하고 합성하는', 상대적으로 자율적인 통일체들이자 개체를 가로지르는 관개체성(貫個體性, transindividualité)으로 이해한다면, 자아 정체성과 근대 주체성이 자리 잡고 있는 굳건한 영토는 새롭게 사유되어야 할 것이다. 인간중심주의라는 근대 휴머니즘 역시 이 관개체성과 함께 해체되어 수많은 종들과 상호작용하는 공존의 지평으로 바뀔 수 있

---

22 에티엔 발리바르, 진태원 옮김, 『스피노자와 정치』(이제이북스, 2005), 222쪽.

다. 김보영은 몇몇 SF에서 이러한 힘들의 교환 활동으로서의 존재론을 간명하게 보여 주었다. 「엄마는 초능력이 있어」[23]라는 짧은 단편은 엄마와 딸의 대화로 시작된다. "엄마는 초능력이 있어."라는 엄마의 말에 딸은 "우리 '진짜' 엄마는 '경기를 보고 있으면 응원하는 팀이 진다.'는 능력이 있었어. 아빠는 '여행을 가면 꼭 비가 온다.'는 능력이 있어서 가족 여행 때마다 물난리가 났고."(9쪽)라고 응수한다. "아줌마는 우리 엄마가 아니야."라며 툴툴대는 딸에게 들려주는 엄마의 초능력은 이런 것이다.

> 어릴 때부터 나는 공기 중에서 분자가 결합하고 흩어지는 것을 보곤 했어. 수소와 산소가 서로 어깨를 비비며 손을 잡아 수증기가 되고, 또 그것이 분해되는 모습을 바라보곤 했지.(13쪽)

그러니까 엄마의 초능력이란 사물을 개체 단위가 아니라 원자와 분자와 같은 입자들의 상호작용으로 보는 것이다. 비가시적 에너지의 교환과 변형을 볼 수 있는 이 초능력은 정세랑의 『보건교사 안은영』에도 등장하는데, 어떤 부정적 힘으로 결속된 두 사람을 머리통에 달린 줄로 가시화하는 대목이 그러하다. 어쨌든 김보영의 단편에서 '엄마의 초능력'은 뮤턴트의 활극으로 뻗어 가지 않고 인간 삶에 대한 다음과 같은 통찰로 모아진다.

> 사람들은 자신들이 구분되어 있고 나뉘어 있고, 독립적이고 분리되고 동떨어진 무언가라고 생각하지. 하지만 내 눈에는 세상 사람들이 일종

---

23 김보영, 『얼마나 닮았는가』. 이하 이 책에서의 인용은 쪽수로만 표기한다.

의 기체로 보여. 모두가 섞여 있는 것처럼 보여. 눈으로 보는 그 경계선이 아니라, 그보다 조금 더 바깥에 경계선이 있는 것처럼 보여.

사람들이 가까이 가면 그 경계선이 합쳐지며 섞이는 것을 봐. 내가 만나고 인사하고, 잠시 스쳐 만나고 악수를 하는 사람들에게서 나를 봐. 우리가 손을 잡을 때, 내 손바닥에서 증발한 분자가 손바닥을 통해 상대방에게 전해지고 그 사람의 일부가 되는 것을 봐.(14~15쪽)

서로의 경계를 무너뜨리고 섞이는 관계성에 대한 인식은 이 작품의 전체 의미를 완성하는 중요한 퍼즐 조각이다. 즉 '피가 섞이지 않은 엄마와 딸의 관계란 무엇인가?'라는 저 최초의 질문에 대한 응답으로서의 초능력인 것이다. 개인은 혈연으로 연결되거나 인종으로 정체화되는 것이 아니라 상호작용으로 실현되는 존재라는 것. 이러한 인식에 의해 "내 몸을 구성하는 것은 8할이 너야. 네 몸을 구성하는 것은 8할이 나야."(15쪽)라는 간절한 사랑의 고백이 가능해진다. 또한 이를 통해 사랑하면 왜 서로 닮게 되는지를 이해할 수 있게 된다.

한국의 파행적 교육 현실을 고발하고 있는 「0과 1 사이」 또한 이러한 존재론을 재현하고 있는 작품이다. '시간 여행', '양자역학'과 같은 과학 지식을 중요 모티프 삼아 서사를 구축하고 있는 이 단편에서 핵심 전제는 두 가지이다. 하나는 미시적인 물질세계에서 양자는 동시에 두 가지 상태로 존재할 수 있는 불확정적 존재라는 것, 그리고 시간 여행을 통해 과거로 간 사람들이 현재를 망치고, 미래로 넘어온 과거의 사람들이 현재를 망쳐 놓는다는 것. 이 설정은 고3인 수애를 죽음으로 몰아넣은 현실을 고발하기 위해 동원된다. 즉 어른들은 1970년대적 삶을 아이들에게 강요하고, 수많은 불확정성 속에 놓인 아이들은 어른들의 과거 지향적 '확정 선고'에 의해 상처받고 파괴된다는 것. 이 작품에는 이러한 메시지 외에 미래에서 온 자살 직전의 수애와 엄마를 위로하고 구하러 온 '동시적 수애'가 등장한다. 이 '동시적 수애'는 이 작품의 '시간 여행'이라는 모티프를 훌륭하게 완성하는 고리인 듯한데, 이 복잡한 실타래를 푸는 일은 필자의 능력의 한계로 인해 독자들의 몫으로 남긴다.

김초엽의 SF는 줄곧 타자성과 공존에 대해 힘주어 얘기해 왔다. 『방금 떠나온 세계』 또한 이와 유사한 주제를 담고 있다. 「최후의 라이오니」에서는 아포칼립스 이후 외계 생명체와 기계의 연대를, 「오래된 협약」에서는 벨라타의 '오브'라는 식물이 지구에서 온 인간에게 행성의 시간을 내줌으로써 상호 공존하기로 한 오래된 협약을, 「로라」에서는 세 번째 기계 팔을 이식하는 로라를 통해 개체 중심주의와 동일성에 대해 의문을 던진다. 특히 최근 작품에서 김초엽은 타자성의 수용과 개체 간 연대의 필연성을 '결함'에서 가져온다. 「최후의 라이오니」에서 외계 생명체인 '나'와 라이오니는 '죽음에 대한 두려움'이라는 결함과 오류로 인해 소멸해 가는 기계를 돕고, 「로라」에서 로라는 환상통이라는 실존적 감각 때문에 '세 번째 팔'이라는 결함을 일부러 선택한다. 김초엽의 SF는 이러한 결함과 오류를 매개로 인간을 비롯한 여러 개체들이 서로를 내주고 의존하는 공-지하적 연대를 실현시킨다. 「로라」에서 진은 로라를 포옹할 때마다 로라의 세 번째 팔이 주는 이질적 촉감에 불편해한다. 그러나 "사랑하지만 끝내 이해할 수 없는" 이 타자성에도 불구하고, 아니, 그 '거리'로 인해 포옹과 악수가 가능하다는 사실을 작가는 놓치지 않는다.

김초엽은 「소망 채집가」[24]라는 짧은 글에서 SF를 '미래에 보내는 기

---

24 김초엽 『행성어 서점』(마음산책, 2021).

대들의 상자'에 비유했다. 그러나 그 소망들이 그대로 현실이 되지 않는다는 점에서 SF는 차라리 "소망과의 간극, 현실과 기대의 격차를 보여주는 상징"이라고 암시한다. 미국의 SF 작가 켄 리우는 '과학소설이 사실 미래를 예견하는 데에 그다지 신통치 않았다.'라고 지적하면서 자신은 '도래할지도 모르는 미래'가 아니라 '도래할 리 없는 미래'에 관해 쓴다고 밝히며 다음과 같이 덧붙였다.

> 내가 생각하기에 과학소설이 하는 일, 또는 적어도 내가 이야기 속에서 하고자 하는 일은, 오히려 희망과 공포로 가득한 지금 이 순간의 현실에 확대경을 가져다 대는 것이다. 최신 경향을 토대로 추론하고 점차 흔해지는 패턴들을 상술하고 아직 덜 여문 혁신의 논리적 귀결을 제시함으로써, SF는 우리 자신과 우리 사회의 면면을 선명하게 드러내고 강조하는 고성능 필터로서 기능한다. 그것도 좋은 면과 나쁜 면, 양쪽 모두를. 이른바 '사실주의' 문학에서라면 너무 당연하거나 너무 모호해서 알아보기 힘든 것들이 사변과 상상의 세계에서는 명확하고 구체적으로 변한다. 이는 바꾸어 말하면 기술 자체와 그리 다르지 않다. 기술의 본분은 잠재력을 남김없이 증폭하는 것이므로.[25]

김초엽과 켄 리우는 SF가 '미래'와 관련이 있지만, 그것이 현실이 되지 않는다는 점에서 미래 예측이나 예언과 다르다고 본다. 그렇다면 SF에 빼곡히 들어찬 가상 미래란 무엇인가. 이들에 따르면, 그것은 현실이라는 두터운 지층이 지닌 잠재력이고, 그것에 대한 사람들의 희망이자 공포이다. 그런 의미에서 SF는 켄 리우의 말대로 '사실주의 문학이라면

---

25 켄 리우, 장성주 옮김, 『어딘가 상상도 못 할 곳에, 수많은 순록 떼가』(황금가지, 2020), 7~8쪽.

알아보기 힘든 현실의 잠재력을 드러내고 강조하는 고성능 필터이자 기술'이라고 할 수 있다. 이 필터를 통해 우리는 어떤 가능성을 선택하고 미래를 만들어 갈 수 있다. 약진하는 한국 SF의 기술자들에 의해 우리들의 잠재력이 남김없이 증폭되어 눈앞에 펼쳐지기를 기대해 본다.

객체는 어떻게 우리의 세계에 침투해 있는가

세계-재편

독일 철학자 마르쿠스 가브리엘이 던진 '왜 세계는 존재하지 않는 가?'[1]라는 다소 엉뚱한 질문에는 다음과 같은 질문의 연쇄가 놓인다. '인간이 인식하고 표상한 세계'가 세계인가? 아니면 인간 의식을 거치지 않은 '있는 그대로의 세계'가 세계인가? 이 물음에 대해 가브리엘은 이렇게 답한다. '우리에게 나타나는 것과 그 자체로 있는 것 사이에 차이가 존재한다.'는 가정부터가 잘못이고 여기에서 빠져나온다면, 다음과 같

---

1 이 질문에 이어 가브리엘은 기존의 철학에 대해 다음과 같이 서술한다. 우리가 보는 세계가 아니라 있는 그대로의 세계를 기술하려는 시도를 지닌 '형이상학'은 전체로서의 세계를 기술하려고 하였으나 결과론적으로는 전체로서의 세계를 발명하는 데 그쳤다. 반면, 우리가 보는 것만 존재한다는 포스트모더니즘은 '그 자체로 있는 것은 없다.'는 전제에 기초한 것으로 형이상학의 변종에 불과하다. ─ 마르쿠스 가브리엘, 김희상 옮김, 『왜 세계는 존재하지 않는가』(열린책들, 2017), 11~12쪽.

은 세계를 볼 수 있다.

세계는 '물리학의 우주, 사회과학의 세계, 경제학의 세계와 같이 수많은 대상 영역으로 이루어진 모든 영역의 세계'이며, 궁극적으로 "세계는 대상들이나 사물들의 총체도, 사실들의 총체도 아니다. 세계는 모든 영역의 영역"[2]이라는 것이다. 이 말은 곧 "세계는 우리 없이도 존재하는 물건과 사실만이 아니라, 우리와 더불어 존재하는 물건과 사실 모두를 포괄하는 영역이다."라는 말로 보충된다. 요컨대 이렇듯 관념론이나 유물론적 이분법이 아닌, 인식된 세계와 인식되지 못한 세계 속에 인간은 존재한다는 것이다. 이 정의는 최근 학계에서 조명받고 있는 객체지향 존재론, 사변적 실재론, 신유물론적 사유와 맞닿아 있다. 이들 사상은 그 명칭에 따라 복잡다기한 양상을 보여 주지만, 주요한 경향은 칸트 이후 근대철학의 주류였던 인간중심주의를 벗어나 사물의 힘과 객체의 존재를 강조한다는 것이다. 이들 사조는 칸트의 '물자체'(das Ding)로 상징되는 상관주의에 대한 비판적 인식을 핵심으로 한다. '우리는 결코 주체와 별도로 대상 그 자체를 파악할 수 없다. 마음 바깥에 존재하지만 우리는 그것을 알 수 없다.'[3]로 요약되는 물자체 사상은 인식에 포착되지 않은 실재들을 '세계 밖'(outside)으로 밀어낸다. 그러나 그렇게 밀려났다고 해서 그것들이 존재하지 않는 것은 아니다. 기후 위기, 코로나 팬데믹, 지구온난화 등과 같은 사태에서 알 수 있듯, 보이지 않고 인식되지 않아도 세계에 미만한 사물과 비물질적 실재 들은 인간의 생활 세계에 적극적으로 관여하고 침투해 있다.

그레이엄 하먼, 레비 브라이언트 등이 주장하는 객체지향 존재론(Object Oriented Ontology 이하 OOO)은 그렇게 밀려난 물(物)의 세계, 즉 객체

---

2   마르쿠스 가브리엘, 앞의 책, 82쪽.
3   박일준, 「객체지향의 철학: 초객체와 네트워크 그리고 공생」, 《인문논총》 2021년 6월호, 7쪽.

자체에 주의를 기울일 것을 제안한다. 이 이론에 따르면 주체 개념은 폐기되고 객체라는 한 종류만 존재하게 된다. 인간 역시 다양한 객체 가운데 하나일 뿐이다. '객체들의 민주주의'는 인간/비인간, 자연/문화, 물질/비물질 등의 위계질서를 해체하고 '평평한 존재론'(flat ontology)으로 세계를 재편한다. 브뤼노 라투르가 말한 평평한 존재론은 모든 사물을 무차별하게 동등한 지위로 환원하지 않는다. '서로 다른 규모에서 온갖 종류의 객체가 다른 객체들로 환원될 수 없는 상태로 존재한다는 점에서 동등하고, 객체들 사이에 이루어지는 역동적인 상호작용들의 바깥에 영원한 본질 같은 초월적 존재자가 전혀 없는' 지평에서 평평하다.[4]

그렇다면 문학은 인간과 무관하게 존재하는 이러한 실재들을 어떻게 사유하고 인식해 왔을까. 당겨 말하면, 문학은 현재 재편되고 있는 서구 철학 담론보다 훨씬 앞서서 실재들을 감각해 왔다. 문학의 상상력은 항상 보이는 것, 인식할 수 있는 것, 말할 수 있는 것, 인간적인 것들 너머를 그려 왔다는 점에서, 상대적으로 신유물론적 사고를 보다 일찍, 광범위하게 실현해 왔다고 할 수 있다.

> 풍경이 풍경을 반성하지 않는 것처럼
> 곰팡이 곰팡을 반성하지 않는 것처럼
> 여름이 여름을 반성하지 않는 것처럼
> 속도가 속도를 반성하지 않는 것처럼
> 졸렬과 수치가 그들 자신을 반성하지 않는 것처럼
> 바람은 딴 데에서 오고

---

4 "객체지향 존재론은 평평한 존재론처럼 존재자들 사이의 차이를 무시하지 않으면서도 객체라는 점에서 모든 존재자를 동등하게 대한다고 할 수 있다." ― 김상민, 「객체의 미학: 즉물성의 극복과 새로운 연합을 향하여」, 《문화과학》 2021년 9월호, 166~167쪽.

구원은 예기치 않은 순간에 오고
절망은 끝까지 그 자신을 반성하지 않는다.

— 김수영, 「절망」[5]

위 시에서 풍경, 곰팡, 여름, 속도는 인간적인 것에 속하지 않는다. 그렇다는 점에서 그것은 객체[6]라고 할 수 있다. 풍경, 곰팡, 여름, 속도는 인간 외부 세계에 존재하는 것으로 인간 주체와 '상관없이' 존재한다. 물론 "풍경은 인간화된 자연이고 곰팡은 인간으로부터 배척된 자연이며, 여름은 시간을 인간 단위로 분할하여 공간화한 풍경이고 속도는 변화와 방향에 대한 인간의 인식"[7]이라는 점에서 인간 인식 작용을 거친 기호들이다. 그러나 중요한 것은 김수영이 이들을 인간의 힘, 인식과 무관한 제인 베넷이 말한 '생동하는 물질'처럼 다루고 있다는 것이다. 풍경, 곰팡, 여름, 속도와 같은 자연은 인간중심주의와 아무 상관없이, '저만치 홀로' 독립적으로 존재한다. 이 상관없음을 김수영은 '반성하지 않는 것처럼'이라고 서술한다.

풍경, 곰팡, 여름, 속도는 인간에게 대상화되어 불리든 말든, 인간 주체의 반성적 의식을 벗어날 뿐 아니라 객체 그 스스로의 질료에 대해서도 질문하지 않는다. 반성한다면 그것은 스스로의 존재를 무화시키는 역능을 발휘할 수도 있을 것이다. 객체들은 한 치의 망설임과 뉘우침 없

---

5 『김수영 전집 1 시』(민음사, 2018), 271쪽.

6 객체는 'object'의 번역어로 '대상(對象), 사물'과도 같이 쓰이지만, '객체지향 존재론'에서는 인간 주체와 '상관없이' 존재한다는 의미를 지닌 객체를 사용한다. '대상'은 '주체에 대해 서 있는 것'(Gegenstand)으로서 오로지 주체에 '대해서만' 존재하는 것일 때 그 존재론적 의미가 생겨나기 때문이다. —김상민, 앞의 글, 164쪽.

7 김수영연구회, 『너도 나도 스스로 도는 힘을 위하여』, 노혜경 해설(민음사, 2018), 272쪽.

이 그 자신의 자율성을 늠름하게 세계에 증명하고 있다. 그런데 이들 목록 뒤에 김수영은 졸렬, 수치, 절망과 같은 인간적인 것들을 잇대어 놓는다. 졸렬, 수치, 절망은 앞선 객체들과 다르게 인간 주체에 속하는 것이다. 인간 주체 안에 속하는 그것들이 객체인 양 그려진다. 시인 김수영은 지금 인간적인 것조차 인간 바깥으로 밀어내고 있다.

인간이 어찌할 수 없는 것, 상관할 수 없는 것, 졸렬과 수치가 그러하듯 절망도 그러하다는 것. 그렇다면 사물-권력처럼 도도하게 서 있는 저 객체화된 절망이란 무엇인가. 절망의 객체화는 그 자체로 절망을 끝까지 포기하지 않겠다는 시인의 각오를 보여 준다. 낙관적 의지나 거짓 희망, 화해처럼 좀 더 쉽고 편한 것과 타협하지 않겠다는 것. 끝까지 절망 속에서 괴롭겠다는 저 집요한 의지는, 결국 "바람은 딴 데에서 오고/ 구원은 예기치 않는 순간에" 온다는 인식으로 인해 가능하다. 세계는, 그리고 역사와 날마다의 일상은 언제나 많은 경우 인간 주체와 의지를 벗어나 있다. 세계는 인간인 '우리'의 것이 아니다. 인간적인 의식이나 감정 즉 절망, 희망, 반성, 졸렬, 수치 같은 것도 주체 해석을 통과한 '내재적 객체'와 같다는 이 철두철미한 객체지향론은 인간중심주의에 대한 통렬한 반성을 보여 준다. 그러나 그것은 곧 더 큰 절망과 비관을 뜻하지 않는다. 인간 주체를 벗어나 많은 나쁜 일이 벌어지듯, 바람과 구원 같은 많은 뜻밖의 일들이 인간 인식 저 너머에서 저들의 상호작용과 힘을 통해 바디우의 '진리 사건'처럼, 벼락처럼 내려 꽂힐 수 있다. 사건은 선한 주체의 결정을 벗어난 만큼 악한 주체의 결정과 인간 인식을 벗어나 있다는 통찰은 '세계'를 인간중심주의에 복속시키려는 근대철학에 대한 비판과 동궤를 보여 준다. 문학은 이렇듯 언제나 인간 바깥의 힘들과 실재, 객체의 자율성에 대해 인식해 왔고 이를 감각적으로 그려 왔다. "산에/ 산에/ 피는 꽃은/ 저만치 혼자서 피어 있네"(「산유화」)라는 김소월의 통찰 또한 인간과 무관한 객체들의 존재론에 대한 의식의 편린을 보여 주는 것이다. 문학은 오래전부터 과학, 철학, 사회학 등의 전문 분야에서 구획한 질서와 개념 저편에서 실재의 힘들에 대한 상상력과 투사를 통해 세계를 재편해 왔다. 그러나 문학-예술이 실재적 객체를 그대로 재현한다는 것은 아니다. "산은 언제나 그 특성들을 파악하려는 우리의 모든 노력이 장악할 수 없는 잉여물이다."[8]라는 하먼의 통찰처럼, 실재적 객체-물자체에 직접적으로 다가갈 수는 없다. 그럼에도 불구하고 OOO가 '제일 철학으로서의 미학'을 요구하는 것은 예술이 객체를 지식이나 인과관계, 이론 등으로 환원하지 않고 '은유'를 통해 그 현존에 접근하기 때문이다. 하먼은 이를 실재 객체와 감각 성질(RO-SQ)의 긴장 관계로 보고 있다.[9] 하먼이 제시한 미학의 핵심인 RO-SQ의 긴장 관계를 일종의 미적 자율성을 의미한다고 보면 어떨까. 문학예술은 감각적 성질을 통해, 언제나 '저만치 혼자서' 있는 실재적 객체를 암시하고 지향한다. 과학, 무한 자유, 이론이 아닌 저 RO-SQ의 방식이야말로 보이지 않는 객체에 대한 인식과 사랑을 보여 주는 예술 특유의 속성이 아닐까.

8 그레이엄 하먼, 김효진 옮김, 『예술과 객체』(갈무리, 2022), 63쪽.

9 하먼에 따르면, 미학이 객체와 성질을 파악하는 데에는 다음 네 가지의 용어와 관계로 가능하다. 실재적 객체(Real Object), 감각적 객체(Sensual Object), 실재적 성질(Real Quality), 감각적 성질(Sensual Quality). RO-RQ는 인과관계를, SO-SQ는 끊임없이 변화하는 객체에 대한 지각으로서 매력을, SO-RQ는 '이론'을 보여 주는데, 은유라 할 수 있는 'RO-SQ'의 긴장이야말로 예술의 본령인 '아름다움'과 미적 즐거움을 느끼게 한다고 주장한다. 가령, 트라클의 시구절 '양초는 교사와 같다'는 은유는 실재적 객체인 양초가 무엇으로 이루어졌는지(위로 환원하기)나 양초가 무엇을 행하는지(아래로 환원하기)에 대해 즉물적이거나 이론적으로 복속시키지 않으면서 현전하지 않는 실재적 객체를 인식하게 한다. 즉, '교사'라는 물러서 있는 객체, 알 수 없는 본체를 현시적인 교사와 상관없이 '양초'라는 감각적 성질을 통해 접근하게 하는 것이다. 과학적 이미지나 현시적 이미지의 생산방식이 아닌, 두 극단 사이에 놓여 있는 제3의 이미지를 암시하는 은유는 실재적 객체에 대한 필로소피아(앎에 대한 사랑)와 닮아 있다고 본다. ─앞의 책, 72~79쪽 참조.

소설을 통해 객체 재현의 구체적인 방식을 살펴보자.

철과 내시경의 세계

김훈은 『칼의 노래』에서부터 「화장」, 『개』 등에 이르기까지 담론이나 이데올로기가 아니라 자연과 사실의 세계를 추구해 왔다. 이순신의 전투는 영웅의 이념적 투쟁이 아닌 몸을 지닌 개인의 생존 투쟁과 자연사적 죽음의 과정으로 재현된다. 비린내, 똥, 오줌, 젓국 냄새 등으로 가득 찬 전장은 「화장」에서 두개골, 종양, 방광, 성기, 배설, 냄새, 피와 같은 물질의 세계로 옮겨 간다. 인간 문명사를 비판하고 있는 『개』에서도 세계는 '보리'라는 개의 시선을 통해 '따스하고 축축한' 생명과 흙이라는 대지로 그려진다.

안중근의 거사를 그린 『하얼빈』[10] 또한 김훈의 세계관을 반영하고 있다. 1909년 거사로부터 100년이 넘는 동안 '안중근'은 수없이 재현되었지만, 그것은 주로 역사책과 민족주의 담론에 의해 박물화된 것에 가깝다. 이념에 깊숙이 묻혀 버린 '안중근'은 대장장이와도 같은 김훈의 매서운 손끝에 의해 '가난과 청춘과 살아 있는 몸'이라는 새로운 에너지를 입고 되살아난다. 달군 쇠를 두드려 만든 칼과 같은 김훈의 문장은 안중근의 거사에서 민족주의나 거대 명분을 끊어 낸다. 거사 직전 우덕순과의 만남은 간결한 몇 마디 대화로 압축되고 의거 이전과 이후의 동지들과의 이야기, 고종 퇴위와 군인 강제해산 등을 둘러싼 역사적 상황 또한 최대한 응축해 하얼빈의 청년 안중근만 압화처럼 남겨 놓는다. 물론

---

10 김훈, 『하얼빈』(문학동네, 2022).

이러한 압축은 '사실'을 향하고 있지만, 그 사실은 단순한 정보가 아니라 수많은 의미를 함축한 사실이다. 가령 "순종은 이가 여러 개 빠져서 말할 때 목소리가 흩어졌고, 캄캄한 입속이 들여다보였다."나 "열차가 한강철교를 지날 때, 머리 위로 쇳덩어리들이 다가오고 지나갔다."와 같은 문장은 투명한 사실이 아니라, 무력하고 절망적인 순종과 제국주의의 상황을 품고 있는 무거운 말이다. 그러나 김훈은 그 사실들을 이루는 수많은 현실적 맥락과 이념 들을 거둬 내고, 단 하나의 장소와 사건에 철과 총, 청년 안중근의 몸을 새겨 넣는다. 수많은 교차로들이 엇갈리는 하얼빈은 지정학적 교차로만이 아니라, 청년 안중근을 둘러싼 현실의 힘들이 교차하는 곳이기도 하다. 이토는 만주 시찰과 러시아 재무장관 코콥초프를 만나기 위해 시모노세키를 떠나 대련을 거쳐 하얼빈으로 향하고, 안중근은 우라지(블라디보스토크)에서 하얼빈으로, 코콥초프는 모스크바에서 하얼빈으로, 안중근의 가족 김아려와 두 아들은 평양에서 신의주, 봉천, 장춘을 지나 하얼빈으로 향하고 있다. 그곳에서 누가, 무엇을 만날지는 미지수이다. 그것을 결정한 것은 서른 살 안중근의 결단이다. 그 결단은 세 발의 총성으로 상징된다. 이토의 몸을 관통하기까지 안중근은 하얼빈으로 몰려드는 수많은 실체적 힘들 즉 민족주의, 제국주의, 가족에 대한 연민 등의 복잡한 매듭뿐 아니라, 빌렘 신부로 대변되는 종교의 교리 또한 끊어 낸다.

　김훈은 그렇게 단출하게 하얼빈에 당도한 청년 안중근의 몸 위에 대륙을 가로지르는 만주 철도의 강력한 쇳덩어리들과 이토, 코콥초프 등의 실체들만 남긴다. 『하얼빈』은 이렇듯 제국주의를 상징하는 강력한 철과 가난한 조선 청년의 몸의 격돌을 통해 숱한 '말'과 이데올로기에 의해 사라진 육중한 실체의 힘과 간명한 사실들을 다시 소환하고 있는 것이다.

「대장 내시경 검사」[11] 또한 인간사를 유물론적 관점에서 보려는 김훈의 세계관을 반영하고 있다. 이 소설은 보호자를 동반해야 하는 대장 내시경 검사를 앞둔 독거노인의 곤경을 그리며 인간사의 복잡한 정념들 쳐내고 사실과 물질의 세계를 보여 준다. 주인공은 5년 전 이혼한 전처와 딸 대신 청소 도우미에게 보호자 역할을 부탁함으로써 구지레한 관계에서 벗어난다. 전처와의 이혼에 대해서도 '30년이 넘는 세월 동안의 사소하지만 사소하지 않은 다툼'과 사연들을 늘어놓는 것이 아니라 20억짜리 아파트 한 채와 현금 4억을 똑같이 양분하는 것으로 정리한다. "결혼은 물적 토대 위에서 가능하다. (……) 사랑이 아니라, 연민의 힘으로 살아야 오래 살 수 있다."는 주례사를 들었으나 "'연민의 힘'을 길러 내지는 못했다."(141쪽)고 고백하는 화자는 '이 일은 더 이상 말하지 않는다.'라며 마음의 일을 애써 외면하고 있다. 대장 내시경 검사와 함께 이 소설은 결혼 주례를 섰던 S 교수의 장례식, 그리고 과거 연인이었던 나은희의 일 등을 그린다. 나은희는 40년 전 잠시 '사랑의 온도'를 나눴던 여인이었으나 미국으로 취업 이민을 떠난 후 연락이 두절되었다. 그런 그녀가 아들의 취업을 부탁하는 편지를 '나'의 전 직장으로 보낸다. '나'는 그녀의 아들을 만난 후 전 직장에 취업 청탁을 하지만, '부적격'이라는 통보를 받는다. 그리고 S 교수의 장례식에서 전처를 만나기도 한다. 이런 일련의 소소한 사건과 서사보다 중요한 것은 작가 김훈이 좀 더 강조해서 새겨 넣는 물질과 실재의 세계이다. 서사들을 후경으로 하여 물질과 실재가 전경화되는 장면들은 다음과 같은 것들이다.

---

11 김훈, 「대장 내시경 검사」, 『저만치 혼자서』(문학동네, 2022). 이하 이 책에서의 인용은 쪽수로만 표기한다.

또 날마다 똥을 잘 관찰해서, 혈변, 흑변, 변비, 설사가 계속되면 병원에 와서 진찰을 받으라고 했다. 술을 가끔 마시기는 했지만 나는 의사의 지시를 잘 따랐고 고지혈증, 고혈압 약도 때맞춰 먹었다. 똥에도 별 이상이 없었다. 굵기나 묽기가 적당한 보통의 똥이었다. 냄새도 날뛰지 않고 안정되어 있었다.(124쪽)

나은희는 유방암 수술을 받은 것이었다. 푸른 주근깨가 별자리처럼 깔린 나은희의 가슴이 떠올랐다. 봄여름에는 색깔이 진해지고 겨울에는 흐려진다는 나은희의 주근깨…… 헤어질 무렵에 나은희의 주근깨는 젖꼭지 주변에 모여 있었고, 가슴골을 건너갔고, 겨드랑 밑 오지에까지 흩어져 있었다.

유방암 수술을 했다니까, 주근깨의 별자리는 흩어지고 칼자국이 나 있을 것이었다.(137~138쪽)

첫 번째 인용문은 화자가 3년 전 대장의 용종 제거 수술을 받은 뒤의 몸 상태를 관찰하며 서술한 것이고, 두 번째는 나은희의 아들로부터 유방암 수술 소식을 듣고 난 뒤 떠오른 상념들이다. 김훈은 전처, S 교수, 나은희 등의 인물들과의 관계들보다 그들을 이루는 몸과 물질에 좀 더 초점을 맞추고 있다. S 교수의 장례식장은 '대장암'과 '김칫국, 김구이, 시금치나물, 멸치볶음과 흰쌀밥이 차려진 밥상'으로 채워지고, 전처는 '월릉동'이라는 새로운 호명과 12억의 재산 분할로 물화된다. 과거 연인 나은희에 대한 상념 또한 인용문에서처럼 그녀의 가슴에 '별자리처럼 깔려 있던 주근깨', 그리고 마지막 밤을 보낸 여관 주변의 노란 백열등, 지린내, 연탄재, 머리카락 냄새, 우동의 조미료 냄새 등으로 채워진다. 이 물질과 비물질로 이루어진 실재 세계는 다시 화자의 대장 내시경 검사로 모아지는데, 작가 김훈은 화자의 두려움과 불안 대신 내시경이 보여 주는 대장을 다음과 같이 그려 넣는다.

> 나는 병원에서 주는 가운을 입고 검사실 복도에 앉아서 기다렸다. 가운은 엉덩이 부분이 터진 자리에 커튼처럼 뚜껑이 붙어 있었다. (……) 대장 속에 생각이 닿지 않았다. 수억만 년의 시간 속에서 종유석이 돋아나는 자연 동굴이 내 마음에 떠올랐다. 그 어둠 속에서 물방울 떨어지는 소리가 들리는 듯싶었고 한 오라기의 빛도 없는 암흑 속에서 무안구(無眼球)가 유전되는 작은 물고기들이 떠올랐다. 졸음 속에서, 종유굴은 나의 대장과 연결되었다. 나와는 사소한 관련도 없는 그 암흑 속에서 용종이 자라나고 있었다.(143~144쪽)

대장 내시경을 앞둔 화자의 의식은 졸음 속으로 빨려 들어가면서 용종들을 상상한다. 자신의 몸 안의 일이지만 정착 주체는 그 실체에 닿을 수 없다. 용종은 수억만 년의 시간 속에서 자란 종유석으로, 대장은 암흑의 자연 동굴로 치환된다. 몸에서 벌어지는 물질의 세계가 인간과 무관한 거대한 자연사적 사건에 연결됨으로써 인간 주체는 '무안구가 유전되는 작은 물고기'처럼 한없이 작고 초라한, 그래서 세계를 보지 못하는 존재로 그려진다. 눈먼 '무안구'의 작은 물고기가 보지 못하고 다만 온몸으로 감각하는 세계란 하여, 아주 미미한 영역에 불과하다. 그것은 화자가 마취에서 미처 깨어나지 못한 채 바라본 몽롱한 세계와 흡사하다. 화자는 마취에서 깨어나는 시간을 "흐린 날에 서서히 동이 트는 것 같다."고 비유하면서 언젠가 TV에서 본 보이저 2호의 항로를 떠올린다. 태양계를 벗어나 우주 공간을 영원히 떠도는 보이저 2호의 항로는 곧 인간의 자연사적 운명에 대한 암시이기도 하다. 그 암흑을 무안구의 운명으로 항로하는 인간의 짧은 생애 속에 "푸르고 붉은 별들은 주근깨처럼 보였는데 봄여름에는 진해지고 겨울에는 흐려진다."(144~145쪽)는 삶의 기억과 정념이 얹힌다. 나은희와의 인연, 전처나 S 교수, 평생을 바친 직장에서의 청탁 거절 등등 개인의 생에 얽힌 숱한 사연들은 그저 "망막 속의 어둠"에 갇힌 흐릿한 형상들일 뿐이다. 거대한 우주에서 인간의 '어두운 의식'이 기억하는 것은 다만 가뭇없이 사라지는 주근깨와 같은 흔적뿐이라는 작가 김훈의 통찰은 새롭게 열린 신유물론의 세계 인식과 맞닿아 있다.

레비 브라이언트는 『존재의 지도』[12]에서 유물론이 물질의 세계 대신 기표들과 담론의 실재들로 채워진 것을 강력히 비판한다. 물질적인 것들이 기표와 텍스트 기반의 문화 연구 속으로 사라졌으며, 인문학의 생태이론가들조차 '꿀벌들이 농경에서 수행하는 역할과 관계들'의 체계를 논의하기보다는 문학과 영화에 묘사된 환경의 초상들을 논의하고 있다면서 텍스트 세계에서 빠져나오길 주문하고 있다. 유물론자들이 자신의 이론적 구상에 힘입어 "담론성, 개념, 사회적인 것, 문화적인 것, 이데올로기적인 것, 텍스트, 그리고 의미 ― 관념적인 것들 ― 를 존재를 형성하는 질료"[13]로 여기고 있다고 비판하는 브라이언트는 철학이 다시 '유물론적 전회'를 해야 한다고 주장한다. 김훈의 작품은 "세계는 나무와 바위, 행성, 항성, 웜뱃 같은 물리적 사물들로 구성되어 있고, 사유와 개념은 오로지 뇌 속에, 종이 위에, 그리고 컴퓨터 데이터 은행 안에 존재할 따름이며, 관념은 광섬유 케이블, 연기 신호, 산소가 풍부한 대기 등과 같은 물리적 매체를 통해서만 전달될 수 있을 뿐"[14]이라고 물질(질료와

---

12 레비 브라이언트, 『존재의 지도』(갈무리, 2020).

13 앞의 책, 20쪽.

14 앞의 책, 25쪽.

사물)을 강조하고 있는 브라이언트의 세계를 닮았다. 물론 입력물에 작용하여 출력물을 산출하는 방식에 주목하여 존재자들을 '기계', '매체'로 이름 붙인 브라이언트의 급진적 기계-매체의 세계지도까지는 아니지만, 김훈의 자연과 몸, 물질과 실재에 대한 세계 인식은 문학이 담론의 사회 구성물로서의 세계에서 일찌감치 탈주하고 있음을 보여 준다. 그러나 과연, 사실과 물질의 세계가 객체적 진실에 가깝다 하더라도 문학이 복무하는 것은 그 물질-과학의 진리일 수는 없을 것이다. 문학은 「대장 내시경 검사」의 화자가 지난 결혼에 대해 "'물적 토대'는 먹고살 만큼 이루었으나, 날마다 몸과 마음을 부딪치며 살아야 하는 일을 지속시킬 만한 '연민의 힘'을 길러 내지는 못했다."(141쪽)고 고백한 실패의 영역, 즉 정념과 이해라는 또 하나의 비가시적인 영역에 대한 탐구라고 할 수 있지 않을까. 『하얼빈』, 「대장 내시경 검사」에서 이념과 의미를 거둬 내고 보여 주고자 했던 철과 몸, 주근깨의 흔적 또한 작가가 지닌 의지의 표상일 수밖에 없다.

과학 밖 세계, FHS

퀑탱 메이야수 등이 주도한 사변적 실재론(speculative Realism)은 칸트 이후 독일관념론에 맞서 실재를 구출하려고 한다. 위에서 살펴보았듯 실재 자체에 대해 진술하는 일은 불가능하며 우리는 오직 의식과 세계의 상관관계에만 접근할 수 있다고 주장하는 칸트 철학을 '상관주의'(correlationism)라고 비판하고 인간의 인식체계를 넘어선 바깥을 사유해야 한다고 주장한다. 철학의 시공간을 '거대한 바깥'(Grand Dehors)으로 확장시킨 메이야수가 실재를 감각하기 위해 내세운 방법 중 하나는 '무한

한 가변성과 우연성의 필연성을 사유하기'이다.[15] 그는 『형이상학과 과학 밖 소설』이라는 책에서 이러한 사유를 보여 주는 소설들을 '과학 밖소설'(FHS, Fiction des mondes Hors-Science)이라고 명명한다.

쾡탱 메이야수가 이 책에서 구분하고 있는 과학소설과 과학 밖 소설의 차이는 다음과 같다. 과학소설은 허구적이긴 하지만 세계를 여전히과학적 인식에 종속시킨다. 반면 '과학 밖 세계에 대한 소설'(이하 줄여서 과학 밖 소설)은 실험과학이 '권리상'(en droit) 불가능한 세계이지만 '사실상'(en fait) 존재하지 않는 세계는 아니다. 즉 과학과 상관없이 가능한 세계라는 것이다. 메이야수의 FHS는 다음과 같은 흄의 질문에서 출발한다.

> 예컨대 내가 어떤 당구공이 어떤 다른 당구공을 향해 직선으로 움직이고 있는 것을 본다고 해 보자. 이 두 번째 공의 운동(이라는 관념)이 그들의 접촉, 혹은 충격에 의해 나에게 우연적으로 암시된다 하더라도, 나는 수백 가지의 서로 다른 사건이 또한 이 원인으로부터 따라 나올 수 있으리라는 것을 생각할 수 없을 것인가? 이 두 당구공 모두 완전히 정지한 채로 남아 있지는 못할 것인가? 첫 번째 공이 두 번째 공으로부터 똑바로 되돌아가거나, 임의의 방향으로 튀어 오르지는 못할 것인가? 이 모든 가정은 정합적이며 상상 가능하다. 그렇다면 왜 이들 가운데 하나를, 이것이 다른 것들보다 더 정합적이지도 더 상상 가능하지도 않음에도 선호하는 것인가?[16]

15 이원진, 「21세기 사변의 두 흐름: 사변적 실재론(Speculative Realism)과 사변소설(Speculative Fiction)의 만남 — 팬데믹 '실재'와 맞닥뜨린 인류를 위한 철학과 문학의 사변적 협력」, 《비평문학》 83호(2022), 231~232쪽.

16 데이비드 흄, 『인간 오성에 대한 탐구』 ; 쾡탱 메이야수, 엄태연 옮김, 『형이상학과 과학 밖 소설』(이학사, 2017), 15~16쪽에서 재인용.

우리 인간이 지금껏 알고 있던 세계의 법칙에서 벗어나 두 당구공이 전대미문의 사태의 궤적을 보여 주는 일이 불가능하다는 근거가 없는데, 왜 사람들은 유독 하나를 선호하는가라는 질문이다. 당구공이 다른 궤적으로 나아갈 확률은 여전히 존재한다는 것이다. 이 '과학 밖 세계'의 상황에 해당하는 소설로 메이야수는 아이작 아시모프의 「반중력 당구장」을 들고 있다. 위대한 과학자 프리스와 블룸은 친구이자 경쟁자인데, 프리스는 이론의 대가이고 블룸은 응용의 대가이다. 프리스는 중력의 효과를 중화시키는 전자기장을 중력에 대립시킴으로써 모든 중력 효과를 무화시킬 가능성을 증명하고 이 이론으로 두 번째 노벨상을 타게 된다. 그러나 프리스는 이론상으로는 참인 이 가능성이 실제로는 실행 불가능하다고 말하는데, 블룸은 이를 반박하며 실현 가능하다고 말하고 그 실험을 공개한다. 그리고 프리스로 하여금 당구공을 치게 만드는데, 그 당구공은 무중력의 광선 속에서 튀어 올라 복잡한 궤적을 그리며 블룸의 심장을 관통한다. 메이야수의 설명에 의하면 이 단편소설의 힘은 프리스가 블룸을 살해하기 위해 당구공의 궤적을 정확히 계산했는가 아닌가에 있다. 이 단편의 매력은 프리스가 예측했을 수 있다는 가능성에 있지만, 진짜 그러했는지를 독자가 아는 것은 '언제나 불가능'한 것으로 남는다는 것이다.

메이야수의 FHS[17]는 과학 밖을 향해 세계를 변동시킴으로써, 붕괴

---

17 언제나 불가능한 영역으로 남아 있는 세계에 대한 서사를 '과학 밖 소설'이라 부르면서 메이야수는 다음 세 가지 유형을 들고 있다. 첫 번째 유형은 불규칙적이기는 하지만, 너무 미미하게 불규칙적이기에 과학과 의식에는 거의 영향을 미치지 못하는 세계들이다. 두 번째 유형은 이 세계들은 그 불규칙성이 과학을 폐지하기에는 충분히 강하나 의식에 대해서는 그렇지 않은 세계, "사물들이 일으키는 우발적 사고들"이 벌어지는 변덕의 세계이다. 세 번째 유형은 뒤죽박죽 변양이 너무나도 자주 일어나 칸트가 흄의 질문에 답한 카오스처럼 과학의 가능 조건뿐 아니라 의식의 가능 조건도 사라지는 세계이다. (메이야수에 따르면 칸트는 흄의 질문에 대해 다음과 같이 답하고 있다. 그와 같이 당구공이 전대미문의 궤적으로 가는 일은 상상할 수 있으나 '어떤 경우에도 지각'

를 유일한 환경으로 하는 실존의 진상을 탐색할 수 있다고 주장한다. 메이야수는 이러한 FHS의 사례를 기존의 SF 장르 소설들에서 찾고 있으나, 그것은 과학 논리에 기댄 또 다른 해명에 불과할 수 있다. 진정한 '과학 밖 소설'의 세계란 물질의 논리적 인과성과 필연성을 벗어나, 더 많은 비물질과 힘 들이 생동하는 실재들을 탐문하는 것이 아닐까. SF가 아닌 임솔아의 소설 두 편과 권혜영의 소설을 FHS에 비춰 볼 수 있겠다.

임솔아의 「초파리 돌보기」[18]는 과기원 실험동에서 초파리 돌보는 일을 했던 이원영과 딸 지유에 관한 서사이다. 중년 여성 이원영은 가발공장과 외판원, 마트 캐셔, 초등학교 급식실 조리원, 볼펜 부품 조립 등의 수많은 일을 거쳤지만 '50대 무경력 주부'로 취급받았고, 텔레마케터로 취업한 곳에서도 온갖 욕설을 들으며 "자신이 인간이라는 당연한 사실이 기억났다."고 토로할 정도로 격심한 감정 노동에 시달린다. 그러다가 얻게 된 초파리 실험동 일은 그녀에게 오랜 꿈을 이룬 듯한 만족감을 준다. 의사들이 입을 법한 새하얀 가운, 멸균 처리된 현미경, 시험관, 붓, 여름에는 시원하고 겨울에는 따뜻한 공간 등으로 이루어진 그곳에서 이원영은 호텔 투숙객처럼 우아하게 '투명하고 정교하게 짜인 초파리 날개'

할 수 없다. 자연법칙들의 우연성은 모든 지각도, 대상에 대한 의식도 불가능하게 만들기 때문이다. 즉, 당구공만 우연성으로 가는 것이 아니라 세계 자체가 우연성으로 가기 때문에 모든 것은 환영적인 모습으로 나타날 것이고 "우리는 우리가 꿈이나 환각이 아니라 어떤 이상한 현상을 지각했을 뿐이라는 것을 결코 보증할 수 없을 것이다.") 메이야수는 이 세 가지 유형 중 '카오스적인 순수 잡다'인 세 번째 유형과 미미한 불규칙성의 세계인 첫 번째 유형이 아닌 두 번째 유형이 진정한 '과학 밖 소설'(FHS)이라고 본다. 그리고 FHS에 해당하는 소설의 기법을 구체적으로 예시하면서 이들 소설이 기존 과학 인식과 어떻게 단절하고 있는지를 보여 준다. — 퀭탱 메이야수, 앞의 책, 44~67쪽 참조.

18 임솔아, 「초파리 돌보기」, 『아무것도 아니라고 잘라 말하기』(문학과 지성사, 2021). 이하 이 책에서의 인용은 쪽수로만 표기한다.

를 감상하며 이들을 배양하면 되었기 때문이다. 심지어 이원영은 초파리를 좋아하게 되어 집에 가져오기도 한다. 그런데 그날부터 심한 탈모 증상을 앓던 원영은 11년 동안 꾸준히 약해져 일상생활조차 영위하지 못하게 된다.

소설을 쓰는 딸 지유는 엄마 원영의 질병이 '산재'라고 짐작하고 그녀에게 실험동에서의 일을 자꾸 캐묻는다. 원영은 지유의 소설에 흥미를 갖지만, 지유가 원영이 앓는 질병의 원인을 초파리에서 찾으려고 한다는 걸 알고는 불편해한다. "이상한 건 없었다니까.", "실험실에서 이산화탄소를 썼다고 했지? 이산화탄소가 몸에 쌓이면 어떻게 되나 알아봐야겠다."와 같은 이들의 대화는 실험동 아르바이트를 꿈의 성취로 '확정'하고자 하는 원영의 마음과, 원인을 찾고 규명하려는 지유의 논리 간의 대결을 암시한다. 더불어 원영은 소설을 현실과 달리 "깨끗이 다 나아서 건강해지는" 해피엔드로 써 달라고 주문한다. 여기에 지유가 "그렇게 쓰면 뭐 해. 소설은 소설일 뿐인데."라고 반문하자 원영은 "소설일 뿐이면, 왜 써?"라고 반박한다. '소설일 뿐인데.'와 '소설일 뿐이면 왜 써?'라는 질문은 '문학의 허구성에 내재된 현실의 무력함'과 그럼에도 불구하고 부인할 수 없는 소설이라는 실재의 힘에 대해 생각하게 한다. "도대체 뭐가 원인일 것 같은데? 엄마가 말해 봐."라고 지유가 말을 건네자 원영은 다음과 같이 답한다.

"나라면 이렇게 쓸 거야. 주인공 이름이 원영이라고 해 봐. 원영이네 택배가 엉뚱한 집에 배달된 거야. 그래서 원영이 남편이 택배 기사하고 다툰 거야. 근데 이 택배 기사가, 이후로 원영이만 보면 욕을 하는 거야. 남편한테는 아무 말 안 하면서. 아줌마, 내 눈 쳐다보지도 마쇼. 막 눈을 뽑아 버린다고 그러고. 근데 원영이는 남편한테 암말도 못 하는 거야. 세상이 얼마나 무섭니 지유야. 싸움이 커졌다가 해코지하면 어쩌나 싶은 거지. 집 주소도 알고, 공동 현관 비밀번호도 아는데. 해코지도 원영이한테 할 거 아니니. 끙끙 앓다가 아프기 시작하는 거지.”

　　그 이야기야말로 인터넷 기사에서 많이 본 것 같다고 지유는 답했다. 원영은 다른 이야기도 들려줬다. 텔레마케팅 사무실에서 헤드셋 너머로 종일 욕설을 듣는 여자 이야기. 평생 자기 책상을 가져 보지 못해서 아프기 시작한 여자 이야기. 식기 세척기를 구입하면 어떻겠느냐고 물으면서도 책상이 필요하지 않느냐고는 한 번도 묻지 않는 가족 이야기. 밀가루가 체질에 맞지 않아 늘 위무력증에 시달렸지만 남편이 국수를 좋아해서 30년 동안 국수를 먹은 여자 이야기. (……) 원영은 조금씩 이야기를 바꾸어 가며 말했다. 거의 소설이 되어 갔다. 원영은 너무 사소해서 오히려 무시했던 일화들을 처음으로 누군가에게 말하고 있었다. 지어내다시피 한 이야기지만 속이 후련했다. (59~60쪽)

　　위 인용문에서 원영은 딸이 애써 묶으려는 실험동과 발병의 인과성을 끊어 내고 온갖 사소한 일들을 질병 앞에 둔다. 그것은 택배 기사와의 신경전, 텔레마케터의 감정 노동, 책상에 대한 선망, 국수로 인한 곤경 등 사소한 일상과 감정의 뭉텅이들이다. 원영은 자신이 행복했던 실험동 기억을 ‘차가운 형광등, 수만 마리의 벌레들과 병균, 후둑후둑 머리카락이 빠지는 원영’ 등의 살벌한 장면으로 바꾸려는 지유의 과학적 사유에서 ‘권리상, 사실상’으로 개연성을 지닌 필연성의 고리를 제지하고, 자신의 행복의 정념에 맞춰 우연성과 가능성을 늘어놓는다. 만약 동료 미선이 아프다면 “20년 동안 가족의 저녁 밥상을 차리다가 고등어구이에서 올라오는 미세 먼지에 노출되어 암에 걸릴 확률이 더 높을 것”이라는 상상을 거기에 보태며. 결국 지유는 원영의 소망대로 “이원영은 다 나았고, 오래오

래 행복하다."라는 "가장 시시한 문장"으로 소설을 끝맺는다. 지유가 초파
리를 아름답게 그리고 해피엔드의 결말을 쓸 수 있었던 것은 초파리 실험
으로 그 효능이 입증된 로열젤리를 원영이 먹고 조금씩 나아졌다는 변화
가 반영되어 있지만, 근본적인 것은 이 서사와 함께 병치되는 작가의 소
설론 혹은 인과에 대한 문학의 자율성에 대한 단상에서 엿볼 수 있다.

이 작품에서 지유는 소설을 쓰면서 종종 시작점을 잊게 된다고 토로
한다. "이유는 분명 있었다. 그 소설을 써야만 한다고 결심하게 만든, 중
요한 무엇인가가 있었다." 그런데 시간이 흐르면서 그 이유가 있었다는
사실만 기억하게 되는 바람에 이유를 지어내는 지경에 이른다는 것이
다. 지유는 이러한 자신의 문제를 소설가 치온에게 털어놓는데 치온은
자신 또한 분노 같은 감정만 남고 그 이유를 잊곤 한다고 하면서 그다음
만남에서 다음과 같이 말한다.

> "이유를 잊게 되는 원인이 있을 거예요. 스트레스 상황이 반복되면서
> 단기 기억력이 나빠진 것일 수도 있겠죠. 그런데 이유를 잊어야만 하는
> 이유가 따로 있는 것 같다는 생각이 들어요. 지워진 게 아니라 필요에 의
> 해 치워졌다고 해야 할까요. 이런 생각을 하다 보면 원인과 이유가 일치
> 할 수 없다는 것을 종내는 알게 돼요. 그 불일치가 나한테는 원인인 것 같
> 아요."(64쪽)

치온의 이야기는 원인과 이유가 다른 것일 수 있다는 요지인데, 이
는 "망각은 뇌 용량의 한계에 의해 수동적으로 발생되는 것이 아니라 망
각 세포의 적극적이고 능동적인 파괴 기능"이라는 과학 기사와 더불어
이해될 수 있다. 즉 지유가 소설의 시작점이나 약속 등을 자주 잊어버리
는 것은 스트레스 등이 원인일 수 있으나, 그보다는 망각되어야 하는 더

중요한 '이유' 때문에 삭제되었을 가능성이 있다는 것이다. 원인과 이유의 불일치는, 또한 지유가 원영의 이야기를 해피엔드로 끝낸 이유를 보여 준다. 즉 소설은 원인과 결과를 밝혀내는 일이 아니라, 어떤 필요와 이유에 의해 만들어지는 것이다. 원영의 서사에서 '필요와 이유'는 그녀의 지난 기억이 살벌한 병균으로 가득 차는 것이 아니라, 아름다운 기억을 그대로 두고 그녀가 느꼈던 수많은 사소한 일상들과 고통이 질병의 원인이 되는 것이다. 그녀가 겪었던 걱정과 정념 들이 아무것도 아닌 것이 아니라, 무엇보다 중요한 것이 되어 그녀의 몸과 삶에 작용했다고 믿는 것이다. 그리고 어쩌면 그것은 메이야수의 FHS 세계에서 가능한 '불가능 세계'일 수 있다. 임솔아는 "원영을 괴롭혔던 미진단 질병은 초파리와 실험동 때문일 수 있다고, 지유는 여전히 생각했다. 아니면 노화의 수순일 수도 있었다. (……) 원영이 지유에게 소설로 써 달라고 했던 그 모든 사연의 총합이 원인일 수 있다. 어쩌면 지유의 소설도 사연의 한 부분일 것이다."라며 거대한 바깥의 우연성[19]을 긍정한다. 그러나 이 마지막 대목에서 강조되는 것은 우연성보다는, 문학이 인과성과 필연성에서 밀려난 사소한 일상과 보이지 않는 감정을 이어 나가 또 다른 실재 세상인 '과학 밖 세계'를 만들어 가는 모험이며 '바깥의 목소리'와 소통하는 '필요'에 근간하고 있음을 보여 준다.

임솔아의 「희고 둥근 부분」[20]은 인과성과 무관한 증상이나 징후로서 남는 정념에 주목하는 작품이다. 평론가 김미정이 진단하듯, 이 소설은 아픔, 고통, 죄책감 같은 보이지 않는 것들이 몸에 남긴 '흔적'(증상)[21]

---

19 강지희 또한 「구멍 뚫린 신체와 세계의 비밀 — 신유물론과 길항하는 소설 독해」, 《문학동네》 2022년 봄호에서 「초파리 돌보기」를 우연성의 세계로 고찰한 바 있다.

20 임솔아, 앞의 책.

21 김미정, 「숲을 돌보는 시간」, 《문학과 사회》 2022년 봄호, 207~208쪽.

에 주목하는 작품으로 원인불명의 미주신경성 실신을 앓는 인물을 다루고 있다. 주인공 진영은 5년간 계약직 교사 일을 하다가 학교로부터 계약연장을 거부당한다. 그녀는 가볍게 혼절하는 '미주신경성 실신'을 앓게 되는데, 병원에서 이뤄진 많은 검사는 그 원인을 규명하지 못하면서도 '미주신경성 실신이 아닐 가능성이 없다.'는 이유로 병명을 확정한다. 이 소설에서 진영의 질병의 원인은 '모른다'. 이와 더불어 이 작품에서는 많은 일들이 '모른다'로 제시된다. 가령, 진영의 이모는 농약을 먹고 죽은 친구 인숙이 자살한 이유를 모르고, 진영은 이모의 표정에 묻어난 죄책감의 이유를 모른다. 또한 진영의 발병 원인으로 추정되는 학생 민채의 자살 시도가 진영의 다정함 때문인지 냉랭한 때문인지도 '모른다'. 계약직 교사인 진영은 우연히 민채의 손목에서 주저흔을 발견하고 각별히 그에게 신경을 쓰는데, 그 이후 민채는 또 다른 상처를 가지고 진영을 자꾸만 찾아온다. 어느 날 진영은 그런 민채를 냉정하게 양호실로 보내는데, 민채는 "하는 척은 할 만큼 했다는 건가요."라는 말과 유서를 남기고 자살을 시도한다. 민채는 손목 접합 수술을 받고 살아났지만, 진영은 계약 교사직을 잃고 미주신경성 실신을 얻는다. 또한 징계위원회에서는 "누군가는 진영이 민채를 방치한 것이 문제라고 했고, 누군가는 진영이 민채의 일에 너무 깊게 개입한 것이 문제"(118쪽)라고 하는 혼란스러운 소문에 휩싸이게 된다.

자해하는 민채의 사연은 이러하다. 7년 전 교통사고에서 버스 안의 사람들이 죽어 가는 장면을 보면서 살아난 민채는 상담과 정신과 치료를 완강히 거부한다. 진영의 이해에 따르면 민채는 오히려 "의지적으로 고통을 소환해 내 되새기는 것처럼" 보였는데, 이는 "망각이 아닌 처벌을 통해서만 자신이 회복될 수 있다."는 민채의 믿음, "자신의 죄책감을 짊어질 타인"의 필요 등으로 이어진다. 민채가 사고에서 목격한 장면과 그 이후의 시간이 민채에게 어떻게 작용했는지는 알 수 없다. 그러나 그때 받은 충격은 자해라는 명백한 증상으로 돌아오고, 진영에게도 민채로 인한 트라우마가 미주신경성 실신과 같은 징후로 남는다. 의학적으로 그 인과를 증명할 수는 없으나 분명한 실체의 힘으로 작용하는 비가시적인 영역에 대한 인지 불가능성을 작가는 다음과 같이 서술한다.

> 김포공항에서 이륙한 비행기가 커다란 몸집을 이끌고 하늘을 가로질렀다. (……) 비행기는 하늘에 박혀 있는 희고 둥근 점처럼 작아졌다. 비행운을 남기지 않았다면 그 점을 알아볼 수 없었을 것이다. (……)
> "안 보이는 것을 어떤 방식으로 보여 줄 수 있어?"
> 진영이 물었다. 로희가 주머니에서 휴대폰을 꺼냈다. 하늘에 대고 사진을 찍었다.
> "이렇게."
> 로희의 휴대폰 화면 속에는 방금 전에 보았던 비행운이 담겨 있었다.(110~111쪽)

위 인용문은 진영과 친구 로희가 '희고 둥근 부분'이라는 전시 프로젝트를 위해 현장 실험을 하러 다니는 장면이다. 보이지 않게 사라진 것은 '비행운'처럼 흔적을 통해 증명할 수 있다는 진술은 인간 망막에 있는 희고 둥근 부분인 '맹점'의 모티프와 이어진다. "두 눈을 뜬 상태로는 알아챌 수 없지만, 한쪽 눈으로 곁눈질했을 때에는 가까스로 맹점이 파악된다. 그마저도 맹점 그대로의 형태는 아니다. 주변 이미지의 잔상으로 맹점이 메워지는 순간만을 목격할 수 있을 뿐이다."(111쪽)라는 사실에 기반해 이들은 목격 불가능한 경계선을 탐방하며 물리적 실천을 해간다. 이들의 실험은 곧 민채, 이모, 인숙, 진영 등이 관련된 사건들에 겹친다. 이모가 친구 인숙이 농약을 먹고 자살한 이유를 모르고, 민채가 진영 이모의 장례식장에 왜 왔는지 모르고, 진영이 미주신경성 실신을 앓게 되는 이유를 정확히 모르는 것처럼 인간은 누구나 볼 수 없는 '맹점'을 지니고 있다는 사실이 확증되는 것이다. "진영은 이번에도 잊고 있던 장면이 눈앞에 떠오르기를 기다렸다. 진영만이 진영을 쳐다보며, 진영만이 진영을 기다리고 있었다."(124쪽)라는 마지막의 의미심장한 문장처럼 인간은 주체 바깥은 물론 인간 내부나 진실의 실체를 볼 수 없다는 근본적인 맹점을 지닌다. 그럼에도 불구하고 임솔아 작가는 진영과 로희가 현장 실험에서 한쪽 눈을 가리고 한쪽 눈으로 겨우 어렴풋이 실체를 볼 수 있었던 것처럼, '비행운'과 같이 남은 흔적들을 통해 저 너머의 일을 헤아리고 지금의 상처를 치유할 수밖에 없는 것이 아닌가라고 묻고 있는 것이다.

　권혜영 단편소설 「당신이 기대하는 건 여기에 없다」[22]는 좀 더 기이하고 으스스한 세계를 그리고 있다. 주인공이자 화자인 '나'는 의류매장에서 매일 밤 10시까지 옷을 개는 일을 무한 반복하며 살아가는 인물이다. 평소처럼 일을 마치고 집에 와서 잠을 자던 그녀는 새벽 3시 화재 경보 소리에 놀라 깬다. 그녀는 오작동일 가능성을 생각했으나 혹시나 하는 생각에 휴대폰과 지갑, 그리고 재활용 쓰레기를 들고 집 밖으로 나온다. 대피하는 이웃들을 좇아 비상계단을 내려간다. 한 층이 서른다섯 칸인 걸 셈해 본 그녀의 계산법에 따르면, 20층인 그녀의 집에서 1층까지 도달하는 데에는 총 700칸, 약 10분에서 15분이 걸리고 로비에서 해프닝을 확인하고 나면 출근 전까지 한 시간 반에서 두 시간의 숙면이 가능

---

22 권혜영 「당신이 기대하는 건 여기에 없다」, 《릿터》 2021년 4/5월호. 이하 이 책에서의 인용은 쪽수로만 표기한다.

할 것이다. 그런데 이러한 과학적이고 합리적인 개념이 전복되는 세계가 펼쳐진다. 두 칸씩, 세 칸씩 성큼성큼 뛰어 내려가도 계단은 한없이 이어지고, 위층과 아래층에서는 그녀와 동일한 박자의 발걸음 소리가 계속되는 것이다. 그녀가 속력을 줄이거나 올리거나 위층과 아래층 사람과의 거리는 "멀어지지도 가까워지지도" 않는다. 기이한 느낌에 사로잡힌 그녀는 휴대폰을 들여다보는데 거기에 적힌 시간은 "0시 0분", 달력 어플은 "0000년 00월 00일"로 되어 있다. 그녀는 자신이 밑바닥이 가늠되지 않는 '계단의 구렁텅이'에 빠져 있음을 감지하고 아래층에서 걷는 사람에게 "제가 내려갈게요. 움직이지 말아 주세요."라고 요청한다. 그러나 그녀가 뛰자 위층과 아래층도 덩달아 뛰고 그들 사이의 물리적 거리는 전혀 좁혀지지 않은 채 동일한 "평형 상태"를 이룬다.

창문도 하나 없고 몇 층인지 표지도 없는 '계단의 구렁텅이'를 계속 내려가는 이들의 행렬에서 개인들은 실존하지 않고 추상적 기표가 되어 동일한 움직임을 계속한다. "왜 제자리걸음인 것 같죠?" "여기가 몇 층인지도 모르는데 제가 그걸 어떻게 압니까. 당신은 알아요? 여기가 어딘지?"라는 물음이 누가 누구에게 하는 말인지도 모른 채 울리고, 모든 사람들이 "저도 가운데인데요."라며 무한 루프를 반복한다. 그녀는 아이디어를 내어 캔을 하나 꺼내 밑으로 던진다. 그것이 떨어지는 것을 목격한 사람은 아래층 사람이 되는 것이다. 그런데 위층에서 캔이 지나가는 것을 봤다고 말하고, 그녀 또한 캔이 낙하하는 것을 목격한다. 그녀는 시간 개념과 인과관계가 전복된 무한 루프에 갇힌 것이다. 비상계단에서 아파트 내부로 가서 현관 문을 두드렸으나 호수 표기도 없고 초인종도 작동하지 않는 문들은 아무런 반응을 보이지 않는다. '지하 900층'은 파고들어갈 만큼 내려갔으나 계단은 끝이 없고 그녀는 사이렌과 자신의 비명 소리로 가득 찬 건물에서 벗어나지 못한다.

시간과 공간이 무한히 반복되는 폐쇄 공간은 자본주의 시스템에서 다람쥐 쳇바퀴 돌듯 달리는 현대인의 삶에 대한 알레고리이다. 이 무한 루프가 의류매장에서 5년을 죽도록 같은 일을 반복했지만 조금도 달라지지 않는 그녀의 형편과 패턴에 대한 비유임을 작가는 다음과 같이 명시한다.

> 쉼 없이 뛰어도 메워지지 않은 게 꼭 내 지갑 속에 들어 있는 카드 빚 같았다.
>
> 첫 월급을 탔을 때만 해도 지갑 속에는 체크카드 한 장밖에 없었다. 엄마 아빠가 선물을 달라고 했다. (……) 급료의 4분의 1을 선물을 사는 데에 썼다. 그래도 120만 원이나 남았다.
>
> 5년 만에 휴대폰을 바꿨다. 취업 버킷 리스트 1순위였다. 요금이 전보다 두 배 올랐다. 구직 중인 친구들에게 취직 턱도 쐈다. (……) 친하거나 친하지 않은 사람들이 주말마다 결혼을 했다. 친하면 10만 원, 친하지 않으면 5만 원 씩 부조금을 냈다. (……) 마지막 주가 되자 통장 잔고에 2만 원이 찍혔다.
>
> 두 번째 월급을 받았다. 할머니 생신이었다. (……) 옷을 개고, 바코드를 찍었다. 재고 정리를 하고, 매출 전표를 만졌다. 계산 실수가 나와서 시말서를 썼다. (……) 친하거나 친하지 않은 사람의 부모님이 주말마다 돌아가셨다. 친하면 10만 원, 친하지 않으면 5만 원씩 부조금을 냈다. (……) 마지막 주가 되자 통장 잔고가 2만 원이 되었다.(126~127쪽)

아파트 거주자들이 고유성을 잃고 동일한 모습과 박자로 일정한 거리를 두고 내려가는 '계단의 수렁'이라는 이미지는 곧 위 인용문에서 매일 옷을 개고 바코드를 찍고 재고 정리를 하고 시말서를 쓰고 월급을 타고 경조사를 챙기고 5만 원 혹은 10만 원의 부조금, 세금과 관리비, 카드값 등을 내지만 조금도 늘거나 줄지 않는 통장 잔고와 카드 빚과 동일한 패턴임을 보여 준다. 월급이 올라 부모님 대신 아파트 관리비를 내지만 입주자 대표가 이를 횡령하여 다시 제자리걸음을 해야 하는 일 또한 순환의 한 계열일 뿐이다. 멀리서 보면 현대인이란 자동화된 자본 기계 속에서 수동적으로 움직이는 모르모트에 불과할 수 있다. 아침마다 지하철에서 수많은 사람들이 쏟아져 나오고 공장의 컨베이어벨트가 돌아가고 은행 전산에 거대한 숫자들이 빠르게 계산되고 엄청난 양의 쓰레기가 버려지는 풍경 속에서 개인의 존재와 삶은 무엇인가를 질문할 수밖에 없다. 이 무한 자동 기계장치 속에서 개인은 탈출할 수 있을까?

주인공의 위층 사람은 '더는 내려가지 않고' 위로 올라가기만 하겠다고 선언한다. "나는 강해, 나약해지지 않아." 따위의 말들을 중얼거리면서. 아래층 사람은 현실을 긍정하기로 하고 갇힌 공간에서 운동을 한다. "하나, 둘, 하나 둘, 왼발, 오른발" 구령을 외치고 '산티아고 순례, 히말라야 트레킹' 같은 경험으로 받아들이며 "시궁창 속에서도 누군가는 별을 바라본다."라는 오스카 와일드의 명언을 새긴다. 그리고 어떤 이는 자살을 시도한다. 그러나 계단에 투신한 몸은 모서리에 계속 부딪히며 끊임없이 추락할 뿐 결코 죽지 않는다. 주인공은 아무것도 하지 않겠다고 결심한다. "어쩌면 나는 누군가의 꿈에 등장하는 사람인지도 모른다."라는 의심은 주체성을 상실하고도 그조차 알지 못하는 현대인의 소외를 보여 주는 것이기도 하다. 그녀가 모든 시도를 포기한 채 가만히 잠과 음악 속에 머물던 어느 순간, 갑자기 건물에 차오른 물의 수압에 의해 어떤 문밖으로 나가게 된다. 옥상에 나가서 본 풍경은 '간격도 높이도 전부 똑같은' 천편일률적인 건물들뿐이다. 다른 건물의 옥상에서는 그녀와 유사한 사람이 운동을 하거나 건물 밖으로 몸을 던지기도 한다. 계단의 수렁에서 빠져나왔으나 바깥은 또 다른 동일성이 반복되는 시공간이다. 이 몇 겹의 무한궤도 장치들에 대해 작가는 이렇게 언급한다.

> 화자가 소설 속에서 맞닥뜨렸던 '문들' 내지 '벽들'은 생애 주기 그래프가 평균 곡선을 가질 때 찍어야만 하는 좌표 같은 것이었다고 생각합니다. 입시 — 취업 — 결혼 — 출산과 승진 — 동산과 부동산 — 효도와 육아 — 자녀의 입시 — 자녀의 취업 — 자녀의 결혼…… 인생의 적절한 시기에 적절한 문을 열어야만 '정상 궤도'로 진입이 가능하다는, 세계가 개인에게 내리는 일종의 정언명령 같은 것이지요.[23]

이 작품은 입시 — 취업 — 결혼 — 출산 등 '정상 궤도'로 표상되는 삶의 연쇄가 자본주의의 교환가치와 메커니즘에서 통용되고 순환되는 한낱 바코드와 숫자에 불과할 수도 있음을 섬뜩하게 보여 준다. 아무리 열심히 달리고 노동해도, 동일한 것을 반복해야만 하는 새로운 계단에 발을 딛는 것일 뿐이라는 이 기괴한 소설은, "어떤 물리적 실체보다 더 강력한 영향력"[24]으로 우리를 맴돌게 하는 자본이라는 실체의 괴력과 도무지 알 수 없는 거대한 메커니즘에 갇힌 현대인의 운명을 상징적으로 보여 준다. 개인의 자유와 수많은 차이의 철학이 난무하는 신자유주의 시대에 살고 있으나 그것은 '다른 것', 혹은 '죽음'조차 허용하지 않은 전체주의의 다른 버전이 아닌지에 대한 심오한 성찰이다. 이 차가운 획일성과 자본주의 메커니즘은 필연성과 과학적 인식이 지배하는 인간중심 세계의 또 다른 판본이다. 취업에 성공하고 월급이 인상되고 여행을 떠

23 「인터뷰 권혜영 × 홍성희」, 『소설 보다: 가을 2021』(문학과지성사, 2021), 89쪽.
24 마크 피셔, 안현주 옮김, 『기이한 것과 으스스한 것』(구픽, 2019), 13쪽.

나도 "당신이 기대하는 것은 여기 없다."는 이 무시무시한 정언명령은 정녕 당구공이 중간에서 튀어 오르는 일은 벌어질 수 없는가라는 흄의 질문을 다시 불러온다.

디지털 객체의 홍수와 세계 상실[25]

생동하는 물질로서의 객체들은 한국문학에서 더러 출몰했으며, 최근 소설에서도 더욱 적극적으로 나타나고 있다. 가령 최인호의 「타인의 방」에서 가구나 사물들이 날뛰며 살아 있고 인간인 주인공은 오히려 가구처럼 물화되는 장면이 감각적으로 그려진다. 서대문 형무소에 기억의 목소리를 입혀 서사를 만든 「전자 시대의 아리아」나 거미를 이인칭 주인공으로 설정해 거미줄과 음악을 짜깁기한 「멜로디 웹 텍스처」에서 신종원은 인간에 복속되지 않는 생동하는 물질세계를 그림으로써 인간중심주의를 벗어나고 있다. 유기견을 실종자처럼 호명하며 동물의 궤적을 중심으로 서사를 엮어 나간 임솔아의 「짐승처럼」이나 사망한 뒤에도 시스템의 오류로 인해 실리콘 더미(dummy)로 출근하는 회사원을 그린 나푸름의 「아직 살아 있습니다」, 사고로 인해 잃은 왼손이 느닷없이 나타나 몸체와 상관없이 움직이는 「윌슨과 그의 떠다니는 손」 또한 주체의 구속을 벗어난 객체들의 자율성을 보여 주고 있다. 그러나 생동하는 물질들을 세계 구성에 포함한다고 해서 그것이 진실이 될 것인가? 인간세

---

25 여기에서 언급된 텍스트의 서지 사항은 다음과 같다. 권혜영, 「여분의 해마」, 《실천문학》 2021년 여름호. 장강명, 「당신이 보고 싶어 하는 세상」, 《현대문학》 2021년 6월호. 임솔아, 「짐승처럼」, 《현대문학》 2022년 9월호. 신종원, 『전자 시대의 아리아』(문학과 지성사, 2021). 나푸름, 「아직 살아 있습니다」 「윌슨과 그의 떠다니는 손」 『아직 살아 있습니다』(다산책방, 2021).

계에서 밀려난 객체들은 더욱 적극적으로 우리들의 세계에 편입되고 인식되어야 하지만, 우리의 일상은 이미 많은 부분 물성과 기억을 품은 사물 세계보다는 디지털 객체라는 휘발성 정보들의 세계에서 이루어지고 있는 것이 아닌가. 한병철은 사물의 폭증이 현재의 극심한 사물 인플레이션을 보여 주고 있으나 사실 오늘날 사물들은 계속 사라지고 있으며 대신 우리의 생활 세계는 데이터와 정보로 가득 차게 되었다고 진단한다.[26] 즉 우리는 이제 '땅과 하늘에 거주하는 것이 아니라 구름으로 자욱하고, 더 유령 같은, 어떤 것도 손에 잡히거나 또 사물처럼 확고하지 않은' "구글 어스와 구글 클라우드"에 거주하는 것이다. 그 세계는 기억을 품은 사물이 사라진 정보화된 세계이다. 니클라스 루만에 의하면 "정보의 우주론은 존재의 우주론이 아니라 우연(Kontingenz)의 우주론이다."[27] 이 우연성은 근대 과학의 인식 세계 밑에 잠재되어 있는 사실의 세계라기보다는 '조합'과 '알고리즘'에 의해 만들어진 가상의 세계이자 취향의 세계이다. 정보의 세계에서 '존재의 굳건함'은 사라지고, 각자의 세계가 각자의 계열로 산포하고 확증되며 끊임없이 유동한다. 우리는 거칠고 우둔한 대지에서 벗어나 매끈한 디지털 세계에서 '최애'하는 객체들의 세계를 유영한다.

　권혜영의 소설 「여분의 해마」는 아이돌 연예인에 대한 팬덤 현상을 그리며 매체에 의해 구성된 가상의 이미지가 어떻게 현실에 작동하는가를 보여 준다. 이 작품은 '해마'라는 아이돌 그룹 멤버를 좋아하는 주인공이 놓인 곤경인 가상의 인물과 실체 사이에서의 갈등을 보여 준다. '해마' 덕후인 주인공은 해마 포토 카드 수집에 열을 올리며 콜렉트 북

---

26 한병철, 전대호 역, 『사물의 소멸』(김영사, 2022), 11쪽.
27 한병철, 앞의 책, 같은 곳.

을 정성스럽게 꾸며 간다. 그런 '나'에게 갑자기 진짜 해마가 등장한다. 좁고 누추한 집에서 보풀 일어난 파자마를 입은 '나'의 눈앞에 공연 의상을 입은 채. 그런데 실물 해마는 현재 해마의 이미지가 아니라 자라섬에서 콘서트를 했던 과거의 해마이다. 해마는 '나'에게 택시를 타고 회사까지 동행하자고 요청한다. '나'는 실재 해마를 곁에 두고도 현재 라이브 방송에 출연하는 '브이앱 해마'를 보고 싶어 한다. '나'는 실재 해마 대신에 액정의 해마를 쓰다듬고 더 친숙해한다. '해마'와 함께 회사에 당도했으나 거기에서 만난 것은 또 한 명의 해마 덕후이자 친구인 윤하가 대동한 '쇼케이스 해마'이다. 그 둘은 두 명의 해마를 맞바꾸고 각자의 집으로 돌아간다. 쇼케이스 해마를 데리고 온 '나'는 진짜 해마가 자신이 생각했던 해마와 얼마나 다른지를 알게 된다. 실제 해마는 햄버거도 못 먹고, 눈물이 많고 눈치가 없다. 에코와 MR도 없이 생목으로 불러주는 방구석 콘서트는 고막을 괴롭히고, 밤만 되면 수염 자국이 인중에 올라오고 양말을 뒤집어 벗어 놓는 해마가 싫다. 그리고 맞게 된 해마 생일 이벤트에서 수많은 팬들이 대동한 수많은 해마를 만난다. 그 무수한 해마들은 각각 팬들의 "꿈과 환상이 깨지지 않도록 성심껏" 최선을 다할 것이라고 다짐한다. 결국 주인공 '나'는 해마 팬에서 탈덕하고 또 다른 아이돌 덕후가 된다. 여기서 중요한 것은 주인공처럼 우리 또한 매체에 의해 만들어진 가상의 객체를 끊임없이 소비하고 바꾼다는 것이다. 그것은 '콩나물 시루 같은 출근길 지하철', '사무실 파티션 안에서의 체스 말', '병든 닭' 등의 실제 삶을 좀 더 견딜 수 있게 하기 때문이다. 그러나 그렇기 때문에 해마는 좁고 누추한 나의 방에 육체를 지닌 진짜 인간으로 존재해서는 안 된다. 환상과 꿈속에만 존재하기를 멈출 때, 그것은 '나'의 세계에서 제거된다.

　　장강명의 「당신이 보고 싶어 하는 세상」은 이렇듯 소비 가능한 객체들로 이루어진 가상현실에서 살아가는 현대인의 모습을 좀 더 극단적으로 그리고 있는 작품이다. 이 소설은 '에이전트'라는 증강현실 기술에 의해 현실을 조작할 수 있는 근미래 사회를 다룬다. 에이전트에서 채도를 조절하는 것으로 우중충한 하늘은 파랗게 변할 수 있고, 눈앞의 풍광이 바뀔 뿐 아니라 타인의 이미지와 듣기에 불편한 말도 변형할 수 있다. 300인승의 크루즈에 승선한 사람들은 국내에서 사용이 금지된 에이전트 증폭기를 배에 설치하고 실제 지난 대선 결과와 달리 자신들이 지지하는 후보가 대통령으로 선출되었다는 거대한 농담을 집단적으로 즐긴다. 에이전트 증폭기가 "배 안의 승객이 접하는 모든 언론 기사와 인터넷 게시물, 소셜 미디어 포스트를 적절히 바꾸어" 주기 때문에, 승객들은 그들이 창조하고 공유하는 주관적 현실 속에서 만족스럽게 살아갈 수 있다. 딸의 현실을 에이전트에 의해 완전히 바꿔 놓은 중년의 여인은 이 주관적 현실에 이의를 제기하는 공무원 화자에게 이렇게 반박한다.

"증강현실 기술 이전에도 꿈속에서 살아가는 사람은 많았어요. 아니, 인간은 모두 어느 정도 그래요. 우리는 매 순간 복잡한 우리 자신만의 세상을 창조하고 그 안에서 살아가요. 그 세상은 건조한 사실들로만 이뤄지는 것은 아니고, 우리의 인식으로만 구성되는 것도 아니죠. 그 세상은 사실과 인식의 충돌 면(面)에서 불꽃처럼 피어나 덩굴처럼 우리 의식을 휩싸며 자라요. 불행한 사람들은 실재하지 않는 망상에 시달리며 실제로 괴로워하죠. 반면 위대한 인물들은 실재하지 않은 자신의 상상을 퍼뜨리고 다른 사람들까지 그걸 믿게 해서 집단 인식을 바꾸고, 끝내는 객관적 사실까지 변화시켜요. 때로는 많은 사람이 믿으면 그건 그대로 현실이 돼요. 화폐 같은 게 그렇잖아요. 우리는 모두 각자 자신에게 바람직한 세상을 창조할 권리가 있고, 에이전트는 그걸 도와줍니다."[28]

위 인용문이 비단 근미래를 향한 것이 아니라 이미 진실과 거짓의 구별이 사라진 가짜 뉴스의 시대를 살아가는 우리 시대에 대한 은유임은 자명하다. 세계는 이제 사실과 진실이 공유되는 굳건한 하나의 세계가 아니라 취향과 믿음에 기반한 복수의 세계로 분열하고 유동한다. 이 작품에서처럼 디지털 기술과 데이터는 실체와 형상을 일그러뜨리고 변형함으로써 우리를 '탈사실화된 카오스'의 세계로 이끈다. 그러나 그것을 반드시 '나'라는 주체의 기획에 의해서 만들어진 세상이라고 할 수는 없을 것이다. 우리는 '알고리즘이 조종하는 세계 안에서 자율성을 잃고'[29] 인공 신경이 제공하는 세상 속에서 파도를 타듯 부유한다. 이 세계 속에서 우리는 타자의 실체와 사물과 접촉하지 않고 가변적으로 접속하며 가면무도회를 즐기지만, 아이러니하게 이 세계는 혐오와 적대가 넘쳐난다. 불편한 진실과 타자, 사물의 즉물성을 참을 수 없고, 그럴 필요도 없기 때문이다. 이 무한한 만족 속에서 생동하는 물질과 거친 자연, 과학 밖 사실성의 세계는 제거된다. 그럼에도 불구하고 팬시한 가상현실이 아니라 울퉁불퉁한 객관적 진실을 끊임없이 호출해야 하는 것은 '지속과 불변'하는 사실성과 '거대한 바깥'으로 이루어진 세계가 가장 강력하게 우리에게 작동하는 '힘'이기 때문이다. '보고 싶은 것'만으로 구성된 세계 인식은 곧 나쁜 형태의 '상관주의'의 복귀일 것이다. 우리 없이, 나 없이 존재하는 세계 회복은 더 큰 자유를 가능하게 한다. 절망조차 객체들의 세계로 돌려보내는 김수영의 결단을 상기해야 할 때이다.

---

28 장강명, 「당신이 보고 싶어 하는 세상」, 《현대문학》 2021년 6월호, 46쪽.
29 한병철, 앞의 책, 16쪽.

2부

관계의 함수

영원의 기획

정영수 「내일의 연인들」

'어제에서 오늘로, 오늘에서 내일로'라는 선형적 시간 대신, 과거일지 미래일지 모르는 어떤 착종된 시간의 편린을 퍼즐처럼 손에 쥐게 된 것은 현대인의 인지적 운명일 수 있겠다. 생활 세계의 하루가 황혼이나 시침처럼 명확하게 낮에서 밤으로 흘러도, 지난밤 상처 입은 어떤 영혼에게 그것은 지난밤에서 조금도 벗어나지 않은 '현재'일 수 있다. 또한 그 '현재'는 과거로도 미래로도 이행할 수 없다는 점에서 '영원'이겠으나 그 영원의 현재에는 언제나 과거의 시간인 기억과 미래의 시간인 기대가 함께한다.[1] 그렇기 때문에 '현재'는 오롯이 '나의 현재'인 것이다.

객관적 시간과 달리 이질적인 속성을 지닌 이 주관적 시간을 앙리

---

[1] "미래도 과거도 존재하지 않으며 또한 세 가지의 시간—과거, 현재, 미래가 존재한다는 것도 옳지 않습니다. 실상 이것들은 마음속에 이른바 세 가지 형태—과거의 현재, 현재의 현재, 미래의 현재—로 존재하는데 나는 마음 밖에서는 어디에서도 볼 수 없습니다. 즉 과거의 현재는 기억이며 현재의 현재는 직감이며 미래의 현재는 기대입니다." — 김평옥 옮김, 『아우구스티누스 고백록』 (범우, 2008), 392쪽.

베르그송은 '순수한 지속'(durée)이라고 했고, 또 이러한 시간에 대한 인지는 프루스트와 같은 탁월한 모더니스트에 의해 널리 전파되었다. 시간 의식의 새로운 지평은 물리적 시간만이 아니라 공간 의식까지를 아우른다. 단단한 시간과 공간이 쪼개지자 거기에서 무수히 많은 이질적인 복수적 자아와 낯선 경험이 융기했고, 현대 소설은 대개 이 고전적 리얼리티의 세계에서 포스트모던한 하이퍼리얼리티의 세계로 이행하고 있음도 명백하다. 우리의 일상이 SNS와 유튜브에서 복수의 아바타를 입고 레트로와 타임 슬립을 종횡무진하며 엄연히 일상적 시간과는 다른 '현재들'을 만들어 가고 있듯. 그러므로 일상의 경험을 조각난 퍼즐의 시간과 공간 속에서 이야기하는 것은 지금의 소설에서는 크게 놀랄 바도 아니다. 그러나 정영수의 「내일의 연인들」[2]은 이 문제를 다루는 데 있어 각별한 데가 있다.

　소설의 배경은 남현동의 한 빌라이다. 이야기는 어떻게 그가 그 집에 들어가게 되었는지로부터 시작하는데, 그러니까 이 작품은 주인공이 한때 머물렀던 빌라에 대한 회상이라 할 수 있겠다. 주인공 정안은 선애 누나에게서 그녀가 살던 빌라에 들어가 살라는 제안을 받게 된다. 단 그 집이 팔리기 전까지. 경기 남부에서 서울까지 통학해야 했던 대학원생인 정안은 흔쾌히 그 제안을 받아들인다. 마침 프랑스어학원에서 만난 '지원'과 막 연애를 시작한 그에게 독립된 공간은 더할 수 없이 고마운 장소이기도 했던 것이다. 처음에는 막연히 '황량한 느낌'을 각오했으나, 생각과 달리 따뜻한 오후 햇살이 비추고 안목 있는 가구들이 조화롭게 갖춰진 아늑한 빌라는 주인공 정안의 마음을 사로잡는다. 가파른 경사로 끝에 위치한 동네 분위기 또한 이제 막 피어나기 시작한 그들의 사

2　정영수, 『내일의 연인들』(문학동네, 2020). 이하 이 책에서의 인용은 쪽수로만 표기한다.

랑처럼 포근한 정취로 느껴진다. 정안과 지원의 사랑은 그 빌라의 입주와 더불어 시작되고 무르익어 간다.

정안은 남현동 빌라를 중심으로 그들의 사랑이 어떻게 시작되었고 어떤 충만의 시간을 보냈는지를 이야기한다. 처음 만난 순간부터 서로에게 끌린 그들은 "단 한 번의 엇갈림이나 망설임도 없이 서로를 향해 직행했고" "한 번 만나면 언제나 더 이상 같이 있을 수 없는 시간까지 집에 돌아가지 않았으며" "자유로움과 소속감이 완벽하게 공존하는 전혀 새로운 연애의 세계에 들어온 것을 기뻐했으며 또 종종 그것을 믿기지 않아 했다." 요컨대 정안에게 남현동 빌라 시절의 사랑은 첫사랑은 아닐지라도 '특별한 사랑'으로 각인되어 있는 것이다. 정안은 빌라에서의 첫 섹스와 그것을 지연시킬 때의 유희, 그 지연 끝에 만난 환희와 기쁨을 추억한다. 무엇보다 사랑의 밀어가 어떻게 서로를 특별한 존재로 만들어 주었는지를 이렇게 회상하고 있다.

그때 우리는 사랑한다는 말 대신에 다른 말로 서로에 대한 애정을 표현하곤 했다. "넌 정말 대단해." 지원과 나는 어느 순간 그 말이 다른 어떤 말들보다 서로를 감동시킨다는 사실을 깨달았다. (……) 지금은 물론이고, 당시에도 나는 그녀의 그런 말들이 나를 어떻게 그토록 감동시켰는지, 그런 말을 들을 때마다 왜 더욱 열렬히 그녀를 사랑하게 되었는지 잘 알고 있었다. 그녀가 나를 대단한 사람으로 여겼던 것이, 아니면 적어도 그렇게 여기고 있다고 내가 믿게 만들어 주었던 것이, 내가 정말로 그래서가 아니라 오로지 나에 대한 그녀의 애정으로 인한 왜곡된 시선 혹은 배려였을 뿐이라고 하더라도 어쩔 도리가 없었다. 나는 그 시기에 그 말이 필요했고, 그녀가 그 말을 제공해 주었다는 사실만으로도 충분했기 때문이다.(59쪽)

"넌 정말 대단해."라는 말이 '사랑해.'보다 더욱 강력하게 그들을 애정으로 결속시켰다는 것은, 사랑의 본질을 보여 준다. 인용문에서처럼 사랑은 왜곡이고 배려일 뿐이라도 그것을 통해 '존재'는 부풀어 오르고 강해지고 찬란해지며 각별한 의미를 지니게 된다. 그 마술 같은 순간들을 정안과 지원은 '선애 누나'가 버리고 간 집에서 신혼부부처럼 만끽했던 것이다.

문제는 남현동 빌라의 추억이 이 작품의 핵심이 아니라는 것이다. 소설에는 또 다른 두 겹의 이야기 층위가 두텁게 자리하고 있다. 하나는 선애 누나의 이야기이고 또 하나는 주인공 정안의 부모 이야기이다. 화자에 따르면, 선애 누나는 어머니의 친한 친구의 세 딸 중 하나로 주인공보다 여섯 살이 많으며, 어린 시절 많은 시간을 함께 보냈다. 선애 누나가 어떤 남자들을 만나 왔는지를 세세히 기억하고 있는 화자는 선애 누나가 결혼할 당시 우여곡절도 알고 있다. 선애 누나에게는 '조인성'이라 불리는 각별한 남자 친구가 있었는데, 누나가 추락 사고로 1년간 입원해 있는 동안 그녀를 극진히 간호함으로써 그들 가족공동체에게 순애보로 각인된다. 그런데 선애 누나는 가난한 배우 '조인성'을 버리고 다른 남자와 결혼해 버린다. 집안의 반대가 컸지만, 선애 누나는 "스스로도 제어할 수 없는 인생의 급행열차"에 올라탄 사람처럼 거침없이 직행해 버린다. 전 남자 친구에게 느낀 "고마움이나 애정과는 별개로 그냥 그 사람을 사랑하게 된 거야."라며 운명적 사랑에 빠진 선애 누나의 결혼은 5년 만에 파경을 맞는다. 이혼 신청 후 곧바로 집을 내놓았지만 좀처럼 팔리지 않자 홀로 남은 선애 누나는 그들이 공유했던 삶의 흔적을 감당해 내기 힘들어 정안에게 입주를 제안했던 것이다.

정안은 남현동 빌라에 입주한 지 석 달 만에 선애 누나를 만났으나, 내내 궁금해하던 "어쩌다 헤어지게 되었을까?"에 대한 답을 듣지 못한다. 그저 어떻게 결혼하게 되었는지, 남현동 빌라를 샀을 때 어떤 확신이 들었는지에 대한 이야기를 들었을 뿐이다. 그러니까 선애 누나의 이야기에는 '어쩌다 헤어지게 되었을까?'에 대한 결락이 존재하는데, 끝내 이 결락의 실체는 밝혀지지 않은 채 무시무시한 벼랑처럼 이 소설의 무의식으로 깔린다.

또 하나는 정안 부모의 불화이다. 대학을 졸업하고 승마 전문 잡지에서 일하던 정안을 괴롭힌 것은 무의미한 회사 일보다는 부모님의 다툼이었다. 모욕적인 태도로 상대를 괴롭히는 아버지, 과잉된 감정으로 우울증과 불안 증세를 앓는 어머니 사이에 반복되는 싸움과 화해, 별거와 재결합을 목격하는 데 지친 정안은 그들과 거리를 두기 위해 대학원에 진학하게 되었다는 것이다.

이쯤에서 눈치챘을 터인데, '내일의 연인들'이란 위의 이 두 커플을 의미한다. 정념에 사로잡혀 거짓말처럼 결혼을 했으나 끝내 헤어지고 만 선애 누나 커플, 그리고 그와 크게 다르지 않을 사랑을 하고 결혼을 하고 아이를 낳고 오랜 시간을 보냈음에도 끝없이 싸움을 반복하는 정안 부모. 이 두 커플의 불행과 지리멸렬함이 현재 가장 행복한 시간을 보내고 있는 정안과 지원의 커플 앞에 놓인 미래의 모습일 수 있다는 것. 이 두 커플이 보여 주는 결락은 '내일의 연인들'이라는 제명과 더불어 이들의 현재에 검은 장막을 드리운다.

작가는 곧장 이 미래의 연인을 현재의 연인들로 이어 붙이지는 않지만 이 어두운 예감은 정안 커플의 밝은 현재를 음험하게 회칠하며 그들 사이에 스며든다. "그런데 그 사람들은 정말 어쩌다 헤어졌을까?"라는 지원의 혼잣말은 이들 커플의 앞날에 대한 징후처럼 그들 사이를 헤집고 들어가 잠 못 들게 하고, 외로움을 풀어놓는다. 그리고 끝내는 "우리는 어쩌면 그들의 유령들이 아닐까?"라는 생각으로 이끈다. 이 말은 곧 그토록 특별하게 느껴졌던 정안의 사랑도 멀리서 보면, 특별할 게 없는 평범한 사랑이라는 것. "누군가가 누군가를 사랑하게 된 이야기, 그래서 누군가가 누군가를 떠나게 된 이야기, 흔한 이야기" 중에 하나일 수 있다는 깨달음이다. 계몽의 이 말은 곧 사랑에 빠진 연인들에게는 마법을 푸는 주문이며, 저주이다. 그러나 중요한 것은 오늘의 연인이 내일에는 그저 그런 환멸의 관계가 될 수 있다는 사실의 계몽과 냉소가 아니다.

딱 한 사람, 이라는 그녀의 말 때문이었을까. 그 집에서 지원과 함께 하는 동안 나는 어쩐지 구원이라는 단어를 종종 떠올렸던 것 같다. (……) 나도 막 연애를 시작한 수많은 다른 사람들처럼 TV 드라마 속 연애 이야기에 쉽게 나를 대입하기도 하고, 다양한 갈래의 복잡다단한 정서를 단 하나의 위대한 단어, 그러니까 누구도 그 뜻을 정확히 알지 못하지만 강력한 편의성으로 인해 빈도 높게 사용되곤 하는 사랑이라는 단어로 단순화해 그것에 몰두하기도 했다. (……) 그런데 한 사람이 다른 한 사람을 구원해 줄 수 있을까? 그런 게 정말 가능할까? 그때의 나는 다소 희망에 찬 내면의 목소리를 들었던 것도 같지만, 이제 와 돌이켜 보면 내가 그 단어를 떠올렸던 이유는 실은 지원과 내가 서로를 구원해 줄 수 있는 능력을 가졌던 것이 아니라 그저 서로가 어떤 식으로든 구원이 필요한 사람들이었다는 증거였을 뿐이었는지도 모르겠다는 생각이 든다. 우리는 서로에게 특별한 사람들이었던 게 아니라 마침 구원이 필요했던 두 사람이었을 뿐이라고.

우리는 구원까지는 아니어도 남현동 언덕 위에 있던 조용하고 아늑한 빌라가 적어도 우리를 구조하긴 했다고 여겼던 것 같다. 삶의 지난함에서, 무기력함에서, 희망 없음에서. 학교나 회사에 있어야 할 때를 제외하고, 우리에게 허락된 '진정한' 삶의 시간의 대부분을 그곳에서 보내게 된 지 얼마 되지 않아 그곳은 우리에게 서로의 존재만큼이나 중요한 무언가가 되어 가고 있었던 것이다.(64~65쪽)

위 인용문에서 주인공은 그들의 관계를 편의상 '사랑'이라는 말로 단순화해 버렸으나 사실 '사랑'을 초월한 어떤 것이었다고 회상하고 있다. 사랑이 구원이 되는 관계, 그것이 어떻게 가능한 것인지는 여전한 미스터리이지만, 남현동 빌라 시절의 그들에게는 그것이 가능했다는 것, 또한 그들이 특별한 사람이거나, 그들의 사랑이 특별한 것이어서가 아니라 마침 '구원'이 절실했기 때문이었다고 성찰한다. 그러니까 사랑은 운명이나 필연 같은 것이 아니라, 흔히 말하듯 타이밍같이 우연한 '필요'가 만들어 낸 '환각'이며 다른 이들처럼 파멸을 맞을 수 있다는 사실을 덤덤하게 이야기하고 있는 것이다.

그러나 사랑에 대한 이러한 성찰과 계몽이 이들의 사랑을 비루한 대지의 현실로 추락시키고 있지는 않다. 오히려 '오늘의 연인'의 찬란함은 내일의 연인들의 저 비극과 환멸의 장면에 힘입어 상승과 초월의 높이를 획득하고 있는 듯하다. 그것을 가능케 하는 것은 정안의 회상하는 태도이다. 소설을 쓰는 화자의 '현재'에 지원과의 관계가 결단 났든, 그렇지 않든 그 끝이 중요한 것은 아니다. '현재'의 이들 관계는 선애 누나 커플의 결락과 더불어 지속적으로 독자들에게 궁금증을 유발하고 또한 이 트릭이 이 소설을 경쾌하게 이끌고 있지만, 작품이 깊이 품고 있는 것은 따로 있다. 그것은 앞서 강조했듯, 정안이 남현동 빌라 시절을 회상하며 과거의 기억을 '현재화'하고 있다는 것이다. 어떤 이유에서든 과거를 '현재'로 끌어당기는 이 힘과 의지에 의해 그들의 사랑 또한 지금의 현실과 무관하게 시간의 덧없음 속에서 '구조'되고 진정한 의미를 획득하게 된다. '삶의 지난함 속에서, 무기력함에서, 희망 없음에서' 우리를 구원하는 것은 현재의 사랑만이 아니라, 과거의 사랑을 현재화하는 그리움 같은 것이기도 하다. 남현동 빌라가 따뜻한 햇살이 가득 찬, 진정한 삶의 공간이었다면, 그것은 그들 사랑이 만든 마법의 결과이다. 무수히 조각난 '현재'가 어떤 의미를 품고 반짝거린다면, 그것 또한 은총 같은 사랑이 '다시 불려 왔기 때문'이며 그 회상에 의해 한때의 사랑은 '결락'과 무관하게 영원히 존재하게 된다.

사랑할 때 우리는

이승우 『사랑의 생애』

낭만적 사랑에 대한 말들이 넘쳐 난다. 문학뿐 아니라 영화, 드라마는 물론이고 사랑의 역사와 제도에 대한 다양한 사회학적 연구서와 분석에 이르기까지, 현대인들은 유례없는 사랑의 말들의 홍수 속에 놓여 있다. 이 과도한 사랑 담론 현상에 대해 사회학자들은 다음과 같이 진단한 바 있다. 신이 주는 믿음 체계와 공동체의 안정된 삶의 방식에서 벗어난 근대 개인들은 성스러운 것과 유토피아를 '사랑'의 영역에서 갈망하게 된다. '사랑'은 합리적이며 계산적인 사회적 세계를 부정하는 최고의 장소이고, 개인 주권이 실현되는 대안적 세계이다. 에바 일루즈, 앤서니 기든스 등의 사회학자들은 사랑의 신도들이 급증하는 것은 극대화된 개인주의 사회에서 '사랑'만이 내밀한 소통과 결속을 허용하기 때문이라고 보고 있다. 한편, 사랑의 사회학에 대한 또 다른 시각[1]은 '알파남'을 만나 결혼에 이르는 낭만적 사랑의 서사가 여성을 남성과 불평등한 제

---

[1] 에바 일루즈, 박형신·권오헌 옮김, 『낭만적 유토피아 소비하기』(이학사, 2014).

도에 종속시키는 허위 이데올로기라고 폭로하기도 한다. 그리고 그것은 전근대적 계급사회의 그것을 다른 식으로 답습하는 교묘한 장치라고 비판하기도 한다. 어느 편이든 '사랑'이 어느 때보다 개인에게 특정 시기와 연령에 상관없이 가장 중요한 삶의 경험이 되고 있는 것은 사실이다. 더불어 '사랑의 서사'는 과거에 비해 훨씬 더 풍부해지고 다양해졌으며, 일부 특권층이 아닌 모두에게 보편적으로 열린, 필연적이며 강력한 경험으로 일상에 군림하게 되었다.

이승우의 『사랑의 생애』[2]는 이렇듯 훨씬 더 광대해진 '사랑의 서사'에 대한 일종의 관찰기이다. '사랑할 때 우리는' 어떤 사람이 되는지, 감정적 회오리에 빠진 이들은 어떻게 그것을 헤쳐 가고 반응하는지를 철학적 단상으로 풀어 가고 있다. 인물들의 사랑 서사에 작가의 분석적 단상을 얹고 있는 이 작품은 하여, 알랭 드 보통의 『왜 나는 너를 사랑하는가』를 연상케 한다. 그러나 이승우의 사랑 에세이는 알랭 드 보통의 사랑론보다 훨씬 더 섬세하고 더 많은 서사를 품고 있으며 더 절절하다. 철학자 알랭 드 보통의 글이 논리적이며 위트 넘치는 담론을 지향하고 있다면, 소설가 이승우의 펜은 인물의 내면과 감정의 드라마에 더 많이 머문다.

우선 이 작품의 서사적 얼개를 정리하면 다음과 같다. 주 인물은 형배, 선희, 영석이고 여기에 형배의 친구 준호가 더해진다. 이야기는 형배가 동창의 결혼식에서 선희를 만나면서부터 시작되는데, 형배는 3년 만에 다시 만난 후배 선희를 보고 사랑에 빠진다. 3년 전 자신에게 사랑을 고백한 선희를 거절했는데 말이다. 형배는 선희에게 매혹되고 며칠을 전전긍긍하다가 어느 날 밤 그녀를 불러내어 사랑을 고백한다. 그러

---

2   이승우, 『사랑의 생애』(위즈덤하우스, 2017). 이하 이 책에서의 인용은 쪽수로만 표기한다.

나 선희는 이미 형배에 대한 마음을 정리했을 뿐 아니라 영석이라는 연인을 둔 상태이다. 영석은 선희가 형배를 만난다는 사실을 알게 되고 질투에 사로잡힌 나머지 치졸한 행태를 보인다. 선희는 영석에게 실망하여 그를 멀리하고, 형배는 영석을 찾아가 그의 과도한 집착에 대해 충고한다. 이 사실을 알게 된 선희는 오히려 형배를 힐난하고 다시 영석과 더 강력한 애정으로 결합한다. 한편 준호는 사랑에 빠진 형배에게 '자유연애주의자'의 입장에서 충고를 해 준다.

이 소설은 이렇듯 인물들이 풀어 가는 사랑의 서사이지만, 이 소설의 진정한 주인공은 '사랑'이다. 그렇다는 말은 '사랑'이 능동적으로 자신의 서사를 써 가는 주체이고 인물들은 그것에 종속되어 끌려가는 부차적 존재라는 것이다. 이를 이승우는 다음과 같이 간명하게 언표한다.

사랑하는 사람은 사랑의 숙주이다. 사랑은 누군가에게 홀려서 사랑하기로 작정한 사람의 내부에서 생을 시작한다. (……) 숙주는 기생체가 욕망하고 주문하는 것을 욕망하고 주문한다. 자기 욕망이고 자기 주문인 것처럼 욕망하고 주문한다. 그것 말고는 아무것도 하지 못한다. 전에는 하지 않거나 할 거라고 상상할 수 없었던 말과 행동을 사랑의 숙주가 된 다음에 하게 되는 것은 그 때문이다. 사랑하면 용감해지거나 너그러워지거나 치사해진다. 유치해지거나 우울해지거나 의젓해진다. 어떤 식으로든 어떤 변화인가가 생긴다.(8~11쪽)

형배, 선희, 영석, 준호에게 깃든 사랑이 자신의 생을 어떻게 살아 내는지를 보여 주는 것이 이 소설의 핵심이다. "사랑할 자격", "사랑—사건", "자기 이름 부르기", "사랑으로부터의 도피", "유일하고 불변하는 사랑에 대한 논쟁", "실연에 대한 해석" 등의 장 제목에서 알 수 있듯, 작품은 사랑이라는 생명체가 구체적 인물을 만나 어떤 화학반응과 결과물을 이끌어 내는지를 관찰하고 이에 대한 논평으로 진행된다. 그 논평에는 사랑할 때 경험하는 보편적인 사랑의 속성, 그리고 사랑에 대한 다양한 견해, 인물과의 함수관계 등이 포함된다.

첫째, 사랑의 속성에 대한 작가의 분석에는 다음과 같은 것들이 있다. "매혹은 미지로부터 시작된다." 형배는 결혼식에서 우연히 만났을 때 선희를 새롭게 발견한다. 형배에게 선희는 알던 후배가 아니라, 낯선 매혹의 대상이 되어 그를 거대한 질문의 세계로 몰아넣는다. 모른다는 것, 그래서 알고 싶다는 것 사이의 간극과 대상을 향하는 힘, 그것은 에로스라는 신이 지닌 화살의 의미이기도 하다.

또한 "사랑하는 사람은 사랑의 숙주이다."라는 작품의 첫 문장이 시사하듯, 사랑은 사람의 주체적인 선택과 행위가 아니다. 그것은 전적으로 교통사고와 같은 불가항력적인 사건이고, 그 사건으로 인해 사랑에 빠진 자는 '다른 사람'이 되어 버린다. 왜냐하면 그의 내면에는 다른 사람이 살기 시작했기 때문이다.

하여, 사랑에는 자격 심문이 없다. 사랑할 자격, 사랑받을 자격 같은 것은 존재하지 않는다. 사건으로서의 사랑은 누구에게나 공평하게 임하는 신과 같은 존재이다. 그러니 '자격' 운운한다는 것은, 어불성설이고 그에게 강림한 신을 거부하겠다는 의사이다. 형배는 과거 선희의 고백 앞에서 "나는 사랑할 자격이 없어."라고 답한다. 그것이 겸손이 아니라 오만과 거절이라는 것을 안 선희는 "지금, 사랑할 자격이 없다는 말을 흡사 독립선언문 낭독하듯 하고 있다는 거 알아?"라고 갈파한다.

둘째, 사랑에 관한 논쟁. 형배의 친구 준호는 자유연애주의자이고 바람둥이이다. 연애를 끊은 적이 없다는 준호의 입장은, '사람의 매력이 다른데 어떻게 한 사람만 사랑할 수 있는가.'이다. 사랑은 개별적 인간이 지닌 고유성을 발견하는 것이고, 그것에 세심하게 반응하는 사람은 연애에 열려 있을 수밖에 없다고 주장한다. 개인의 차이를 무시했을 때의 극단은 히틀러 같은 인종차별주의를 낳을 수 있으니, 개인의 고유성을 최대한으로 인정하는 자유로운 사랑은 찬양받아야 마땅하다는 것. 또한 평생 한 사람을 사랑한다는 것은 사실 아무도 사랑하지 않는다는 것을 의미하며, 유일하고 영원한 사랑의 이데올로기는 인간이 사회를 유지하기 위한 허위의식이자 장치에 불과하다고 말한다. 더불어 한 사람에 대한 충절은 사랑에 대한 헌신이 아니라 '결혼'에 대한 충실을 의미한다고. 이에 대해 형배를 비롯한 친구들은 그 사랑 지상주의는 사실 연애 대상자의 고유성에 대한 존중이 아니라 자신의 수많은 욕망에서 비롯된 쾌락주의 아니냐고 비판한다.

또한 이 작품은 사랑의 실체를 믿느냐 믿지 않느냐의 문제에 대해서도 다양한 견해를 소개하고 있다. 사랑의 감정은 실체 없는 것이며 허위라는 완전 부정과 사랑의 감정은 분명한 것이지만 사람과 사랑의 불완전한 속성으로 인해 사랑을 부정하는 입장 등등.

그러나 보다 중요한 것은 사랑의 일반적 속성, 입장이 아니라 구체적인 인간이 그것을 어떻게 살아 내는가이다. 작가의 필체는 강력한 사랑의 클리나멘이 인물들과 조우했을 때 빚어지는 갖가지 모양새 위에서 더욱 빛난다. 사랑의 보편성은 구체적인 인물의 내면과 이력 속에서 저마다 고유한 서사를 만들어 내고 기적을 탄생시킨다.

우선, 준호의 경우를 보자. 준호는 결혼을 부정하는 연애지상주의자이다. 그런 그에게도 '사랑'이라는 사건이 일어나고 그는 다른 사람이 된다. 민영은 '사랑'에 관한 한 준호와 정반대 입장을 지닌 완고한 인물이다. 그녀가 혼전 순결 이데올로기와 신앙심을 앞세워 키스와 자유분방을 거부하자, 준호는 『좁은 문』의 제롬을 흉내 내어 기꺼이 그녀와 함께 교회에 나가고 결혼을 결심한다. 그러나 준호의 연애관이 바뀐 것은 아니고 오히려 그것에 충실한 결과이다. 준호는 자신을 사로잡는 사랑(그것이 민영과의 육체적 관계를 의미하든 그렇지 않든)에 자신을 내주고 기꺼이 복종한다. 그러나 아이러니하게도 그런 그 앞에 또 다른 사랑이 나타난다. 당연히 그는 새로운 신 앞에 나아가 무릎을 꿇는다.

형배는 선희라는 뜻밖의 사건을 만나 혼미해진 며칠을 보내고 그녀에게 사랑을 고백한다. 그는 과거 선희의 태도가 경멸이었는지 연민이었는지를 헤집고, 선희라는 신대륙으로 힘차게 항해하지만 결국 실패에 이른다. 그것은 삶의 이력에서 비롯된 그의 어떤 성격이 작용한 결과이기도 하다. 형배는 다른 여자와의 사랑을 위해 집을 나간 아버지를 두고 있다. 그것에 대한 거부감과 강박으로 인해 그는 좀처럼 사랑을 받아들이지 못한다. 과거 선희와 어떤 특별한 감정을 느끼기도 했으나 그는 선뜻 그것을 사랑으로 발전시키지 못했다. 이러한 형배의 심리를 작가는 카프카의 사례를 들어 논평한다. 세 번의 약혼과 세 번의 파혼을 감행한 카프카의 두려움은 사랑에 대한 멸시가 아니라 공경에서 비롯되었다는 것. 사랑에 대해 지나치게 진지한 태도가 오히려 그의 사랑을 방해했다는 것, 그러니 사랑은 어떤 숙주에게 깃드느냐에 따라 다른 운명을 살게 되는 것이다.

아이러니한 것은 사랑이 어떻게 생장하고 사멸하는가는 그 인물의 세속적인 됨됨이나 성취에 비례하지 않는다는 것이다. 부와 명성, 명석함과 정의로움 등과 함께 나아가지 않는 기이한 힘인 사랑, 그렇기 때문에 영원한 미스터리이자 경배의 대상이 되는 것이 아닐까. 그 기이함을 잘 보여 주는 것이 영석과 선희의 사랑이다. 문학관 과장으로 일하고 있는 영석은 고아로 자라 과묵하고 내성적이다. 그는 사랑의 감정에 민감하지도 않고 행복을 열망하지도 않는, 차갑고 무감한 인물이지만 선희를 만나자 오셀로 못지않은 집착과 질투의 화신으로 변모한다. 이 둘의 사랑의 서사에는 몇 가지 사랑의 미스터리가 작용하는데, 가령 이런 것들이다.

작가 지망생이었던 선희는 신인상 당선 소식을 듣고 우연히 같이 있던 영석에게 그 축하의 책임을 지운다. 영석은 선희와 술을 마시며, 축하의 말을 강요받는데, 선희가 요청한 자기 이름 부르기에서 묘한 감정이 촉발된다. "일단 표정을 다정하게 지어야 해요. 이렇게요. 그리고 제 이름을 부르세요. 역시 다정하게. 부드럽고 사랑스럽게."라는 선희의 요청과 그리고 "사랑해요."라는 발화를 통해 그는 비로소 사랑의 포로가 된다. 내부에 축적된 감정에 의해 이끌리는 것이 아니라 '사랑'의 선언을 통해 그는 사랑의 가장 충실한 노예가 된 것이다. 또한 선희는 과거 자신이 사모했던 형배의 고백에도 불구하고 상처투성이의 유약하고 치졸한 영석을 선택하는데, 이들의 기적에는 사랑과 분리할 수 없는 '연민'이 중요한 작용을 한다. 작가는 이를 다음과 같이 슬프고 아름다운 이미지로 새겨 놓고 있다.

> 넝쿨식물의 넝쿨이 나무를 장악하고 있는 것처럼 보였다. 약함을 앞세워 강한 나무를 꼼짝 못하게 하고 있는 것처럼 보였다. 끌어안는 것이 장악의 방법이었다. 사랑이 지배의 수단이었다. (……) 그냥 내버려 둘 수 없는 것이 누군가의 약함이다. 약한 것들은 무엇인가를, 어떻게든 할 것을, 가만히 있지 말 것을 요청한다. (……) 넝쿨식물의 언어는 '너는 내 것이다.'가 아니라, '나를 구해 주세요.'이다. '내 말을 들어라.'가 아니라 '나를 받아 주세요.'이다. 선언이 아니라 부탁이다.(158~205쪽)

매력이 아니라 약함과 보잘것없음이 기적을 만들 수도 있다는 것, 이러한 분석은 남녀의 사랑이 아니라 더 큰 사랑에 대한 통찰이기도 하다. 그러나 우정과 호감, 연민과 매혹, 증오와 두려움, 경멸과 질투, 어떤 것 하나 남녀의 사랑의 바깥으로 내칠 수 있는 것이 있을까. 사랑이 사람의 일 가운데 가장 비합리적이며, 그렇기 때문에 어떤 과학적 분석으로도 해명될 수 없는 영역임을 작가는 잘 알고 있다. 작가는 "사랑을 하고 있는 사람에게는 사랑이 무엇인지 묻는 것이 한가하고 부질없는 짓이기 쉽다. (……) 사랑하고 있는 사람은 사랑을 알아야 한다고 생각한다고 생각하지 않는다. 수영복을 입고 물속에 들어간 사람은 물이 무엇인지 묻지 않고 수영을 즐긴다. 즐기는 데만 몰두한다."라고 토로하고 있다. 자신이 물속으로 들어가지 않고 물 밖에서 물의 성분과 성질을 따지는 연구자와 진배없다는 형배의 고백은 곧 작가의 것이기도 하다. 그리고 이 작가의 시선은 언제나 물속에 뛰어들기를 열망하면서도 경원하는 우리의 것이기도 하다. 날마다 햇빛처럼 공평무사하게 쏟아지는 사랑의 기미들 속에 놓여 있음을, 날마다의 생이 사실은 그것에 기반하고 있음을 모른 채, 더 많은 것을 요구하는 우리의 투정이기도 한 것이다.

개조된 거리에 나는 없었다

서장원 「망원」

서장원의 문체는 매혹적이다. 무심한 듯 흐르는 문장들을 따라가다 보면 어느새 그가 만들어 놓은 세계에 흠뻑 발을 적시게 된다. 그의 문체는 무채색의 독특한 톤을 지니고 있다. 체념의 정서랄까, 세계에 대해 관조적인 태도를 지니면서도 냉소적이거나 차갑지 않다. 무엇보다 그의 체념은 비관이나 절망 쪽에 있지 않고 은밀한 욕망 혹은 간절한 소망을 동반한다는 점에서 이채로운 빛깔을 띤다. 사랑, 혹은 세속적 욕망에서 일찌감치 포기를 선언한 자의 쓸쓸한 몸짓과 우울의 색조를 띠고 있지만, 젊고 싱싱한 에너지에 휩싸인 그 무채색은 시위의 활처럼 팽팽하고 매혹적이다. 화려하고 생동감 넘치는 정념 위에 얹혀 있는 서장원의 모노톤은 그래서 더 애잔하고 마음을 끈다.

「망원」[1]은 이러한 서장원 문체의 매력을 아낌없이 보여 주는 작품이다. 이야기의 얼개는 간단하다. 화자이자 주인공인 '나'가 과거 연인에

---

[1] 서장원, 『당신이 모르는 이야기』(다산책방, 2021). 이하 이 책에서의 인용은 쪽수로만 표기한다.

게서 메일을 받고, 연인을 만나 그들이 함께 키우던 반려견을 넘겨받는다. 그리고 다른 한편에는 암 투병 중인 이모의 이야기가 있다. 두 개의 서사는 별개인 듯 흘러가지만, 읽다 보면 이 두 서사의 밑에 흐르는 정서가 한곳에 합류하는 것을 느끼게 된다. 호주로 워킹홀리데이를 떠난 주인공 화자 '나'는 귀국하기 전에 과거 연인이었던 이석에게서 메일 한 통을 받는다. 함께 갔던 카페에 우연히 들렀다 생각났다는 메일 끝에는 '물어볼 것이 있으니 한국에 오면 한번 보고 싶다.'는 문장이 달려 있다. '보고 싶다는 술어에 방점을 찍으며' 메일을 읽는 '나'의 심정의 저류에는 그리움, 그리고 어떤 새로운 희망 같은 것이 일렁임을 독자는 짐작할 수 있다. '나'는 귀국 직후, 낡았으나 시공간이 바뀌어 새로워진 어떤 설렘으로 이석을 만난다. '망원'은 그와 같은 마음을 보여 주는 공간이다. 낡은 주택을 개조한 카페나 술집이 즐비한 힙한 거리로 변신한 망원의 모습에 '나'는 깜짝 놀란다. 달라져서 새로워진 망원처럼, '나'는 2년의 단절, 호주에서의 고독과 귀국을 통해 조금은 다른 모습을, 그리고 이석에 대한 새로워진 마음을 담게 되었을 것이다.

　　오랜 해외여행 뒤에 다시 만나는 고국은 새롭다. 과거 지루하게 느껴졌던 익숙함은 친근함으로 바뀌고, 보지 못했던 것들을 발견하는 즐거움은 분명 여행의 또 다른 선물이다. 그 조심스럽게 설레는 마음이 현주를 망원 거리에 가뿐한 걸음으로 나서게 했을 것이다. 한편에는 '어쩌면 돈을 빌리려는 것일지도 모른다.', '다단계 업체에 몸담고 있을지도 모른다.'는 의혹을 안전장치처럼 품고. 그러나 개조한 거리에서 다시 해후한 이석은 그녀에게 그들이 같이 키우던 망고를 영영 맡아 줄 수 있느냐고 묻는다. 현주가 그 이유를 묻자 건너온 답은, 와이프가 개를 싫어한다는 것. 현주가 품었던 일말의 기대가 일순간 무너지고 만다. 망고를 맡아 줄 수 있는가보다 그녀에게 더욱 충격적인 것은 이석이 결혼했다는 사실이다. "결혼했구나."라고 말하는 그녀에게 이석은 당황해하며 "몰랐구나, 나는 그래도 건너 건너 들었을 줄 알았어."라며 망고 건을 잊으라고 말한다.

그렇게 이석과 헤어지고 난 후 '나'는 뒤늦게 어떤 모욕감을 느낀다. 날씨에 맞지 않는 여름용 원피스를 입고 나선 그녀의 마음이 여지없이 배신당했기 때문이다. 이석이 그것을 의도하지 않았기 때문에 더 모욕적이라고 느낀 그녀는 홀로 품었던 마음을 빠르게 정리한다. '개조'된 것은 '나'의 마음일 뿐, 그녀와 이석의 관계는 아니었던 것이다. 그러나 이 단절과 무관하게 쉽게 떨쳐 버릴 수 없는 것이 그녀를 사로잡는다. 젊은 신혼부부의 눈치를 보는 늙은 개 망고이다. 과거 유기견 보호소에서 이석이 데려온 개인 망고는 그들이 동거하는 동안 일상을 함께했던 가족 같던 존재이다. 그런 망고가 새로 들어온 여인에게서 배척당한다는 것을 '나'는 견딜 수 없다. 그리고 망고를 둘러싼 이러한 갈등과 동요는 고스란히 현주의 가족 내력에 섬세하게 겹친다.

호주에서 귀국한 현주는 집으로 들어가는데 그곳에는 아버지와 새어머니가 살고 있다. 오래전 어머니가 병으로 사망하자 아버지는 새 가족을 꾸렸다. 새어머니는 창고나 다름없는 현주의 방을 치우고 새 침대를 주문하는 등 살뜰하게 챙기지만 그들의 집에서 현주가 망고 같은 처지임을 부정할 수는 없다. 신혼부부에게 짐이 되어 버린 망고를 현주가 떠안는 것은, 이러한 내밀한 감정과 연결된다. 새로운 가족 관계에서 어쩐지 서걱이는 존재, 그 미묘한 소외감을 망고가 대변하는 것이다. 결국 현주는 아버지의 세단을 몰고 이석의 망원동 신혼집으로 간다. "지금 망고랑 내려가.", "엘리베이터 탄다."라며 이석이 보낸 문자에는 망고를 처분하는 홀가분함과 새로운 기대가 일렁이지만, 현주는 홀로 또 한 번의 이별을 겪는 중이다.

나는 목줄을 양손으로 팽팽히 당겼다. 이제 이석과는 완전히 끝이었다. 물론 이석의 입장에서는 진작 정리된 관계였겠지만 나에게는 여기, 이석의 신혼집 코앞까지 온 이곳이 마지막 장이었다. 잠시 후 이석이 현관 밖으로 나왔다. 한 손에는 망고의 목줄을 쥐고, 다른 한 손에는 큼직한 더플백을 들고 있었다. 내가 차에서 내리자 망고가 꼬리를 흔들고 발을 공중에 버둥거리며 나를 반겼다. 망고는 여전히 나를 좋아했다. (……)

"이제 가."

나는 말했다. 이석이 텅 빈 가방을 움켜쥔 채 잠시 그대로 서 있었다. 대학 시절처럼 청바지에 맨투맨 티셔츠를 입은 모습이 낯설지 않았다. 나는 잠시 동안 이석을 바라봤다. 유난히 작던 발과 처진 어깨, 쌍꺼풀 없이 긴 눈을 오랫동안 기억하고 싶었다.(173쪽)

현주는 이석의 발과 어깨, 눈을 포옹하듯 바라보고 떠나보낸다. 이석에게 오래된 목줄을 건네주고, 망고에게 새로운 목줄을 채워 주면서 현주는 이석을 완전히 놓아준다. 그녀와, 그들이 함께했던 망고와 그 모든 추억으로부터. 망고와 망원 거리를 산책하던 현주는 멀리서 이석이 아내와 함께 차를 타고 어디론가 가뿐하게 떠나는 모습을 목격한다. 개조된 동네와 집에 '나'와 망고의 자리는 없었던 것이다.

이 슬픈 로맨스에 또 다른 서사 축인 이모 이야기가 딴청 부리듯 슬며시 끼어든다. 이석과 망원에서 헤어진 후, '나'는 쓰린 마음을 안고 세브란스 병원에서 암 투병 중인 진경 이모를 찾아간다. 새어머니의 여동생인 진경 이모와 나, 이 둘은 어떤 마음의 끈으로 이어진 듯하다. 10년 전 빙판길에서 넘어져 골절을 당한 진경을 위해 현주가 운전기사 노릇을 했던 두어 달이라는 절대적 시간이 각별하게 작용했을 것이다. 그 시간에는 망원동 주택가와 세브란스 병원의 거리와 풍경뿐 아니라, 진경 이모의 삶에서 중요했을 어떤 장면과 마음의 진폭도 담겨 있다. 그즈음 목발을 짚은 이모와 함께 '나'는 이모 친구의 결혼식에 간다. 정성스럽게 화장을 하고, 가수가 부르는 축가를 다소 큰 소리로 흥얼거리고, 식장의 텅 빈 구석을 가만히 올려다보던 이모를 '나'는 기억한다. 그리고 이모의 그 동요와 부산스러움과 먹먹함에서 어떤 상심을 읽어 낸다. 암으로 점점 쇠약해져 가는 이모를 찾아 꾸준히 문병 오는 그 친구에게 그 결혼식 장면이 오버랩된다. 이들 관계와 이모의 상처의 구체적인 내막에 대해서, 작가는 아무런 암시를 하지 않는다. 그러나 분명한 것은 이모가 버림받아 울고 있는 것 같은 장면을 '나'는 보았고, 함께 있었다는 것이다. 그리고 이 문장은 더 오래된 기억에 의해 다시 한번 반복된다.

어머니가 돌아가시고 재혼한 아버지는 결혼식 대신 양가 친지를 모시고 저녁 식사 자리를 갖는다. 새어머니 쪽 친지들은 열 명 남짓이었으나 그들을 받아들이기가 힘겨웠던 '나'는 몰래 그 자리를 빠져나온다. "제법 시간이 지났는데도 아무도 나를 찾지 않는다는 사실이 견딜 수 없이 서글프게 느껴질 때쯤", 어정쩡한 단발에 못생긴 신발을 신은 진경 이모가 내게로 오는 것을 본다. 둘은 별다른 대화를 나누지 않았고 그 뒤에도 그에 대해 말한 적이 없으나, 그 순간을 잊지 않는다. 그러니까 "누군가 버림받아 울고 있는 것 같은 장면을 보았고, 함께 있었다."라는 문장은 이모에 의해 먼저 수행되었던 것이다. 그리고 이 문장은 다시 한번 더 크게, 현재적으로 반복되면서 작품 전체를 움켜쥔다. 망고가 버림받아 울고 있는 것 같은 장면을 '나'는 보았고, '나'는 그 늙은 개와 함께했다. 그렇게 버려진 늙은 개와 죽어 가는 진경 이모, 새 삶을 꾸린 연인에게서 버림받은 '나'가 함께 있는 그림이 이 작품의 전말이다. 이 버려진 존재들이 함께 있는 장면은 소설 끝에서 현주가 버린 '시든 꽃'처럼 파리하고 무력하다. 그러나 무채색의 이 쇠잔한 그림 밑에는 저렇듯 겹겹

이 시간과 육체를 동반한 사연들과 열망, 좌절이 묻어 있다. 그것이 서장원의 차가운 그림에 깊은 슬픔과 생기, 따뜻한 밀도를 입히고 있는 결들이다. 망원처럼 개조된 거리와 가족, 관계는 새롭게 번쩍이지만, 그곳에 나의 자리는 없다. 「망원」은 그 빈자리에 대한 애도이다.

폐광을 나설 때 우리는

서수진 「골드러시」, 정대건 「바람이 불기 전에」

'시간을 견디는 사랑이 있을까, 시간을 견디는 꿈이 있을까.'라는 질문은 청춘의 것이다. 이 문장은 질문이나 의혹이라기보다는 소망이고 믿음이다. 절대적인 사랑도, 영원한 아름다움도 없음을 알게 되면, 뒤죽박죽인 세상은 견딜 만해지고 편안해지기까지 하지만, 영혼을 판 것처럼 허깨비로 사는 운명을 감수해야 한다. 그러니 어떻게 보면 청춘과 중년과 노년의 셈법은 공평무사하다. 그러나 환상에 의한 광기든, 원숙한 안식이든 각각의 시기에는 반드시 건너야 하는 굴절의 고리들이 있다. 질풍노도라고 했거니와 영원을 꿈꾸고, 단 하루를 영원처럼 사는 청춘은 그 폭풍에 꺾이는 한이 있어도 경험의 지혜 따위는 안중에 두지 않고 위험천만한 질주를 감행하기도 한다. 사랑과 꿈 주변에 놓인 숱한 장애들과 현실의 제약들을 보지 못하기 때문이다. 그러나 설혹 그때 현실을 알았다면 포기했을까. 수천만 년 내려온 인류의 지혜를 고스란히 답습했다면, 화성 탐사나 민주주의는 물론 선조들과 '다른' 삶도 없었을 것이다. 그러니 젊어 광기에 쓰러지든 혹은 늙어 환멸에 쓰러지든 그것은 그다지 억울할 것 없는 거래인 셈이다. 질풍노도를 건너는 청년을 그린 두 편의 소설을 살펴보자.

「골드러시」[1]는 『코리안 티처』로 제25회 한겨레문학상을 수상한 소설가 서수진의 작품이다. 서수진은 현재 호주 시드니에 거주하면서 한국어 강사로 일하고 있는데, 작품에는 이러한 작가의 이국 체험이 생생하게 반영되어 있다. 가령 미국 입국 심사 과정에서 한국 여성이 겪는 무시와 차별을 탁월하게 묘파한 「웰컴 투 아메리카」, 한국어학당에서 일하는 강사들의 모습을 그린 『코리안 티처』는 그 체험의 소산이라 할 수 있다.

「골드러시」는 호주에서 살아가는 7년 차 부부의 여행을 그린 작품이다. 이들이 투어에 나선 '골드러시 체험 상품'은 지하 광산을 개조해 만든 숙소에서의 1박과 금광 체험, 오프로드를 달릴 수 있는 사륜구동 렌트카가 포함된 패키지이다. 주인공 '서인'은 반값 할인이라는 것에 혹해 남편 진우에게 묻지도 않고 이 여행 상품을 예약해 버리고 일방적으로 통고한다. 진우는 바빠서 휴가를 낼 수 없다며 거절하지만, 운전을 못하는 서인은 '렌트카' 취소 불가, '결혼 7주년'을 이유로 내세워 진우를 동참시킨다. 그렇게 하여 나선 투어 첫날, 끝없이 펼쳐진 사막을 배경으로 도로를 질주하던 이들은 캥거루 한 마리를 목격한다. 캥거루는 차에 치인 듯 다리를 다친 채 죽어 가고 있다. 서인은 "병원에 데려가야 하는 거 아니야?", "신고라도 하자."라고 제안하지만, 진우는 '사막, 치료비, 병원' 등의 현실적인 문제를 감내해야 할 능력이나 의무가 없다고 판단해 그대로 떠난다. 다친 캥거루가 딩고와 까마귀에게 산 채로 뜯어 먹힐 것을 뻔히 알면서.

1 　서수진, 『골드러시』(아시아, 2021). 이하 이 책에서의 인용은 쪽수로만 표기한다.

그렇게 그들은 육체적·심리적 피로감에 싸여 숙소에 도착하지만, 리셉션에서는 아무도 그들을 반기지 않는다. 심사가 사나워진 진우가 서인에게 소리 지르려는 찰나, 한 백인 남자가 나타나 그들을 안내한다. 거대한 암석의 단면 같은 복도와 어두컴컴한 동굴 같은 방은 이들 부부를 침울하게 하고, 급기야 화장실 변기에 붙은 개구리는 서인을 아연실색게 한다. 아무도 없는 식당에서 이들은 질긴 스테이크와 으스러진 감자튀김, 싸구려 와인으로 저녁을 때우고 별을 보러 간다. 하늘에는 상상 이상의 수많은 별이 떠 있다. 그러나 그것은 서인이 꿈꾸었던 로망에 카운트된 수 이상이다. '과도'는 항상 기괴하고 불편하다.

하늘에는 많은 별이 떠 있었다. 어찌나 많은지 별처럼 보이지 않고 창문에 잔뜩 낀 먼지처럼 보였다. 바람이 매섭게 불었다.(40쪽)

기괴하고 불편한 그림은 그들의 정념에 스며들어 감각마저 비튼다. 서인이 춥다며 먼저 들어가자 진우가 곧장 그녀를 따른다. 그런데 진우가 문을 열려 해도 열리지 않고, 서인은 안쪽에서 문고리를 잡고 있다. 진우는 서인이 일부러 문을 잠그거나 잡고 있다고 생각하고 거칠게 문을 흔들다가 벌컥 화를 낸다. "씨발, 장난치지 마."라고 소리치는 순간 문이 열리고 서인이 앞으로 쓰러진다. 서인은 울먹거리며 잠긴 문을 열려고 했다고 항변한다.

다음 날 오전 이들은 핵심 일정인 광산 탐방길에 나선다. 진우는 전날 일에 대한 사과와 결혼 7주년을 기념해 박물관 판매상에게서 오팔을 산다. 다른 관광객들과 함께 150년 전에 문 닫은 폐광으로 내려간 이들은 숙소와는 또 다른 후덥지근한 동굴 느낌에 불안과 불쾌감을 느낀다. 더군다나 영어에 능숙하지 않은 진우는 천장을 만지지 말라는 가이드의 거듭된 당부를 못 알아듣고 천장을 더듬거리다가 일행의 엄청난 눈총을 산다. "천장을 만지면 돌이 떨어질 수도 있어서 위험하대.", "지금은 스테이크만 가능하대." 등등 서인은 일정 내내 진우를 배려해 일일이 통역해 주지만, 어쩐지 그 전달은 제국과 식민의 관계처럼 진우를 움츠러들게 만든다. 이런 미묘한 감정을 작가는 다음과 같은 간단한 스케치로 훌륭하게 전달하고 있다.

"벽에 기대지 말고 힘들면 차라리 앉으래."
서인이 진우의 어깨를 내리눌렀다. 진우는 털썩 주저앉았다. 축축한 바닥에 금세 바지가 젖었다. 서인이 가이드에게 사과하는 소리가 들렸다. 그가 영어를 잘하지 못한다고 했다. 진우는 고개를 들어 서인의 옆얼굴을 바라보았다. 서인은 자신이 광산을 뒤흔든 것처럼, 그래서 광산이 모두 무너져 내린 것처럼 일그러진 얼굴을 하고 있었다.(56쪽)

결국 이들의 결혼 7주년 기념 여행은 "광산을 뒤흔들고, 광산이 모두 무너져 내리는 것" 같은 실망과 절망, 환멸적 체험의 연속이다. 사실 이 둘 사이에는 여행의 표면적인 트러블이나 실망보다 더 근본적인 '붕괴' 사건이 있었다. 서인과 진우가 처음 만난 곳은 7년 전 퍼스의 셰어하우스이다. 퍼스의 일식당에서 일하던 이들은 사장이 마련해 준 셰어하우스에서 연애하다 혼인신고까지 하게 된다. 한국으로 돌아가고 싶어 하는 서인과 달리 진우는 호주에 남고 싶어 하는데, 결국 2년 동안 무급 노동이라고 할 수 있는 식당 일을 감내하면서 고용주의 지원으로 발급되는 취업 비자인 457 비자를 받는 데 성공한다. 서인의 영어 실력은 비자 발급에 결정적으로 기여한다. 그러니까 457 비자는 서인이 받은 것이고, 진우는 파트너 비자를 갖게 된 것이다. 사건은 그 뒤에 벌어진다.

비자 취득 후 아파트 사기 사건 등의 우여곡절에도 이들이 호주에 품은 환상과 서로를 향한 사랑은 변함없었다. 다시 얻은 새 아파트, 그리고 드디어 소유하게 된 그들만의 아늑함 뒤에 발생한 충돌과 균열이 이들 사이를 갈라놓는다. 서인이 다른 남자와 잤다는 것. 서인은 같은 식당에서 일하는 스물두 살의 남자와 사랑에 빠졌고, 서인은 진우에게 이 사실을 고백하고 그와 함께 한국에 돌아가겠다고 말한다. 호주 비자 때문에 밤낮없이 일만 하는 진우 때문에 혼자 외로웠다는 절규와 함께. 맹렬한 증오와 살인 충동, 몇 주간의 질긴 싸움을 반복하던 진우는 그 날뛰는 감정과 무관한, 냉혹한 현실을 깨닫게 된다. 서인이 한국으로 돌아가면 진우의 비자도 끝난다는 것. 진우는 서인에게 무슨 짓을 해도 좋으니 영주권이 나올 때까지 호주에 있어 달라고 사정한다. 원한다면 그 남자랑 살아도 좋다고 하면서까지. 그렇게 그들은 호주에 남아 그대로의 일상을 영위하고 영주권을 얻는다. 영주권 취득 이후에도 그들은 헤어지지 않고 오히려 장기 주택자금 대출을 얻어 정원 딸린 단독주택을 얻기까지 한다. 생활은 윤택해졌으나, 균열된 관계는 완강한 크레바스처럼 이들 사이를 떠받치고 있다. 서인이 뒤뜰에서 가꾼 채소를 진우에게 주면 진우는 출근길에 버리고, 서인이 채소로 매일 싱싱한 샐러드를 만들어 내놓아도 진우는 손도 대지 않는다. 마침내 서인이 뒤뜰 가꾸기를 포기하자, 뒤뜰은 흉측하게 변해 간다. '골드러시' 관광은 이러한 와중에 떠난 여행인 것이다.

'골드러시'는 금광 시대에 대한 환상과 향수를 환기시키는 말이고, 주인공 커플의 직접적인 금광 유적 체험을 가리키지만, 좀 더 많은 것들을 함축하고 있다. 이들에게 '호주'는 골드러시와 같은 금광이었을 테고, 사랑과 결혼 또한 그러했으리라. 그러나 그들이 정작 호주라는 금광에서 캐낸 것은 무엇인가. '영주권과 그림 같은 집, 윤택한 생활' 같은 금은 얻었으나, '사랑, 신뢰, 가족'과 같은 금은 얻지 못했다. 그러니까 그들이 붙들고 있는 호주에서의 풍족한 삶은 그야말로 어떠한 행복도 기대할 수 없는 '폐광'일 수 있다는 것. 이것이 1박 2일이라는 골드러시 투어에 담긴 불길한, 진짜 내용인 것이다.

그들이 손에 넣은 금, 그러니까 호주 영주권과 풍요로움이 실제로 어떤 금빛인지를 작가는 작품 결말에서 감각적이고 시적인 풍경을 통해 표출한다. 둘은 광산 체험을 마치고 귀갓길에 오른다. 사막을 가로질러 서쪽으로만 향하는 길에 태양은 자꾸 눈을 찌르고, 진우는 캥거루를 치고 만다. 진우가 친 캥거루는 전날 마주친 캥거루와 크게 다르지 않은 모습으로 길바닥에 무너져 있다. 진우는 트렁크를 뒤져 레버를 꺼낸다. 산 채로 딩고와 까마귀에게 물어뜯길 캥거루에 대한 최소한의 배려로 진우는 캥거루를 죽이기로 한다. 레버로 한 번, 두 번, 계속해서 캥거루를 내리찍고 그들은 그 자리를 떠난다. 백미러를 보던 서인의 "캥거루가 움직여."라는 속삭임과 함께. 이 마지막 장면은 초입에 등장하는 캥거루의 죽음과 수미쌍관을 이루면서 이 작품의 심층에 깔린 불길함과 어두운 범죄, 불행, 실패 등을 함축적이며 강렬하게 제시한다.

진우는 심호흡을 한 뒤에 타이어 레버를 내리쳤다. 캥거루의 머리가 아래로 내리찍혔다가 튀어 올랐다. 한 번 더. 또 한 번 더. 빌어먹을. 또 한 번 더.

진우는 캥거루를 똑바로 내려다보지 못했다. 금방이라도 토할 것만 같았다. 차에 돌아와 피가 묻은 타이어 레버를 트렁크에 다시 넣고 나서야 티셔츠와 팔에도 피가 튄 것을 보았다. (……)

"캥거루가 살아 있다고."

서인의 목소리가 떨렸다.

"죽었어."

진우는 차를 출발시켰고 액셀러레이터를 밟았다. (……)

진우와 서인은 빛나는 순간을 가져 본 적이 없었다. 빛나는 순간. 진우는 그것이 그들이 늘 기다려 오던 것이라는 것을 알았다. 그리고 그것이 그들에게 절대 오지 않으리라는 것을 알았다. 붉은 햇빛이 차 안에 가득 들어찼다. 진우는 온통 붉기만 한 세계를 바라보았다.(60~66쪽)

위의 마지막 장면은, 7년 차 커플인 이들의 거짓 관계와 호주의 빈 껍데기 같은 삶에 대한 탁월한 암시이다. 붉은 노을, 피, 캥거루에 대한 죄책감으로 얼룩진 꿈의 현장. 진우가 서인을 위해 산 오팔을 주머니에서 꺼내 놓지 못하듯, 그들은 호주에서, 그리고 서로에게서 오팔같이 빛나는 순간을 발견하지 못할 것이다. 더불어 위의 장면은 이들에 대한 은유일 뿐 아니라 냉혹한 자본주의사회, 또는 인간 문명에 대한 메타포로 볼 수 있다. 결백하고 무력한 이들을 살해한 대가로 우리들은 풍요로움을 누리고 있다. 손에 묻은 피는 기득권과 상류층만의 것이 아니라 화려한 도시에서 온갖 상품에 휩싸여 사는 우리의 것이기도 하다. 우리는 직접적인 범인이 아니더라도 무구한 동물과 약자와 소수자의 죽음을 방치했거나 묵인함으로써 조력했던 동반자이다. 「골드러시」는 호주의 7년 차 커플의 핏빛 로망 뒤에 이렇듯 깊숙이 자본주의 현실과 잔혹한 문명의 풍경을 감추고 있다.

정대건의 「바람이 불기 전에」[2]의 주인공 승주에게 금광은 10년 전 몰두했던 영화이다. 그리고 그 광산에서 빛나는 금광을 얻기도 했다. 「플레이백」이라는 다큐멘터리 독립영화로 부산영화제에서 수상을 하

---

2 정대건, 『아이 틴더 유』(자음과모음, 2021). 이하 이 책에서의 인용은 쪽수로만 표기한다.

고 파리 한국영화제에 초청되기까지 했던 것이다. 그 기세로 '나'는 연인 민주와 결혼도 하고 한동안 영화에 몰두할 수 있었다. 그러나 금광의 경험은 8년 전 딱 한 번에 그치고 만다. 그 이후 영화학교를 졸업하고 입봉하려던 영화가 엎어지면서 승주는 결국 영상 프로덕션을 차려 현실에 안착한다. 그렇게 영화와 멀어지는 사이, 마치 마술이 풀리듯 아내 민주마저 그를 떠나 버리고 만다. 이야기는 승주의 영화가 다시 부산영화제에 초청되면서부터 시작된다. 물론 그 영화는 8년 전 그 영화이다. 그 다큐멘터리에 결정적으로 기여했던 승주의 엄마 인자 씨는 이 소식을 듣고 함께 부산에 가겠노라고 나선다. 인디 밴드의 현실을 담은 그 독립영화에 대한 호평은 승주 어머니의 출현과 활약상에 힘입은 바 큰 것이었기 때문에 승주는 어쩔 수 없이 인자 씨와 동행한다. 그리고 부산에 거주한다는 전처 민주를 상영관에서 만난다.

승주는 엄마와의 부산행은 물론 영화 재상영과 감독과의 대화 등등을 탐탁지 않아 한다. 그것은 초라한 현재를 과거의 꿈과 환희에 대비하면서 확인하기 싫어서이고 또 한편 그 빛나는 시간을 함께했던 민주를 마주하기 싫었기 때문이라고 볼 수 있다. 그러나 승주는 엄마와 함께 부산에 가고, 민주와 잠깐 스치면서 '그들의 영화'를 다시 돌아본다. 승주, 그리고 엄마와 민주가 함께 다시 본 것은 단지 영화만이 아니다. 지난 10년간의 그들 인생이기도 하다. 영화를 보러 온 전처 민주에게 '굳이 뭐하러 보느냐.'고 타박하는 승주의 속마음에는 "이제는 편집할 수도 없는 (심지어 내가 나오는) 영화를 지켜보는 것은 어릴 적 실패한 고백 편지를 소리 내어 읽는 것처럼 고역"스러운 느낌이 감춰져 있다. 민주는 그런 승주에게 "그래도 10년 됐으니까 한번 봐 봐. 극장에서 볼 기회 없잖아."라고 말한다.

그렇게 승주는 과거 자신이 만든 다큐와 청춘과 꿈을 다시 돌려 보게 된다. 그리고 더 이상 금광을 꿈꾸지 않는 승주에게 그 폐광은 다른 것을 보여 준다. 스크린 속에서 "엄마, 영화 앞으로 딱 10년만 해 볼게." 라고 간절하게 매달리는 승주의 순결한 열정, 그리고 좀 더 젊지만 여전히 진심 가득한 엄마의 표정. 거기에 넝쿨처럼 따라 나오는 결혼식에서 민주와의 행진과 기쁨의 눈물, 하객의 웃음에 대한 기억 등등. 금세 눈물이라도 흘릴 것 같아 고개를 쳐든 승주의 시선에 똑같은 표정의 민주가 포착된다. 「플레이백」은 그에게 성공한 영화감독이라는 금광 대신 이렇듯 아련한 기억과 추억을 사금파리처럼 건네준다. 그리고 승주는 그것이야말로 실제 자신의 인생에서 가장 빛나던 금이었음을 알게 된다. "이 모든 게 그리웠다."라고 생각하는 순간, 비루한 현실도 헤어진 아내와 늙은 엄마도 갑작스럽게 금광처럼 빛나기 시작한 것이다.

감독과의 대화 시간에 열댓 명의 관객 중 한 명이 빛나는 눈으로 승주에게 "감독님 팬입니다. (……) 감독님 영화 보고 용기 내서 웹툰에 도전해 볼 수 있었어요. 차기작 계획이 궁금합니다."라고 묻자 승주는 더이상 도망치지 못한다. 적당히 얼버무리거나 유머로 때우지 않고, 승주는 마침내 진지하게 자신의 실패를 인정하고 이렇게 고백한다.

> "저는 이제 지친 것 같아요. 죄송합니다. 차기작 계획은 없습니다. 구상하고 있는 것도 없고요. 저는…… 영화를 사랑하는 관객으로 남고 싶어요."
> (42쪽)

청춘 시절 품었던 열정에 실패하고 사랑이 끝났어도 그들이 함께했다는 사실, 그 담백하지만 소중한 사실을 깨닫게 된 승주에게 이전의 열패감과 환멸은 중요하지 않다. 이 소설은 영화감독을 꿈꾸던 승주의 실패담을 담은 작품이지만, 어떤 풋풋함과 생동감이 이 작품을 패러글라이딩처럼 떠오르게 만든다. 사실 위에 정리한 승주의 인생사는 승주 모자의 '패러글라이딩 도전'이라는 사건 밑에 감춰져 있는 밑그림이다. 부산행에 나선 인자 씨는 공항에서부터 부산에서 패러글라이딩을 타 보고 싶다고 아들에게 강력하게 어필하는데, 처음에 승주는 이를 거절한다. 놀이 기구 같은 것을 싫어하기도 하거니와 "바람 쐬고 하늘에서 새로운 시야로 보면 너도 좀 나아지지 않겠어?"라며 자신을 걱정하는 엄마의 속내가 거북했던 것이다. 그러나 「플레이백」을 다시 본 뒤 승주는 마음을 바꾼다. 승주가 비행기표를 바꾸고 한 시간 거리의 청도로 향하게 된 것은 엄마의 확고한 태도에서 드물고 고귀한 욕망의 현존,("이런 욕망은 귀한 것이다. 아주 드물게 귀한 것이다.") 보석처럼 빛나는 진짜 금광인 열정을 보았기 때문이다.

우리들은 영원이 무한히 긴 시간, 현재를 뛰어넘는 미래의 시간이라고 생각한다. 그런데 스피노자는 영원이 시간과 무관한 것이라고 주장한다. 그에 따르면 영원은 탄생과 죽음이라는 삶과 시간의 밖에 존재한다. 스피노자에게 영원은 지금도 존재하는 것으로 무한한 신 혹은 자연의 부분적 속성이다. 그리하여 우리의 실존이 그 신성한 우주의 영원성을 깨닫는다면 '영원'을 경험하고 지각할 수 있다고 말한다. 또한 스피노자에게 지복은 덕이 가져오는 축복이 아니라 덕 자체이다. 스피노자의 관점을 빌리자면, 열정과 꿈, 사랑의 가치는 그것의 결과가 아니라 그것 자체이다. 더불어 이미 우리는 그 빛나는 순간의 영원성에 대한 소망과 믿음 속에서 이미 영원을 경험한 것이다.

게임과 퍼즐

서장원 「이 인용 게임」, 최진영 「피스」

서장원의 「이 인용 게임」[1]의 제목은 '체스나 오셀로, 이 인용 부루마블'같이 두 명이 하는 게임을 의미하지만, 작품에서 그것은 제삼자를 배제하는 '배타적인 사랑'의 여러 관계로 변주된다. 가령 연인이라든가 부모 자식 간의 '사랑' 같은 것 말이다. 연인의 관계가 이 인용이라는 것은 명백하다. 그러나 사랑의 속성이 그러하듯 부모 자식의 경우에도 그것은 '이 인용'일 수밖에 없음을 이 작품은 흥미롭게 보여 준다.

한때 연인이었던 노영과 '나'는 두어 달에 한 번씩 만나 서로의 안부를 확인하는 사이이다. 어느 날 노영의 호출을 받은 '나'는 과거 그들이 공유했던 '패트릭의 일기장'의 이야기를 듣게 된다. 그들이 호주에서 처음 만났을 때 노영은 호주의 월셋집의 계약을 파기하고 나온 상황이었는데, 그 전말은 이러하다. 노영이 한국에서 계약한 집을 찾아가 보니 집주인은 별도의 관리비를 요구하고 방도 생각보다 형편없어 주인인 줄리

---

1 서장원, 『당신이 모르는 이야기』(다산책방, 2021). 이하 이 책에서의 인용은 쪽수로만 표기한다.

아에게 항의를 했다. 줄리아가 보증금 돌려주기를 거부하자 노영은 아프카니스탄에서 전사한 집주인의 아들 패트릭의 일기장을 들고 나온다. '나'의 아파트에서 일주일간 머물다 떠난 노영은 그 일기장을 '나'의 집에 두고 간다. 그로부터 오랜 세월이 지난 지금, 노영의 얘기인즉슨 줄리아로부터 메일이 왔으며, 이제라도 보증금을 돌려줄 테니 혹여 아들의 일기장을 가지고 갔다면 돌려 달라고 그녀가 부탁했다는 것이다.

'패트릭의 일기장'과 별개로 '나'는 노영과 함께 요양원에 있는 노영의 어머니를 찾아간다. 노영은 곧 중국 파견을 떠날 예정이고, '나'는 6년간 다니던 보험회사를 그만둔 상태이다. '나'는 노영 대신 요양원에 있는 그녀의 어머니를 돌봐 주기로 한 것이다. "우리 엄마 걱정을 나보다 더 하네."라는 그의 말에 '나'는 "나도 어디 효도할 데가 있어야지."라고 쓸쓸하게 답하는데, '나'의 어머니는 오래전 사망했고 아버지는 두 번의 결혼을 거쳐 새로운 가족을 만들었기 때문이다.

요양원에서 처음 만난 노영의 어머니는 '나'를 낯설어하지 않고 스스럼없이 다가와 뺨을 쓸며 "오는 길이 힘들지는 않았는지, 밥은 먹었는지" 등을 다정하게 묻고 산책할 때도 '나'의 팔짱을 꼭 낀다. 마치 화자가 자식이고 노영이 친구나 애인인 것처럼. 노영의 어머니가 '나'를 "준영"이라고 부르기 시작했을 때 이들은 요양원을 나온다. 그리고 '나'는 노영으로부터 죽은 오빠인 준영의 이야기를 듣게 된다.

준영의 원래 이름은 민영이었으나 중학생일 때 소아암 진단을 받고 개명을 한다. 온갖 치료와 식이요법, 기도에 몰두하던 부모의 몸부림 중 하나였던 것이다. 엄마는 온종일 아픈 아들 곁에 붙어 있고, 아버지는 퇴근 후 아들을 돌보고, 노영은 병실 바깥의 세탁 일이며 음식 등의 뒤치다꺼리를 도맡는다. 부모에게 자식은 오직 아픈 아들밖에 없는 듯한 이 상황이 3년간 지속되고, 노영의 소외감은 깊어진다. 그것은 엄마와 오빠가 둘이서만 하던 부루마블과 체스, 오셀로, 벌룬컵 등의 온갖 이 인용 게임에서 배제되는 것으로 상징된다. 결국 오빠가 죽자 부모님은 염주며 휴대용 반야심경 따위를 내다 버린다. 그들에게 마치 다른 자식은 없다는 것처럼. 자식의 자리를 빼앗긴 노영은 복수하듯, 오빠가 살아생전에 즐겨 하던 게임 세트를 엄마 몰래 인터넷 중고 장터에 하나씩 팔아 버린다.

그러나 뜻밖에도 두 번째 요양원 방문에서 노영은 '나'에게 엄마와의 부루마블 게임을 부탁하고 '나'는 기꺼이 이를 수락한다. 노영의 어머니는 알츠하이머 환자답지 않게 게임에 몰두한다. 죽은 아들과 나눈 마지막 추억이기 때문이다.

> 그리고 그렇게나 게임에 몰두하다가도 갑자기 차가운 손을 뻗어 나의 얼굴을 쓰다듬었다. 단지 내가 거기 앉아 있다는 사실을 확인하려는 것처럼 단순한 동작이었다. 한참이 지나서야 돌아온 노영은 타자 앞에 앉지 않고 멀찍이서 나와 자신의 어머니를 바라봤다. (……) 우리가 주차장에서 차를 빼낼 때 노영의 어머니는 옆구리에 부루마블 상자를 낀 채 우리에게 손을 흔들어 줬다. 나는 노영의 어머니가 무언가 말을 하고 있다는 생각을 했다. 작은 소리로, 딸의 친구가 아닌 자신의 아들에게 무언가 다정하고 슬픈 말을 하고 있다고 말이다. 나는 차창을 내리고 마치 그녀가 진짜 엄마라도 되는 양 이만 들어가시라고 소리쳤다. 물론 노영의 어머니는 내 말을 듣지 않았고, 우리가 보이지 않게 될 때까지 손을 흔들며 요양원 주차장에 서 있었다.(240~241쪽)

'나'는 기꺼이 노영의 어머니에게 죽은 아들 역할을 하고, '노영'은 상처로 인해 내다 팔았던 엄마와 오빠의 추억을 다시 돌려준다. '이 인용 게임'은 이 소설에서 표면적으로는 이렇듯 '어머니와 아들'의 시간을 의미하지만, 더 많은 것을 함축하고 있다. 어머니와 아픈 자식, 그래서 밀려난 또 다른 자식과 부모와의 관계, 그리고 이 이자(二者) 관계조차 갖지 못한 '나'의 처지 등등은 호주의 줄리아와 패트릭의 관계로 변주되면서 '사랑'의 역학을 탐색한다. 사랑은 어떤 경우에나 무제한의 크기와 대상을 갖고 있지 않다. 자식에 대한 부모의 사랑 또한 때로 한 명에게 집중되어 고갈될 수 있고, 그래서 그것 또한 배타적인 속성을 지닌다. 「이 인용 게임」은 이 배타성에 의해 소외되었던 노영과 '나'가 노영의 아픈 어머니를 통해 상처를 치유하고, 어머니의 상처를 위로하는 이야기이다. 노영이 줄리아에게 보냈다는 답장 또한 그러한 위무를 담고 있을 것이다.

또한 '이 인용 게임'은 노영과 '나'의 연애 이야기이기도 하다. '나'는 노영과 한때 사귀었으나 그녀가 청혼하자 관계를 끝낸다. 그 뒤에 친구처럼 지내던 이들은 노영의 어머니 일을 통해 연인보다 더 깊은 경험을 나누게 되고, '패트릭의 일기장'을 통해 호주에서의 첫 만남과 고백들을 환기하게 된다. '이 인용 게임'이란 이렇듯 이자 관계에서 발생하는 정념의 역학을 총칭하는 것일 터인데, 가장 중요한 것은 둘이서 함께 그 게임을 지속하는 것이다. 쫓기든 앞서든, 지든 이기든 상대 자리에 있어 준다는 것, 이 인용 게임에서 그것 이상의 룰은 없다. '준영'은 어머니와의 이 인용 게임에서 사라졌지만, 노영의 어머니는 소홀했을지언정 노영의 상대 자리를 지켰고, 노영과 '나' 또한 연인이 아니어도 게임을 함께 계속해 왔다는 것, 그것이 죽은 자들이 우리에게 보내는 엄중한 사랑의 메시지일 것이다.

최진영의 「피스」[2]는 '1만 8천 피스의 퍼즐' 맞추기와 허물기를 통해

---

2   최진영, 「피스」, 《Axt》 2020년 1/2월호. 이하 이 책에서의 인용은 쪽수로만 표기한다.

작중인물의 상처와 고뇌를 함축적으로 이야기하고 있는 작품이다. 피스 조각을 힘겹게 맞추고 사소한 다툼으로 바벨탑 1만 조각을 부숴뜨리는 홉과 '나'의 이야기에는 언니의 자살 미수를 목격한 어린 동생의 상처, 임신과 낙태에 대한 불안 등이 숨겨져 있다. 상관없어 보이는 일들이지만, 어떤 폭발과 결단에는 이전에 넘어간 피스들의 불길한 힘들이 작동한다는 것을 보여 주는 흥미로운 작품이다.

이삿짐센터 일을 하는 홉은 '나'의 남자 친구이다. 대학생으로 추정되는 '나'는 38평의 아파트인 집 대신 매일 홉의 코딱지만 한 방에서 그와 퍼즐 맞추기에 열중한다. 빨래 건조대를 옷장처럼 사용하고 베개조차 없는 홉의 방에서 '나'는 집에서 느끼지 못하는 평온을 느낀다. 그러던 어느 날 이들은 1만 조각의 바벨탑 퍼즐 위에서 치킨과 피자를 먹다가 콜라를 쏟고 다툼 끝에 결국 바벨탑을 부숴 버리고 만다. 표면적으로는 '왜 휴지를 빨리 건네주지 않느냐.'는 것이었지만 사실 이들의 다툼 밑에는 발설하지 못하는 거대한 불안과 상처가 도사리고 있다.

싸우기 전, 홉이 그날 이삿짐을 날랐던 아파트에서 들었던 사망 사건을 화제에 올리자, '나'는 자신의 트라우마를 떠올렸던 것이다. 중2 때 부모님이 제사를 지내러 집을 비운 날, '나'는 집 화장실에서 목을 매고 신음하던 언니를 발견한다. 가위로 끈을 잘라 간신히 언니를 구했지만, 부모에게 절대 비밀을 약속했던 '나'는 고스란히 이 사건을 자신의 것으로 떠안게 된다. "이보배가 화장실에 들어가면 무서웠다. 이보배가 함께 있어도 무서웠고, 이보배가 보이지 않아도 무서웠다. 나는 시도 때도 없이 이보배에게 문자를 보내 생사를 확인했다. 어디냐고 물어봤다." 언니가 또다시 자살을 시도할까 봐 겁에 질린 어린 '나'는 이후 강박적으로 언니 이보배에게 집착하게 된 것이다. "역시 스트레스 때문일까, 다시는 섹스를 하지 않겠다."라는 언니의 다이어리를 보고 그것이 임신에 대한 두려움 때문에 벌어진 일이라는 것을 알게 되지만, 이후 '나'의 화장실 트라우마는 좀처럼 사라지지 않는다.

　그로부터 많은 시간이 흐른 지금 '나'는 그때 언니가 느꼈던 공포와 불안을 똑같이 경험하게 된다. 홉과 퍼즐을 맞추면서도 '나'는 틈틈이 테스트기로 임신 여부를 확인한다. 그러나 홉에게는 얘기하지 못한다. 홉은 '끝까지 포기하지 않고 조각을 잃어버리지만 않으면 된다.'를 좌우명처럼 안고 살아가는, 퍼즐형 인간이기 때문이다. 즉 인생의 모호한 서술형 문제들에 대처할 수 없는 그런 사람이기 때문이다. '나'는 홉과 얘기하는 대신 그와 1만 8천 피스의 시스티나성당 천장화의 퍼즐을 맞추며 자신의 불안을 감춘다. 단답형 같은 퍼즐 조각을 맞추다 보면 생의 문제는 없어지고 그다음의 일도 멀어진다. 그러나 작가는 인물의 이러한 망각과 다르게 그녀의 가족사와 트라우마, 그리고 현재적 불안이라는 거대한 퍼즐을 완성해 간다. 그렇게 해서 완성된 최진영의 「피스」라는 작품은 파편적이고 의미 없어 보이는 생의 조각조각들이 어떻게 '나-이보람'의 생을 습격하는지를 보여 준다. "상관없어 보이는 일들이 상관을 하며 굴러간다."라는 문장이 반복되면서 과거의 조각이 현재를 뒤흔들고, 현재의 조각은 멀리 떨어진 조각들과 연결되며 불길한 그림으로 드러난다. 생은 1만 8천 피스보다 훨씬 더 복잡하고 힘들다는 것, 시스티나성당 천장화나 바벨탑 퍼즐을 완성하고 단숨에 무너뜨리는 것보다 더 어려운 것이라는 아이러니가 '생애 파편들-퍼즐 조각'을 통해 강렬하게 전달된다.

스무고개 너머의 당신

장류진 「도쿄의 마야」, 임솔아 「그만두는 사람들」

실제로는 무수한 '차이'가 존재하더라도 우리가 타인과 소통할 수 있는 것은 그 차이를 뛰어넘는 '동일성'의 기반 위에 있기 때문이다. 소통이 결국 오해였음을 확인하는 과정이라 하더라도 결국 자기 나름대로의 '이해'의 표상을 가지지 않는다면, 만남은 애초에 불가능한 것이 될 것이다.

장류진의 「도쿄의 마야」는 재일 교포인 경구 형에 대한 '나'의 오해와 이해라는 엇갈린 선들을 재치 있게 보여 주는 작품이다. '나'(서준경)는 결혼 후 첫 번째 맞은 아내의 생일을 근사하게 보내기 위해 도쿄 여행을 떠나고 재일 교포 경구 형의 가이드를 받는다. 함께하는 일들이 대개 그러하듯, 여행의 출발에서부터 어긋남이 시작된다. 우선 낯을 가리는 아내는 준경에게서 경구 형에 대해 들은 바 없고 그의 가이드에 동의한 적이 없기 때문에, "서준경＋조은아"라는 피켓을 들고 나타난 경구 형에 대해 뜨악해한다. "오래 안 있어. 금방 갈 거야."라는 남편 서준경의 말과

1 장류진, 『도쿄의 마야』(아시아, 2020). 이하 이 책에서의 인용은 쪽수로만 표기한다.

달리 경구 형은 여행 내내 함께할 것처럼 적극적이다. 낯선 사람 없이 둘이 편안한 생일을 맞기를 바라는 아내의 마음, 오랜만에 만나는 경구 형이 반갑지만 아내 눈치 때문에 조바심 내는 준경, 그리고 이들 부부의 마음과 상관없이 한국에서의 은혜와 우정을 갚고자 하는 경구 형의 진심 등 이들의 어긋남은 이렇게 시작되고 또 다른 어긋난 이해와 오해 속으로 진입한다.

준경의 회상에 따르면, 경구 형은 12년 전 대학 시절을 함께했던 '한 살 많은' 동기이다. 재일 교포인 경구 형은 한국어가 서툴러 동기들의 놀림감이 되곤 했는데, 가령 한국어를 가르쳐 준답시고 욕을 주입시킨 덕에 거의 모든 문장에 '씨발'을 섞어 쓰는 '욕사마'가 되게 만든다든가 하는 것이다. 그럼에도 그들은 좋았던 청춘의 한 시절을 함께 보냈다는 사실로 인해 우정으로 결속된다. 특히 서준경은 경구 형의 어머니와 이름 모를 '서서갈비집'에서 만나 서서 점심을 먹은 후, '경구를 잘 부탁한다.'는 어머니의 부탁을 잊지 않는 각별한 친구로 남는다. 그리하여 준경은 경구 형과 거의 동일한 시간표를 공유하고, 일본어와 체육 위주로 수업을 듣는 나날을 보낸다. 그러나 한국에서 준경과 동기들에게 비친 경구 형은 '거의 일본인'에 가깝다. 우선 헤어스타일이나 패션에 있어서 자기 취향이 확실하다는 느낌이나 한국보다 한 발 앞선 트렌드를 보여 준다는 점에서, 그리고 기말고사 후에는 어김없이 캐리어와 함께 일본으로 떠나는 모습이나, 무엇보다 그 나이 또래가 하는 '군대'나 '취업' 등의 고민에서 열외되었다는 점에서 그러하다. 그러니까 경구 형은 한국에서 한국인이라면 으레 가져야 할 공통 감각과 책무에서 제외된 '거의 일본인'이자 이방인이었던 셈이다.

12년 만에 도쿄에서 만난 이들에게 어눌하고 바보 같은 '거의 일본인' 경구 형은 아무런 문제가 되지 않는다. 그것은 마치 경구 형이 한국에서 '도쿄'를 발음할 때 뭔가 잠깐 다른 사람이 되었다가 돌아오는 느낌의 지속 같은 것인데, 자신이 속한 장소적 사실에 가장 충실하고 알맞음한 경구 형 대신 준경이 이방인과 관광객 역할을 맡게 된다. 준경은 모두 초밥을 손으로 먹는 식당에서 아내마저 눈치껏 손으로 먹는데 혼자 젓가락으로 먹으며, 한국에서보다 열 배는 똑똑해 보이는 경구 형의 모습을 낯설게 바라본다. 대학 시절 경구 형의 어눌한 한국어를 가장 잘 알아듣는다고 해서 '욕사마 전문 통역'이라 불렸던 준경은, 경구 형을 나름 이해하고 있다고 생각한다. 더욱이 준경은 경구 형 모친의 당부를 들은 뒤부터 그를 '거의 한국 사람'으로 느끼고 있었으나, 도쿄라는 장소, 그리고 타인들과 함께한 자리에서 그의 짐작이 꼭 맞지 않음을 깨닫는다.

가령, 다음과 같은 어긋남. 긴자 거리에서 준경 커플은 경구 형의 아내 이순영과 갓난아기를 만난다. "처음 뵙겠습니다. 저의 이름은 이순영입니다."라는 일본식 발음의 한국어 인사를 들은 후, 준경의 아내는 준경에게 '한국말을 못 하시는 것 같다.'라고 속삭인다. 아내와 달리 생각하는 준경이 직접 '형수님도 한국어 좀 하시지?'라고 묻자, 경구 형은 "아닌데 못 해."라고 답이 돌아온다. 또는 "형은 한국에 대해 더 알고 싶어서 한국으로 대학을 왔을 거잖아."라는 물음에도 "아닌데."가 돌아온다. 요컨대 이들의 소통은 기본적으로 "아닌데."를 수없이 넘어야 하는 스무고개 같은 것인데, 스무 번은커녕 대개 한두 번의 단정으로 끝나는 이들 관계는 오해와 짐작투성이이다. 거기에다 설상가상 아내 은아의 다른 짐작까지 가세한다. 긴자 거리에서 준경 커플에게 둘만 쇼핑하고 오라는 경구 형을 두고, 준경이 배려라고 생각해서 같이 가자고 하자 준경의 아내는 "왜 그렇게 눈치가 없어? 아기도 안고 있고, 다니기 힘드니까 우리끼리 그냥 보고 오라고 한 거지."라며 타박한다. 나름 경구 형을 잘 알고 있다고 생각한 준경은 경구 형은 그런 사람이 아니라 그저 바보 같을 정도로 순수하고 착한 사람이라고 말하자 아내 은아는 일본 쪽과 오래 사업한 아버지의 경험을 빌려 "사소한 것조차 본심을 숨기고 돌려 말하는 게 일본인 특유의 화법"이라며 경구 형에 대해 "그냥 딱 봐도 거의 일본 사람"이라고 자신한다. 다른 건 몰라도 경구 형이 '거의 한국 사람'임을 증명해 보이고 싶은 준경의 마음과 '거의 일본 사람'이라 믿는 은아의 실랑이는 계속된다. 그러다가 준경이 일본어와 일상에 너무 능숙한 경구 형을 보면서 '거의 일본 사람'으로 밀어 넣는 순간, 경구 형은 친절한 종업원을 칭찬하는 은아에게 "원래 일본 놈들이 겉으로는 친절해요."라는 속삭임으로 한국 편에 남는다.

이 작품은 경구 형이라는 동일한 인물을 놓고 '거의 일본 사람'과 '거의 한국 사람'이라는 해석이 경쟁을 벌이는 서사 축으로 이루어진 흥미로운 작품이지만, 작가는 이러한 구도를 무화시키는 전략을 통해 진부할 수도 있는 민족 정체성의 문제를 경쾌하게 풀고 있다. 작품 결말에서 경구 형의 사촌 누이가 운영하는 이자카야에서 편하게 식사를 하게 된 준경 커플은 아이의 이름을 묻는다. 한국어와 일본어에서도 낯선 '마야'는 산스크리트어로 '환영과 허위로 충만한 물질계 또는 그것을 주는 여신'을 뜻한다. 즉 일본 성, 일본 이름, 한국 이름이 다 따로 있는 경구 형을 비롯한 재일 교포처럼, '마야'라는 이름은 그저 어떤 장소성에 따라 나타나는 환영일 뿐 본질은 아니다. '거의 일본 사람, 거의 한국 사람'이라는 규정 또한 저렇듯 장소에 따라 달라지는 가면 같은 것으로 재일 교포의 근본일 수 없으며 민족과 국적 또한 유동적인 표상일 뿐이다. 이들이 동일한 언어가 아니어도 각자의 언어로 우는 아이를 어르고, 지난 추석에 대해 이야기할 수 있는 것처럼, 스무고개 너머의 당신을 만나게 하는 것은 '아닌데.'로 막아서는 '고개들'이 아니라 그럼에도 불구하고 넘어가는 어떤 의지와 마음 같은 것이다.

이 작품에는 서울에서의 '나'(준경)와 '재일 교포 형'(경구 형)의 엇갈림이 도쿄에서의 다른 선들과 교차하고 그 위로 또 한국과 일본에 대한 숱한 편견의 선들이 중앙역처럼 얼키설키 놓인다. 그럼에도 불구하고 이 소설은 작가 장류진의 장점이라 할 수 있는 어떤 활기로 빛나는데, 특히 이 작품처럼 엇갈림을 꽉 그러쥐고 있는 애정과 연대가 확인될 때 그러하다.

임솔아의 「그만두는 사람들」[2]은 꿈꾸던 일에서 떠나가는 사람들에 관한 에세이적 소설이다. 화자인 '나'는 어느 외딴 바닷가에 와서 글을 쓴다. 그리고 "가까워질 수 없고 개입도 불가능하고 그저 듣기만 하는 사람"들인 '멀리 있는 이들'과 소통한다. 가령 스웨덴에서 유학 생활을 하는 대학 동창인 혜리나, 화가로 활동하다 그만둔 재연과의 메일 교환. 스웨덴의 혜리는 고독에도 불구하고 한국의 진저리 나는 '소속감'보다는 고립감이 차라리 낫다는 생각으로 한인 커뮤니티를 멀리하고 스웨덴 친구들과 어울린다. 그러다 수업 시간에 인종차별적 발언을 맞닥뜨리게 되면서 그들과도 거리를 두게 된다. 한인 커뮤니티에 도움을 청할 수도 있었으나 그것은 곧 커뮤니티의 일원이 되는 것을 의미하기 때문에 그렇게 하지 않는다. "한국에도 여기에도 소속되지 못할 거라는 불안감"에 시달리는 혜리는 대학 교양 수업에서 잠시 스쳐 갔던 '나'에게 자신의 이야기를 토로한다.

'나' 또한 잘 모르는 '혜리'에게 고립된 일상을 적어 보낸다. 기억도 공감대도 없으므로 이들의 메일 교환은 "각자의 혼잣말을 끝없이 늘어

---

2 임솔아, 『아무것도 아니라고 잘라 말하기』(문학과지성사, 2021). 이하 이 책에서의 인용은 쪽수로만 표기한다.

놓는" 일이 되지만, 고립된 이들에게 이러한 상상적 동행은 위로가 된다. 홀로 두 갈래의 길에서 서성이고 있는 '나'에게는 특히 그러하다. '나'의 갈등과 고뇌는 노루섬과 사비나의 노트를 통해 거듭 비유적으로 언급되면서 작품의 중요한 동심원을 만든다. 노루섬은 하루 두 번 열리는 바닷길 저편에 놓인 섬으로, 밤이면 더러 노루가 죽음을 무릅쓰고 건너가기 때문에 붙은 이름이다. 화자는 어느 날 밤 노루가 바닷물에 몸을 담그고 바다를 건너가는 것을 목격하고 경이로움에 휩싸인다. '목숨 건 저곳, 즉 노루섬인가 아니면 안전한 이곳인가.'라는 화자의 고뇌는, 사비나의 작은 연못에 난 두 갈래의 길로 변주되면서 강조된다. "왼쪽은 해안 절벽이고, 오른쪽 길은 동백나무 군락지였다. 오늘은 오른쪽 길을 선택했다." 군락지를 선택했다는 것은 곧 무리들과 함께 있겠다는 뜻이고, 일원이 된다는 것이며, 오염을 감수하겠다는 것이다. 사비나는 화자가 머물고 있는 장소 근처의 사비나가든을 만든 캐나다 출신 여성이다. 한국전쟁에 간호장교로 참전했으나 동료의 죽음에 대한 진실을 알리기 위해 한국에 남았으며, 희귀 식물로 이루어진 3만 평의 숲을 가꾸다가 끝내 은돌마을에서 숨진 외국인이다. 사비나 연못의 두 갈래의 길 중 '군락지'를 택한 오늘, 화자의 시선이 머문 곳은 다음과 같은 대목이 적힌 사비나의 노트이다.

"감염된 소나무들을 모두 잘라 내야 한다. 재선충을 바람으로, 뿌리까지 태워야 박멸 가능. 잠복 기간인 나무를 선별하는 일은 불가능하다. 결국 모두 죽여야 하는가. 그럴 수는 없다."(19쪽)

노루섬과 사비나의 노트에 겹쳐지는 화자의 갈등은 다음과 같은 것이리라. 그만두고 건너갈 것인가 아니면 무리에 남을 것인가. 무리에 남는다면 주변에 '나'를 해치는 해충과 오염을 모두 죽일 것인가, 아니면 어떻게 선별하여 물리칠 것인가. 이 두 갈래의 길에서 화자는 건너간 사람들, 즉 그만두는 사람들과 대화를 나눈다. 진저리 나는 소속감을 버리고 스웨덴이라는 섬으로 건너간 혜리와, 자살한 동료 얘기를 하며 그림을 그만둔 재연과 같은 이들.

글 쓰는 삶을 꿈꾸었던 '나'에게 과거, 그만두는 이들은 그저 재능은 있지만 끈기가 없는 사람들이었다. '나'는 그들과 달리 꿈꾸던 일상에서 행복했고, 그것을 위해 술과 취미를 끊고 밤낮없이 글에만 매달렸다. "가난을 예술가의 조건쯤으로 여기면서." 그러나 이런 나를 돌려세워 그만두는 쪽을 바라보게 한 것은 가난이나 일이 아니라, 거기에서 만난 불합리와 타자 들이다. 동료의 일에 빗대서 혜리에게 전하는 '나'의 불쾌한 사건이란 문학계 권력 남용을 주제로 한 포럼에서 강요받은 침묵이다. 기획자는 포럼의 목적이 경각심에 있지 '내부 고발'이 아니라면서 '나'의 새로운 폭로를 막았고, '나'는 그의 뜻을 저버린다. 이 일 뒤에 '나'는 일을 그만두고 떠나가는 동료들을 이해하게 되었고, 그런 그들과 교감하게 된다. 스웨덴으로 떠난 혜리, 그리고 미술계를 떠난 재연, 그리고 한국에 고립된 사비나 같은.

그러나 "그만두고 싶다는 사람과 함께할 때가 나는 편안했다."라는 화자의 고백은 아직 그만둔 자의 것은 아니다. '그만두고 싶은' 마음을 잔뜩 품고 간신히, '더 해 보자.'라며 스스로를 다독이고 있는 자의 것이다. 재연의 전시 제목인 '얼음 언저리를 걷는 연습'으로 강렬하게 이미지화되고 있는 이 마음들은 위태롭고 애잔하고, 그리고 왠지 미안함을 갖게 한다. 가장 열렬했던 자들이 떠났다면,(자살이든 이직이든 탈조선이든) 그것은 분명 그저 무고한 '차이' 때문이 아니라 냉소이거나 외면이거나 어떤 차가운 현실로 서 있었던 타자들인 '우리' 탓이었을 것이다.

화자인 '나'가 이러한 위태로운 마음을 다스리는 방법은 이미 그만둔 자들과 소소한 일상을 나누거나 절벽 같은 확신이나 찬란한 환상에 대해 되짚어 보는 것이다. 가령 이런 것들. 탈조선한 혜리는 스웨덴 한 식당의 맛없는 냉면을 언급하며 한국 을밀대 앞을 지나가게 되면 대신 냉면을 먹어 달라고 '나'에게 부탁한다. 그에 대해 '나'는 다음과 같이 쓴다.

> 한 시간이나 기다려서 들어갔으나 을밀대의 물냉면은 내 입맛에 맞지 않았다. 육수는 밍밍하기만 했다. 면은 미끄덩거렸고 툭툭 끊어졌다. 허여멀건 무생채에는 고춧가루 한두 개가 붙어 있었다. 이것을 왜 사람들이 맛있어하는지 이해할 수 없다고 나는 혜리에게 말했다. 혜리는 내 메일을 재밌어했다. 말투만 읽어도 얼마나 맛이 없었는지 생생하게 전달이 된다고 했다. 냉면 생각이 날 때마다 내 메일을 반복해서 읽겠다고 했다.(31쪽)

그만두고 떠난 저곳에서 그리워하는 냉면의 실체란 저런 것이다. 그리고 우리가 열망했던 일의 실체와 주변도 저런 것이다, 라는 각성. 혜리에게 보내는 메일에는 이러한 간극을 안다면 섣불리 그만두는 것을 의미하는 왼쪽의 해안 절벽으로 향하지 않을 것이라는 비애 어린 통찰이 유머와 함께 빛나고 있다. 그러니 어찌할 것인가. 군락지인 이곳에 남아 해충을 해치고 나의 숲을 가꿀 수밖에. 사비나의 노트가 결말에서 다시 한번 각별히 언급되는 이유는 바로 이러한 이유에서이다.

> 사비나는 어떻게 소나무숲을 지켜 냈던 것일까. 어디부터 어디까지를 잘라 내고 태웠던 것일까. 죽일 나무와 살릴 나무를 어떻게 선별했을까. 사비나는 스스로를 떠난 자라고 여겼을까, 아니면 남은 자라고 여겼

을까. 미국에서 사비나는 사라진 사람일 것이다. (……) 나는 바다를 건너가는 노루를 한번 더 보기 위해 매일매일 창가에 서 있을 것이다. 보이지 않기를 바라면서 기다릴 것이다.(33쪽)

군락지에서 죽일 나무와 살릴 나무를 선별하며 나무를 태우고 소나무를 지켜 내는 일, 이는 곧 스무고개 너머에 있는 '나'의 꿈자리를 지켜 내는 일이다. 스스로 떠난 자이든 남은 자이든 혹은 사라진 자이든, 무리 속에서 고립을 감수하며 꿈을 지켜 내는 일이란 곧 녹아내리는 얼음 언저리를 걷는 일이라는 것, 사라지는 것은 '나'가 아니라 '꿈의 경계'일 뿐이니 두려워하지 말라는 것을 작가는 다짐하듯 얘기하고 있다. 바다를 건너가는 노루가 다시 나타나지 않기를 기원하며 매일 창가를 서성이는 화자의 마음은 그런 것이다.

우리가 마주한 세계

임현 「거의 하나였던 두 세계」, 김사과 「두 정원 이야기」

미워하면서 닮는다는 말은 미움이라는 거리에도 불구하고 동일성에 이르게 된다는 의미이다. 그러나 사실 우리는 대개 '미움'이라는 지점에서 닮음을 발견하는 것인지도 모른다. 불화와 갈등은 차이와 거리에서 발생하는 듯하지만 많은 경우 동일한 욕망과 목표를 가지고 있고, 그래서 '닮은꼴'이 많다.

임현의 「거의 하나였던 두 세계」[1]는 이 교묘한 동일성과 차이, 그리고 그 행간에 놓인 감정과 사유를 섬세하게 그려 가고 있는 소설이다. 주인공이자 화자인 '나'는 지방의 어느 대학 강사이다. 교수와 학생의 눈치를 봐야 하는 강사는 명조라는 학생과 각별하지는 않지만 복잡하게 얽히게 된다. 화자는 명조를 "아무것도 담기지 않은 빈 국그릇 같은 아이"라고 표현하는데, "생긴 것도 뭉툭하고 대체로 진지한 데다가, 사람을 뚱하게 바라보는", 그저 별 특징이 없는 평범한 사람이라는 뜻도 있

---

1 임현, 『그들의 이해관계』(문학동네, 2022). 이하 이 책에서의 인용은 쪽수로만 표기한다.

고, 또 "아무한테나 자기 속엣말을 하는" 자아와 타자의 경계가 불분명한 사람이라는 의미도 함축하고 있다.

단과대학별 교육 프로그램이 있던 날, 회식을 마친 뒤 화자는 근로장학생으로 동원된 명조와 택시를 타게 된다. 명조가 "사람들이요, 다 나를 싫어하는 것 같아요."라고 토로하자 화자는 다음과 같이 답한다.

> 특별히 명조 씨가 무얼 잘못해서라기보다는 단순히 그 자리에 당신이 있었기 때문이라고, 그러니까 사람들은 다들 비슷비슷하고 아주 다르게 사는 것도 아니면서 누군가로부터 자기 자신을 발견하는 일이 견딜 수 없을 때가 있다고. "나도 그래요. 나랑 너무 닮은 사람들을 보면 불편해. 불편하지, 당연히."(103쪽)

"나랑 너무 닮은 사람들을 보면 불편해."라는 말 속에는, 회식 자리에서 "너는 네 말을 좀 해."라는 말을 들으면서도 묵묵히 있던 명조를 향한 화자의 동질감이 있다. 명조가 아니었다면 '내'가 들었을 말, 혹은 명조와 마주했다면 내가 했을 말. 그러니까 그 상황에서 나와 타인은 '명조'라는 지점에서 만나고 갈리는 것이다. 작가는 이렇게 마주한 세계를 "오리로 보이기도 하고, 토끼로 보이기도 하는 그림"으로 설명한다. '관점에 따라 같은 것도 다르게 볼 수 있다.'는 말은 아무런 태도나 입장을 취하지 않는다면 무엇도 볼 수 없다는 것'을 의미하며, 하나의 그림은 무엇을 부정한 뒤에 생기는 그림이라는 것, 둘을 동시에 보는 일은 불가능하다는 것을 역설하는 화자에게 명조는 "이렇게 하면 둘 다 보여요."라고 항변한다. 그러나 둘을 동시에 보는 일은 이론이나 진공상태에서는 가능할지 모르지만, 현실의 인간에게는 불가능하다.

재임용 계약을 앞둔 화자는 대학의 시끄러운 사건을 맞닥뜨린다. 외국인 대학생들이 A 교수에 대해 성명서를 발표한 것인데, 이 사건에는 명조가 연루되어 있다. A 교수는 출석부를 부른 뒤 강의실 출입문을 잠가 버린다거나, 성적에 이의를 제기하면 오히려 패널티를 주는 등 다소 경직되고 고지식한 사람이다. 유독 소극적인 학생들에게 모질게 대하기도 하는데, 우물거리고 머뭇거리는 학생에게 "자네, 혹시 중국인 학생인가?"라고 발언한 것이 문제된 것이다. 그 학생은 명조로 암시된다. 외국인 학생들은 이를 빌미로 '학내의 차별적인 정서'와 인종적·문화적 편견들에 항의하며 성명서를 낸다. 그리고 동료 강사들은 이러한 항의에 동조해 사태가 해결될 때까지 계약을 거부한다고 공동성명서를 낸다. 그 명단에 화자의 이름은 누락되어 있다. 이 누락에 대해 작가는 설명을 덧붙이고 있지 않지만, 아마도 '내'가 당사자 '명조'에게 어떤 영향을 끼쳤다는 사실 때문으로 추정된다. 그러니까 명조와 가깝다는 점에서 '나'는 A 교수와 대립하고, 공평과 윤리를 지향한다는 점에서 A 교수와 한편인 것이다. 더군다나 '나'는 발표 조를 바꿔 달라는 어떤 학생의 부탁을 공정성을 이유로 거절했던 것이다. 공교롭게 그 두 세계 사이에 끼이게 된 '나'는 갈등하고 번민하고, 혼자서 해명 글을 공들여 써 보다가 결국 "우리 일이 아니지."라며 침묵한다. "침묵하는 것이 동조하는 것과 같다."라는 말에 억울함을 느끼면서도 "누군가를 부정하지 않고 나를 긍정하는 논리는 어떻게 가능한가."라는 화자의 끈질긴 질문은 곧 당파성과 편파성에 기대지 않고는 한마디도, 하나의 몸짓도 할 수 없는 우리 인간을 향한다.

　　김사과의 「두 정원 이야기」[2]는 다른 듯 닮은 두 사람에 관한 이야기이다. 중산층 출신의 평범한 주부 김은영은 15년을 악착같이 절약의 화신으로 살아온 끝에 H구의 랜드마크인 A 아파트에 입주한다. 한국 아파

2　김사과, 「두 정원 이야기」, 《릿터》 2020년 8/9월호. 이하 이 책에서의 인용은 쪽수로만 표기한다.

트계의 에르메스, 포르쉐, 천년왕국으로 불리는 이 아파트는 덴마크의 유명 건축가와 영국 가드닝 전문가가 참여한 최고급 아파트이다. 비엔나풍의 거주민 전용 카페테리아, 유기농 식단 뷔페, 화려한 장서 목록을 자랑하는 3층짜리 도서관, 영국산 필라테스 시설과 호텔급 피트니스 헬스장을 갖춘 A 아파트에 입주함으로써 김은영은 그간의 고생을 보상받고 모든 꿈을 이룬 듯하다. 그러나 울음을 터뜨리며 종점이라고 안심하는 그녀에게는 여전히, 좁혀야 할 간극이 남아 있다. 지하 '더 마켓 플레이스'에 평소처럼 후줄근한 차림으로 장을 보러 간 김은영은 머리끝에서부터 발끝까지 명품으로 무장한 여자들을 보고 당황한다. 김은영은 A 아파트에 걸맞는 옷과 신발, 외출용 가방을 장만하여 더 마켓 플레이스를 재방문한다. 그러나 그곳에서 그녀는 자신을 과시하듯 잠시 머물 뿐 정작 장바구니를 들고 향하는 곳은 전통 시장이다. 이 이중생활은 별 문제 없이 지속된다. 윤은영이 나타나기 전까지.

윤은영은 김은영과 동갑에 같은 대학교를 나와 같은 나이에 결혼하여 같은 해 같은 달에 각각 김정원이라는 남자아이와 윤정원이라는 여자아이를 낳은, 기막히게 운명적으로 닮은 인물이다. 3년 전 H구 변두리의 아파트 단지에 살 때 알고 지낸 그녀들은 정반대의 라이프 스타일을 지니고 있다. 김은영이 악착같이 돈을 모아 연립주택에서 낡은 아파트와 명품 아파트로 갈아타는 전형적인 중산층 스타일을 대변한다면, 윤은영은 어디에 살든 명품으로 치장한 소비의 화신으로 상류층을 대변한다. 김은영이 수중에 들어온 돈이라면 빠짐없이 모으는 반면, 윤은영은 모조리 써 버리는 스타일이다. 김은영은 H구를 떠나면서 그 지긋지긋한 인연과 속시원히 결별했다고 생각했는데 뜻밖에 A 아파트에서 다시 윤은영을 만나게 된 것이다. 다시 만난 윤은영은 이전의 소비 스타일에 덧붙여 김은영이 갖지 못한 또 하나의 라이프 스타일을 선보인다.

'에코주의'가 바로 그것이다.

아들 김정원의 수필에 따르면 윤은영은 명품 아파트에 살면서도 유기견 보호소에서 자원봉사를 하는 가슴 따뜻한 여자이며, 지구의 미래와 인류, 전기자동차, 그레타 툰베리 등을 외치는 에코주의자이다. "명품 신발과 에코백, 파타고니아의 합성섬유 점퍼와 메이드 인 이탈리아의 실크 블라우스"를 감각 있게 매치하고 다니는 윤은영의 정치적 명품은, 김은영으로서는 도저히 흉내 낼 수 없는 범주에 속한다. 그래서 김은영은 지독하게 윤은영을 미워하고 싫어하며 피하려 한다. 김은영은 남편에게 윤은영이 거짓말쟁이이고 사기꾼이라며 욕하지만, 정작 자신 안에 있는 시기심과 열등감을 보지 못한다. 김은영이 윤은영을 그토록 미워하는 것은 김은영이 온 힘을 다해 악착같이 도달한 곳에 윤은영이 언제나 가뿐히, 도달해 있기 때문이다. 거기다가 이제 김은영이 생각지도 못한 에코주의라는 멋진 휘장을 달고서 그녀를 앞서 나가고 있는 것이다. 결말에서 김은영은 스타벅스 창 너머로 윤은영의 모습을 목격한다. 멋진 아들과 자연스럽게 포옹하는, 밝고 건강한 에너지로 가득 찬 아름다운 여자를. 그리고 그녀의 모습에서 너무도 잘 자란 매력적인 자신의 딸, 윤정원의 모습을 본다. 결국 김은영은 윤은영을 욕망했기에 증오했고, 그 증오의 정념으로 윤은영과 꼭 닮은 자신의 딸을 만든 것이다. 증오와 사랑, 동일성과 차이, 욕망과 시기, 열등감과 우월감은 이렇듯 동일한 선상에서 벌이는 아슬아슬한 줄타기와 같다.

우리가 돌보는 것들이 우리를 돌본다

백수린 「아주 환한 날들」, 조예은 「고기와 석류」

알베르 카뮈의 『이방인』에는 이런 이야기가 나온다. 주인공 뫼르소의 이웃에는 살라마노라는 노인이 사는데, 그는 매일 두 번 그의 개와 산책한다. 반려견과의 다정한 공서(共棲)라고 생각할 수 있지만, 실제 풍경은 그렇지 못하다. 개는 심한 피부병을 앓아 털이 거의 다 빠지고 온몸이 헌데투성이다. 그 개와 8년을 함께 살아온 살라마노는 어느새 개의 모습을 닮고 말아 비루한 몰골을 하고 있다. 구부정한 모습의 그 둘은 '동일한 족속' 같은데 맹렬히 서로를 미워한다. 산책길에 나서면 개가 먼저 노인을 이끌어 가다가 노인은 개의 발부리에 걸려 넘어지고, 노인이 개를 때리고 욕지거리를 하고, 무서워 썰썰 기는 개가 뒤에서 쫓아가고, 다시 개가 노인을 이끌고 가고, 그러다 또 매를 맞고 하는 것이 매일의 풍경이다. 그런데 어느 날 개가 사라지자 살라마노는 흥분하여 욕지거리를 하면서도 매일 찾아 헤맨다. 뫼르소가 '다른 개를 기르면 되지 않느냐.'고 말하지만, 살라마노는 좀처럼 '다른 개'가 '그 개'를 대체할 수 있으리라 상상하지 못한다.

상식적이지 않은 저 풍경을 이해하기까지는 오랜 시간이 필요했다. 미움과 적대만 있는 '관계'는 무 자르듯 싹둑 잘라 버리면 되고 좋은 관계란 사랑과 호의로만 이루어진 것이라는 생각은, 현실과 너무 동떨어진 것이었다. 힘과 베풂에서 절대적으로 불균형한 관계라 하더라도 실제로 '일방향'적인 관계란 없다. 이 관계 함수의 미스터리는 사람뿐 아니라 저렇듯 반려견으로 상징되는 '무력한 존재'에도 적용된다. 먹이고 입히고 주기만 하는 관계란 없다. 아이든, 개 혹은 고양이든 무력한 존재를 돌보는 것은 힘들고 어렵다. 그것 때문에 내 일상과 노동은 언제나 조정되어야 한다. 일찍 들어가야 하고, 돈을 벌어야 하고, 바쁘게 움직여야 하고, 많은 것들을 생각해야 한다. 그러나 나를 한없이 바쁘게 하고, 움직이게 하고, 심지어 더 나은 세상을 궁리하게끔 하는 그 무능한 것은 역설적으로, 나를 '전능한 존재'가 되게끔 한다. 내가 없으면 한시도 살아갈 수 없는 것들이, 내 존재를 매 순간 강력한 것으로 만들어 준다.

백수린의 「아주 환한 날들」은 이 관계의 미스터리에 관한 이야기이다. 주인공 '그녀'는 일흔이 넘은 노인이다. 남편이 죽고 홀로 지켜 오던 과일 가게를 6년 전에 접은 후 그녀는 정교하게 짜 놓은 일상을 살아간다. 매일 정해진 일정대로 라디오를 듣고, 청소를 하고, 월요일 오후엔 장을 보고, 매일 밤 결명자차를 마시고, 저녁 식사 후 천변에 나가 1만 보를 걷는 기계적 삶 속에서 혼돈과 외로움은 허용되지 않는다. 그녀가 평생교육원의 수필 쓰기 수업에 등록한 것도 그것이 수요일 오후 3시에 진행되기 때문이다. 강박적으로 짜인 계획표 속에 '수요일 3시'란 배움의 시간이기 때문에 수지침이든 무엇이든 상관없었다. 그러나 그렇기

1 백수린, 「아주 환한 날들」, 《릿터》 2021년 8/9월호. 이하 이 책에서의 인용은 쪽수만 표기한다.

때문에, 그녀는 수필 쓰기 수업에서 한 자도 적지 못한다. '마음'과 무관한 삶이었으므로. 그러던 어느 날 사위가 그녀에게 앵무새를 가져온다. 동물도 싫고, 인서도 그녀에게 살가운 딸은 아니지만, 어린 시절 키우던 닭을 잃고 울던 인서 생각에 그녀는 끝내 앵무새를 집 안에 들인다. 그러나 그녀의 일상은 그대로다. 대충 모이를 주고 방치해 둔 앵무새와 그녀는 아무런 '관계'가 없는 것이다. 그러다가 앵무새가 이상해진 것을 알게 된다. 먹이도 도통 먹지 않고 졸기만 하는 앵무새를 동물 병원에 데려가자, 수의사는 이렇게 말한다.

> "앵무새는 관심을 많이 필요로 하는 동물이에요. 하루에 몇 번씩 새
> 장 밖에 꺼내 주셔야 해요. 놀아도 주셔야 하고요."
> "놀아 주라고요?" 그녀가 물었다.
> "안 그러면 외로워서 죽어요."(136~137쪽)

'놀아 주라'는 계획에 없던 '노동'을 뜻하는 것이므로 그녀는 당황한다. 그러나 과거 딸의 울음이 생각난 그녀는 "죽더라도 내가 데리고 있는 동안에는 안 되지."라며 마음을 고쳐먹고 극성스러운 손주를 대하듯 앵무새를 돌보기 시작한다. 부지런히 사료를 갈아 주고, 청소해 주고, 생수보다는 미네랄과 무기질이 풍부한 수돗물을 먹이고. 그러자 어떤 변화가 일어난다. 앵무새가 귀여워 보이기 시작한 것이다.

처음엔 밖으로 꺼내 주려고 새장 앞에 다가서면 횃대에 앉아 있던 새가 고개를 오른쪽으로 갸웃한다는 걸 알아챘는데 그게 제법 귀엽게 보였다. 가끔은 머리를 들이밀기도 했다. 머리를 쓰다듬어 달라는 뜻이라는 걸 눈치채는 데는 시간이 조금 더 걸렸다. 개도 고양이도 아닌 주제에. 하

지만 그녀는 손을 뻗어 조그만 정수리를 만져 줬다. 그러면 새가 그녀의 손바닥 가장 옴폭한 곳에 머리를 비벼 왔고, 그 감촉이 놀랄 만큼 부드러 웠다.(137쪽)

그녀가 앵무새와 조금씩 소통하고, 자신의 시간과 공간을 내주자 앵무새는 그녀 품을 파고든다. 놀랄 만큼 부드러운 감촉으로. 어느 날 낮잠에서 깨어 보면 앵무새는 그녀의 배 위에 올라와 있기도 하고, 연속극을 보는 그녀 옆에서 목에 보드라운 부리를 비비기도 하고, 화초에 물을 주기 위해 걸어가면 그 뒤를 총총총 따라오기도 한다. 그녀에게 성큼 다가선 앵무새의 걸음에 맞춰 그녀 또한 한 발을 내딛는다. 넓은 새장을 구입하고, 사회성을 염려하며 인터넷을 검색하기도 한다. 또 다른 변화도 있다. 초소형 이동장을 이용해 앵무새와 천변 산책에 나서자 아이들이 신기해하며 그녀에게 다가온 것이다. 아이들은 그녀 곁에서 앵무새와 재잘거리고, 손을 흔든다. 그리고 이 활기와 더불어 앵무새는 지난 추억을 불러온다. 아홉 살 많은 사촌 언니가 그녀를 업어 주던 기억, 그리고 언니의 등에서 들었던 "뜸북뜸북 뜸북새"의 노랫소리. 그 추억에 화답하듯, 그녀는 '앵무앵무'를 노래한다.

'개도 고양이도 아닌 주제'에 그 작은 것이 가져온 변화는 눈부시다. 기계처럼 짜인 그녀의 일상을 흐트러 놓고, 콧노래를 부르게 하고, 타인과 함께 웃게 만든 것이다.[2] 이러한 변화는 그녀가 앵무새에게 무언가를

---

2 '개'를 통해 완고한 일인의 아성을 허물어 뜨리고 타자를 사랑하게 되는 놀라운 변화는 「이보다 더 좋을 순 없다」(제임스 브룩스 감독, 1998)에서도 감동적으로 다뤄진다. 홀로 사는 중년의 로맨스 작가 유달은 이웃에 사는 게이를 혐오하고, 자신이 만든 법칙에 매여 사는 강박증 환자였으나, 게이의 강아지를 맡아 키우면서 자신의 법칙을 깨뜨리고, 타인에게 마음을 연다. 주인공 유달의 강박증에 관해서는 김서영, 『영화로 읽는 정신분석』(은행나무, 2007) 참고.

베풀었기 때문에 얻은 혜택이나 결과가 아니라, 그녀가 철옹성 같은 자신의 일상을 허물고 만들어 놓은 '그것의 자리'에서 비롯된 것이다. 그녀의 일상을 기어코 비집고 들어온 '그것'은 무능을 통해, 기계 같은 그녀의 삶을 바꾸고, 기꺼이 움직이게 만들고, 마음을 일렁이게 하고, 그리고 결국 글을 쓰게 한다.

두 달 동안 돌보던 앵무새가 딸네 집으로 돌아가자, 그녀는 걷잡을 수 없는 혼란에 빠진다. 며칠 동안 잠을 설치던 그녀는 새벽 3시에 우두커니 앉아 앵무새를 생각하며 글을 써 나가기 시작한다. "마음을 들여다보세요."라던 수필 강사의 말을 기어코 외면했던 그녀였건만, 홍수처럼 둑을 터뜨리고 넘실거리는 마음을 도저히 그냥 둘 수 없었던 것이다. "마음을 들여다보는 건 너무 무서워."라면서도 그녀는 자신의 마음을 들여다본다. 그리고 그곳에서 작고 작은 앵무새 한 마리를 본다. 아니, 그 앵무새 때문에 울고 있는 자신을 본다.

그녀는 식탁에 앉아 앵무새, 라고 써 봤다. 앵무새가 갔다, 라고 쓰려다 가 버렸다, 라고 썼다. 앵무새가 가 버렸다, 라는 문장을 보자 너무 고통스러워 그녀는 눈을 감아야 했다. 눈을 감자 주위가 캄캄해졌다. 어두운 강물 속처럼. (……) 어디선가 갑자기 나타나 빼꼼 그녀를 바라보던 앵무새, (……) 사람들은 알까. 잠에 들면 앵무새의 그 조그마한 발이 더 따뜻해진다는 걸. 그녀 옆에서 졸던 앵무새가 잠에서 깨어나 저만치 가 버린 뒤, 그녀가 주름진 손을 펼쳐 새가 앉았던 자리를 가만히 만져 본 적이 있었다. 마룻바닥은 새가 닿았던 자리만큼의 크기로 따스했다. 그러고 보면 그 시절, 그녀에게는 틀림없이 앵무새가 전부였다. 앵무새에게도 그녀가 전부였고. (……) 수없이 많은 것을 잃어 온 그녀에게 그런 일이 또 일어났다니. 사람들은 기어코 사랑에 빠졌다. 상실한 이후의 고통을 조금도 알지 못하

는 것처럼. 그리고 그렇게 되고 마는 데 나이를 먹는 일 따위는 아무런 소용이 없었다.(143쪽)

둑처럼 터져 버린 마음의 전란 속에서 그녀가 발견한 것은, 그녀를 귀찮게 하던 앵무새가 아니라 메마르고 차가운 삶에 온기를 주었던 기적 같은 존재이다. 그녀의 고통은 『이방인』의 살라마노의 풍경과 겹친다. 살라마노가 개를 끌었던 것만이 아니라 때로 개가 노인은 이끌고 갔듯, 무능한 그것을 좇아 우리의 삶은 쓰이고, 그 빈자리에서 기어코 울고마는 것은 전능했던 '우리'인 것이다.

'인간은 아무것도 없음을 견딜 수 없다. 없다면, 그 없음마저 강렬하게 열망하는 것이 인간이다. 그것이 허무주의의 비밀이다.' 어떤 철학자였는지도 잊어버렸지만, 이 문구가 남긴 충격은 오래갔다. 김인환 은사님은 늘 말씀하신다. '메마름을 견뎌야 한다.'라고. 그러나 결단코 견딤으로써 생을 잘 살아 내는 사람은 없다. 만약 있다면, 그 '견딤'이 목표가 되었을 때만 가능할 것이다. 금욕주의자, 수행자라는 불리는 사람들을 더러 보았으나, 그들을 견디게 하는 것은 누구보다 강렬한 '금욕'에 대한 욕망이다. 메마름은 죽음이 아니라, 죽음과 흡사한 상태, 즉 아무것도 달라지지 않아 정지된 듯한 매일의 일상, 혹은 타인과 소통하지 않는 고독 같은 것이리라. 에리히 프롬은 인간이 가장 싫어하는 것이 이 고립감이고 그래서 이를 극복하기 위해 기어이 방법을 찾아내고야 만다고 말했다.[3] 술이나 마약에 취하든, 무리에 끼어들든, 혹은 예술과 같은 창조적 활동을 하든, 에리히 프롬은 이러한 것들이 진정한 일체감을 주는 '사랑'에 비해 훨씬 더 저급한 것이라고 폄하하고 있지만, 어쩐지 나는

3   에리히 프롬, 정성호 옮김, 『사랑의 기술』(범우, 2015).

저 최선보다는 차선(次善) 혹은 차악(次惡)에 끼어 있는 인간 군상이 자꾸 떠오른다.

　조예은의 「고기와 석류」[4]는 고독을 피하기 위해 정체 모를 괴물을 받아들이는 노파의 이야기이다. 일찌감치 좀비, 뱀파이어 모티프를 즐겨 썼던 신예 작가 조예은은 이 작품에서도 거침없는 괴물의 상상력을 보여 준다. 이 작품의 주인공 옥주는 남편을 잃은 지 얼마 안 되는 60대 여인이다. 남편이 남긴 정육 식당 건물에서 홀로 살아가며 장례식장 일로 생계를 이어 가는 옥주에게 남은 것은 아무것도 없다. 하나뿐인 자식은 필리핀으로 떠난 뒤 소식이 없고, 종교도, 친구도, 이웃도 없이, 그녀는 구시가의 건물처럼 덩그러니 혼자 남아 길고양이처럼 어둠과 하나가 되어 버린다. 그러던 어느 날 그녀는 집 근처에서 '붉은 눈'을 한 '그것'을 발견한다. 아이인 듯 들짐승인 듯 알 수 없는 '그것'은 그녀의 집에서 나온 썩은 고기를 게걸스럽게 먹어 치우고 토한다. 옥주는 '붉은 눈'과 '검은 눈'을 오가는 정체불명의 그것을 집으로 들인다. 목욕으로 냄새를 지우고, 죽은 남편의 옷을 입혔으나 그것은 좀처럼 '사람'의 형체가 되지 않고, 끝내 옥주의 팔뚝을 물어뜯는다. 응급실에 다녀온 뒤에도 '그것'은 그대로 옥주의 집에 남아 있다. 냉동고에서 꺼내 두었던 고기를 먹어 치운 채. 이때부터 옥주는 '그것'과 함께 살기 시작한다.

　옥주는 '그것'이 자신을 해칠 수 있음을 안다. "손부터 시작해서 팔뚝을, 목덜미를, 가슴과 다리를, 머리만 남기고 샅샅이 자신을 먹어 치우는 아이"는 상상만으로도 소름 끼치지만 지금 당장 눈앞에 있는 '그것'은 "입을 빼꼼대며 아기 새처럼" 옥주가 주는 석류알을 받아먹고 있다. 그렇게 길들여진 존재는 이제 옥주에게 익명의 '그것'이 아니라 '석류'

4　조예은, 「고기와 석류」, 《릿터》 2021년 8/9월호.

라는 유일한 존재가 된다. 『어린 왕자』의 여우의 가르침을 들은 우리는 '길들여진다'는 것이 무엇인지 안다. 그것은 곧 매일매일 절대적인 시간을 바친다는 것, 매일 그 만남 훨씬 이전부터 설렌다는 것이고, 그래서 서로에게 유일한 존재가 되는 것이고, 그리고 책임지는 것이다. 옥주는 그런 석류 때문에, 노인이 산짐승에게 습격당했다는 TV 뉴스에 가슴 철렁하고, 경찰의 방문으로부터 석류를 보호하고, 그리고 급기야 죽은 남편의 시체를 먹이로 내어 준다. "썩은 육신은 내가 쓸게. 어쨌든 산 것인데 먹어야 살지."라며. 그리고 석류가 먹다 남긴 시신을 아이스박스에 담아 오기까지 한다. 이들 관계는 자신을 내어 주고 잡아먹히기까지 하는 '어미-새끼'에 대한 알레고리로 볼 수 있다. 그러나 이 작품은 그러한 손쉬운 해석보다 한층 더 깊이 내려가 '인간학적으로' 들여다보기를 요구하는 지점이 있다. 옥주의 이 불가사의한 행동은 '외롭게 혼자 죽음을 맞는' 공포로부터의 도피로 설명된다.

> 이건 단순한 외로움하고는 다른 문제였다. 아니, 외로움이긴 하지만 좀 더, 좀 더 뭐랄까 (……) 결말에 관한 문제였다. 아무도 자신과 같은 결말을 원하는 이는 없을 것이다. 누군가가 상상하는 최악이 되고 싶지는 않았다. (……) 옥주는 아이러니하게도 언제 자신을 해칠지 모르는 석류 덕분에 두려움을, 공포를 덜어 낼 수 있었다. 외롭게 혼자 죽음을 맞이하고 이불 속에서 썩어 갈지도 모른다는 공포를. (201~202쪽)

홀로 죽어 가는 것에 대한 공포, 끝이 된다는 두려움이 저 폭력적인 괴물을 끌어안게 했을 수 있다. 그와 유사한 관계들, 예컨대 『이방인』에서처럼 증오로 묶인 노인과 개, 폭력을 반복하면서도 헤어지지 못하는 가족과 연인 같은 관계들을 우리는 흔히 본다. 마치 증오가 강력한 접착제라도 되는 듯 끈끈하게 묶여 있는 그러한 미스터리한 관계들 말이다. 이와 같은 극단적인 경우는 아닐지라도, 옥주는 고독사의 공포를 극복하기 위해 자신을 해칠 수도 있는 폭력적인 존재를 받아들인다. 그러나 이를 단지 고독사의 공포 때문이라고 할 수 있을까? 죽는 순간에 홀로 된다는 것보다 더 끔찍한 것은 '살아 있는 내내' 홀로 된다는 것이다. '홀로'가 끔찍한 것은, 작용을 주고 작용을 하고 슬퍼지고 즐거워지고 욕망하게 하는 '타자'가 존재하지 않는 것이고, 그것은 '활동성'(Lebendigkeit)으로밖에 증명되지 않는 삶의 중지를 뜻하기 때문이다.

옥주의 이 내밀한 욕망은 '문득 자신이 없어지고 난 후의 석류에 대해' 생각하는 장면에서 표출된다. 옥주는 남편처럼 대장암을 앓고 있는 것으로 추정되나 조직 검사를 거부해 왔다. 오래 살아야 할 이유가 없었기 때문이다. 그러나 석류를 먹이고 입히면서 옥주는 자신의 고독사보다 "다시 거리를 떠돌거나 혹은 집 안에 혹은 남은 석류에 대해서" 생각하게 된다. 그리고 불현듯 그녀는 조직 검사를 받아 봐야겠다고 생각한다. '석류'라는 괴물이 그녀에게 준 것은, 뜯긴 팔뚝과 두려움만이 아니다. 옥주로 하여금 고기를 찾게 하고, 종종거리게 만들고, 경찰 앞에서 두려움에 떨게 하고, 무엇보다 '살고 싶게' 만들었다.

옥주와 석류가 나눈 것, 혹은 그녀와 앵무새가 나눈 것을 감히 '사랑'이라고 이름 붙이고 싶지 않다. 그러나 그들이 무능과 전능, 폭력과 온순을 교환하면서 나눈 것이 개별 존재의 무한한 증폭임은 분명하다. 그 증폭은 때에 따라 사랑, 미움, 증오, 그리움, 분노, 수치로 불리기도 하지만, 그 모든 용솟음을 의미하는 생명과 힘의 파토스를 담고 있다. 그 파토스 속에서 '나'는 안전하지만은 않다. 옥주처럼 뜯기기도 하는 것이다. 스피노자가 말하는 더 큰 완전성으로, 더 작은 존재로 만드는 정념

(affect)이란 '생명력'의 다른 이름이다. 우리가 타자와의 관계 맺음에서 얻는 축복이자 저주 또한 그것과 크게 다르지 않다.

3부

세대의 진상

뜻밖의 유산

정한아 「지난밤 내 꿈에」, 문지혁 「우리가 다리를 건널 때」

정한아의 「지난밤 내 꿈에」[1]는 외할머니의 사십구재로부터 시작된다. 사십구재를 예배식으로 치르는 희한한 의식을 하는 동안, 한 켠에서는 외숙부와 엄마의 신경전이 오가고 있다. 외할머니를 모시고 살던 외숙부가 장례 후 외할머니의 재산 내역에서 인천의 '협동농장 보상금'을 발견했기 때문이다. 그것은 외할머니의 대부분의 재산을 상속받고, 강남 집까지 물려받은 외숙부가 알지 못했던 돈이었다. 이 소설의 플롯은 이 미스터리한 '협동농장 보상금'을 중심으로 엮이는데, 이 돈의 흐름은 외할머니 — 엄마 — 나로 이어지는 삼대의 내밀한 삶을 적은 장부처럼 조금씩 그 내역의 실마리를 꺼내 놓는다.

우선 화자인 '나'로부터 시작해 보자. 3년여 전 '나'는 의정부의 연립주택 투룸에서 무직자 애인과 살고 있었다. 입시 학원의 국어와 영어 강사로 만난 인철과 '나'가 결혼 대신 '동거'를 한 것은 낭비벽과 가난한 부

---

1 정한아 「지난밤 내 꿈에」, 《문학동네》 2021년 겨울호.

모를 둔 빈털터리의 인생에게 남은 유일한 선택이었기 때문이다. 그런데도 인철은 극작가의 꿈을 버리지 못하고, 1년 동안 오롯이 희곡 집필에만 매달리는 모험을 감행하고 실패한다. 결국 인철은 다시 취업 전선에 뛰어들지만 그마저도 여의치 않아 공황장애 약을 먹어 가며 건설 현장을 전전하는 중이다. 이러한 생활고는 이들 관계에도 악영향을 미치는데, '나'의 자궁 수술과 함께 절정에 이른다. 몇 달 동안 월경이 없자 임신을 의심하게 되고, 인철은 '나'에게 유리 반지를 내밀며 청혼한다. 그러나 비참한 생활과 임신의 공포에 휩싸여 있는 '나'는 그의 진심을 '질 낮은 농담'보다 더 나쁜 것으로 여기고 크게 다툰다. 임신이 아니라 자궁의 혹이었지만, 임신과 다르지 않은 증상의 '질병'과 '수술'이라는 난경에 이른 이들의 인내심은 폭발하고, 인철은 집을 나간다. 수술 전날 다시 집에 들어온 인철은 아무 일 없었다는 듯 병원 갈 채비를 하고 감자탕을 욱여넣지만, 이들이 함께 탄 배가 조용히 침몰 중이라는 사실은 달라지지 않는다. 그렇게 수술을 하고 난 뒤 깨어난 '나'의 눈앞에 520만 3400원의 돈 봉투와 함께 엄마가 나타난다. 그것이 매달 지급된다는 믿을 수 없는 미래와 더불어.

매달 520만 3400원의 돈은 어떻게 엄마의 손에 들어간 걸까. 엄마와 '나'의 관계는 사실 좋은 모녀 관계라고 할 수 없다. 엄마는 사업 실패와 폭행을 거듭하는 아버지와 일찌감치 이혼하고, 피아노 학원을 경영하며 살아간다. '나'의 눈에 엄마는 일과 연애에 골몰하느라 딸의 인생은 뒷전인 사람이다. 그런데도 인철과의 연애를 알았을 때는, 학원까지 찾아와 구구절절 편모의 각별한 애정을 운운하며 그들의 만남을 방해하려고 했다. '나'는 그런 엄마를 한없이 부끄럽게 생각했으나 그들이 함께 겪은 지난한 시간 때문에 관계를 도려내지도 못한다. 수술실에 들어가기 전, 엄마를 부르자는 인철의 제안을 단호하게 거절했을 때도

'애'보다는 '증'에 가까운 감정이 작동했기 때문이다. 그런데 그런 엄마가 수술 뒤, 매달 520만 3400원의 돈을 준다는 매직과 함께 눈앞에 나타난 것이다.

돈 봉투의 정체를 알아내기 위해서는 다시 한번 윗세대로 거슬러 올라가야 한다. 엄마와 외할머니의 관계는 엄마와 나의 관계보다 더 지독하게 나쁘고 고질적이다. 엄마는 어린 시절 10년 동안 고아원에서 자랐다. 그동안 외할머니는 엄마를 찾지 않았을 뿐 아니라, 다시 살게 된 뒤로도 딸에게 살뜰한 애정을 보여 준 적이 없다. 심지어 미국에서 이혼하고 온 엄마에게 "돌아가라. 돌아가서 임 서방 비위 거스르지 말고 조용히 살아.", "봐라. 맞고 사는 여자들은 다 이유가 있다. 네가 이렇게 사람 속을 뒤집으니까 끝을 보는 거야."라며 매몰차게 딸을 내친다. 그런 외할머니를 지켜보면서 '나'는 엄마보다 더 독하게 외할머니를 용서하지 않겠다고 결심한다. 그런데 그런 외할머니가 520만 3400원이 든 봉투를 엄마에게 건넸고, 100원짜리 동전과 1000원, 만원 등의 지폐 다발로 이루어진 그 봉투가 고스란히 '나'에게로 전달된 것이다.

느닷없이 등장한 그 돈은 정확히 외할머니의 곡절 많은 생애를 가리킨다. 외할머니는 오래전 외할아버지와 협동농장에 들어갔고, 외숙부가 아닌 엄마를 고아원에 보낸 후 10년 만에 그 농장에서 번 돈으로 가전제품 대리점을 열어 딸을 데려온다. 그런데 그들 네 식구를 먹여 살린 협동농장은 대표의 농간에 의해 헐값으로 기업에 팔리고 말아 오랜 법정 투쟁에 들어간다. 법정투쟁 기간 동안 외할머니를 비롯한 소유권자들은 집회를 열고 시위를 했으나 외숙부는 그러한 공적 투쟁을 만류한다. 그 협동농장이 한센인의 격리촌 협동농장이었기 때문이다. 즉 외할머니는 한센 병력을 지닌 소록도 출신이었고, 외숙부는 그 사실이 알려지는 게 두려웠던 것이다. 이야기는 이 지점에서 외할머니와 한센을 둘러싼 사회의 폭력, 즉 문둥병이라는 오명, 시민권의 박탈, 격리, 인격 비하, 혐오, 낙태, 생체 실험 등을 화산의 분진처럼 날려 보낸다. 고아원에 딸을 보낸 것은 자녀를 두지 못한 한센병 이웃들의 눈치를 봐야 했기 때문이다.

외할머니의 한센 병력은 더 지독한 서사를 풀어놓는다. 일찍이 결혼해서 평범한 가정을 일구었던 외할머니는 한센병에 걸리자, 그 집에서 쫓겨난다. '독약'을 건네며 조용히 죽으라고 종용하던 남편, 그리고 돌쟁이 딸을 두고 집을 나오면서 외할머니는 돈과 패물을 들고 나왔고, 소록도의 교회에서 신앙심 깊은 외할버지를 만나 다시 가정을 이룬다. 그들은 요행히 단종수술을 피해 두 아이를 낳고 돈과 패물 덕분에 섬에서 나와 격리촌 협동농장에 들어가게 된다. 그러니까 520만 3400원이라는 돈은 기나긴 협동농장 소송 끝에 얻은 보상금의 연금보험이었던 것이다. 더불어 그것은 외할머니가 한센병이라는 혐오받는 질병으로 인해 겪어야 했던 고통스러운 생애, 그 내력을 증거하는 징표이기도 하다. 외할머니는 그 질병으로 인해 첫 번째 결혼에서 돌쟁이 딸을 두고 쫓겨나야 했고, 그 딸 때문에 새로 얻은 딸에게 정을 줄 수 없었고, 그로 인해 '엄마'는 고아원의 유년 시절과 외할머니를 원망할 수밖에 없었고, 그로 인해 또 '나'는 상처받은 아이로 자라날 수밖에 없었던 것이다. 그러니 '내가' 받게 된 매달 520만 3400원의 돈이란, 곧 외할머니에서부터 엄마로 이어지는 애증과 상처, 죄의식, 한센병을 둘러싼 혐오와 고통의 유산일 것이다.

그런데 인철과 '나'는 이 뜻밖의 유산으로 인해 달라진 삶을 살게 된다. 아무 대가 없이 매달 10일이면 꼬박꼬박 들어오는 돈을 받게 된 그들은 평소 꿈꾸던 일상으로 진입하게 된다. 인철은 그의 꿈대로 극작에만 집중하고, 나는 학원으로 복귀하지 않고 햇빛과 먼지, 떡볶이와 필라테스, 충동적인 여행 등으로 이루어진 '은총' 같은 날들을 보내게 된다.

각종 공모전에서 떨어졌던 인철은 한 심사위원으로부터 상연 제의를 받아 극작가의 길에 들어서게 된다. 그 글이 한센 병력의 외할머니와 관련된 것이라는 암시를 보면, 이들이 유산으로 받은 것이 단지 돈만이 아니라는 것을 알 수 있다. 그리고 그와 더불어 엄마는 비로소 인철을 받아들인다.

이야기는 이 '뜻밖의 유산'과 은총 이후에도 계속된다. 인철의 성화로 이들 커플은 외할머니와 엄마를 모시고 제주도 여행을 떠나고, 현실적인 가족 여행의 삐끄덕거림 끝에 몇 장의 사진과 다소는 유쾌하고 솔직한 대화를 나누게 된다. 그리고 거기에서 외할머니가 두고 온 딸의 이름이 '해원'이라는 것을 짐작하게 된다. 제주도에서 돌아온 '나'는 딸을 낳게 되고, 그 딸의 이름을 해원이라 짓는다. 그렇게 이야기가 끝나도 좋았을 터인데, 작가는 위대한 유산을 한 가지 더 만들어 낸다. 외할머니가 당뇨 합병증과 급성 뇌경색으로 죽어 가게 되자, 엄마는 그 '해원'을 찾아 그들 모녀를 조우하게 한다. 한 맺힌 딸과 만난 뒤, 외할머니는 천사로 바뀌어 '나'의 엄마에게 '다정하게 대해 주지 못해 미안하다.'라고 사과하고, 그녀가 짊어진 평생의 짐을 내려놓고 눈을 감는다. 그러므로 이렇게 말할 수 있겠다. '나'가 얻은 외할머니로부터 받은 '뜻밖의 유산'이란 3년 7개월간의 연금에 해당하는 2억의 돈과 함께 찾아온 엄마와의 화해, 그리고 한센 병력을 가진 할머니의 고단한 생애의 해원(解冤)이었다고. 문학은 이렇듯 거짓말 같은 개연성으로 만든, 한 많은 인물의 소망 실현이기도 한 것이다.

문지혁의 「우리가 다리를 건널 때」[2]는 미국 뉴욕의 조지 워싱턴 브리지를 배경으로 하고 있다. 주인공은 맨해튼의 한 대학에 다니면서 한

---

2 문지혁, 『우리가 다리를 건널 때』(다산책방, 2022).

국어를 가르치고 소설을 쓴다. 주인공인 '나'가 포트리의 한 카페에서 우연히 학교 동료인 일본 여성 아야를 만나 조지 워싱턴 다리를 건넌다는 게 사건의 전말이다. 그러나 이 작은 에피소드에는 과거와 현재, 아시아와 북미, 동양인과 서양인, 전쟁과 테러, 지진과 사고 등의 이야기가 중층적으로 겹친다. 주인공이 이 다리를 건너는 이유는 논문 때문이다. 그는 대학의 아카데믹 어드바이저에게 세 개의 논문 주제로 카프카, 아시안 이민 작가, 성수대교를 제시했는데, 생각지도 못했던 성수대교 이야기로 낙착되고 만다. 그러나 주인공은 논문 대신 800매짜리 소설을 쓰게 된다. 성수대교 붕괴 당시의 '체험'이 너무 강렬했기 때문이다. 그는 당시 강북에서 강남으로 등하교를 하던 중학생이었고, 버스가 아니라 동호대교를 건너는 지하철을 선택했기 때문에, 가까스로 살아남은 행운아이다. 그래서 그가 쓴 논문은 지도 교수에게서 "이건 논문이 아니라 소설인데."라는 소리를 듣고, 800매짜리 소설은 출판사 편집자에게서 "소설은 논문이 아니야."라는 말을 듣는다. 그러니까 그에게 다리란, 성수대교라는 '과거'와 조지 워싱턴 브리지라는 현실의 다리이자, 소설과 논문 사이의 교량이기도 하다. 그가 조지 워싱턴 브리지를 '직접 걸어서' 건넌다는 것은, 그에게 주어진 이 과제를 해결하기 위한 모험이기도 하다.

그렇게 다리를 건너는 동안, 그에게는 또 다른 교량들이 생겨난다. 첫째는 조지 워싱턴 브리지라는 실체가 지닌 과거의 유산과 서사들. 조지 워싱턴 브리지는 미국 뉴욕시 맨해튼과 뉴저지주 포트리 사이를 연결하는 허드슨강 위에 건설된 현수교로 원래 명칭은 허드슨강 다리였으나 초대 대통령의 이름을 따서 이름이 바뀐다. 포트리에 살고 있는 주인공은 맨해튼에 있는 대학에 가기 위해서는 이 다리를 건너야 하는데, 이 상황은 미국독립전쟁 당시 조지 워싱턴의 상황으로 변전된다. 당시 대륙군 총사령관이었던 조지 워싱턴은 허드슨강을 장악하려는 영국군에 맞서 뉴욕과 허드슨 계곡 방어에 힘을 쏟았으나 실패하고 포트리로 대피한다. 주인공에게 이 전황은 다리 건너 맨해튼이라는 논문과 학위를 점령하기 위해 포트리에서 기회를 엿보는 자신의 처지로 치환된다. 그에게 논문 데드라인은 조지 워싱턴이 저지해야 하는 영국군과 흡사한 것이다.

조지 워싱턴 브리지는 또 성수대교를 비롯해 9·11 테러, 2011년의 동일본 대지진 등의 사건들을 불러온다. 에피소드는 학교 동료인 일본인 아야가 미국에서 목격한 9·11 테러, 그리고 동일본 대지진 때 집에서 나오지 않은 히키코모리, 그리고 그 사건 당시의 주인공의 상황들로 이어진다. 전쟁과 테러, 지진, 다리 붕괴는 또 아야라는 일본 여성과 한국인인 주인공을 이어 주고, 비정규직 외국인 노동자와 예술가와 생활인의 '사이'에 대한 단상을 불러온다. 주인공은 자신과 아야가 소설가, 시각예술가라는 예술가적 자의식을 숨긴 채 꾸역꾸역 일상을 살아 내는 위장 예술가라고 생각한다. 이 교량에서는 '카프카'가 호출되기도 한다. 주인공은 조지 워싱턴 다리에서 카프카의 「선고」를 떠올리는데 이 단편은 아버지와 갈등하는 아들이 강에 뛰어내려 자살한다는 내용이다. 페테르부르크의 친구에게 약혼 사실을 알리는 문제로 아버지와 갈등하는 아들이 "익사형을 선고하노라."라는 아버지의 말을 듣고 곧장 강가로 가서 뛰어내린다는 이 기묘한 이야기는, 카프카의 예술가적 지향과 아버지의 현실주의가 대결하는 서사로 읽히곤 한다. 「우리가 다리를 건널 때」의 주인공 또한 카프카의 이 상황을 저 다리 위에 겹쳐 놓고 있다.

이렇듯 이 소설은 '다리'라는 매개를 통해 다양한 거리와 간극들을 상상한다. 그 간극은 곧 논문과 소설, 성수대교와 그와 유사한 사고들, 예술과 생활, 경험과 소설 등의 세목들을 가리킨다. 이 소설은 일종의 환유 방식에 의해 끊임없이 미끄러지는 플롯으로 진행되면서 일종의 말놀이와 사유 전환의 즐거움을 선사하고 있다. '아야'라는 말이 한국어로 아프다라는 뜻이냐라는 아야의 질문에 '아야어여우유'라는 모음 첫소리들이라고 답하는 것도 일종의 환유적 글쓰기이다. 그러나 지속적으로 '사이'들을 오가는 주인공의 단상이 결국 봉착한 것은 '균열'이다. 지도 교수는 "Collapse and Aftermath of the Seongsu Bridge"(성수대교 붕괴와 여파)라는 논문 제목이 너무 직접적이라며, "Cracks Everywhere"를 제안한다. 이 제목이 함의하는 바, 좁은 틈, 갈라져 생기는 금, 찢어지는 듯한 소리를 뜻하는 '균열은 어디에나 있다.'는 곧 작가가 탐색한 교량의 본질이다. 교량의 목적은 연결이지만, 사실 그것은 갈라짐, 간극, 틈 위에 건설되는 것이다. 그러니 주인공이 건너는 다리, 즉 논문과 소설, 경험과 소설, 아시아와 미국, 과거와 현재, 예술과 생활이란 애초에 벌어지고 갈라진 다른 편들을 이으려는 모험의 감행을 뜻하고, 그 시도는 성패 여부와 무관하게 본질적으로 '균열'을 품고 있다는 것, 이것이 이 작품의 궁극적 메시지일 것이다. 이 작품은 뉴욕에 굳건하게 서 있는 조지 워싱턴 브리지에 성수대교라는 '붕괴'를 덧입혀 하나의 멋진 환유의 교량을 만든 건축학적 소설이다.

빚진 자와 빚 준 자의 변증법

편혜영 「리코더」, 윤이형 「고스트」

타인의 말을 묵묵히 들어주는 일이 어려운 것은 아니다. 그러나 그 때문에 나에게 전해진 감정은 어떤 식으로든 내게 남는다. 그러니까 모든 감정은 '에너지 보존'이라는 열역학제1법칙처럼 고스란히 넘겨지고 그것은 또 다른 매질과의 상호작용에 의해 또 다른 파동과 에너지로 퍼져 나가는 것이다. 타인이 분출한 짜증이나 분노, 미움 같은 정동이 공처럼 넘겨지면 나는 이를 어떤 식으로든 처분해야 한다. 만일 꾹 참고 내 안에 그것을 가둬 놓는다면 언젠가는 피스톤처럼 밀려 나와 나를 파괴하거나 나를 어디론가 데려가겠지. 넘겨진 공은 누군가를 자유롭게 하는 대신, 또 다른 누군가를 구속하는 것이다. 그것이 일상적으로 빈번하게 발생하는 소소한 감성이 아니라 트라우마처럼 강력한 어떤 것이라면 그 동력은 더 큰 파급력을 가질 것이다.

편혜영의 「리코더」는 생존자의 실종을 그린 작품이다. 화자인 무영

---

1 편혜영, 『어쩌면 스무 번』(문학동네, 2021), 이하 이 작품에서의 인용은 쪽수로만 표기한다.

은 그의 친구 수오와 함께 20년 전 어떤 사고에서 구사일생으로 살아남는다. 고교 시절, 극기 훈련을 위해 경기도의 수련장에 있었고, 강당 지붕이 무너져 같이 있던 한 친구가 사망한다. 수오는 그 친구와 콘크리트 더미에 깔려 있는 동안 공포를 잊기 위해 끝말잇기 게임을 했고, 끝내 친구의 답을 듣지 못한다. 그렇게 한 명의 희생자를 내고 살아남은 둘, 무영과 수오는 남들은 절대 알 수 없는 어떤 감정을 공유하게 된다. 그 둘은 사고 이후 "어떤 의미에서는 유일한 친구"가 되지만, 둘의 삶의 행보는 다르게 진행된다.

무영은 구조된 직후 멀쩡한 다리에 두 달간 깁스를 하고, 일부러 다리를 절고 다녔으며 수업 시간에 선생님에게 냉담하게 반응하는 등의 이상 징후를 보인다. 또한 사회에 나간 뒤 주식 투자로 회사에서 퇴출되고 파산자가 되었으며, 주변 사람과 친구들에게 돈을 요구해 빈축을 사고 외면당한다. 이와 달리 수오는 사고 직후에 '깁스도 하지 않았고, 치료를 위해 병원에도 다니지 않았으며 전처럼 좋은 성적을 유지했고, 경진 대회에서 수상을 하는 등 이전보다 나은 삶을 살려고 애쓰는 듯'했다. 졸업 후에도 수오는 감리 회사에 취직해 대체로 모범적인 회사원으로 살아간다. 이 둘의 삶의 방식은 요컨대 '그때 난 죽었어야 하는 거 아니야?'라는 경악으로부터 출발하지만 그 방향은 완전히 다르다.

기적 같은 행운과 공포스러운 비의에 대한 체험은 사람에게 어떻게 작동하는가. 어떤 우연한 사고에 의해 누군가는 죽고 누군가는 살았을 때, 아무도 그 행운의 이유를 자신에게서 구하지 못한다. '살아남을 가치가 있기 때문에'가 아니라면, 나는 죽은 누군가를 대신해 '덤 같은' 생을 아무런 대가 없이 받은 것이다. 즉, 빚진 자라는 것이다. 무영은 그 빚진 자의 운명을 파산자처럼 살아 낸다. 무영은 "끼니때면 여전히 배가 고파서 허기를 느끼는 스스로를 징그럽다고 여겼고" 이후 불운한 삶을 살아 넘으로써 그 빚을 갚는다. 기적 같은 생존과 불행한 삶의 인과관계는 없겠지만 무영은 자신의 불행에 깃든 모든 것들, 즉 어리석은 결정, 망쳐 버린 관계 등을 모두 그 사건 탓으로 돌린다. "일이 안 풀릴 때마다 자신은 운을 탕진했다고, 한번에 왕창 써 버렸다."라고 상기하면서 무영은 죄의식을 갚아 나간다. 그러나 수오는 무영처럼 부채 의식에 시달리지 않았다. 그는 자신의 허기를 부끄러워할 필요가 없다고 생각했고, 살아서 존재한다는 것을 미안해하지 않았다. 대신 더 열심히 노력해서, 더 좋은 삶을 통해 자신이 얻은 행운의 필연성을 입증하려 했다. 아니, 어쩌면 죽은 자를 대신해 최선의 삶을 살면서 그 채무를 갚아 나갔다고 할 수 있다. 수오는 느닷없이 지게 된 엄청난 빚을 그만의 방식으로 한 방울의 낭비도 없이, 알뜰하게 갚아 나간 것이다.

그러다 또 다른 사건이 터진다. 수오가 재직하는 감리 회사로부터 안전 점검 B등급을 받은 건물 외벽이 무너져 내리고 아래쪽에 있던 미화원이 사망한 것이다. 유가족의 항의가 이어지고 책임자였던 수오는 곤경에 처한다. 평소 업무 처리에 완벽하기로 소문난 수오이지만, 어쩐 일인지 순순히 제 잘못을 인정하고 회사 측의 보상을 약속한다. 한편 수오의 태도에 회사 사람들은 합의금을 노린 의도적 실수라고 오해하고 공격한다. 수오는 회사를 그만둔다.

그즈음 무영은 수오의 집에 얹혀살던 중이다. 친구들의 외면 끝에 독신자 수오에게 신세를 지게 된 것이다. 수오 소유의 아파트에서, 수오의 생활비를 축내면서 그렇게 또 파산자에 걸맞는 일상을 살아가던 중, 수오가 사라진다. CCTV에서 수오는 검정 양복을 입은 두 남자에 의해 아파트에서 끌려 나간 것으로 확인될 뿐 이후 행적은 묘연하다. 납치 사건으로 신고되고 경찰 수사가 이어진다. 수오의 아파트를 차지한 무영은 경찰과 친구들의 의심을 받게 된다. 그러나 검은 양복의 신원이 확인되면서 이 사건은 자작극으로 판명된다. 수오가 심부름센터에 의뢰해 납치극을 연출한 것이었다. 그러나 사건 종결 이후에도 수오는 나타나지 않는다. 수오의 집에서 '주인을 잃은 물건'에 둘러싸인 무영은 수오와의 대화를 떠올린다. 언젠가 둘이 TV를 보던 중 '그게 마지막 말이었어.'라던 수오의 말. 무영은 그것이 붕괴 사고 희생자의 것임을 눈치챘지만 기억하지 못한다. 그 말을 미처 듣지 못했다고 생각한 무영은 그 마지막 말에 대해 오랫동안, 곰곰이 생각한다. 그러다 자신이 듣지 못한 것이 아니라 수오가 애당초 그 말을 하지 않았다는 사실을 깨닫게 된다. "어떤 말은 내내 품고 있지만 결코 소리 내어 말할 수 없게 된다는 것도."

수오가 결코 소리 내어 말할 수 없었던 것은 친구의 그 말이 아니라, 친구의 죽음을 둘러싼 그 모든 것이다. 생존자의 행운, 죽은 자의 불운, 우연들, 그것을 불러온 모든 잘못된 일들의 연속과 필연 등등. 수오는 그것에 대해 감사하고, 분노하고, 울부짖고, 애도하고, 미안해하고, 원망하는 대신 끝말잇기하듯 죽은 이로부터 건너온 '뜻밖의 생'을 조용히, 최선을 다해 이어 간다. 그러나 그 끝에 또 다른 무고한 자의 죽음이 이어지자 수오는 '마술'처럼 사라지고 만다. 작가 편혜영이 "미뤄 뒀던 삶을 살러 간 것"이라고 표현하고 있듯, 내 삶이 타인에 의해 건네진 생의 고리에 불과하다면 내 삶의 권리는 전적으로 내 것이 아닐 수 있다. 자신의 삶이 아니기 때문에 마음대로 살 수도, 죽을 수도, 탕진할 수도 없는 그 채무자의 삶에서 벗어난 것이 수오의 실종이다. 그가 미뤄 뒀던 삶이 '죽음의 완성'인지 혹은 '생존자의 부채감에서 자유로워진 삶'인지 알 수는 없으나, 분명한 것은 무영이 여전히 죽은 자와 실종자가 남긴 생의 무게를 견뎌야 하는 것이다. 그것이 아무리 부당하고 억울할지라도 "남의 집에서 울 권리는 없는 것이다." 수오의 혼잣말처럼 기적과 불운이 뒤죽박죽된 '더러운 세상'이지만, 무영처럼 그 한복판에 던져진 우리들은 힘겹게 그 부채를 인정하고 그들을 대신해 숨을 토하고, 또 그 죽음을 기록하고 타인을 돌아보아야 하는 것 아닐까. 수오가 끝내 삼켰던 그 마지막 말, 죽은 자의 마지막 말인 '리코더'란 제목은 그런 의미가 아닐까.

윤이형의 「고스트」[2]는 빚진 자가 아니라 빚 준 자의 기록이다. 화자이자 주인공인 정애령은 마흔다섯의 성공한 싱글 여성이다. 유리 천장을 뚫고 외국계 게임 회사 최초의 한국인 여성 지사장에 오르고 회사 내 여성 비율을 80퍼센트까지 만들었으며 감정 노동을 없앤 신화적 여성. 그러나 이 자리에 오르기까지 그녀를 끌어올린 것은 열정, 믿음과 같은 긍정적인 정념이라기보다는 두려움과 원망, 증오의 힘이었다. 그것은 자신의 모녀를 버린 아버지이자 국회의원 정팔수에 대한 것으로, 애령은 무책임하게 가정을 버리고 떠난 아버지를 자신 안에서 완전히 지워 버리기 위해 생을 소진한다. 그러나 아이러니하게도 아버지의 후광과 영향에서 벗어나고 싶은 열망은 그녀의 생의 중심에 '아버지'를 두게 만든다. 자신의 일탈이 아버지에 대한 반동은 아닌지, 노력과 취향 또한 자발적인 것이 아니라 아버지에 대한 인정 욕구에서 비롯된 것은 아닌지 끊임없이 의심하던 애령은 단 한순간도 아버지로부터 벗어나지 못했던 것이다. 작가 윤이형은 이를 "아버지가 아니면 너는 아무것도 아니야." 라고 표현하고 있다. 그러나 이 아버지에 대한 반동은 기이하게도 삶의 강력한 동력이 되어 그녀를 멀리 데려간다. 어떤 것이 진짜 자연스러운 자신인지 알 수 없는 그녀는 '매일 지칠 때까지 일에 매달렸고', 그렇게 번아웃이 될 때까지 무리해서 얻은 것만을 자신의 것으로 믿게 되었기 때문이다. 그러나 그 미친 듯한 일중독과 성취의 이면에는 다음과 같은

---

2   윤이형, 「고스트」, 《릿터》 2019년 12월/2020년 1월호. 이하 이 책에서의 인용은 쪽수로만 표기한다.

날것의 정념이 도사리고 있다.

　　　한 번만 더 내 앞에서 누구누구의 딸이라고 하기만 해 봐, 씹새끼들
아. 다 죽여 버린다. 나는 인터뷰 도중에 미소를 풀고 그렇게 눈을 부라리
고 싶은 것을 간신히 참았다. 내가 태어나지 못하도록 엄마의 질구를 꽉 막
고 있던 아버지라는 시커먼 마개가 펑 하는 소리와 함께 날아가고, 드디어
세상의 빛이 뵈고 소리들이 들리는 것 같았다. 나는 스스로 탯줄을 자른 다
음 옷을 챙겨 입고 그 시커먼 마개를 쓰레기 봉지에 담아 길에 내놓았고,
다음 날이 되자 그것은 사라졌다. 나는 마흔 살에야 세상에 태어날 수 있었
다.(154쪽)

마흔 살에 진정한 탄생과 성공을 획득한 애령은 그렇다면 자신에
게 커다란 빚을 진 아버지에게 감사해야 하는가. 그 결핍과 두려움을 극
복하고 강한 사람이 되었기 때문에? 애령은 8년 만에 옥돔을 들고 찾아
온 아버지를 마주하면서 그가 "전심전력을 다해" "정말로 성실하게" 꼬
박 20년을 미워할 만큼 강력한 인물이 아니었음을 깨닫는다. 자신 안의
아버지를 '살해'함으로써 그로부터 자유로워지는 데 성공했지만, 타인이
되어 마주친 아버지는 왜소하고 초라한 여든두 살의 늙은이였을 뿐이다.
　　또한 그녀는 아버지를 미워함으로써 자신과 엄마를 미워하게 되었
음을 알게 된다. "우리를 버릴 수 있었던 그의 힘에 대해서는 은밀한 선
망을 품게" 되었고, "그런 힘이 없어서 버려진 엄마와 나 자신을 나는 사
랑하지 못했"기 때문이다. 더불어 애령은 자신처럼 버려질 수 있는 모든
연약한 것들을 미워하고, 경멸했다. 그것은 곧, 일을 포기하고 결혼과 육
아에 헌신하는 모든 여성에 대한 증오를 의미한다.
　　"내 삶을 이끌어 온 동력은 무언가를 꿈꾸고 동경하는 마음이 아니

라 어떤 사람들처럼 될까 봐 눈살을 찌푸리며 뒤로 물러나는 마음"이었음을 깨달은 애령은 자신의 삶이 완전히 잘못되었다고 생각한다. 그리하여 그녀는 첨단 기술인 GT(Ghost Therapy)의 도움을 받아 특정 기억의 사본인 '고스트'에 접속하게 된다. 그 특정 기억이란, 아버지에 대한 증오를 상징하는 하나의 장면이다. 스물다섯 살의 애령은 엄마가 맹장 수술을 받게 되자 홀로 그 엄청난 일을 감당하기가 어려워 아버지에게 전화를 한다. 병원에 도착한 아버지는 "겨우 이런 걸로 바쁜 사람을 오라 가라 한다."면서 크게 화를 낸다. 엄마는 두 팔을 연신 허공에 휘저으면서 서럽게 울음을 토한다. 아버지에 대한 맹렬한 증오의 기원이자 원초적 장면이다. 애령은 그때의 기억에 접속한다. 프로이트에 따르면 트라우마의 원인이 된 끔찍한 장면으로 돌아가려는 환자의 반복 강박은 일종의 정신의 방어기제이다. 공포에 완전히 무력하게 짓눌렸던 현장으로 돌아가 다시 의식적으로 경험함으로써 그 충격을 수용할 수 있는 어떤 것으로 바꿔 놓기.

아바타 애령은 거듭 이 장면으로 돌아가 스물다섯의 자신과 아버지, 어머니를 지켜보고 말을 걸기도 한다. 전화를 거는 애령을 만류하고, 병원에 들어가는 아버지를 말리고, 끝내 아버지의 폭언을 들은 모녀를 지켜보면서, 애령은 과거 삶의 방향을 교정하는 대신 지금의 생각과 감정을 바꾸게 된다. 고스트와의 접속을 통해 미처 알지 못했던 것들을 깨닫게 되었기 때문이다. 스물다섯 살의 애령이 왜 그렇게 섭식 장애를 앓았는지, 왜 연약한 친구 은명을 외면하고 남자들의 사랑을 갈구했는지, 왜 그것이 그토록 애처로웠는지를. 애령의 성공은 자기 학대와 증오를 딛고 선 아슬아슬한 것이었음을. 마지막 접속에서 다람쥐 환자가 판타지같이 등장하는데, 끊임없이 밥과 물, 미역줄기볶음을 요구하는 이 다람쥐로 인해 애령 모녀는 그녀들의 절망을 잊게 된다. 그리고 그 산만한 다람쥐 같은 주변 사람들 덕분에 그들이 피해 의식에서 놓여날 수 있었음을, 또한 당시의 엄마가 두 팔을 허공에 젓는 무력한 사람이 아니라 스스로 옷을 갈아입고 정신을 추스르는 존재이기도 했다는 사실을 알게 된다.

> 시간이 걸리기는 했지만 엄마는 혼자서 그 일을 해냈다. 그리고 새 옷의 단추를 모두 끼운 뒤에 손짓을 했다. (……) 엄마는 아버지가 떠난 뒤로 누구에게도 의존하지 않고 혼자서 나를 키워 왔다. 그건 강인한 사람만이 할 수 있는 일이었다. 그러나 엄마의 강인함은 사회가 인정해 주지 않는 강인함이었기 때문에 내 눈에는 보이지 않았을 것이다.(175~176쪽)

애령은 자신의 삶이 아버지의 버림으로만 이뤄진 것이 아니라, 연약하지만 끝내 자신을 버리지 않은 엄마의 사랑, 그 돌봄과 흡사한 주위의 도움과 일상으로 구성된 것이었음을 깨닫게 된 것이다. 엄마에 대한 자신의 감정 또한 미움만이 아니었다는 것도. 이러한 깨달음 뒤에 애령은 TV 리모컨 버튼을 더듬거리는 엄마의 모습을 인내하면서 지켜보게 된다.

> 엄마는 바로 버튼을 누르지 못한다. (……) 나는 기다린다. 엄마가 그것을 찾을 수 없다면, 내가 도울 것이다. 지금 나는 엄마 곁에 있고, 내게는 두 손이 있다. 엄마가 수없이 많은 날에 수없이 많은 일들을 자신의 두 손으로 내게 해 주었던 것처럼, 나 역시 그렇게 하면 될 것이다.(178쪽)

아버지로부터 버림받았다는 사실에만 집중하여 증오와 적대의 권리를 가졌다고 생각한 애령은, 고스트와의 접속을 통해 그 적들에게 빚지고 있던 자신의 모습을 보게 된다. 비록 그것이 아버지와의 화해를 의미하지는 않을지라도, 적어도 자신에게 적대적이라고 믿었던 운명에 대해 채무를 탕감해 준 것은 분명하다. 빚진 자와 빚 준 자의 셈은, 어떤 감정의 역학 속에서 다른 방식으로 흘러가기도 하는 것이다.

'대신하는' 자들의 레종 데트르를 위한
숨은그림찾기

이미상 「모래 고모와 목경과 무경의 모험」, 김멜라 「제 꿈 꾸세요」

신예 작가 이미상의 소설에 대해 평론가 소영현은 이렇게 적었다. "전체를 읽고도 전체를 읽었다는 느낌을 충분히 느낄 수 없거나 부분들만을 읽었다고 느끼게 하는, 역설적으로 없는 전체를 상상하게 하는 힘의 작동이 소설 한 편의 내부에서만 일어나는 것도 아니다."[1] 이 독해처럼 이미상의 「모래 고모와 목경과 무경의 모험」 또한 좀처럼 전체 그림이 잡히지 않는 작품이다. "기우뚱한 구조와 파편적 서사, 그 어느 쪽이든 이미상의 소설을 이루는 많은 조각은 정교하게 선별되거나 과감하게 생략되어 있다. 층위 다른 이야기들이 병치되며 설명 없이 이것과 저것이 급작스럽게 연결된다. 병치된 시공간이 만들어 내는 미묘하거나 거대한 어긋남이 불편함인지 호기심인지 모를 것들을 만들어 내고, 낱낱의 조각을 다 맞춰 보아도 끝내 알 수 없는 저편의 무언가가 예측할

---

1   소영현, 「'하는' 여자들 ── 이미상론」,《문학과 사회》 2022년 봄호, 151쪽.

수 없는 방향으로 독자를 끌어 간다."²라는 독특함이 이 소설에서도 유지된다. 읽고 나면, 강렬한 어떤 에너지 혹은 어떤 불편함과 경이가 남기는 하지만 그게 어떤 그림인지는 모호하게 만드는 교묘한 힘, 그러나 좀처럼 이 그림을 놓지 못하게 만드는 마력을 지닌 작품. 그것이 이미상이 한국문학에 가져다놓은 기이한 활력이자 새로운 경지라고 말할 수밖에 없다.

이미상의 「모래 고모와 목경과 무경의 모험」³은 몇 겹의 층위로 이루어진 작품이다. 일곱 개의 겹이라고 할 수 있는 이 층위들 중 여섯 개는 파편적으로 덧대어 있는 듯하지만 각각의 표면적인 그림은 확실하다. 첫번째, 액자 구조를 이루고 있는 이 작품의 프레임에 해당하는 그림은 이렇다. 상중(喪中)에 있는 목경은 카페에서 옆 테이블의 대화를 듣게된다. 세 여자들 중 두 여자는 자매인데 작가인 동생이 언니에게 이렇게 토로한다. "제 소설에는 '한 방'이 없다고들 하잖아요. (……) 모든 문장을 쭉 빨아올리며 꼭대기에서 탁 터뜨리는, 푹 꺼뜨리기도 하지만 그건 비위 약한 작가들을 위한 탁 터뜨림이고요, 여하튼 결정적인 한 장면. 사람의 마음을 쥐고 흔드는 한 순간. 우리가 책을 덮고 고개를 젖혔을 때 공중에 떠 있는 그 뭐가 제 글에는 없대요."(107쪽) 그리고 이 '한 방'이 없는 자신의 소설에 대해 그녀는 이렇게 정당화한다.

저는 '한 방'을 못 치기도 하지만 안 치고 싶기도 해요.
왜긴요. 딴 애들이 불쌍해서죠. 소설에 쓴 모든 문장이 그 '한 방'을

---

2 앞의 글, 150~151쪽.
3 이미상, 「모래 고모와 목경과 무경의 모험」, 《문학과사회》 2022년 봄호. 이하 이 책에서의 인용은 쪽수로만 표기한다.

위해 쓰여진 것 같잖아요. 그 한순간을 들어 올리기 위해 팔을 벌벌 떨며 벌을 서고 있는 것 같잖아요. 그렇다고 제가 뭐 소설계의 대장장이가 되어 모든 문장을 평평하게 두들겨 신(scene)들의 평등을 꾀하겠다, 그런 건 아니고요, 그럴 주제도 못 되고요, 그저 모든 자잘함을 지우며 홀로 우뚝 선 한순간을 지지하는 것에 찜찜함을 가지고 있다는 거죠.

못해서 못하니까 좋은 거예요. 무능해서 귀한 거예요. 잘하는데 억지로 안 하는 사람은 반드시 흔적을 남겨요. 자기 절제라는 고귀한 희생에는 어쩔 수 없는 인위가 묻어 난달까요? 하하하. 세상이 그렇게 공평하답니다.(108쪽)

그러니까 위의 얘기를 요약하자면, 결정적인 한 방이 없는 것은 못하는 것이기도 하지만 안 하는 것이기도 한데, 그 이유는 그 한 방을 위해 다른 자잘한 것이 희생해야 하는 불평등, 비민주를 지양하기 때문이고, 따라서 무능은 고귀한 것이다. 무능이 고귀한 것이라는 이 명제, 이는 곧 루저의 존재 이유이자 승자들을 향한 항변이기도 하다. 억지이거나 억견(doxa) 같기도 하지만 전혀 비논리적인 것은 아니다. 승자가 존재하기 위해서는 반드시 패자가 있어야 하고, 내가 왕의 자리를 차지하기 위해서는 다른 사람들은 신하 노릇을 해 줘야 한다. 즉, 승자는 패자에 의해 성립되는 것이므로 존재 이유에 관한 한 이 양자는 동일하다. 어떤 자리를 차지하는가일 뿐이다.

이 프레임은 액자 내부에서 두 번째 그림으로 연결된다. 어느 집이나 그러하듯 목경의 집안에도 사고뭉치가 두 명이 있었고 그중 하나가 고모다. 고모는 사 남매 중 막내딸로 태어났는데, '아들 딸 아들 딸'의 마지막 딸의 위치를 '쌀 보리 쌀 모래'로 명명한다. 아들은 쌀이고, 딸은 보리인데, 막내 딸은 차라리 없는 것만 못한 수준의 '모래'라는 것이다. 이

구박덩어리 막내딸은 다른 사람들의 기대에 부응하여 집안에서 사고뭉치로 살아간다. "환영받지 못한 막내딸. 처지는 자식. 결혼하지 않고 부모와 살며 무상으로 가사와 돌봄과 간병 노동을 제공하고도 끝까지 용돈 말고는 자기 재산은 갖지 못한 사람", 그리고 더러 '가출'을 감행해 존재를 증명한다. 존재 증명이란 보이지 않았던 자신을 보이게 만드는 것이기도 하지만, 한편 집안의 골칫거리가 됨으로써 나머지 사람들을 단결하게 하고 힘내게 하고 좋은 사람이 되게 만드는 것이다. 오래된 부부와 가족 사이에서 권태가 젠가처럼 차곡차곡 쌓여 아슬아슬하게 무너지기 직전까지 갈 때, 누군가 사고를 치면 그들의 묵은 권태와 미움, 원망은 한꺼번에 사라지고 당면한 일을 하기 위해 돌진한다. 그래서 내부의 분열은 위기나 외부의 적에 의해 해결될 때가 많은 것이다.

이를 나의 경험에 비추어 얘기하자면 이렇다. 대학 때 등산부였던 나는 산에 갈 때마다 혹독한 산행에서 쓰러질 뻔한 몇 번의 순간을 경험했다. '도저히 더 못 가겠다. 그만한다고 항복 선언 해야겠다. 5분 뒤, 저 능선까지만, 그 뒤에…….' 이런 생각을 거듭 반복하며 곧 투항의 순간에 임박하고 있는데, 누군가 다른 사람이 쓰러져 버린다. 그러면 모든 것이 해결된다. 나도, 또는 나와 같이 곧 쓰러질 것 같은 다른 사람들도. 먼저 쓰러진 그 사람을 중심으로 우리는 모두 강하고 도와주는 사람들로 돌변한다. 그것이 쓰러진 사람들이 우리에게 해 주는 것이다. 그렇기에 무능은 고귀한 것이다. 모래 고모는 가출과 보이스 피싱 등의 사건으로 이들 가족을 흩어지지 않게 만들어 주고 있는, 보이지는 않는 중심이다.

세 번째 그림은 이 무능의 고귀함을 더 깊은 심연으로 끌고 가 증명해 보인다. 가출한 모래 고모는 목경의 집(즉 고모의 둘째 오빠)에서 함께 살게 된다. 또 한차례 권태가 불어닥친 목경의 집, 그러니까 늘 밤늦은 퇴근으로 권태를 견디고 있는 아빠, 온갖 학원과 문화생활로 권태를 견디고 있는 엄마 대신 모래 고모가 'new mother'로서 무경과 목경을 자식처럼 돌보게 된 것이다. 자식을 굶겨 죽이는 나쁜 사람은 아니지만, '이 결혼과 가정을 지속해야 하나?'라는 의구심에 빠진 부부에게 모래 고모는 그들이 낸 구멍(충실한 부모)을 대신 메꿔 준다. 목경의 부모는 모래 고모 덕분에 죄책감을 덜고 딴짓, 불량한 생각들을 계속해 나갈 수 있다.

초등학교 5학년인 무경과 미취학 아동인 목경은 부모 대신에 이 'new mother'인 모래 고모를 두고 가족놀이를 한다. 목경은 자신과 너무 잘 놀아 주는 고모의 사랑을 독차지하고 싶어 한다. 표면적으로는 책에 빠져 고모를 포함해 세상사에 무심한 듯한 언니 무경을 이긴 듯싶다. 그런데 고모는 무경을 궁금해하며 그쪽 세계로 끌린다. 고모는 무경이 읽고 있는 책을 들춰 보기도 하고 천장에 적힌 독서 리스트를 가지고 서점과 도서관으로 찾아다니기도 한다. 그러나 한국에는 번역되지 않아 읽을 수 없는 작가들의 책이라는 사실을 알게 되고, 무경의 세계에 진입하지 못한다. 무경은 '읽을 수 없고, 상상밖에 할 수 없는 책'과 함께 현실에서 가족으로부터 점점 더 멀어져 고모에 이어 두 번째 사고뭉치가 되어 가는 중이다.

네 번째 그림은, 이제 저 앞의 심연보다 더 깊기도 하고 위험한 '한 방'을 보여 준다. 무경과 목경은 모래 고모를 따라 산에 간다. 고모는 '츄츄'라는 애칭을 붙인 총으로 사냥을 하러 간 것이다. 무덤 옆에 무경과 목경을 두고 고모는 멧비둘기를 쫓다 실패하고, 총을 잃어버리고 돌아온다. 고모는 두 아이를 데리고 총을 찾다가 도랑에서 이제 막 멧돼지를 잡은 두 사내, '빨간 남방'과 '파란 남방'을 발견하고 도움을 요청한다. "같이 찾아 주시면……."이라는 요청에 빨간 남방은 "주시면?"이라는 묘한 반문으로 요구 내지 협박 카드를 꺼낸다. 고모는 그 '주시면?'에 신경이 쓰이면서도 어쩔 수 없이 그들 주변에 남게 된다. 다섯은 모닥불 주위에 둘러앉아 노래를 하고 얘기를 하면서 날이 밝기를 기다린다.

　그러는 동안 두 남자가 고모를 만나기 전 한 '여성분'을 모셔 왔는데 그 여성분이 총에 놀라 티코를 몰고 쌩하니 도망가는 바람에 두 남자가 은근히 기대했던 것을 얻지 못했음을 눈치채게 된다. 게다가 그들은 그 여성분을 쫓는 사이, 100만 원에 호가하는 멧돼지 쓸개를 도둑맞은 상태이다. 엽총의 모델에 대한 이야기가 나오고, 고모의 총이 '더블 배럴 샷건'이라는 걸 알게 된 빨간 남방이 박수를 치며 이렇게 얘기한다. "우리 자기 허세가 장난이 아니네. 덕배라니!" 그 말에 어린 목경은 이제껏 자신을 짓눌렀던 기묘한 공포와 불안 등을 터뜨리며 "우리 고모 총 이름 그거 아닌데요? '츄츄'인데요?"라고 항변한다. 여기에 두 남자는 '츄츄'라는 이름에 호기심을 가지게 되어 고모를 추궁한다. "귀여워 돌아 버리겠네. 총에 이름을 다 붙였어? '츄츄'가 무슨 뜻이야? 말해 봐."라는 남자의 추궁에 고모는 침묵하며 기분 나쁜 티를 낸다. 갑자기 분위기가 싸늘해지고 파란 남방이 거칠게 고모 일행을 몰아붙인다. "떫어? 떫음, 가. (……) 아줌마, 안 말려. 가. 애들 데리고 가서 총 찾아.", "할 수 있잖아. (……) 할 수 있는데 하기 싫은 거잖아. 만약 당신이 다리가 부러져서 걸을 수 없고, 산을 오를 수 없고 (……) 그런데 아니잖아. 할 순 있는데 하기 싫은 거잖아. 그런데 내가 왜 당신을 도와야 해? 더군다나 당신이 우리에게 작은 기쁨도 주지 않는다면." 파란 남방의 이 말에 고모 일행은 공포심이 목구멍까지 차오르지만, 그들은 아무것도 할 수 없다. 그리고 드디어 총성같이 울리는 한 방. "나 알았어! '츄츄'의 비밀! 츄! 츄! 고추! 거시기! 꼬츄! 꼬츄! 츄츄! 총이 당신의 서방이구나!"

　"페니스의 연장인 듯 개머리판을 귀두 끝에 댄 총이 약간 들린 위치에서 정지"된 자세로 빨간 남방이 쏘아 올린 이 말은 고모의 내부를 깊숙이 관통해 버린다. 그러나 고모도 목경도 꼼짝하지 못한다. 이들이 다른 이야기로 건너가는 동안, 모닥불 곁에서 유일하게 등을 돌리고 있던 무경이 사라진다. 일행은 총소리를 통해 무경이 사라진 것을 뒤늦게 알게 되고, 두 사내는 밤길을 찾아나선다. 무경은 다음 날 아침 아파트 단지에서 발견된다. "다음 날 아침이었고, 빨간 남방과 파란 남방이 흥미를 잃고 돌아간 지 오래"인 그때, 고모는 아파트 관리소 직원에게서 무경과 총을 인계받는다.

이 네 번째 그림은 다섯 번째 그림으로 이어지고 또 여섯 번째 그림을 만드는 중요한 퍼즐 조각이다. 산에서 돌아온 고모가 무경을 무섭게 쩨려보며 "왜 그랬니?"라고 묻자 무경이 이렇게 답한다. "나도 해 봤어요.", "할 순 있지만 정말 하기 싫은 일. 고모의 그 일을, 내가 했어요." 목경의 시선에 이들의 대화는 곧 일종의 대관식처럼 보인다. 고모는 곧 바닥을 구르며 웃고 "너는 내 딸이구나."라는 왕관을 씌워 주고 있는 것이다. 그 왕관에서 밀려난 목경은 안간힘을 다해 "고모, 나 열나요."라며 존재감을 드러내지만 이미 모든 것은 끝난 뒤이다. 네 번째 그림은 세 번째 그림의 고모를 사이에 둔 '인정 투쟁'에서 목경이 패배하고 무경이 왕좌에 오르게 된 결정적 한 방이 된 것이다. 세 번째 그림은 네 번째 그림을 통해 다섯 번째 그림의 대관식으로 끝난다. "할 순 있지만 정말 하기 싫은 일, 고모의 그 일"을 무경이 감행함으로써 무경은 무능의 고귀함으로 고모와 하나가 된다. '가출', '히키코모리' 등 사고뭉치라는 루저의 역할을 성실히 수행함으로써 그들은 남은 가족을 일으켜 세우는 중이다. 그리고 세 번째 그림에서 고모와 목경이 보낸 무수한 시간은 무경의 '한 방'에 의해 지워지면서 '신과 대결하는 평평한 것들'이라는 첫 번째 그림과 연결된다.

자, 그렇다면 여섯 번째 그림은 무엇일까. 이 또한 앞선 그림들의 조각들과 함께 그려져야 한다. 작가는 네 번째 그림 '할 순 있지만 정말 하기 싫은 일'로 고모와 무경을 '무능의 고귀함'의 일체가 되게 했으나, 거기에서 울린 총성은 더 위험하고 음험하다. 두 사내와 고모 사이에 있던 묘한 분위기는 "주시면?", "작은 기쁨", "꼬츄" 등으로 이어지는 위험한 섹슈얼리티를 품고 있다. 두 사내는 도망간 '여성분'을 대하듯 고모를 성적으로 놀리고 위협하며 요구한다. 그것의 밑그림은 흡사 「동물의 왕국」에서 암컷을 쫓는 수컷처럼 노골적이고 위험하고 야만적이다. 암컷을 향한 무자비한 추적. 두 사내의 장난기 섞인 말들에는 이 수컷의 욕망이 장작불처럼 이글거리고 있다. 그리고 이 음험하고 야비한 밑그림에는 또 하나의 젠더 감수성이 겹쳐진다. 쌀, 보리, 모래로 이어지는 여성 차별과 성에 대한 편견. 작가는 다음과 같은 할머니의 편견을 통해 이 젠더 불평등의 조각을 분명히, 단호하게 새겨 놓는다.

> 할머니는 기발하게도 고모의 가출이 목경 네 가족뿐 아니라 고모 자신에게도 이득이라고 여겼다. 할머니가 보기에 모든 사람에게는 일정량의 아이를 향한 사랑이 있고 때로 그것은 바닥난다. (……) 반대로 목경이 고모처럼 자기 아이가 없어 본 사람은 종종 뭉친 아기 사랑을 풀어 줘야 한다.
>
> 훗날 목경은 할머니의 사상이 남성의 '성욕 배출 신화'를 여성의 '모성 배출 신화'로 교묘히 바꾼 것임을 알았다. 여성의 모성도 남성의 성욕처럼 통제할 수 없으며 일단 불러일으켜지면 아무 아이를 붙잡고서라도 해소되어야 한다.(114쪽)

남성의 성욕처럼 통제할 수 없는, 뭉친 모성을 아기 사랑으로 풀어 줘야 한다는 저 논리는, 인간을 동물의 왕국으로 끌고 간다. 그곳에서 고모의 모성은 두 사내의 성욕과 어우러져 난잡한 그림 조각을 만들어 낸다. 그러나 작가는 이 조각 뒤에 있을 수도 있는 외설과 폭력을 확정 짓지는 않는다. 필자 또한 작가가 넘겨 준 이 조각으로 감히 그 그림을 완성하고 싶지 않다. 작가가 넌지시 건네준 암시는 독자에 의해 확정되는 것이다. '확정' 대신 필자는 이 '암시'에 대해 언급하기로 한다. 이 조각은 "주시면?", "꼬츄", "페니스처럼 까딱거리는 총", "작은 기쁨" 등과 함께 달려와 마침내 "다음 날 아침이었고, 빨간 남방과 파란 남방이 흥미를 잃고 돌아간 지 오래였다."라는 문장과 만난다. 그렇다면, 무경의 "할 순 있지만 정말 하기 싫은 일"은 단지 '두 사내 도움 없이 홀로 총을 찾아 밤길을 헤매는 것'으로 그치지 않을 수 있다. "할 순 있지만 정말 하기 싫은 일"은 두 남자가 줄기차게 요구하는 그것. 즉 성욕을 배출할 수 있는 파트너가 되는 것이다. 그렇다면 저 문장에서의 '빨간 남방과 파란 남방이 흥미를 잃고 돌아간'의 의미는 무엇일까. 무경은 고모 대신 그 일을 해 주었다는 것일까. 모호하다. 또한 이후 펼쳐지는 그림도 그 폭력의 사실을 뒷받침해 주지는 않는다. 고모가 성폭력에 희생당한 5학년짜리 조카에게 "왜 그랬니?"라고 물을 수는 없지 않을까.

여기까지가 필자가 찾은 그림이다. 이 그림은 크게 '무능의 고귀함'을 증명하는 하나의 목적과 '젠더 불평등과 섹슈얼리티의 폭력성'을 재현하는 또 하나의 목적을 향해 진행되었다고 볼 수 있다. 이 두 개의 숨은 그림을 이어 나가는 작가의 솜씨는 과학자처럼 냉정하고 외과 의사처럼 치밀하며, 정치인처럼 집요하고 과감하다. 이렇듯 빛나는 작가의 솜씨는 최근 한국 소설에서 보지 못한 놀라운 정교함과 힘을 지니고 있다. 화룡점정에 해당하는 다음과 같은 에피소드는 췌사에 불과할 수도 있는 이것을 어떻게 앞의 그림들과 교묘하게 이어 맞추고 있는지를 보여 준다.

오래전 어느 날. 모래 고모와 목경과 무경은 목욕탕에 갔다. (……) 어떤 엄마와 아이가 탕에 들어왔다. 처음에 목경은 아이가 버르장머리 없이 큰 아이인 줄 알았다. 아이는 손으로 코를 풀어 탕 속에서 비볐다. 그 짓을 계속했다. (……) 아이 엄마는 고개를 외로 꼬고 못 본 체했다. 장애가 있는 아이였다.

　사람들이 다른 탕으로 가기 시작했다. (……) 목경도 사람들을 따라갔다. 마침내 탕에서 빠져나왔을 때, 목경은 뒤에 아무도 없다는 것을 알았다. (……) (증) 둥지 협동조합. 거울이 수증기에 젖어 흐렸다. 목경이 팔로 거울을 문질렀다. 짧은 순간, 뒤가 비쳤다. 고모와 언니가 보였다. 아이와 아이 엄마도. 그들은 그대로 탕 안에 있었다. 수증기가 밀려왔다. 고모와 언니는 (증) 둥지 협동조합과 함께 다시 흐려졌다.(138쪽)

이 일곱 번째 그림은 두 번째, 세 번째, 네 번째, 다섯 번째 그림과 함께 첫 번째 액자 그림을 완성한다. '무능의 고귀함'이라는 화두를 담고 있는 옆 테이블 작가의 이야기 말이다. '결정적인 한 방'을 만들지 못하는, 그러나 무능해서 고귀하다는 그 말은 무경의 한 방에 밀려난 목경의 헛된 시간과 애처로움을 구출하고, 고모의 '할 순 있지만 정말 하기 싫은 일'들을 구원하고 이 마지막 일곱 번째 그림에 이르러 그 모든 루저들과 주변인들을 품는다. 장애가 있는 아이가 탕 속에서 코를 풀어 대자 사람들은 도망가지만, 아이의 엄마와 고모, 무경은 그대로 탕 속에 남는다. '사고뭉치' 고모, 무경은 그렇게 다정하게 장애와 함께 앉아 있는 것이다. 장애는 비장애인을 '일반인'이게 하는 레종 데트르를 지니고 있기에 고모, 무경은 기꺼이 그에게 '무능의 고귀함'이라는 왕관을 씌어 주고 있는 것이다. 그렇게 '대신하는' 자들은 '무능의 고귀함'으로 조합의 일원이 된다. "(증) 둥지 협동조합"에서의 '증'은 그 즉위식을, 둥지는 루저들의 연대를 의미한다. 신예 작가의 놀라운 솜씨는 무섭도록 완벽하다.

김멜라의 「제 꿈 꾸세요」[4] 또한 이미상 못지 않게 여러 겹의 층위와 에피소드, 불친절한 서사로 이루어져 있다. 거기에다 '환상성'까지 덧입힌 김멜라의 작품은 한층 더 복잡해 보인다. 그러나 그렇게 어렵지는 않다. 조금만 읽어 보면 가장 중요한 그림을 찾아낼 수 있다.

환상에 입힌 큰 서사는 이런 것이다. '메기의 추억', '오 수재너', '밴조', '라자로' 등의 파편들이 단아한 그림을 훼방 놓지만 중요한 프레임은 건질 수 있다. 화자인 '나'가 죽어 갈 때 정체불명의 인물 챔바가 나타나 육신에서 빠져나온 나의 영혼과 동행한다. 챔바에 따르면 '나'처럼 혼자 죽어 가는 사람들은 '길손'이 되어 챔바 같은 가이드에게 상상력의 도움을 받아 누군가의 꿈으로 가서 '나'의 죽음을 수태고지처럼 알릴 수 있다. 누군가는 꿈을 깬 후 '나'의 고독사를 알게 되어 처리하게 될 것이다. 처음에 '나'는 중학생 때 절친했던 규희의 꿈으로 가고자 한다. 그러나 곧 포기한다. 두 아이의 엄마이기 때문에 놀래키는 것도 부담스럽지만, 꼭 규희가 아니어도 된다는 사실을 상기했기 때문이다. 이 생각은 다음과 같은 에피소드에 의해 전달된다.

> "생각났어요. 왜 규희한테 가면 안 되는지." (⋯⋯)
> "걔가 키가 컸거든요. 그래서 음악 선생님이 규희한테 형광등 좀 안 깜박거리게 돌려 보라고 했더니 규희가 그랬어요. 여기 의자 밟고 올라서면 다 자기처럼 키 커질 거라고. 그러니 꼭 자기가 아니어도 된다고."(157쪽)

의자를 밟고 서면 되기 때문에 꼭 자기가 아니어도 된다고 했다는 저 말에는 두 아이의 엄마인 규희에 대한 배려, 그리고 '나'의 죽음을 최

4　김멜라, 「제 꿈 꾸세요」, 《창작과비평》 2022년 봄호. 이하 이 작품에서의 인용은 쪽수로만 표기한다.

초로 발견해야 할 '단 하나의 사람'은 아니라는 복잡한 심리가 엉켜 있다. 그래서 두 번째, 애인이었던 세모에게로 간다. "좀 아프게 해도 괜찮은 사람, 서로에게 준 상처보다 사랑했던 기억이 큰" 애인과의 추억을 풀어놓으며 나와 챔바는 그의 꿈을 향해 가는 중이다. 그에 따르면, 세모는 '내가 다니던 회사를 인수하기로 한 모 기업의 컨설턴트였고, 내가 테이블을 정리하고 음료를 준비하는 정기 회의의 참석자'였으며, '나보다 열네 살이나 많고, 아랫배가 볼록했고 같은 디자인의 안경 여러 개를 번갈아 꼈으며 키스할 때 가끔 사랑니 썩은 냄새가 났지만' 그 냄새도 좋아했을 만큼 사랑했던 사람이다. 세모와 걸었던 덕수궁, 정동길을 걸으며 '나'는 세모의 꿈으로 가려고 했지만, 그것도 그만둔다. "내가 자기 때문에 죽었다고 생각하면 어떡하죠."라는 생각이 들었기 때문이다. 그와 내 죽음의 인과관계를 단호하게 끊는 것. 그것은 사실 역설을 의미한다. 어쩌면 '나'의 죽음이 세모 때문일 수도 있다는.

어쨌든 찰스 디킨스의 『크리스마스캐럴』에 나오는 유령 같은 챔바와 영혼 여행을 하던 나는 결국 엄마에게 가기로 한다. 그것은 스스로 플러그를 뽑은(자살한) 사람이었던 챔바의 경우를 참고해서이기도 하다. 챔바는 죽은 후 '엄마의 밭으로 갔고, 거기에서 검은 새끼 돼지 한 마리가 돌진해 오는' 꿈을 엄마에게 주었는데, 그 후 엄마는 복권 가게에 갔고 '자동으로 할까, 반자동으로 할까.'를 묻기 위해 챔바에게 전화를 하게 되었다는 것이다. "일어났을 때 웃게 되는 꿈. 복권을 사야 할 것 같은 꿈"을 통해 챔바는 자신의 죽음을 엄마에게 알린 것이다. 그래서 '나' 또한 가장 행복한 꿈을 엄마에게 주기로 한다. '남산길 마지막 슈퍼에서 엄마가 즐겨 마시던 커피포리를 엄마의 방식으로 먹는' 행복한 꿈으로.

이 서사의 단면은, "제 꿈 꾸세요"라는 제목에 내포되어 있는 비극성을 유머로 풀어내는 블랙코미디이다. 그러나 이 소설 또한 이 겉그림을 들춰 보면, 거기에는 웃음기 하나도 없는 무서운 비극을 감추고 있다.

'나'의 죽음에 대한 객관적 사실은 작은 글자로 다음과 같이 설명된다.

> 관계, 그러니까 이 사건의 인과관계를 밝히시오, 라고 할 때의 인(因)은?
> 혼자 사는 30대 무직 여성이 된 이유를, 단단히 준비한 끝에 모아 놓은 수면제를 삼키고 사흘 만에 깨어나 이렇게 끝낼 수는 없다며(어떻게 생과 사를 오간 사흘 동안 카드 회사에서 보낸 이벤트 문자 외에 단 한 명의 연락도 못 받은 거지?) 그 누구도 나의 안녕을 궁금해하지 않는 세상, 이 악물고 살아 주마. 그렇게 결심하고 급히 먹은 원 플러스 원 초코바에 목이 막혀 죽는 이 블랙코미디. 누구의 삶도, 어떤 죽음도, 다른 이에게 웃음을 불러일으킬 목적으로 존재하는 건 아니건만, 어째서 당사자인 나부터 쓴웃음이 나는 이 뒤엉킨 인과관계의 인을.(148~149쪽)

혼자 사는 30대 무직 여성의 죽음. 물리적으로는 '기도 폐쇄와 호흡 곤란, 그보다 먼저 시도한 약물 과용'이지만 심층에 놓여 있는 자살 시도의 이유는 드러나지 않는다. 그리고 그 자살 시도는 처음이 아니라 1년 전에도 있었다는 사실이 더해지면서 궁금증을 증폭시킨다. 이 숨은그림은 앞서 살폈던 애인 세모에서 멈춘 '인과관계' 사슬의 의도적 단절에서 그 힌트를 찾을 수 있다. "내가 자기 때문에 죽었다고 생각하면 어떡하죠."라는 문장 뒤에는 "자기랑 내가 이런 사람이라, 이런 성향의 사람은 결국 이렇게 끝날 수밖에 없다고 여기면"이라는 문장이 뒤따른다. 즉 '이런 사람, 이런 성향의 사람'이 열쇠이다. 이 열쇠를 쥐고 주변에 흩어진 그림을 다시 모아 보면 이렇게 된다.

아버지가 죽으면 엄마한테는 말할 수 있을지도 모르지만, 공적 영역에서는 철저히 숨길 거라던 벽장. 이혼녀. 정체성이란 스스로 밝히는 게 아니라 말하지 않아도 알게 하는 것이라고, 안다는 것을 알아챌까 오히려 눈치 보게 하는 강한 힘이라고 말하던 사람, 힘이 정체성이라니, 세렝게티에 사는 초식동물도 아니고 왜 세상을 온통 적으로 보느냐고 내가 물으면, 세모는 그 경계심이 자신의 유일한 방어 수단이라고 했다. 잡아먹힐 때 들이받을 수 있는 뿔 하나쯤은 있어야 하지 않겠느냐고 했다.(161쪽)

위 인용문에 따르면 세모는 벽장에 숨은 이혼녀, 퀴어이고, 그녀의 애인인 '나' 또한 퀴어였던 것이다. 자기 죽음의 원인을 세모로부터 단절시키고자 했던 이유는 실제의 인과관계이기 때문이다. 그렇게 '나'는 연인으로부터, 동성애 차별의 현실로부터 자신의 죽음을 떼어 내고, 커피포리라는 행복한 그림이 되어 엄마의 꿈속으로 챔바와 함께 남산길을 떼구르르 구르며 가는 게 이 소설의 전말이다. 그러나 이 따뜻하고 행복한 그림은 역설적으로 여기에 엉켜 있는 페이소스와 비애를 가중시킨다. 나는 챔바에게 묻는다. 어떤 사람이 자신과 같은 길손이 되느냐고. 스즈키 복을 입은 챔바의 답은 이렇다. "어떤 가이드는 빛이 필요한 사람이 길손이 된다고 해요. 어떤 가이드는 세상의 빛이 된 사람이 길손이 된다고 하고." '나'는 후자 쪽은 아니라고 생각한다. 즉 '빛이 필요한 사람' 쪽이라고 믿는 것이다. 퀴어, 소수자, 약자 등은 그렇게 빛이 필요한 어둠 쪽으로 밀려난다. 또한 이어지는 챔바의 견해, "슬퍼한 사람"이라는 생각 또한 '나'의 죽음을 벽장 속에 갇힌 퀴어의 절망과 연결 짓는다. 그러나 필자의 생각은 그렇지 않다. 소설 바깥에서 보면 '나'와 세모가 겪은 비극은 퀴어를 비롯한 온갖 약자에 대한 차별과 불평등, 편견, 무지 등으로 가득 찬 이 어두컴컴한 세상을 밝힐 한 줄기 빛이기도 하다. 헤테로섹스만이 정상이고 비장애만이 건강이고, 남자만 가장이 될 수 있다고 줄기차게 외치는 이 어두운 세상에서 작게 빛나는 '아니다.'의 빛, 그래서 수많은 소외된 자들을 위로하는 불빛인 것이다. 벽장에 숨어서 오들오들 떨고 있는 자들을 '대신해서' 존재를 증명하고 죽어 가는 이들이야말로, 삶이 여전히 살 만하다라고 위로하는, 슬픔의 레종 데트르가 되어 줄 수 있다.

어떤 풍경의 정치학

박상영 「요즘 애들」, 위수정 「풍경과 사랑」

두 개의 풍경이 있다. 하나는 30대 여성이 20대 신입 사원인 청년에게 "요즘 애들" 운운하며 혀를 차는 장면이다. 다른 하나는 중년 여성과 앳된 청년이 다정하게 이야기를 나누는 장면이다. 흔한 풍경일 수 있다. 그러나 이 심상한 정지 화면을 조금 다르게 돌려 보면, 어떤 불온함과 위험을 감지할 수 있다. '꼰대'라는 말이 그렇듯, 인류 역사를 숱하게 거듭해 온 '요즘 애들'에도 세대론적 정치성이 함의되어 있다. 그것은 '오이디푸스콤플렉스'로 함축되는, 윗세대와 아랫세대의 항상적인 적대와 불화를 지칭하고 있을 뿐 아니라 그로 인한 '힘과 양식'의 분배' 문제라는 정치 영역으로 이어지기 때문이다.

'40대 중년 여성과 젊은 남성'은 어떤가. 보통 두 개의 성차(젠더)로 구분되는 이 둘의 조합은 '남성+남성', '여성+여성', '남성+여성'(여성+남성) 세 가지 경우로 나눌 수 있다. 그러나 그 안에 연령, 가족, 지위, 인

---

1 미국의 정치학자 데이비드 이스턴에 따르면 "정치란 한 사회를 위한 가치의 권위적 배분"이다.

종, 계급 등의 구체적인 조건들을 입히게 되면, 이 조합은 수많은 다른 그림들을 만들어 내고 어떤 그림은 '위험'해지기도 한다. 특히 섹슈얼리티라는 가장 내밀한 요소를 적용했을 때 발생하는 결합의 가능성은 금기, 가족, 도덕 등을 둘러싼 가장 치열한 정치의 장으로 바뀔 수 있다. 최근 젠더를 둘러싼 논의들은 '가장 사적인 것이 정치적인 것이다.'의 직접적인 현장을 보여 준다. 박상영의 「요즘 애들」과 위수정의 「풍경과 사랑」[2]을 통해 이 풍경들의 정치적 전화를 찬찬히 살펴보자.

그 많던 '요즘 애들'은 어떻게 되었나

청년 세대를 지칭하는 말은 언제나 있어 왔다. 신세대, X 세대, N 세대, 삼포 세대, 88만 원 세대, IMF 세대, MZ 세대 등등. 각각은 '과소비 향락 문화와 대중문화에 대한 열광, 강한 자기주장의 1990년대 X 세대', '컴퓨터에 익숙한 이들로 가상공간에 탐닉하는 Net 세대', '정보 기술(IT)에 능통하며 우리보다는 자기를 더 중시한다는 MZ 세대'를 지칭한다. '88만 원 세대'와 같은 것은 4·19 세대, 386 세대처럼 현실의 어떤 흐름을 만들어 낸 특정한 정치적 세대와 경제적 곤궁을 일컫기도 하지만, 그 외의 것은 그저 '요즘 애들'이라고 총칭해도 무방한 시기별 신세대 브랜드일 뿐이다. '디지털 네이티브', '대중문화' 등의 시대별 외장을 달리하더라도, 그 내용의 요지는 '자기주장이 강하다'는 것, 더 거칠게 말하면 '제멋대로'라는 것이다.

---

2   박상영, 『믿음에 대하여』(문학동네, 2022), 위수정, 『은의 세계』(문학동네, 2022). 이하 이 책에서의 인용은 쪽수로만 표기한다.

박상영의 「요즘 애들」이 그리는 '요즘 애들'의 수난사와 변천사도 저와 크게 다르지 않다. 주인공이자 화자인 '나'는 대학을 졸업하고 《매거진 C》라는 문화 잡지에 취직한다. '다들 왠지 힙하고, 세련되고, 완벽히 준비된 인재들인 것만' 같은 면접자들을 제치고 어렵게 들어간 첫 직장에서 '나'는 예상치 못한 루키의 시절을 겪는다. 특히 '나'와 입사 동기 황은채의 사수를 맡은 배서정은 8년 차 선임 기자로 '사회생활 9단 특유의 냉정한 어조'와 '정중앙 가르마' 같은 반듯함으로 이들을 사회 초년생의 험준한 목록들로 이끈다. 봉투에 라벨지를 붙여 잡지를 포장하고 발송하기, 하루 종일 드립 커피가 떨어지지 않도록 관리하기, 고무나무에 물 주기, 잡지의 공식 사이트와 SNS 계정 관리 담당하기, 매일 오후 2시 기사 업로드하기 등 허드렛일은 마치 콩쥐에게 주어지는 미션처럼 끝도 없이 이어진다.

심지어 열악한 난방 때문에 수도관이 동파되자 '나'는 30만 원의 출장 수리비 대신에 변기 뚫는 일에 투입되기도 한다. 그러나 여섯 시간 동안 언 수도관에 붙어 씨름하다 돌아온 '나'에게 대뜸 사수가 던진 말은 "네가 뭘 잘못했는지 말해 봐."이다. 2시에 트위터 업로드를 못한 것에 대한 터무니없는 질책인데, 이 비난의 목소리는 이후 일종의 초자아의 목소리처럼 이들을 쫓아다니며 괴롭힌다. 이들이 작성한 기사는 늘 '문장력이 부족거나 중량감이 떨어지거나 기초가 부족하거나 수식이 지나치게 많거나' 했고, "~했고요"는 "~했구요" 등의 대중 친화적 언어로 수정되어야 했으며, 더불어 '고전 읽기에 소홀한 요즘 아이들'로 시작하는 일장 훈시가 울려 퍼진다. 게다가 프로필 사진과 대화명, 연애까지 간섭을 받기도 한다. 한참 유행인 아이돌 사진을 프사로 올린 것과 '꿀꿀이'라는 대화명이 공적 생활에 맞지 않다는 것이다. 남자 친구와 찍은 사진을 카톡에 올린 것도 '세상천지에 남자 친구는 너만 있느냐, 당장 바꾸라.'며 질책당하고, 공식 계정 팔로우, 페북 친구 추천 안 한 것까지 '기본이 안 됐다.'라며 지적당한다. 인터뷰에 달랑 휴대폰만 들고 갔다며 혼나고, 매일 가방도 없이 몸만 온다고 혼나고, 출판 디자인 페어에 포스터를 잘못 붙였다고 혼나고, '구체적으로 어떤 부분을 수정해야 하는지' 질문했다고 혼나고, '매일 조증 걸린 사람처럼 웃어서' 혼나고, 요컨대 이들 수습사원은 '공적'으로나 사적으로나 총체적으로 문제가 많은 '요즘 애들'인 것이다.

그러나 기성세대의 삐딱한 평가처럼, 요즘 애들만 '문제가 많은 것'은 아니다. 선임 기자와 편집장의 SNS와 연애 논평은 '사생활 침해'이고, 인터뷰에서 휴대폰 녹취는 《뉴욕타임스》 기자들이 미국 대통령 인터뷰에도 쓰는 최첨단 기술이자 인터뷰어에 대한 집중이고, 잘못 붙였다고 난리 치며 배서정이 손수 다시 붙인 포스터는 이전 것과 크게 달라지지 않은 동일한 형태이고, 가방 없이 몸만 출근하는 것은 하루 열세 시간이 넘도록 사무실에 있어야 해서 칫솔이며 핸드폰 충전기, 슬리퍼 등이 몽땅 회사에 구비되어 있기 때문이고, '구체적으로 어떤 부분'에 대한 질문은 그때그때 달라지는 디렉션에 당황한 이들의 진심 어린 질문이다. 그런데도 상사들은 '요즘 애들'에 대한 불만과 지적을 멈추지 않는다. "너 옷 입는 것 좀 신경 쓰고 다녀."라는 외모 지적과 '외동이라 자기 세계가 강하다.', '역시 막내라 그런지 응석이 심한 편이다.'라는 가족관계 논평까지. 급기야 황은채는 공황장애로 정신과에 다니게 되지만, 끝내 인턴 3개월을 견뎌 내고 편집장 앞에 선다. 그러나 돌아온 대답은 "정식 기자가 되기에는 역량이 부족하다."이다. 순식간에 주제 파악을 못하는 대역죄인으로 전락해 버려도 이들이 할 수 있는 것은 없다. 그저 '요즘 애들'이라는 타이틀 아래 붙은 결함 덩어리를 고쳐 나가는 수밖에.

"요즘 애들은 그렇다? 실력은 없는데, 자기가 뭐나 되는 줄 알고 이름이나 알리려고 하고, 도무지 동료 의식 같은 건 없고. 사실 이렇게 함께 밥 먹고 얘기 나누는 것도 다 회사 생활 일부인 건데. 그런 걸 잘 모르더라고. 너희들이 그렇다는 건 아니고. 요즘 그런 애들이 많다고. 친구들끼리 만나면 그 얘기만 하잖아. 88년도에 호돌이가 방사능을 뿌려 놓고 간 거 같다고."(37~38쪽)

배서정의 계속되는 지적질에도 웃음으로 무마하려는 노력이 '조증 걸린 사람'이라는 비아냥으로 돌아오자 참고 견디던 '나'는 결국 폭발하고 만다. 은둔형 소설가 K의 인터뷰를 어렵게 성사시킨 후 마치고 돌아오던 날 배서정은 예의 그 "네가 뭘 잘못했는지 말해 봐."를 내던지며 트위터 업로드를 문제 삼는다. 인터뷰가 길어져 올리지 못했다는 '나'의 변명에도 배서정은 "내가 팔만대장경을 필사하라고 했니, 아니면 하루에 열 번씩 기사를 올리라고 했니? 트위터 관리 똑바로 하라는 게 그렇게 어렵니? 기사 하나 맡으니까 이제 니가 아주 대단한 기자라도 된 것 같니? 그래서 트위터는 하찮게 느껴지니? 분위기 파악 못하고 조증 걸린 애처럼 시끄럽게 웃을 줄이나 알지. 똑바로 하는 일이 있긴 하니?"라며 질투심과 적개심이 뒤섞인 질타를 날려 버린다. 참다못한 '나'는 선배를 사무실 밖으로 불러내 "그 잘난 기자 인생 8년 동안 인간 되는 방법은 못 배우셨나 봐요."라며 일갈하고 회사를 그만둔다.

그 후 '나'는 두 번째 회사를 거쳐 방송사에 입사하고 어느덧 배서정처럼 8년 차 직장인이 된다. 그리고 신생 프로덕션에서 유튜브 팀장으로 일하게 된 황은채와 프로그램을 통해 다시 만나게 된다. 촬영을 마치고 둘은 그사이 자신들이 '요즘 애들'에서 벗어나 있음을 알게 된다. 촬영을 마치자 "선배님, 회사로 복귀할까요?"라고 묻는 앳된 VJ를 집으로 보내며 "요즘 애들 아주 칼 같지?"라고 지적하는 스스로를 발견한 것이다. 이들은 어떻게 '요즘 애들'에서 벗어난 것일까.《매거진 C》에서 나와 두 번째 회사에서 '나'는 한 번도 크게 웃거나 뭔가 튀는 행동을 한 적이 없는, 적당히 성실한 회사원으로, 세 번째 방송사에서는 입과 귀를 닫고 모든 이들에게 기계적 선의와 곁을 주는 '정물 같은' 인간형으로 거듭난다. 그리하여 어느새 배서정의 잔뜩 구겨지고 신경질적인 표정을 닮은 기성세대로 변해 버렸음을 깨닫는다.

이 소설은 이렇듯 청년 세대들이 '요즘 애들'이라는 멸칭에서 벗어나 어떻게 기성세대가 되어 가는지를 보여 준다. 이 쓸쓸한 풍경은 "내가《매거진 C》와 배서정을 이해하기 위해 노력했던 만큼 배서정 역시 자신의 방식으로 나와 황은채를, 요즘 애들이라고 이름 붙여진 불가역의 영역을 이해하기 위해 최선을 다했던 것일지도 모르겠다."라는 화해로 끝맺고 있으나 그 밑에는 세대론으로 함의되는 치열한 정치성을 내장하고 있다. 황은채가 제안한 '신입과 부장급 사원이 미디어 기업에 입사하는 꿀팁을 전수해 주며 신구 간의 세대 차를 예능으로 녹여 내는' 프로그램이 '몹시 정치적인 의미'를 띤다는 화자의 지적처럼, '요즘 애들'이라는 신세대 담론에는 언제나 '사회적으로 가치 있는 것을 배분하는 권위적인 기술'로서의 정치학이 숨어 있다.

기성세대가 '기득권'을 지닌 모든 양식과 힘들의 분배장에 들어가기 위해 '요즘 애들'은 서서히 웃음과 자기주장을 버리고, 기성세대의 방식에 따라 훈육된다. 이러한 기성과 신세대의 정치성은 이 소설에서 언론 파업에 앞장섰던 386 민주화 세대인 남 선배와 신입 기자인 주인공으로 암시되기도 한다. 작가는 '어느 집단에 속해 있든 항상 무리의 중심에 있는 사람, 집단의 이익과 스스로의 정체성을 일치시킬 줄 아는 사람'으로 남 선배를, '나'는 그러한 인간을 "항상 동경하는 동시에 의아하게" 생각하는 회색인으로 그리고 있으나, 결국 '나'가 배서정으로 옮아간 것처럼 '의아함'을 버리게 될 것이라고 암시하고 있다. 그러나 의아함이 '온전한 개인성'을 뜻하지는 않는다. 기성이라는 것은 항상적이고 획일적인 것이 아니라 그렇게 의아함과 함께 달라지는 어떤 세대의 집단적 정체성의 이름이기 때문이다. '요즘 애들'이었던 '나' 또한 그 의아함으로 기성을 바꾸고 또 다른 '요즘 애들'의 명랑한 웃음과 개성을 지워 버리며 적을 동지로, 동지를 적으로 바꾸는 기이한 변전을 해 나가리라.

일대일 대응의 불온성

위수정의 「풍경과 사랑」은 한 여성의 불온한 욕망을 다루고 있다. 주인공이자 화자는 중산층을 대변하는 가정주부이다. 대학 시절 미술을 전공한 주인공은 캠퍼스 커플로 일찍 결혼했고, 신진건축대상을 받은 자랑스러운 설계사 남편과 반장이자 공부 잘하는 고2 아들을 둔 엄마이다. 건축 일로 남편이 제주도에 내려가 있는 동안, 아들 민준은 같은 반 친구 연호를 데려온다. 연호는 1990년대 배우로 활약했던 주수진의 아들인데, 하와이에서 전학을 와 한국말도 서툰 데다 과거 주수진이 그룹 회장의 내연녀였다는 스캔들 때문에 학교에서 따돌림을 당하는 아이이다. '어려워하는 기색 없이' '시선을 맞추며 친근하게' 구는 연호에게 은근한 호감을 품게 된 '나'는 줄곧 그에 대해 생각하지만 '니가 돌았구나.'라고 단죄하며 스스로를 다독인다. 어느 날 주수진이 동물보호협회 봉사 활동을 떠나 연호가 민준의 집에서 하룻밤 신세를 지게 된다. 늦은 밤까지 있다가 민준은 잠이 들고, 연호는 자연스럽게 거실에서 '나'와 대화를 나눈다. 거실 벽에 걸린 톰블리풍의 그림을 알아보는 연호, 그와 더불어 '나'는 좋아하는 아티스트와 미술 작품에 대한 취향을 공유하며 친밀감을 갖게 된다. 대화를 통해 연호가 소문처럼 그룹 회장의 아들이 아니라 주수진의 초등 동창 아들이며, 민준보다 한 살 많은 열아홉 살임을 알게 된다. 그러나 그보다 더 중요한 것은 '나'가 아들 민준이 깨지 않기를 바라고, 생각보다 한 살 더 많다는 사실에 기뻐한다는 점이다. 즉 '나'는 아들의 친구 연호를 욕망하게 된 것이다. 연호 또한 '나'의 느낌과 다르지 않음을 보여 주는데, 집에서 자야겠다고 현관을 나서며 그는 이렇게 말한다.

같이 갈래요? 나는 웃었고, 웃는 나를 연호는 웃지 않고 바라보았다. 내가 고개를 젓자 연호가 작게 말했다. 나는 무슨 말인지 알아듣지 못했다. 뭐라고? 그는 천천히 다시 말했다.

One to one correspondence. 그걸 한국말로 뭐라고 하죠?

연호가 떠난 후 나는 발코니로 가서 섰다. 그러나 곧 뒤로 물러났다. 아래를 내려다보고 싶은 만큼 나는 두려웠다. 연호가 올려다볼까 봐. 나를 발견할까 봐.(95쪽)

연호가 떠난 뒤, '나'는 밤새 잠을 이루지 못하고 그날 이후에도 계속 연호 집 근처를 배회한다. 그러다 집에 돌아온 남편과 미용실에 갔다가 주수진과 연호 모자를 우연히 마주친다. "예전에 팬이었어요."와 같은 남편의 너스레와 "저희 애한테 얘기 많이 들었어요."와 같은 호들갑을 주고받으며 심상하게 지나쳐 가지만, 이때 '나'는 옆에 서 있던 연호가 "내가 며칠간 수도 없이 떠올렸던 연호가 아니"라는 것을 알게 된다. 그러나 남편과 뜨거운 정사를 나눈 뒤에도 '나'는 연호에 대한 생각을 떨치지 못한다. 급기야 아들과 남편이 잠든 사이, '나'는 파자마에 외투만 걸친 채 집을 나와 다시 연호 집 근처를 배회한다. 그러다가 근처 공원으로 향하게 되고 그곳에서 홀로 소주를 마시며 아무 말이나 마구 지껄이는 '미친 여자'와 마주친다. 창백한 얼굴로 허공을 향해 누군가와 끊임없이 대화를 나누는 듯한 그녀는 "그게 아니라니까, 씨발년 같은 소리 하고 있네 진짜."와 같은 알 수 없는 소리를 늘어놓는다. 여자에게 가까이 다가가 말을 걸지만 '미친 여자'는 아랑곳하지 않는다. "제가 몇 살쯤으로 보여요?"라는 질문에도 반향이 없자 '나' 또한 그녀에게 일방향적으로 자신의 말을 쏟아 놓는다. 자신의 미친 충동과 정념을.

다리가 저려 왔다. 손도 얼었고 무엇보다 못 견디게 귀가 쓰라렸다. 여자는 얼마나 추울까. 이 추위도 느끼지 못할 정도로 어디가 망가진 것일까. 나는 충동적으로 코트를 벗어 여자의 무릎을 덮었다. 이거 줄게요. 그리고 내 얘기도 좀 들어 줘요. 나는 여자의 귀에 바짝 다가가 잠깐 동안 빠르게 속삭였다. 여자는 두려운 듯 몸을 움츠렸다. 나는 온몸이 덜덜 떨렸다. 말을 마치고 일어나 몇 발짝 떼었다가 여자를 돌아보았다. 여자는 코트를 뺏기기 싫은 듯 끌어당겨 손에 쥐었다. 나는 여자에게 단호하게 말했다. 아무한테도 말하면 안 돼요. 절대 안 돼요. 그리고 나는 손으로 내 입을 막았다. 여자는 멍하니 나를 바라보다 곧이어 알 수 없는 말들을 쏟아 내기 시작했다. 내가 아니라 내 뒤의 허공을 바라보며.(105~106쪽)

「풍경과 사랑」이 은밀하게 폭로하고 있는 저 중년 여성의 욕망은, 지극히 불온하고 위험한 것이다. 그것은 혼외정사와 불륜이라는 한 겹의 빙판이 아니라 아들의 친구이자 청소년이라는 훨씬 더 위험한 얼음판을 딛고 있기 때문이다. 연호가 제안한 '일대일 조응'(신분, 가족 등의 배경을 삭제한 개인 대 개인의 만남)이라는 섹슈얼리티와 로맨스는 어떤 사회에서도 '합법적이고 지속적인' 만남의 방식으로 용인된 적이 없다. '사랑하면 잘 수 있고, 함께할 수 있다.'라는 유혹적이지만 무력한 정식은 원나잇과 같은 일회성에서만 용인될 뿐이다. 그럼에도 불구하고 '나'는 이 일대일 조응에 집착한다. 일대일 조응이 불가능하다는 것을 미용실에서 '연호'와의 만남을 통해 눈치챘음에도 불구하고. 여럿이서 함께, '사회' 속에서 대면한 연호는 '남자'일 수 없다. 그러나 남편을 잊고, 아들을 잊고, 그리고 그들이 주는 모든 것들, 안락함, 중산층의 풍요, 사회적 용인과 일체의 안전함 같은 것을 잊고 '연호'라는 위험한 낭떠러지로 향하게 하는 정념을 '나'는 좀처럼 뿌리치지 못한다. 그리하여 이 정념은 어디로 향하는가? 위 인용문에서처럼 공원의 미친 여자-히스테리로 귀결된다. 미친 여자의 형상은 가부장제, 일부일처제, 모성 이데올로기, 근친상간 등의 규율 바깥에 놓인 섹슈얼리티가 어떻게 되는지를 보여 주는 메타포이다. 미친 여자의 헛소리가 홀로 일체의 정상성과 제도를 헤집어 놓는 풍경, 이것이 「풍경과 사랑」이 보여 주는 음험한 성 정치학의 풍경이다.

피그미 시대 청년들의 생존법

이서수 「미조의 시대」, 김유나 「랫풀다운」

이서수의 「미조의 시대」[1] 주인공 미조에게 닥친 곤궁은 두 가지이다. 취직과 이사. 수영 언니가 추천한 곳은 구로디지털단지역에 위치한 웹툰과 웹소설을 제작하는 꽤 큰 회사이다. 테크노타워, 포스트, 밸리 등의 거대한 건물을 지나 당도한 그곳에서 미조는 면접을 본다. 관리 팀 차장은 이력서를 들여다보며 이직과 퇴사가 잦은 이유를 묻는다. '엄마가 수술을 하셔서', '경영 악화로 퇴사를 권고받아서', '통근 시간만 네 시간이 걸려서' 등의 해명이 이어지지만, 그 끝에 "더존 프로그램은 당연히 쓸 줄 알죠?"라는 물음이 쐐기를 박는 듯 그녀의 등을 떠민다. 두 번째 곤궁은 '5000만 원으로 전셋집 구하기'이다. 서울에서 이 미션을 수행하기란 거의 불가능에 가깝다. 부동산 사이트에서 보았던 낙성대 근처 제법 괜찮았던 반지하 원룸은 광각 렌즈로 촬영된 것인 데다 벽을 뚫고 침범하는 음식 냄새를 포착하지 못한 것으로 판명되고, 볕이 잘 든다는

---

1 이서수, 「미조의 시대」, 《Axt》 2021년 3/4월호. 이하 이 책에서의 인용은 쪽수로만 표기한다.

두 번째 집 또한 높다란 회색 벽이 창문을 막고 있는 반지층 집으로 판명된다.

'우리는 가난해도 너무 가난했다.'를 온몸으로 실감했지만 미조 모녀는 이를 인정할 수 없다. 아버지가 평생 모은 재산이자 유산이었기 때문이다. 그 가난을 실토하는 대신 엄마는 애써 "5000만 원은 참 큰돈이야."라는 맥락 끊긴 사실을 '절대 가치'처럼 새겨 넣는다. 그러나 이들은 5000만 원으로는 서울의 가장 후미진 곳에서조차 머물 수 없다는 사실을 안다. 그때 미조의 눈에 엄마가 수경 재배로 키우고 있는 고구마 줄기가 보인다. 천장에 매달린 그것은 미조의 키만큼 자라 커다란 위용을 드러내고 있다. 그것이 무려 1평을 차지하고 있다는 사실에 경악한 미조는 맹렬한 증오심을 느낀다.

내 방으로 돌아와 곧바로 불을 껐다. 안 그래도 짐이 많은데, 원룸에 이 짐을 다 넣을 수는 없을 텐데 고구마 줄기는 지나치게 잘 자라 천장에 닿을 듯했다. 쑥쑥 자라며 내게 자기 방을 달라고 외치는 듯했다. 나는 옆방의 고구마 줄기가 미웠다. 있는 줄도 몰랐던 조용한 식물까지도 미워하는 나의 마음은 도대체 얼마나 작아진 걸까. 6평짜리 반지하방만큼?(258쪽)

"조용한 식물까지도 미워하는" 마음의 옹색함과 졸렬함은 우리 시대 청년의 초상을 보여 준다. 구로디지털단지의 화려한 빌딩들, 고속철로 가로지르는 일상의 속도, 인터넷과 넷플릭스로 상징되는 세계화, 심지어 세계 갑부의 화성 여행까지. 우리 삶은 유례없이 광대한 영토를 누비게 되었으나 아이러니하게도 마음의 레짐은 저렇듯 한없이 위축되어 버렸다. 이를 두고 역사학자 토니 주트[2]는 아프리카의 소인족에 빗대어 '피그미 시대'라고 명명한 바 있다. 그에 따르면 피그미 시대는 '호환마마 같은 시장주의의 창궐'의 결과이다. '끝없는 성장이라는 미신, 물질적 부에 대한 강박적 추구'는 인간을 한없이 왜소한 숫자와 잉여로 추락시킨다. 신자유주의만이 그 원인은 아닐 것이다. 푸코의 전언대로 복잡한 사회 시스템의 숱한 규율 권력과 훈육 장치가 축소시켜 버린 '자유'의 의미와 그 형성물이 '소인족'일 것이다.

피그미 시대는 역사와 대결했던 과거 '청년 영웅상'을 제거해 버렸다. 제국과 군사독재, 빈곤과 부패한 권력 등 기성 질서에 맞서 왔던 청년들은 이제 사라졌다.[3] 그들은 이제 '88만 원 세대, MZ 세대, N포 세대, 20대 개새끼론, 이대남(20대 남자)' 등으로 호명되면서 생존(survival)의 전장에서 각자도생하기 위해 고군분투 중이다. 이들은 문화적으로도 1970년대식 저항적 문화 창조자가 되지 못하고, 다국적 기업이 제공하는 OTT 등의 대중문화 콘텐츠의 소비 주체가 되어 자본시장의 회로에 접속할 뿐이다.

'저항, 혁명, 창조, 역군, 전사, 투사'와 결별한 이들 문화는 '작지만 확실한 행복'을 추구하는 소확행, 일과 삶의 균형을 지향하는 '워라밸' (Work-life balance), 깨달음과 달관의 세계에 안주하는 '사토리 세대'(さと

---

2   Judt, Tony, *Ill Fares the Land* (New York; Penguin, 2010); 헨리 지루, 심성보·윤석규 옮김, 『일회용 청년』(2015), 25쪽에서 재인용.

3   김홍중은 청년 세대의 '생존주의'를 분석하면서 국사학자 이기훈과 사회학자 전상진의 논의를 소개했다. "20세기를 거치면서 청년은 국가 건설의 주역, 계몽주의자, 산업 역군, 반공 전사, 민주화 투사, 새로운 문화의 창조자 혹은 아방가르드 등으로 다양하게 호명되어 왔다.(이기훈) (……) 그러나 21세기의 청년들은 불확실한 미래와 가혹한 경쟁에 노출된 채, 선배들이 누렸던 '영웅적' 청춘을 더 이상 구가하지 못하는 것으로 관찰되고 있다.(전상진)" 「서바이벌, 생존주의, 그리고 청년 세대」, 『사회학적 파상력』(문학동네, 2016), 256쪽.

り世代), '달관 세대' 등의 용어와 라이프스타일을 만들면서 더 왜소해지고 있다. 이들이 이렇듯 거대 서사의 역사 주체이기를 포기할 수밖에 없는 것은 마음의 크기가 쪼그라들었기 때문이다. 그리고 그 마음의 크기는 미조의 경우처럼 방의 크기와 자산이라는 물적 토대에서 형성된다. 그 물적 토대는 실제적으로 소유한 자산이 아니라 개인의 노력으로 정당하게 획득할 수 있는 미래 가능성의 영토를 뜻한다. 청년들, 혹은 더 나아가 중산층의 붕괴와 절망은 그 미래의 영토가 거의 불가능해졌다는 데에서 비롯된다. 대학을 졸업해도 고학력 실업자나 비정규직 등이 되거나, 간신히 취직한 곳에서는 '사축'(社畜)당하면서 학자금 대출을 갚아 나가면서 결혼과 육아와 차츰 멀어진다. 그들의 좌절된 원대한 꿈은 온갖 상상력이 판치는 넷플릭스나 비트코인이라는 도박판에서 거처를 찾는다.

미조는 또한 우리 청년들의 내면세계에 덧붙여 'K도터'(K-daughter)를 표상한다. 미조는 TV에 나오는 맛집을 찾아 떠도는 '정신머리 없는' 충조 오빠 대신 아버지가 남긴 5000만 원과 무능한 엄마를 떠맡는다. 미조는 엄마가 수술했을 때도 회사를 그만두고 간병해야 했으며, 우울증을 앓는 엄마의 시 낭송을 들어 준다. 엄마에게는 지독한 절망을 "도시의 주인이 나의 발끝에 불을 놓았다."로 포장하는 시 창작의 기술이, 오빠 충조에게는 가족을 잊고 아르바이트를 하며 맛집을 찾아다니는 뻔뻔한 개인주의가 있지만, K-장녀인 미조에게는 그저 처지가 비슷한 수영 언니와 함께하는 다람쥐 쳇바퀴 같은 '술집―담배 루틴'의 반복이 있을 뿐이다. 그 반복의 풍경 속에서 "받아들여. 어딜 가든 마찬가지야."라는 수영 언니의 말이 후렴구처럼 울려 퍼진다. 미조와 수영은 "어딜 가든 살아. 다 마찬가지야."라는 말을 생존주의의 모토처럼 앞세우고 길 없는 길 위에서 서바이벌을 수행해 간다. '고구마 줄기'같이 쓸데없이 웃자란 욕망을 자르면서.

「미조의 시대」에서 수영 언니는 미조와 더불어 또 하나의 청년 초 상을 제시한다. 수영은 꿈꾸던 '창조적인 웹툰 작가'가 되지 못하고 회 사의 요구에 따라 성인 웹툰을 그리는 어시스턴트로 생계를 이어 간다. 말도 안 되는 성인물을 그리고 스트레스로 탈모 약을 먹지만 그 일을 그 만두지 못한다. 그것은 미조에게 늘 하는 말처럼 "어딜 가나 똑같다는 것"을 알기 때문이다. 수익을 추구하는 회사에 성인물은 최후의 방패 같은 것이고 그 속에서 '어시스턴트'의 운명은 예술가와는 거리가 먼 하 청 업자에 불과하다. "반지하방에 여자를 가둬 놓고"로 시작하는 수영 의 웹툰은 "뭐든지 됩니다."와 같은 자본주의 욕망의 음화를 뜻한다. 그 것은 시대의 랜드마크처럼 우뚝 선 구로역의 거대한 빌딩, 울산의 현대 중공업 단지, 단양의 성신양회와 다르지 않다. 미조는 그런 수영을 보며 왜 "세상을 조금 더 나쁘게 만드는 일"에 종사하는지 의문을 갖지만 수 영은 그 일이 개인의 결단과는 무관함을 깨닫는다. 수영은 미조에게 구 로의 역사가 새겨진 흑백사진을 가리킨다. '산업 단지가 조성되기 전 구 로동 일대의 한적한 풍경, 1960년대 가발 공장의 여공들, 1970년대 공 업단지 공장, 1980년대 한국수출산업공단, 2000년대 G밸리의 밤 풍경' 을 담은 그 사진은 도도한 역사의 흐름과 인간의 욕망을 전시하고 있다.

미조야, 여기 이 여자 좀 봐.

언니가 가리킨 사진 속 인물은 가발을 만들고 있는 단발머리의 젊은 여성이었다.

언니랑 닮았어.

우리는 함께 웃었고, 손을 잡고 걸었다. 어쩜 머리 모양까지 똑같을 까. 우리는 한참 동안 그 여성에 대해 얘기했다. (……) 미조야, 난 저 사진을 보고 더 이상 내 탓을 안 하게 됐다. (……) 나는 저 여자처럼 시대가 요구하는 걸 만들고 있는 거야. 시대가 가발을 만들어야 돈을 주겠다고 하면 가발을 만드는 거고, 시대가 성인 웹툰을 만들어야 돈을 주겠다고 하면 그걸 만드는 거야. 그렇게 단순한 거야. 마찬가지인 거야. (……) 나의 정신을 죽이고 있는 건 시대라고. 이 시대. 사람들이 좋은 웹툰보다 나쁜 웹툰에 더 많은 돈을 쓰는 시대가 내 머리카락을 빠지게 하고 있어.(259~260쪽)

수영은 1960년대 가발 공장에서 일하는 단발머리의 젊은 여성에게서 자신을 본다. 닮은꼴은 1960년대 가발 공장에만 있는 것이 아니다. 1970년대 여공들에서 2000년대 디지털 단지의 노동자들에 이르기까지, 수영은 '자아'와 무관하게 기계를 돌리는 무수한 직공의 배턴을 물려받은 것이다. 이들에게 허락된 자아란 "부대찌개를 앞에 둔 시무룩한 체코인 종이컵에 꼬인 100마리 개미 버려진 네 짝의 장롱"과 같은 미조 엄마의 시, 혹은 충조 오빠의 맛집 탐방에서나 활약할 수 있는 것이다.

「미조의 시대」는 미조와 수영을 통해 우리 시대 비참한 청년의 자화상을 사회의 전사(前史)와 더불어 보여 주고 있는 수작이다. '공정'을 외치는 청년들의 개인주의, 능력주의 옹호는 '노오오오력'에 대한 냉소나 분노와 다른 것이 아니다. 노력과 스펙 쌓기로 얻을 수 없는 일자리, 끝없이 갚아 나가야 하는 학자금 대출과 각종 대출들. 불평등과 양극화를 더욱 악화시키는 이것들은 '공정'이 해결할 수 없는, 구조적인 문제이다. 「미조의 시대」는 이 문제를 환기시키고 있다. 수영이 성인 웹툰을 그리는 것은 자신의 의지가 아니라 시대의 요구이다. 수많은 '수영과 미조들'을 테크노 같은 첨단 기술로 번쩍거리는 공장으로 몰아넣고 있는 것은 그들 개인이 아니라 시대이다. 4·19혁명이 있었던 1960년대에도, 청년 저항 문화가 유행했던 1970년대와 학생운동이 군사독재를 박살 내던 1980년대에도 수영과 미조 같은 하위 주체인 여공들은 자본주의 음화 속에서 '일회용 청년'으로 소비되었다는 것, 「미조의 시대」의 중첩된 그림이 겨냥하는 바는 바로 이러한 사실일 것이다.

김유나의 「랫풀다운」[4]은 활기와 따뜻한 유머로 가득하지만 「미조의 시대」와 크게 다르지 않은 청년의 초상을 보여 준다. 주인공 석용은 과거 역도 실업 팀 시절에 만난 바벨 메이트 승우 형이 대표로 있는 헬스장에서 트레이너로 4년간 일하다 한순간 직장을 잃고 만다. 승우 형이 회원과 바람이 나서 석용이 투자한 6000만 원은 물론 120명 회원의 선납 이용료를 들고 도망갔기 때문이다. 석 달째 월급이 밀린 다섯 명의 강사가 연일 대책 회의를 열었지만 뾰족한 방도를 찾을 수 없다. 그저 빗발치는 전화와 문자에 사죄하는 것, 그리고 복근 운동을 계속하는 것 외에는. 석용은 자신이 "작정한 놈 눈에 띈 물렁한 놈"이었음을 뼈저리게 느끼면서 하루 네 끼 단백질 식단과 오랜 시간 공들여 온 98킬로그램의 육체 단련을 계속해 간다. 특히 일상이 무너진 비상시국에 후면 근육을 단련하는 것은 중요하다.

열. 석용은 양쪽 견갑을 모으며 바를 끌어당겼다. 두 번째 세트의 열 번째 움직임이었다. 앉은 자세에서 바를 쇄골 쪽으로 끌어당기는 랫풀다운 머신은 광배근을 강화하기에 가장 좋은 운동이다. 일상생활에서는 몸의 후면 근육을 거의 쓰지 않기 때문에 의식적으로 잡아 주는 운동이 중요해요.(133쪽)

---

4   김유나, 「랫풀다운」《창작과비평》 2021년 여름호. 이하 이 책에서의 인용은 쪽수로만 표기한다.

3개월치 회비를 미리 낸 떡집 사장과 대책 회의에 모인 강사들의 아우성에도 석용은 기어이 다섯 번째 세트의 스무 번째 동작을 마친다. 그리고 거울에서 '들썩이는 흉근, 머리통만 한 허벅지, 다물어지지 않는 이두박근'의 강건한 육체를 본다. 그러나 그 강인한 근육은 실업과 실연으로 텅 빈 그의 삶에 아무런 힘이 되지 못한다. 석용은 "진짜 트레이너라면 피트니스 대회에 나가서 꾸준히 자신을 갱신하는 걸로 회원들에게 본을 보여야" 한다는 승우 형의 조언에 따라 쪽잠을 자며 대회를 준비해 왔다. 연인인 예선과의 결혼식을 한없이 미루면서 승우 형이 약속한 '프라이빗 PT룸'과 '수익의 60퍼센트'를 향해 훈련에 매진해 왔으나 결국 얻은 것은 예선의 이별 통고이다. 직장과 돈과 연인, 그리고 미래를 상실한 청년은 무엇을 해야 하나? 버티기이다. 속된 말로 '존버'(존나 버티기) 외에는 없다.

석용은 해외는커녕 국내 여행 경험도 거의 없었다. 35년간 자기 발로 어딜 떠나 본 기억이 없다는 게, 돌이켜 보니 새삼 억울하기도 했다. 그래도 버티는 건 누구보다 자신 있었다. 바벨을 잡은 손아귀에 힘을 주느라 빠진 엄지손톱에 항생제 주사를 맞아야 했을 때도 석용은 앓는 소리 한 번 내지 않았다. 다음 해에 무릎 통증을 겪었을 때도 석용은 묵묵히 버텼다. (……) 경기를 생각하면 석용은 버티기 힘든 것도 버틸 수 있었다. 경기만 치르면 다 내려놓을 수 있어. 경기만 치르면. 재활만 끝나면. 자격증만 따면. 피트니스 대회만 끝나면. 확장 공사만 시작되면. 내 PT룸을 갖기만 하면.(139~140쪽)

'대회만 끝나면, 자격증만 따면'이라는 가정법으로 숱한 시간을 '존버'로 지내 왔던 석용에게 그 가정의 골인 지점이 사라져 버리고 말았다. 석용은 승우 형 부모가 산다는 제주도로 향한다. 그러나 '카리스마 있게 가자.'라는 그의 다짐은 등이 심하게 굽은 할머니가 높은 빨랫줄에 빨래를 너는 장면에서 무너지고 만다. 석용은 해안도롯가 집 마당에서 끙끙대는 승우 어머니 대신 쇠기둥 양쪽의 빨랫줄을 다시 매 주고 빨래를 널어 준 뒤 조용히 나오고 만다. 홀로 평상에 앉아 막걸리를 마시는 승우 어머니 또한 자신 못지않게 처량한 신세임을 알았기 때문이다. 제주도 집 운운하는 트레이너 형욱의 전화에 "제가 가 봤는데요. 아무것도 없더라고요. 벌써 다 버리고 도망갔더라고요."라고 거짓말로 매듭을 지으며.

무위로 끝난 승우 집 방문 후, 석용은 민박집 아들의 강권에 이끌려 스킨스쿠버 다이빙 강습에 끌려간다. 장비를 메고 물에 들어가기 전 강사 백석은 석용에게 이렇게 말한다. "형님, 드릴 말씀이 있는데, 표정이 곧 죽을 사람 같아서 못 하겠어요." 드릴 말씀이란 강습 비용이 15만 원이라는 것. 빈털터리 실업 청년 석용은 다시 또 내줘야 하는 돈의 무게와 함께 바닷속 깊이 내려간다. 랫풀다운으로 단련된 근육은 그렇게 그를 깊은 바닷속으로 끌고 가 더 고된 '존버'를 수련시킨다. "깊이 내려가면 술 취한 것처럼 살짝 기분이 좋아질 거예요."라는 유혹과 함께.

「미조의 시대」가 보여 주는 욕망 거세나 「랫풀다운」의 '존버'는 우리 시대 청년들이 '카지노 자본주의'(기업 중심의 시장과 일확천금을 노리는 금융 자본주의)에서 살아가는 서바이벌 전략이다. 과잉 긍정과 자기 착취로 지탱하는 자기계발의 주체, 끝나지 않는 경쟁과 늘어 가는 부채, 포기해 버린 친밀성 등의 문제를 '개인주의'로 풀어 가고 있는 것이다. 그러나 과연 이 커다란 사회구조적 문제는 각개격파될 수 있는 것인가? 지그문트 바우만은 오늘날의 이러한 상황을 가리켜 이렇게 지적했다.

사회문제를 놓고 자발적이든 수동적이든 개인이 해결하려고 헤매고 있다. 그들은 사회문제를 개별적인 자원과 기술을 활용해 스스로 해결하고 있다. 이런 식의 관념이 확산되면서, 연대는 무익한 것이고 사실상 부정적 결과를 가져온다고 선언된다. 개인의 행위와 역량은 더 이상 '공동의 목적' 아래 귀속되거나 결집되지 않는다.[5]

청년 세대들에게 '공정'과 개인주의를 강요한 것은 누구인가. 심각한 사회적·경제적 불평등의 구조를 감추고 경쟁의 룰과 능력 만능주의를 가리키는 손은 누구의 것인가. 이제 이러한 사회구조를 만든 역사적 주체인 어른들이 답할 차례이다.

---

5 Zygmunt Bauman, *The Art of Life*(London: Polity Press, 2008), 88~89쪽. 헨리 지루, 앞의 책, 65~66쪽에서 재인용.

타인의 방

손원평 「태양 아래 반짝이는」, 김혜진 「축복을 비는 마음」

손원평의 「태양 아래 반짝이는」과 김혜진의 「축복을 비는 마음」[1]에는 상반되는 인물들이 나온다. 타인의 방을 침입하여 오염시켜 놓은 인물과 타인의 집을 청소하는 인물. 이 오염과 청소 행위가 각기 다른 마음을 향해 있으나 출발은 같다. 결코 내 것이 될 수 없는 타인의 것에 잠시 머무를 때의 선망과 질투, 그리고 증오심과 억울함.

「태양 아래 반짝이는」의 배경은 남쪽 지방의 섬에 위치한 최고급 호텔이다. 화자인 나는 그곳 유아 풀에서 불미한 일이 생기지 않도록 지키는 안전 요원이다. "내가 이곳에 손님 자격으로 투숙할 미래가 존재할까."라는 열패감에 젖은 나는 "투숙객이 행복감을 느끼며 귀하의 자녀는 안전하고 무사하게 보호받으면서 재미를 얻을 수 있을 것이라는 구호를 외치는 하나의 아이콘"에 불과함을 알고 있다. 한 달 월급을 하루치 방

---

[1] 손원평, 「태양 아래 반짝이는」 《문학동네》 2022년 여름호. 김혜진, 「축복을 비는 마음」 《창작과 비평》 2022년 여름호. 이하 이 책에서의 인용은 쪽수로만 표기한다.

값으로 지불하는 '그들의 세상'에서 나는 단지 그들의 성공을 보증하는 하나의 데코레이션일 뿐이다. '나'는 지방 2년제 대학 졸업, 부상 때문에 포기한 수영 선수의 꿈, 답 없이 쌓여 가는 대출금, 곰팡이 슨 옥탑방으로 이루어진 현실이 태양 아래 수영장에서 표백되기를 희망하며 하루하루를 견디어 나간다. 그리고 이렇듯 무력감과 열패감에 젖은 내 앞에 나타난 수은과 '그녀'는 무의식 속에 억누르고 있는 분노와 적개심을 끄집어내어 헤집어 놓는다. 다른 구역의 수영장에서 일하던 수은은 배치가 바뀌어 나와 같은 풀에서 일하게 되는데, 그녀는 평소 공손한 태도를 보이지만 투숙객이 등을 돌리면 그들을 조롱하고 비웃는다.

　　"저 사람들도 그냥 각자 속한 자리에 빌붙은 벌레일 뿐이야. 여기 와서 잘난 척, 여유로운 척하고 있지만 하루하루 삶에 찌들어 아등바등하고 있는걸. 한 푼이라도 더 싸게 예약하려고 밤새 시간 쓰고 평소엔 먹지도 않는 조식 먹으려 꾸역꾸역 일어나고 (……) 그러곤 자기들끼리 SNS에 올린 사진을 보면서 비교하고 비참해하는 거 모르지? 얼마나 애잔하고 불쌍한데."(301쪽)

　　수은의 눈과 입을 통하면, 화자가 그토록 선망했던 투숙객의 화려함이 비루한 인간의 안간힘과 허세로 추락해 버린다. '풍경 안에 숨겨진 불행을 찾아내는 사냥꾼' 같은 수은의 불온한 매력에 끌린 나는 그녀의 충동질에 끌려 새벽 수영장에서 몰래 수영을 즐긴다. 그리고 다음 날 한 투숙객의 컴플레인이 터져 수은은 해고되고 만다. '순종적인 이미지' 덕분에 살아남은 화자는 "징그러운 것들. 해고도 징그럽게 차가워. 그래도 재미있었잖아. 나가기 전에 꼭 해 보고 싶었거든. 그럼 천국 같은 감옥에서 내내 즐거우시기를!"이라는 수은의 마지막 메시지와 함께 홀로 남아 더 고분고분해지고 더 조용해진다. 그러나 수은이 헤집어 놓은 그 감정들로 인해 나는 이전과 달라져 있음을 알게 된다. "조명 빛에 따라 색이 변하는 수영장 물처럼 내가 보는 세상의 빛깔"은 전과 같지 않고, 일터의 풍경이라고 생각했던 호텔 객실들을 보면서 수은의 조롱과 경멸을 되뇐다. 그 경멸과 분노는 평화로운 수영장 풍광에 다음과 같은 환영을 덧입힌다. "적막이 흐르는 고요한 수영장, 따뜻한 정오의 태양 아래 아이들이 전부 다 거꾸로 엎어진 채 익사해 있는 모습"으로.

이렇듯 불온해진 화자는 이제 세계를 구분할 수 있게 된다. "나는 서 있고 그들은 앉아 있다는 것. 그들은 끊임없이 움직이고 나는 정물처럼 못 박힌 채 누군가가 불러야만 움직일 수 있다는 것." 작열하는 태양은 이제 이 두 세계의 높다란 담을 끊임없이 환기시킬 뿐이다. 이렇듯 일렁이는 화자 앞에 또 다른 여인이 나타난다.

장기 투숙객인 젊은 여자는, 여섯 살쯤 되어 보이는 아이 준이의 새엄마라고 자신을 소개한다. 물총을 쏘아 대는 준이에게 주의를 주려 하자 여자는 "원래 저래요."라며 남의 집 아이 흉보듯 말한다. 그렇게 만난 여자는 '나'에게 수은보다 더 위험한 장난을 제안한다. 비어 있는 객실을 돌아다니며 정사 나누기. 그녀는 이곳에 사업차 온 남편을 따라왔는데, 남편은 사별한 전처의 아들인 준이와 함께 다른 층에 따로 묵고 있다고 자신을 소개한다. 그녀의 충동질을 좇아 '나'는 두 세계를 가르는 높다란 벽을, 경계를 넘는다. "진심으로 웃어 본 지 오래됐어요."라고 고백하는 그녀는 무료함을 달래기 위해 자신이 저지른 엉뚱한 일을 얘기한다. "사는 게 너무 재미없다 보니 난 남들이 하지 않는 걸 하기 시작했어요. 그저 멍하니 이 세상을 관찰하는 거예요. 그러다 보면 다른 사람들이 보지 못하는 것까지 보게 되죠."라는 말끝에 새벽 수영장의 일을 제보한 이가 바로 다름 아닌 그녀라는 사실을 밝힌다. '젊은 두 남녀의 활기, 뜨겁게 사랑하는 자들의 몸짓'이 권태에 짓눌린 그녀를 분노하게 했다는 것이다.

　　"그토록 삶을 즐기는 모습, 뜨겁게 사랑하는 자들만이 할 수 있는 몸짓을 보자 안에서 불이 타올랐죠. 화가 났어요. 내가 하려고 했던 시시한 죽음 놀이조차 그에 비하면 초라하기 짝이 없었으니까. 당장 프런트에 전화를 걸었죠. (……) 내 솔직한 심정은 이랬어요. 내가 행복하지 않으면 내 앞에서 행복한 모습도 보이지 않았으면 좋겠다고."(309쪽)

"내가 행복하지 않으면 내 앞에서 행복한 모습도 보이지 않았으면 좋겠다"는 감정이 이 여인의 것만은 아니겠으나, 특히 그녀가 못 견디는 것은 '최고급 호텔에 장기 투숙하는 상류층 가족'이라는 자신의 모습이 완전한 허위라는 사실이다. 화자는 그 허위의 내용을 알게 된다. 준이가 잃어버린 가방의 가족사진의 엄마 자리에는 '그녀' 대신 다른 여성이 있었다. 그녀는 교환교수로 떠나 있는 진짜 아내, 엄마 대신 가짜 아내, 엄마 역할을 하고 있었던 것.

　　모든 게 껍데기일 뿐이죠. 그래서 나도 껍데기가 되기로 결심한 것뿐이에요. 차라리 누군가 문을 벌컥 열고 들어오길 바랐어요. 내 처신에 분노하고 이 삶에 벌이 내려지길 원했죠.(312쪽)

그 고백은 높은 담을 넘어, 그녀가 다른 세계를 향유하고 있다는 '나'의 착각을 가차 없이 부순다. 그녀는 "태양 아래 표백"된 세계가 아니라 "먼지 냄새 나는 잿빛 현실" 속에 놓인 나와 같은 존재였던 것이다. 그런 점에서 그녀 또한 수은, 나와 다르지 않은 현실을 살아가며 갈망과 조롱을 오가는 존재에 불과하다. 이 발견은 결코 벗어날 수 없는 구정물 같은 화자의 계급을 선명히 드러낸다. "남루한 현실을 활활 태우듯 조명하고 일깨우는 잔인한 빛"으로.

「태양 아래 반짝이는」은 '나—수은—그녀'가 우연히 섞인 화려한 세계와 거기에 속할 수 없는 이들 세 명의 계급적 현실을 시적인 이미지로 강렬하게 대비하고 있다. 그리고 태양처럼 타오르는 이들 정념의 불길한 일렁임을 통해 계급성이 본원적인 것이 아니라 얼마든지 달라질 수 있는 우연적이고 유동적인 것임을 드러낸다. 타인의 방에 잠입해 타인을 연기한 이들의 불온한 행위와 감정을 통해 '방'으로 상징되는 계급의 부당함과 폐쇄성을 심문하고 있는 것이다.

김혜진의 「축복을 비는 마음」의 주인공은 인선이다. 인선은 청소업체의 인부로 양 사장 부부와 주로 일을 한다. 그녀는 새벽부터 타인의 아파트를 청소하지만 「태양 아래 반짝이는」의 화자처럼 질시와 분노로 괴로워하지 않는다. 그것은 그녀가 자신이 하는 일에 크게 의미를 두지 않는 편이기 때문이다. 일할 때는 일에 집중하고, 일이 끝나면 잊어버리기. 평화를 위한 가장 간명한 방법일 수 있다. 인선에게는 또한 자신이 '좋은 사람'이라는 믿음이 있기에 타인의 방이 제기하는 차별, 현실 등에 대해 생각하지 않고 양 사장의 부당한 처우, 예컨대 차비, 추가 수당, 식사비 등에 대한 계산 등에 대해 불평하지 않는다. 물론 그녀는 무엇에든 최선을 다하는 '좋은 사람'의 덕목이 일하는 현장에서는 결코 도움이 되지 않음을 깨닫기도 한다. "언제 어디서나 최선을 다하는 사람, 다른 사람의 처지를 먼저 헤아리고 배려하는 사람, 곤경에 처한 이를 돕는 사람, 나쁜 것보다 좋은 것을 볼 줄 아는 사람, 긍정적이고 희망적인 생각을 잃지 않는 사람"으로 일을 하다가는 매일의 격무를 버텨 낼 수 없고 그렇게 되면 동료들에게도 피해를 줄 수 있다는 사실을 깨닫고 계급투쟁과는 다른 고뇌와 투쟁으로 괴로워한다. 그러다가 경옥이라는 신입을 만나게 된다.

경옥은 '좋은 사람' 인선과 달리, 자신의 생각을 거침없이 말하고 부당한 대우에 항의하는 사람이다. 「태양 아래 반짝이는」의 수은이나 '그녀'처럼 적개심을 드러내거나 경멸과 조롱을 퍼붓지는 않지만, '수당'이나 처우 등에 있어서 작은 계산들을 포기하지 않는 사람이다. 가령 양사장이 네 명 있는데도 3인분의 식사를 시키면 당당히 4인분을 시키고, 일당에 포함되지 않은 일에 대해서는 일일이 따져 묻기도 하는 것이다. '좋은 사람' 인선에게 이러한 경옥은 "모든 걸 지나치게 따지고" "현실을 너무 모르는" 사람으로 보인다. 또한 인선은 일에 서투른 경옥을 경원시한다. 그러다가 한 장면을 목격한다. 새벽녘 아파트 근처 편의점 야외 테이블에서 컵라면과 맥주를 먹고 있는 경옥을 본 것이다.

컵라면에서 가느다랗게 김이 솟아오르는 게 보였다. 라면을 먹느라 잠깐씩 고개를 숙이는 경옥의 뒷모습은 허기져 보이지도, 지쳐 보이지도, 추워 보이지도 않았는데 이상하게 마음이 착잡해졌다. (……) 그런데 그 순간, 자신이 필사적으로 피해 다니던 어떤 생각들이 한꺼번에 몰려오는 기분이었다. 이 일을 하는 자신의 처지와 형편 같은, 당장은 대안이 없고 도움도 되지 않는 현실적 고민이 되살아났다.(149쪽)

인선이 경옥에게서 본 것은 '대안도 없고, 도움도 되지 않는 현실을 살아가는' 막막한 자신의 처지, 애써 억눌러 놓은 불안한 자신의 내면이었던 것이다. 이러한 공감은 곧 이들 사이의 거리를 조금씩 지운다. 또한 다른 동료들이 불평하는, 일에 대한 인선의 지나친 성실과 치밀함에 대해 "근데 이 일에 정말 소질 있으신 거 같아요. 지난번에 저 완전 깜짝 놀

랐잖아요. 돈만 많으면 저희 집 청소도 맡기고 싶다니까요."라는 경옥의
감탄을 듣자 무감각한 노동으로 일관했던 인선의 마음이 흔들린다.

사실 일에 아무런 의미를 두지 않으면서 최선을 다하고, 현실의 자
잘한 계산을 치워 버리고 그저 기계처럼 노동에 임하는 사람은 아무도
없다. 어떤 일이든 일차적으로 생계비와 정당한 대가를 받는다는 계산
이외에 우리는 그 일을 통해 인정과 의미를 지향하기도 하는 것이다. 날
마다의 노동은 날마다의 생존을 넘어 '존재'의 정당성과 맞닿아 있으므
로. 시멘트처럼 굳어 있던 인선의 노동과 마음은 경옥의 논평과 솔직함
으로 인해 풀리기 시작한다. 고객의 클레임으로 인해 청소비를 주지 않
겠다는 양 사장에 대항하면서 인선과 경옥은 더욱 가까워지고 이제 둘은
파트너가 된다. 그리고 둘은 서로가 들여다보지 못했고 알 수 없었던 상
대의 마음을 건넨다. 경옥의 이름은 가짜이고 진짜 이름은 '소현'이라는
것. 그리고 경옥이라는 이름이 청소 첫날 아파트 고지서에서 본 우연한
이름에 불과하다는 것을 고백한다. 그렇게 이름을 속인 것은 '청소 일'이
부끄러워서가 아니라 "소현보다는 경옥이 청소를 훨씬 더 잘할 것" 같기
때문이라는 말과 함께. 즉 경옥은 '경옥'이라는 가짜 이름을 통해 청소하
는 일을 경멸한 것이 아니라 프로페셔널을 소망했던 것이다. 경옥은 이
러한 고백 끝에 인선에게 질문한다. '도저히 엄두가 나지 않는 집을 청소
할 땐 마음이 너무 불행해지지 않느냐'고. 인선은 자칫 불행과 계급적 차
별, 절망 등으로 이어질 수 있는 그 물음에 대해 이렇게 답변한다.

축복을 비는 마음으로 하는 거죠, 뭐.
인선이 답했고 경옥이 물었다.
축복요? 무슨 축복요?
깨끗하게 청소해 드리는 만큼 좋은 일 많이 생기시라고 빌어 주는 거죠.

(……)

에이, 설마. 진짜 아니죠?

왜 아니에요? 진짜지. 진짜예요.

진짜요? 진심으로요? 축복을요?

진짜라니. 축복을 비는 마음이라니. 인선은 대답 대신 소리 내어 웃었
다.(162쪽)

나보다 더 많은 것을 소유하고 있는 타인과 만났을 때, 「태양 아래
반짝이는」의 적개심과 질투가 진짜인지 아니면 「축복을 비는 마음」의
축복을 비는 마음이 진짜인지, 아니면 진짜/가짜의 문제가 아니라 윤리
와 당위성의 문제인지는 알 수 없다. 이 둘의 차이가 사실 그들이 놓인
환경, 즉 하나는 최고급 호텔이라는 화려함과 허영의 세계, 또 다른 하나
는 일상의 고단함과 먼지, 때가 쌓인 집의 차이에서 오는 것일 수 있다.
허영을 마주했을 때는 칼날 같은 마음을, 비루함을 마주했을 때는 솜 같
은 마음을 갖게 되는 인간의 본성 같은 것 말이다. 그러나 왜 축복을 비
는 마음 쪽은 항상 가난한 자의 몫이 되어야 하는가, 왜 윤리의 딜레마와
고뇌도 없는 자의 것이 되어야 하는가. 가난한 자에게 복이 있나니 천국
이 저들의 것이므로? 그 해결책이 불평등한 현실 개혁이든 혹은 종교적
수행이든, 결국 우리는 여전히, 앞으로도 오랫동안 이 지점에서 서성거
릴 수밖에 없을 것이다.

묘지로부터

황정은 「파묘」

「파묘」는 파묘하는 과정을 그린 작품이라고 생각할 수 있지만, 톺아 볼수록 많은 것들이 녹아 있는 소설이다. 이 소설 배경은 촛불집회인데, '파묘'의 과정에서 이순일의 가족사와 한국사의 상흔, 그리고 현재적 얼크러짐과 함께 포개진다. 신형철 평론가는 '이제 황정은 작가는 무섭기까지 하다.'라는 말을 했는데, 이 작품을 두 번 정도 읽어 보면서 나역시 같은 생각을 하게 되었다.

「파묘」는 이순일이라는 일흔두 살 노모가 둘째 딸인 한세진과 함께 강원도 철원에 있는 외할아버지의 묘를 없애고 유골을 수습하고 화장하러 가는 길의 이야기다. 주인공 이순일의 가족사는 복잡하다. 여섯 살 때 부모님과 사별하고 외할아버지가 그녀를 키워 주었는데, 이순일은 일찍 결혼하여 가족을 이룬다. 외할아버지가 돌아가신 후 그녀가 매년 성묘를 도맡아 했다. 그러나 이순일은 길도 없는 산속의 무덤을 찾아다니기

---

1 『연년세세』(창비, 2020).

도 어렵고 내년에는 인공관절 수술도 해야 하는 데다 그렇다고 남은 자식들이 외할아버지의 묘를 돌볼 것 같지도 않아서 '파묘'하기로 결심한다. 그리고 마지막 성묘이니 정성껏 제사 음식을 준비해서 어렵사리 산에 도착한다.

그런데 이순일이 도착하기도 전에 파묘꾼들이 묻지도 않고 이미 봉분을 없애고 묘를 파기 시작한 것을 보자 화가 난다. "아저씨들, 나 우리 할아버지한테 제사 먼저 드리려고 했는데."라며 이순일은 행여 마가 낄까 봐 애써 명랑한 어조로 탓하지만, 인부들은 '우리가 술 한잔 올렸어.'라고 심드렁하게 말한다. 그들도 할 말이 없는 것은 아니다. 그들은 새벽 6시부터 일을 하고 있었던 것이다. 긴 시간 끝에 뼈를 수습해서 인부들이 먼저 내려가고, 이순일과 딸은 아까시나무의 가시를 헤치며 따라간다. '그들이 또 마음대로 하면 어쩌나.' 하는 조바심과 초조함이 일지만, 아픈 다리를 끌고 가는 것은 녹록지 않다. 내려가니 역시나 그들은 허락도 없이 화장을 시작했고, 이순일은 또 군소리 없이, 옹색하게 서둘러 제사를 지내고 파묘를 마친다.

이 짧은 소설 「파묘」에는 여러 가지 맥락이 들어 있다. 첫 번째는 분단과 한국전쟁의 상흔이다. 이순일은 일가친척이 없다. 그녀가 자란 철원은 휴전선 부근이기 때문에 한국전쟁을 겪으며 생존한 사람이 거의 없었다. 두 번째는 '탈조선' 하는 청년 세대의 이야기이다. 이순일의 아들 한만수는 수도권 대학의 영문과를 졸업하고 한국에서 취직하기가 어려워 뉴질랜드로 유학을 간다. 그곳에서 공부와 노동을 하며 '한국이 싫다.'는 이야기를 한다. 이순일은 그에게 철원 땅을 물려주고 싶어 하지만, 뉴질랜드 영주권을 신청한 한만수가 한국에 돌아올 것 같지는 않다. 한만수는 한국의 촛불집회에 호기심을 보이고, LPG 가스통을 들고나온 극우 성향의 노인들의 행동을 두고도 '개인의 자유'라고 하며 객관적 중

립성을 주장하는데 그것은 어디까지나 외부인일 때만 가능한 것이다. 세 번째는 처가의 산소는 벌초도 하지 않는다고 이야기하는 가부장적인 이순일의 남편이다. 그리고 이 모든 이야기들의 기저에는 촛불집회가 자리 잡고 있다. 젊은 세대들은 상흔과 적폐로 얼룩진 한국 역사를 감당하려 하지 않고, 이순일로 상징되는 어른들은 이것을 어떻게든 선대에서 끝내려고 하지만 역부족인 사회적 갈등의 가시화를 상징적으로 보여 주는 현장이다.

파묘하는 과정에는 이순일과 파묘꾼들의 속도 차이가 있고, 이 속도 차이에서 비롯되는 노여움, 절망, 초조함 등이 작품 내내 흘러나온다. 이는 당사자인 이순일의 순결한 마음과 직업적인 인부들의 마음의 차이이지만, 확대해석하면 촛불집회에 나온 평범한 국민의 마음과 직업적인 정치인, 음모꾼들의 간극이기도 하다.

그러나 보다 중요한 것은, 작가가 말하는 이것이다. 뉴질랜드로 돌아간 한만수는 한세진에게 파묘 이야기를 듣고, '너무 효도하려고 무리할 필요는 없어.'라고 말한다. 그 말에 대해 한세진은 속으로 이렇게 생각한다. "그것은 아니라고. 할아버지한테 이제 인사하라고. 마지막으로 인사하라고 권하는 엄마의 웃는 얼굴을 보았다면 누구라도 마음이 아팠을 거라고, 언제나 다만 그거였다고 말하지는 않았다." 파묘하는 지난한 과정, 그리고 촛불집회에 함께 하는 이들의 행동은 '효도'나 '정의' 같은 어떤 이념 때문이 아니다. 내가 속한 가정, 엄마, 함께 사는 사람들이 소중히 여기는 것을 같은 마음으로 함께한다는 것. 그보다 더 중요한 것은 없다. 한만수처럼 한국 사회에 대해 늘어놓는 객관적 논평, 충고보다 더 중요한 것은 한세진처럼 엄마와 함께 새벽길에 나서고 가시밭길을 걸어 제사를 지내고 함께 내려온다는 것. 동행하는 그 마음과 행동이다. 또한 이순일의 계속 일렁이는 마음이 얘기하는 것처럼, 어떤 와중에 있다는 것은 객관적인 외부자일 수 없다는 것, 당파에서 자유로울 수 없다는 것을 의미한다.

염상섭 작가의 「만세전」(1924)의 원제는 「묘지」였다. 식민지의 암울한 현실을 '묘지'라는 제목으로 담아낸 것이다. 황정은 작가의 「파묘」는 '묘지'로부터 이어진 우리의 역사와 현재를 바라보게 한다. 황정은의 「파묘」는 한국 역사의 적폐가 파헤쳐지는 '촛불'의 현장에서 벌어지는 난맥을 함축적으로 이야기하고 애도하고 있는 소설이다. 그러나 그녀는 그 파묘의 과정이 험난하고 힘들더라도, '우리가 여기 함께'하고 있지 않냐고 애써 위로하고 다짐하는 것을 잊지 않는다.

팬데믹, 은밀한 공모와 투명한 고독

수전 손택의 저명한 저서 『은유로서의 질병』(1978)은 질병에 들러붙어 환자를 낙인찍게 만드는 일체의 은유와의 투쟁을 선언한 책이다. 다섯 살에 결핵으로 아버지를 잃은 그녀는 오랫동안 그 죽음의 원인을 알지 못했다. 그녀의 어머니가 결핵을 '수치스러운 질병'으로 여겼기 때문이다. 수전 손택은 훗날 그 자신이 유방암을 앓았고 완치되는 과정을 겪으면서 다시 한번 '암'에 들씌워진 편견과 오해를 맞닥뜨린다. 그리하여 그녀는 결핵과 암뿐 아니라 '나병, 페스트, 매독, 에이즈'의 질병을 둘러싼 온갖 신화들, 즉 '천형, 징벌, 방탕, 무절제, 억압, 빈곤, 정념의 과잉' 등등으로부터 구출해 내어 세균과 바이러스의 감염, 세포 증식과 조직 파괴 등의 생물학적 과정으로 돌려주고자 했다.

A를 B라는 '다른 언어'로 부르는 이러한 은유 기능에 대한 비판은 그녀의 독특한 미학론과 밀접하게 관련된 것이다. 수전 손택은 『은유로서의 질병』 이전에 평론 『해석에 반대한다』(1966)에서 작품 이면에 있을 것이라 가정되는 다른 의미를 추출하고 환원하는 일련의 '해석 작업'

을 '지식인들이 세계에 가하는 복수'라고 비판하고, 작품을 있는 그대로 '향유'하자고 주장했다.『은유로서의 질병』은 주로 결핵과 암, 에이즈를 둘러싼 낙인과 해석들을 파헤치는데, 문학작품은 이러한 해석의 사례 보고로서 제시된다. 가령 오이디푸스가 저지른 죄로 인해 테베에 역병이 창궐했다는 소포클레스의『오이디푸스 왕』에서부터 동성애에 대한 징벌의 의미로서 콜레라의 희생자가 되는『베니스에서의 죽음』의 아센바흐, 그리고 결핵의 격리·여행·요양원의 요소와 보헤미안·예술가를 결속하는 수많은 낭만주의 문학, 암의 이상 증식을 외계인의 침투와 연결시키는 현대 영화에 이르기까지 수전 손택에 의해 거론되는 은유의 남용과 은밀한 유포는 헤아릴 수 없이 많다.

수전 손택은 질병의 실체와 상관없는 이러한 은유가 일종의 '무지', 즉 "아직 그 원인을 모르고 있는 어떤 질병이 있다는 생각에 상응"하는 것이라고 본다. 그에 따르면 질병을 둘러싼 신화의 힘은 대체로 그 원인 해명과 정확한 치료제 개발 이후에는 사라졌다. 그러나 에이즈나 나병에 붙어 있는 끈질긴 오인과 편견에서 볼 수 있듯, 질병을 둘러싼 인간의 비뚤어진 시각은 좀처럼 삭제되지 않는 것처럼 보인다. 이는 아마도 계몽주의 이전의 무지몽매와 신학적 세계관의 유산이라기보다는 그 질병에 대한 공포와 혐오감과 관련되기 때문이다. 내가 '그'를 멀리하는 것은 '어떤 바이러스나 세균에 전염될까 봐'에 그치지 않고, '그가 도덕적으로 타락했거나, 가난하고 비위생적이거나, 기질적으로나 성격적으로 비정상적이며 열등하고 바람직하지 않기 때문'이라는 것으로 확장된다. 즉 세균이라는 과학의 언어는 인간의 언어로 곧잘 변질되고 '의미화'되는 것이다.

아이러니한 것은, 수전 손택이 가열차게 비판했던 질병에 대한 은유가 책 출간 이후 오히려 창궐했다는 것이다. 물론 그것은 창작에서가 아니라 해석을 주로 하는 연구 분야에서 특히 그러했다. 가령 이상, 김유정과 결핵에 관한 연구처럼 수전 손택이 거론한 몹쓸 은유들을 가져다가 작품 해석을 풍요롭게 하는 데 활용했던 것이다.[1]

코로나19 사태로 인해 우리의 일상은 완전히 달라졌다. 중국의 한 도시에서 발생한 코로나19가 전 세계로 번지며 대유행이라는 인류적 재난에 맞닥뜨린 '지구'는 상상 이상의 풍경을 만들어 냈다. 마스크를 사기 위해 길게 줄을 선 사람들, 음압 병동에 고립된 사람들, 요양원에 버려진 시체들, 냉동차에 쌓여 가는 시신들, 텅 빈 거리와 학교, 문 닫힌 상점과 동난 물건들, 집 안에 갇힌 사람들과 재택근무, 온라인 학습, 방호복과 드라이브 스루, 봉쇄, 폐쇄, 그리고 생각지도 못했던 지구 환경의 변화도 있다. 잠시 멈춘 일상은 파란 하늘과 깨끗한 공기를 가져오고 인도의 히말라야산맥을 보이게 하고, 베네치아의 물빛을 에메랄드빛으로 되돌려 놓고, 도심에 야생동물들을 불러오고, 뭄바이 샛강에 15만 마리의 홍학들이 날아들게도 했지만, 이것은 지구적 관점에서의 유토피아의 편린일 뿐이다. 인간의 일상적 차원에서는 멈춰 선 삶의 속도는 불안과 공포를 흩뿌리고 고립을 접착제 삼아 디스토피아적 환영을 각인시킨다.

거의 모든 작품에서 '의미' 또는 '이데올로기'를 경계해 온 김훈은 과소 의미화를 통해 질병과 의미를 분리한다. 「화장(火葬)」[2]은 뇌종양을

---

1   이러한 연구 경향을 검토한 한 연구자에 따르면 한국 근현대소설에는 '결핵, 성병, 나병, 콜레라, 우울증, 분열증' 등의 숱한 질병 체험이 기록되어 있고, 또 이에 대한 연구는 병리학, 모더니즘, 권력, 우생학, 위생학 등의 갈래로 다양화되어 있다. 이들 연구 성과는 다대한 것이지만, 질병을 작가의 인간적, 사회적 '의미'와 결부시키는 방식은 수전 손태그이 그토록 해체하려던 은유를 오히려 알리고 강화시키는 측면이 있다고 보인다. ─한순미, 「한국 근현대소설 속 질병 연구 쟁점과 흐름 (1)」, 《한국언어문학》 98호(2016).

2   김훈, 『강산무진』(문학동네, 2006). 이후 이 책에서의 인용은 쪽수로만 표기한다.

않다 죽은 아내의 이야기를 담은 작품이다. 아내는 2년 동안 세 번의 수술을 받았으나 결국 죽는다. 아내의 죽음을 맞게 된 아침으로부터 시작되는 이 작품은 '암'을 둘러싼 메타포나 편견을 서술하지 않을 뿐 아니라, 투병의 과정과 죽음의 순간을 지극히 '사실적'으로 묘사한다. "운명하셨습니다."라는 당직 수련의의 사망 선고 뒤에 이어지는 장례식 또한 마치 여느 날의 직장 업무처럼 건조하고 무덤덤하게 진행된다. 아내의 죽음은 한 인생이 소멸하는 거대한 사건이나, 남은 이들에게는 병원비를 정산하고 '부고'를 돌리고 문상객들을 맞고 보내는 지극히 현실적인 일이다. 전화기 저편의 '딸의 울음소리'만이 아내의 죽음에 대한 만가처럼 잠시 울리다 사라질 뿐, 이 작품은 투병과 죽음의 과정을 줄곧 육체의 물리적 과정으로 환원시키고 있다.

아내는 두통 발작이 도지면 머리카락을 쥐어뜯고 시퍼런 위액까지 토해 냈다. 검불처럼 늘어져 있던 아내는 아직도 저런 힘이 남아 있을까 싶게 뼈만 남은 육신으로 몸부림을 치다가 실신했다. 실신하면 바로 똥을 쌌다. 항문 괄약근이 열려서, 아내의 똥은 오랫동안 비실비실 흘러나왔다. 마스크를 쓴 간병인이 기저귀로 아내의 사타구니를 막았다. 아내의 똥은 멀건 액즙이었다. 김 조각과 미음 속의 낟알과 달걀 흰자위까지도 소화되지 않은 채로 쏟아져 나왔다. 삭다 만 배설물의 악취는 찌를 듯이 날카로웠다. 그 악취 속에서 아내가 매일 넘겨야 하는 다섯 종류의 약들의 냄새가 섞여서 겉돌았다.(45쪽)

슬라이드 속에서, 두개골 안쪽으로 들어찬 뇌수는 부유하는 유동체처럼 보였다. 뇌수는 아직 형태를 갖추지 못하고 흐느적거리는 원형질이었다. 인간의 지각과 기능을 통제하는 사령부가 아니라, 멀어서 아물거리는 기억이나 풍문처럼 정처 없어 보였다. 저것이 아내였던가. 저것이 아내로구나. 저것이 두통 발작 때마다 손톱으로 벽을 긁던 아내의 고통의 중추로구나. 슬라이드 속에서 종양이 번진 부위는 등불처럼 환했다. 환한 덩어리 주변으로 반딧불이 같은 빛들이 점점이 흩어져 있었다. 뇌수는 아무런 형태감도 없었다. (……) 살아 있다는 사태의 온갖 느낌을 감지하고 갈무리하는 신체 기관이라고 하기에는 그곳은 꺼질 듯이 위태로웠고, 그 안에서 시간이나 말이 발생하지 않은 어둠에 잠겨 있었는데, 점점이 흩어져서 반짝이는 종양의 불빛들은 저녁 무렵인 듯싶었다.(69~70쪽)

첫 번째 인용문은 암 투병으로 고통받는 아내의 발작을 그린 장면이다. 김훈은 토하고 실신하고 똥을 지리고 악취를 풍기는 여자의 몸을 냉정한 해부학자처럼 묘사하고 있을 뿐, 그 과정에서 발생하는 일체의 심리적 반응이나 의미 부여 같은 것을 배제하고 있다. 이러한 냉정한 시선은 두 번째 인용문에서 더 철저하게 의학적 사실과 용어로 번역되어 인간은 그저 종양과 뇌수, 두개골, 원형질 등으로 환원된다. 또한 화장 장면에서도 아내의 죽음은 그저 '122번 소각 완료'와 대기실 바닥의 바퀴벌레, TV의 전쟁 특보라는 무상한 현실들로 이야기될 뿐, 사건화되지 않는다. 이러한 엄정한 유물론적 시선 아래 '암'은 일체의 인간적 의미 사슬을 잃고 철저하게 무의미하고 물질적 사실로 환원된다. 죽어 가는 아내에 대한 화자인 남편의 슬픔과 복잡한 심사 또한 '전립선'을 앓는 몸으로 환치된다.

간호사는 고무장갑 낀 손으로 애무를 해 주듯 손을 움직여 내 성기를 키웠다. 고무장갑 낀 간호사의 손 안에서 내 성기는 부풀었다. 성기는 내 몸의 일부가 아닌 것처럼 낯설었지만, 내 몸이 아닌 내 성기가 나는 참담하게도 수치스러웠다. 간호사가 성기 쪽으로 고개를 숙이고 성기 끝 구멍을 두 손가락으로 벌렸다. 간호사는 그 구멍으로 긴 도뇨관을 밀어 넣었다. 도뇨관은 한없이 몸 안으로 들어갔다. 요도가 쓰라렸고 방광 안에 갇혀 있던 오줌이 아우성을 쳤다. (……) 쪼르륵…… 쪼르륵…… 오줌 떨어지는 소리가 들렸다. 소리는 멀고도 선명했다. 그 분홍의 바다 저쪽 끝으로 죽은 아내의 상여가 흘러가고 있었다. 방광의 통증이 수그러드는 어느 순간에 나는 깜빡 잠이 들었다.(41~42쪽)

위 인용문에서처럼 전립선염을 앓는 쉰다섯 살의 화자에게 '성기'는 사랑이나 성을 의미하는 상징물이 아니라 오줌을 배출하는 생리 기관일 뿐이다. 성기가 부풀고 도뇨관이 들어가고 오줌이 나오는 생물학적 과정은 아내의 죽음처럼 엄정하고 냉혹한 물질의 세계이다. 작가 김훈은 이러한 묘사를 통해 '몸'에 대한 환상과 의미를 삭제하고 있을 뿐 아니라, 아내의 죽음을 맞는 남편의 힘겨움을 간접적으로 제시하고 있다. 아내의 죽음은 남편의 전 존재를 뒤흔드는 엄청난 사태가 아니라 "오줌이 빠져나간 방광이 빈 들판처럼 느껴졌다."라는 묘사처럼, 겨우 간신히 오줌이 빠져나간 몸으로 이야기된다. 그러나 그가 전립선염 환자라는 사실은 아내와의 이별의 고통이 자못 심대하다는 것을 보여 준다.

물론 이 작품에는 이렇게 메마른 죽음과 사멸의 감각만이 있는 것은 아니다. 아내의 죽음, 화자의 전립선, 그리고 지극히 사무적인 장례식 풍경 뒤로, 화자는 추은주라는 젊은 여성에 대한 매혹과 사랑을 떠올린다. 신입 사원 채용에서 최종 이력서를 마주했을 때의 기억, 장맛비가 쏟아지는 여름 저녁의 어떤 풍경, 그리고 추은주의 결혼과 출산, 육아휴직과 복귀까지의 일들을 더듬는 화자의 추억에는 황홀한 사랑의 말들이 없다. 그러나 그 사랑이 강렬하지 않은 것은 아니다. 중년 상사인 화자는 연정을 감추고 멀리서 지켜볼 수밖에 없지만, 그 시선은 내내 뜨거운 정념으로 타오른다.

　　당신은 목둘레가 둥글게 파인 블라우스를 입고 있었고, 당신의 목 아래로 당신의 빗장뼈 한 쌍이 드러났습니다. 결재 서류가 올라오기를 기다리던 나는 내 자리에서 일어서서 칸막이 너머로 당신을 바라보았습니다. 당신의 가슴의 융기가 시작되려는 그곳에서 당신의 빗장뼈는 당신의 가슴뼈에서 당신의 어깨뼈로 넘어가고 있었습니다. 그 빗장뼈 위로 드러난 당신의 푸른 정맥은 희미했고, 그리고 선명했습니다. 내 자리 칸막이 너머로 당신의 빗장뼈를 바라보면서 저는 저의 손으로 저의 빗장뼈를 더듬었지요. (……) 당신이 잠들 때, 당신의 날숨이 당신의 가슴에서 잠든 아기의 들숨 속으로 흘러 들어갈 것이고, 아침이 오도록 당신의 방에서 익어가는 당신의 몸 냄새를 생각했습니다. 여자인 당신의 모든 생물학적 조건들 속에 깃들이는 잠과 당신이 잠드는 동안 당신의 몸속에서 작동하고 있을 허파와 심장과 장기들을 생각했습니다. 그리고 당신의 몸속 실핏줄 속을 흐르는 피의 온도와 당신의 체액에 젖는 삶들의 질감을 생각했습니다.(55~59쪽)

　　위 인용문은 화자가 '추은주'를 사유하는 방식을 보여 준다. 그것은 아내의 투병과 자신의 전립선을 이야기하는 것처럼 지극히 생물학적이고 유물론적이다. 그러나 위 인용문의 경어체에서 짐작할 수 있듯, 화자의 사랑은 지극히 간절하다. 추은주의 몸을 묘사하는 육체의 기술은 간결하고 선명하지만 그 행간은 농밀하고 관능적이다. 김훈이 이렇듯 죽음을 생물학과 무기질의 영역으로, 사랑을 육체에 대한 욕망으로 환원하는 것은 '인간적인 너무도 인간적인' 의미의 다발에서 자유로워지기 위해서라고 볼 수 있다. 또한 "생명 현상은 그 개별적 생명체 내부의 현상이다. 생명은 뒤섞이지 않는다. 생명에서 생명으로 건너갈 수 없고, 이 건너갈 수 없음은 생명 현상이다.", "병은 개인에게 개별적이고도 고유한 징후"라는 거듭된 강조에서 볼 수 있는 것처럼 질병과 타자의 고통에 개입할 수 없는 인간의 무력과 고독을 보여 주기 위한 것이라 할 수 있다.

그러나 김훈의 자연사적 기록은 인간을 의미 과잉의 다발과 희로애락의 연대, 이념의 세계로부터 놓여나게 하지만, 한편 인간의 일을 물화시키고 박제화함으로써 거대한 무와 고독의 세계로 돌리는 것이기도 하다. 김훈의 냉혹한 해부학은 인간을 디스토피아라는 묵시록과 유토피아라는 환상에서 건져 내지만, 대신 육체적 개별자라는 고독과 거대한 허무를 안겨 준다. 「화장」의 화자에게 남는 것은 몇 점의 뼛조각으로 남은 아내, 그리고 안락사로 떠나보낸 보리의 빈 자리, 사직서를 내고 떠난 추은주의 부재이다. 이러한 맥락에서 화자 오 상무가 화장품 광고 콘셉트로 '내면 여행'과 '가벼움'을 두고 갈등하다 끝내 '가벼움'을 선택한 것은 의미심장하다. 아내의 화장과 더불어 '나'는 삶과 죽음, 생로병사에 깃든 모든 일체의 의미를 떠나보내고 한없이 '가벼워진' 존재와 무의미로 남는다. "'가벼워진다'로 갑시다."라는 선택 뒤에 이어지는 오 상무의 깊은 잠, "모든 의식이 허물어져 내리고 증발해 버리는, 깊고 깊은 잠"은 죽음과 크게 다르지 않은 허무의 최종 심급이라 할 수 있다.

이러한 논리는 최근 코로나와 관련한 김훈의 한 기고문에서도 이어진다.

정부는 국민 각 개인의 개별적 생명의 구체성을 개별적으로, 그리고 능동적으로 관리하는 방식으로 이 혼란에 대처했다. 수많은 일회용 진단 키트를 만들어서 수많은 개인들을 개별적으로 검진했고, 유증상자들의 동선을 추적해서 거기에 걸려드는 수많은 개인들을 다시 검진하고 격리했다. (……) 이 대응 방식은 국가와 사람의 관계가 국민이나 계층, 이념 성향 같은 군집 명사의 흐리멍덩한 안개에서 벗어나 정부 대 개인이라는 선명한 관계로 전환되는 장관을 보여 주었다. (……) 헌법 1조의 국민은 'The people'이라는 군집 명사일 테지만, 헌법 36조의 국민은 군집 명사가 아니라 '모든 한 사람 한 사람'(every private person)이라야 마땅하다고 나는 생각한다. 대한민국 헌법은 인간의 개별성에 대한 인식이 부족하다. (……) 이 어려운 동안에, 정은경 본부장은 날마다 티브이에 나와서 그날의 '사실'을 국민에게 보고했다. (……) 이 '사실'의 힘으로 술렁이는 불안을 가라앉힐 수 있었고, 바이러스가 정치적 변종으로 진화되는 사태를 막을 수 있었고, 가공할 재난 속에서도 한국 사회는 큰 혼란을 겪지 않을 수 있었다. (……) 나는 이것이 '사실'의 힘이고, '사실 말하기'의 힘이라고 생각한다. '사실'은 그 자체로서 힘을 내장하고 있지만, 그 힘을 '말하기'를 통해서 사회적으로 공유되어야만 현실 속에서 작동한다.[3]

위 칼럼에서 김훈이 강조하는 것은 '구체적 개별성'과 '사실의 힘'이다. 정부가 군집 명사인 '국민'과 같은 추상적 개념에 휘둘리지 않고 개별적 육체를 가진 개인들을 일일이 진단하고, 질병본부장이 정치와 이념 등에 휘둘리지 않고 '숫자'라는 냉정한 사실을 보고함으로써 대한민국이 '역병'을 극복하고 있다고 김훈은 강조한다. 김훈의 메시지는 "이념의 깃발을 펄럭이는 공허한 정치 슬로건으로 전락하는 꼴을 수없이

---

3 김훈, 「무서운 역병의 계절을 나며 희망의 싹을 보았다」, 《한겨레》 2020년 5월 4일.

보았다."라는 과거 비판에서 알 수 있듯, 탈정치·탈이념을 향한 것이다. 그러나 김훈의 글이 대개 그렇듯, 저러한 냉정한 논리와 비판은 휴머니즘이라는 거대한 이념 혹은 의미 지향의 한복판에서 솟아오른 것이다. 만일 휴머니즘이라는 지향성을 잃는다면 구체적 개별성과 사실은 곧 그저 한 다발의 무의미한 부스러기로 흩어지고 말 것이다.

코로나19의 가공할 만한 팬데믹을 맞은 우리는 그간 상상도 못 했던 일들을 목격했다. 바이러스의 침투와 발병은 지극히 생물학적이고 개별적인 사실의 일이지만, 바이러스의 경로와 그것에 맞서는 일은 유례없는 인간의 연결망을 가져왔다. 공공 의료 시스템의 거대한 연결망 속에 인간은 모나드처럼 고립되고 그 안에서 우리들은 각자 거대한 고독을 품게 되었다. 그리고 그 사이로 은밀한 공모와 소문이 공포와 불안을 타고 바이러스처럼 빠르게 전파되었다. 정부와 의료 시스템이 통제해야 하는 것은 다만 바이러스뿐 아니라, 이를 둘러싼 숱한 인간의 일이기도 하다.

"빈곤은 위계적이지만 스모그는 민주적이다."라는 울리히 벡의 말처럼 코로나는 우리가 현실을 보는 관점을 바꿔 놓았다. 세계 질서가 아니라 국가별 각종 불평등을 뚫고 무차별하게 침투한 코로나19는 이전의 가치 질서와 제도에 대해 의문을 던지게 했고 그 속에서 우리는 다른 삶의 기획과 비전을 고민해야 하는 과제를 안게 되었다. 박노자는 이러한 변화를 두고 한 칼럼에서 코로나19가 무너뜨린 세 가지 신화를 이야기했다. 첫째는 공공 의료의 부실함과 미숙한 대처로 무너진 '선진국 신화'이고, 둘째는 전 세계적 재난에서 세계의 리더 역할을 상실한 미국 신화이며, 셋째는 영리 의료 문제와 마스크 환란이 보여 준 '시장의 신화'이다. 뜻밖의 일로 무너진 신화는 위기이자 기회를 뜻한다. 코로나19 방역에 성공한 대한민국이 과거 전체주의와는 다른 방식으로 공공성과 개별성을 조합하여 '다른 미래'를 주도할 수 있는지의 여부는, '각자 그리고 더불어' 살아가야 하는 우리 시민의 몫이 될 것이다.

불후의 언어로 남을 보편 언어와
'사소한 부탁'의 문장들

김인환 『과학과 문학』, 황현산 『황현산의 사소한 부탁』

슈테판 츠바이크의 소설 「체스」에는 기이한 체스 대결 이야기가 나온다. 대결자 중 하나는 무수한 실전을 통해 일인자에 오른 체스 챔피언이고 다른 하나는 어렸을 때 이후로는 체스를 둔 적이 없지만, 오랜 연금 시간 동안 우연히 얻은 체스 교본을 통째로 외워 버린 사람이다. 문학평론가 김인환과 황현산이 나란히 출간한 『과학과 문학』, 『황현산의 사소한 부탁』[1]은 어쩐지 저 대결을 닮아 있다. 그러니까 김인환의 『과학과 문학』은 일종의 '바둑 교본' 같은 것이고, 황현산의 글들은 '명인 기보' 같다고나 할까. 그러나 정석과 실전이 그러하듯, 두 글들은 스타일에서는 다르지만 궁극과 핵심에서는 겹쳐 있다. 물론 이들 평생의 글들이 그렇다는 것이 아니다. 이들은 학자와 평론가의 긴 행보 속에서 정석과 실전에 각각 해당하는 가장 빼어난 글들을 이미 성취한 저자들이다. 그러나 어쩐지 김인환은 이번에 평생 공부했던 것들 중에 알곡만을 추슬러 '경

---

1 김인환, 『과학과 문학』(수류산방·중심, 2018). 황현산, 『황현산의 사소한 부탁』(난다, 2018).

전' 같은 글을 묶었고, 황현산은 그 경전을 대중에게 전하는 탁발승 같은 언어로 가득 찬 산문집을 냈다.

김인환의 『과학과 문학』에 실린 총 아홉 편의 글은 경제학, 수사학, 문학, 심리학, 과학, 미술, 영화는 물론 고전과 현대를 종횡무진하지만, 확장하기보다는 간추리고 또 추려서 만든 '말씀' 같은 글이다. 그 단단한 '말'들은 평생의 공부와 사유라는 '사실성'에 바탕하고 있다는 점에서 숭고하기까지 하다. 김인환은 이 책에서 "수학과 물리학과 경제학은 모두 물질에 근거하는 전형(언어)의 체계들"이라고 했는데, 아마도 이 책은 김인환의 평생 공부에 대한 전형의 체계들을 담고 있지 않을까 싶다. 김인환은 비평을 공부하려는 후학들에게 항상 소쉬르의 언어학과 마르크스의 경제학, 프로이트의 정신분석학이라는 삼각형을 잊지 않기를 당부했는데, 이 책에는 평생 강조하던 그 문법의 핵심이 들어 있다. 가령, 「과학 공부와 문학 공부」에서 아도르노의 수필론을 들어 문학이 데카르트의 근대 학문의 네 가지 규칙을 어떻게 격파하는지를 설명할 때, 화이트헤드를 들어 과학과 미학의 하나됨을 강조할 때, 토착주의(조선주의)와 서구주의를 경계하고 자기의 근본 문제에서부터 출발하기를 당부할 때, 후설과 데카르트, 들뢰즈, 데리다를 들어 개인의 의식과 역사가 어떻게 '근원적 어긋남' 속에서 다른 미래로 향할 수 있는지를 강변할 때, 우리는 여전히 다 이해할 수 없어도 다시 반복되는 그 '말씀'에 깃든 진정과 진리를 부인할 수 없다.

이 책에는 또한 김인환의 새로운 비평적 개진도 가득하다. 한국의 소프트 파워로 등장한 전자 문학, 영화와 정신분석이 공통하고 있는 자본주의, 수학과 미술의 차별성, 교양 교육으로서의 모국어 글쓰기의 중요성과 방법 등등이 그것이다. 이 논의에는 '모국어의 위상'이라든가 사르트르의 능동적 선택과 들뢰즈의 수동적 종합 등에 대한 흥미로운 통찰이 담겨 있다. 대중에게는 불친절한(이 책의 난해함은 현학이 아니라, 최소 언어만을 담으려는 저자의 의도에서 온다.) 철학적인 문장들은 김인환의 '전형'의 편린들을 담고 있으나 곳곳에서 전진하면서도 머물며 고심하는 현존재로서의 저자의 모습도 발견할 수 있다. 가령 김인환 사유의 요약본이라 할 「전형과 욕망」은 소설의 전형과 언어와 노동의 변증법, '비개입과 평등 공리'가 어떻게 현실과 문학, 정신분석에서 변주될 수 있는지를 보여 주는데 이 글을 완독하면, 체계 없이 흐르는 듯한 이 에세이 이면에서 냉정하고 치밀하게 분석하는 문학 과학자의 면모를 발견할 수 있을 것이다. 그러나 이 전형의 언어에는 필연성에 짓눌린 삶에 대한 성찰만 있는 것이 아니라, 이 소외를 부정하는 '위대한 거절'로서의 진리, 사랑하는 싸움과 욕망을 독려하는, 현자의 모습도 들어 있다. "인간의 내면이란 게 아무리 희석한다 해도 완전히 공허해질 수는 없다."라는 한 고고학자의 말을 빌려 희망을 얘기하는 간절함은 현자 이전에 육체를 입은 실존자의 것이기도 하다.

『황현산의 사소한 부탁』은 『밤이 선생이다』[2]의 후속작에 해당하는 산문집이다. 첫번째 산문집에 쏟아졌던 찬사, 가령 "어깨동무하고 보폭 맞추는 행동"은 이 책에서도 어김없이 확인된다. 칼럼과 시평의 성격이 그러하듯 이 책에 묶인 짧은 글들은 2013년에서 2017년까지의 우리 일상의 어느 지점들과 맞닿아 있다. 거의 모든 글들이 언제나 구체적인 '현재'를 염두에 두지만, 그의 문장은 그 현실에 머물지 않고 생의 기억과 프랑스 고전을 줄줄이 호출하여 마술 같은 형상들을 빚어낸다. 조곤조곤 말하듯 풀어놓는 이야기는 자전적 이야기 같기도 하고, 소설이나 영화 이야기 같기도 하지만 잘 들어 보면 그 안에 우리가 현재 서 있는

---

2 황현산, 『밤이 선생이다』(난다, 2016).

'대지'를 정확히 지목하는 사유와 항의가 들어 있다.

이러한 황현산의 글은 그가 언급한 '종합적 언어'를 닮아 있다. (황현산은 영화「콘택트」를 분석하면서 이 영화의 외계인 언어는 인간의 언어의 선조성과는 달리 '동시성', 즉 '두말하지 않는 입과는 달리 두말 이상을 하는' 마음의 언어를 닮아 있다고 말했다.) 즉 서문에서 "평소에 염두에도 두지 않았던 이런 모순에 갑자기 의문이 생기는 순간을 나는 문학적 시간이라고 부른다. 문학적 시간은 대부분 개인의 삶과 연결되어 있기 마련이지만, 사회적 주제와 연결될 때 그것은 역사적 시간이 된다. 그것은 또한 미학적 시간이고 은혜의 시간이고 깨우침의 시간이다."라고 쓴 바로 그 종합적 언어의 현현이 아닐까. 일상의 에피소드와 문학, 영화 이야기를 걷어 내면 김인환의 경전 같은 '말씀'들을 만날 수 있다. 그러나 개인적으로 이 책에서 가장 탐나는 것은, '만주 오리찜'이라든가 "아니 곤반불레로 국 한번 끓여 먹은 적 없는 것들이 왜 저희들 마음대로 별꽃이야." '키가 크다.'를 '열쇠가 크다.'라고 고치라는 한글프로그램 등과 조우하면서 획득한 저자의 경험, 유일무이한 그 체험과 기억 들이다. 이 책의 글들이 시평이라 읽고 치워 버릴 글들이라 생각하면 오산이다. '나의 시류'를 황현산의 문학과 역사에 대한 깊은 통찰로 단단히 붙잡아 두고 있기 때문이다. 가령,「투표의 무의식」에는 난초분을 가꾸는 무의식과 투표의 무의식, 역사의 무의식이 묵직하게 빛나고 있고,「악마의 존재 방식」에는 보들레르의 시와 부패한 한국 자본주의, 세월호의 신음과 무뎌진 마음이 단발마처럼 묶여 있다.

김인환의 저 보편 언어와 황현산의 '사소한 부탁'의 문장들은 "매일 해가 뜨고 해가 지는 그 사소함"처럼 우리가 오래도록 간직하게 될 불후의 언어가 될 것이다.

* 이 글을 집필하는 중에 황현산 선생님의 작고 소식을 들었다. 선생님의 광대한 글들을 다 헤아리지 못한 후학으로서, 큰 스승을 잃은 안타까움을 금할 수 없다. 삼가 고인의 명복을 빈다.

4부

국경을 건너는 사람들

'난민'의 표정들

조해진『로기완을 만났다』와 「빛의 호위」,

안상학『그 사람은 돌아오고 나는 거기 없었네』

오늘날 한국은 난민 수용국이 되었지만, 난민을 근대국가 바깥에 내쳐진 '비국민'이라고 확대해석해 보자면, 한국인이 난민의 처지에서 벗어난 것은 그리 오래되지 않았다. 일제에 의해 36년간 식민 지배를 받고, 전쟁과 분단을 겪는 동안 한국인들은 '국민'으로 상징되는 일체의 사회보장으로부터 배제된 '난민'과 유사한 삶을 살았다. 식민 치하에서 한국인들은 착취와 차별을 당했으며 일본식으로 이름을 바꾸고, 신사참배를 해야 했으며 공식적으로 모국어를 금지당했다. 2차 세계대전 발발 후 한국인들은 군수공장 등에서 강제 노동하거나 일본군에 강제 징용당했고, 심지어 어린 딸들은 일본군 위안부로 끌려가기도 했다.

한국은 이제 '피난민'의 삶에서 벗어났지만, 과거의 식민 체험과 전쟁, 분단 체제의 상흔은 여전히 남아 있다. 여전히 간첩, 빨갱이와 같은 말이 나치 시절의 유대인이라는 낙인처럼 작동하고 있는 한국에서, 북한은 남극보다 더 먼 곳이다. 그 먼 곳에서 온 '탈북자'란 하여, 에스키모처럼 낯선 그 무엇인 것이다.

이탈리아의 학자 조르조 아감벤에 따르면 근대 주권 권력의 핵심인 '생명 정치'란 '단순히 살아 있음'(조에)과 '가치 있는 삶'(비오스)을 구분하는 것이다. 근대국가의 법 체제는 '국민'이라는 규정을 통해 수많은 '호모 사케르'(신성한 생명)를 양산한다. 우리는 생명 정치의 현장에서 이렇듯 법질서 바깥으로 밀려난 '헐벗은 생명'의 가장 첨예한 형상을 마주하는바 그것은 바로 난민 혹은 이주 노동자, 탈북자로 대변되는 국외자들이다. 국적, 주민등록증, 건강보험 등의 '증이 없는'(without paper) 난민들이야말로 "근대 국민국가 질서의 불안정성은 물론 근대 주권의 근원적인 허구성을 백일하에 드러내는" 존재로서, '늘 실상을 가려 버리는 시민이라는 가면을 벗어던진' 낯선 인간이다.

이 중에서도 '탈북자'는 여타의 국외자와는 또 다른 의미를 가진다. '탈북자'는 과거 이념 대립의 역사적 상흔과 현재적 영향, 분단 상황이라는 복잡한 지형으로 인해, 이 땅의 주권 권력의 숨겨진 실상을 가장 적나라하게, 가장 '곤란한' 방식으로 드러내기 때문이다.

타인의 체온

조해진의 『로기완을 만났다』[1]는 탈북자 '로기완'에 관한 이야기이다. 이 소설에 등장하는 로기완은 1987년 조선 민주주의 인민공화국에서 출생, 1990년대 중반 북한의 '고난의 행군'의 시기에 어머니와 함께 강을 건너 중국으로 탈출한다. 로기완은 중국 연길에서 어머니마저 교통사고로 사망하자 2007년 독일을 거쳐 벨기에 브뤼셀로 들어와 '난민'

---

1   조해진, 『로기완을 만났다』(창비, 2011).

지위를 획득한다.

　이 작품의 특징은 '로기완'의 벨기에 행적을 추적하는 화자 '나'의 시선과 기록에 있다. 방송 작가인 '나'는 어느 날 잡지에서 벨기에에서 유령처럼 떠도는 탈북인들에 관한 기사를 읽는다. 이니셜 L에 지나지 않는 인물을 취재하기 위해 화자가 그 먼 벨기에로 날아가게 된 것은, 업무상의 이유나 신념에 의한 것이 아니었다. 희귀병 환자, 미혼모, 장애인 등을 다큐로 찍어 방송으로 내보내고 전화 ARS를 통해 후원을 받는 프로그램을 맡아 진행하던 화자는 우연히 윤주라는 열일곱 살 소녀의 삶에 끼어들게 된다. 방송 팀은 신경섬유종으로 부풀어오른 얼굴을 가진 윤주의 수술을 촬영하기로 했으나 더 많은 후원을 기대한 '나'의 제안에 의해 촬영과 수술 날짜를 연기한다. 그러나 그사이 윤주의 신경섬유종이 악성종양으로 악화되는 사태가 벌어진다. 어린 소녀를 암 환자로 만들어 버렸다는 죄책감에 시달리던 화자는 일을 그만두고 L을 핑계로 벨기에로 떠나 버린다. 그러니까 '나'의 벨기에행은 곤궁해진 '나'의 생의 감각을 다시 회복하기 위한 실존적 자구책이었던 것이다.

　'나'는 브뤼셀에서 2년 동안 L이 겪었을 경험들을 추체험해 나간다. 로기완이 처음 묵었던 호스텔과 거리, 고아원과 '푸아예 쎌라', 한국인 의사 박 등을 찾아다니며 난민의 감각을 자신에게 덧입힌다. 로기완이 겪었을 낯선 알파벳과 차가운 공기, 거리의 악단, 사람들의 적의 등을 고스란히 자신의 몸속에 받아쓰는 행위는, '유령'인 난민에게 '숨 불어넣기'이자 냉소, 죄책감, 환멸, 고독으로 빈곤해진 자신의 영혼을 소생시키는 일이기도 하다. 이들을 만나면서 나는 탈북자 로기완이 두터운 생의 나이테를 가진 존재이자, 결코 우리와 다르지 않은 '엄연한 인생'이라는 사실을 깨닫는다.

　이방인 로기완이 벨기에에 엄연한 생으로서의 존재를 새기는 과정은 순탄치 않다. 로기완은 한국 대사관에서 북한인은 증명해 줄 수 없다며 퇴출당하고 홈리스가 되어 고아원으로 보내지는데, 고아원 원장의 호의 덕분에 난민 지위를 획득한다. 탈북자라는 금지된 생은 겨우 '난민'이라는 작은 존재의 처소를 통해 '사람'의 끝자락을 부여잡게 된 것이다. 그 끝자락을 부여잡고 로기완은 이제 삶과 죽음의 경계 넘기가 아닌 카메라 라이카와 더불어 '의미 있는 생'으로의 경계 넘기라는 새로운 도전으로 나아간다.

이 작품은 탈북자이자 난민 로기완을 조명하고 있지만, 작가가 밝힌 바와 같이 남북한 정치 상황이나 난민의 사회적 문제를 강조하기 위한 것이 아니다. 아내의 안락사를 도왔다는 고뇌를 품고 있는 박, 그리고 소녀 윤주를 암 환자로 만들었다는 죄책감과 사랑에 대한 불신, 냉소에 젖은 화자가 처한 상황은 생존의 위기에 몰린 난민의 극단적 상황을 보편적 차원으로 확대하고 있다. 로기완이 생존을 위해 '난민'이라는 존재 증명이 필요했듯, 우리 또한 진정한 삶을 살기 위해서 매 순간 절대적인 존재 증명이 필요하다. 자신이 만든 앨범이 로기완의 생을 입증해 주기를 바라는 화자의 염원처럼 존재란 궁극적으로 국적이나 신분증이 없어도, 언어를 알지 못해도, 기억하고 기록하고 소통하고 공감하는 타인들에 의해 입증되고 발굴되어야 할 그 무엇이다.

「빛의 호위」[2]에서 작가 조해진이 시적으로 형상화하고 있는 '빛'도 이와 다르지 않다. 「빛의 호위」에는 두 가지 서사가 중첩되어 있다. 하나는 '나'와 권은의 서사, 또 다른 하나는 알마 마이어의 서사이다. 잡지사 기자인 나는 문화계를 이끌어 갈 신진들을 인터뷰하기 위해 보도사진 기자 권은을 만나게 된다. 몇 번의 만남을 거치면서 나는 권은이 20년 전 같은 반 친구였음을 알게 된다. 반장이었던 나는 선생님의 지시로

---

2 조해진, 『빛의 호위』(문학과지성사, 2017).

사흘간 학교에 나타나지 않는 권은의 집을 방문하고, 몇 달씩 집을 비우는 아버지로 인해 고아와 다름없이 살아가는 권은의 곤궁한 처지를 알게 된다. 어린 '나'는 안방 장롱 속에 들어 있는 후지사의 필름 카메라를 권은에게 가져다주는데, 그 우연한 선물이 권은의 생을 바꿔 놓는다. 카메라가 이끄는 빛을 따라 권은은 담요에서 방으로, 방에서 밖으로, 학교로 나온 것이다. 권은은 먼 지방의 친척 집으로 이사 가지만 이들은 20년 후 기자와 카메라를 든 보도사진 기자로 재회하게 된다.

알마 마이어의 이야기는 권은과의 인터뷰에서부터 시작된다. 권은은 헬게 한센을 가장 좋아하는 사진기자로 꼽으며 다큐멘터리 「사람, 사람들」에 대해 얘기한다. 헬게 한센의 다큐에 담긴 미국의 퇴직 의사 노먼 마이어는 팔레스타인 난민에게 구호품을 지원하는 일을 하다가 폭격에 맞아 사망하게 되는데, 그의 어머니 알마 마이어와 함께 이야기는 2차 세계대전의 홀로코스트 현장으로 건너간다. 그들의 사연은 이렇다.

1916년 벨기에에서 출생한 유대인 알마 마이어는 바이올리니스트가 되었으나 1940년 유대인 등록령이 내려지자 연인이자 같은 오케스트라의 호른 주자 장 베른의 도움으로 식료품점 지하 창고에서 은신한다. 컴컴한 지하에서 공포와 고독을 견뎌야 하는 알마에게 장의 방문과 그가 건네준 악보는 그녀에게 생명줄이 되어 준다. 알마는 장이 작곡한 악보로 소리 없는 연주를 하며 막막한 시간을 견딘다. 알마는 장과 헤어져 미국으로 떠나 장의 아이를 낳게 된다. 5년 후 알마는 장을 찾지만 그가 결혼했다는 사실을 알고 자신과 아들의 존재를 알리지 않는다. 아들 노먼 마이어는 커서 의사가 되고 친부인 장의 삶을 멀리서 비밀리에 지켜보게 된다. 그리고 장의 부고를 들은 그는 장 베른이 선물한 기적 같은 생을 다른 이들에게도 재현해 주자는 다짐을 한다. 퇴직 후 전 재산을 털어 구호품을 사고 팔레스타인 난민들을 돕는 일이 그것이다.

「빛의 호위」에서 작가는 장과 노먼 마이어, 그리고 20년 전 '나'의 행동이 무엇을 뜻하는지 권은을 통해 이렇게 말한다. "사람이 할 수 있는 가장 위대한 일이 뭔지 알아? 사람을 살리는 일이야말로 아무나 할 수 없는 위대한 일이라고. (……) 내게 무슨 일이 생기더라도 반장, 네가 준 카메라가 날 이미 살린 적이 있다는 걸 너는 기억할 필요가 있어." 이 셋은 각각 다른 시공간 속에 놓인 인물이지만, 이들의 경험은 역사와 인종을 훌쩍 뛰어넘어 하나로 모아진다. 아우슈비츠, 혹은 아우슈비츠와 다르지 않은 삶으로부터 타인의 선의에 의해 구원받았다는 것.

서터를 누를 때 카메라 안에서 휙 지나가는 빛이 있거든. 평소에는 장롱 뒤나 책상 서랍 속 아니면 빈 병 속처럼 잘 보이지 않는 곳에 얄팍하게 접혀 있던 빛 무더기가 서터를 누르는 순간 일제히 퍼져 나와 피사체를 감싸 주는 그 짧은 순간에 대해서라면, 그리고 사진을 찍을 때마다 다른 세계를 잠시 다녀오는 것 같은 그 황홀함에 대해서라면, 나는 이미 모든 것을 기억하고 있었다.(325쪽)

어린 권은을 견디게 했던 카메라의 빛, 그리고 차가운 눈길 위 발자국에서 발견했던 그 빛이란 아우슈비츠의 창백한 수용소로 뻗어 간 타인의 따뜻한 온기이자 연민이었다는 것. 누구의 생이든 그러한 '빛의 호위'에 의해서만 존엄해지는 것이다.

꽃과 바람의 전언

안상학은 '꽃과 바람'의 시인이다. 애독하는 시들의 의미를 '꽃말'

이라고 이름 붙이고,[3] 그의 시집에 유독 꽃과 바람이 자주 등장해서만은 아니다. "그만하고 가자고/ 그만 가자고/ 내 마음 달래고 이끌며/ 여기 까지 왔나 했는데// 문득/ 그 꽃을 생각하니/ 아직도 그 앞에 쪼그리고 앉은/ 내가 보이네"(「늦가을」)[4]에서처럼 시인 안상학의 몸은 바람처럼 늘 상 어디론가 떠나지만, 마음은 한사코 꽃 앞을 떠나지 않기 때문이다. 그 는 왜 좀처럼 꽃 앞을 떠나지 못하는가.

> 남들 꽃 피울 때 홀로 푸를 일 아니다
> 푸름을 배워 나날이 새로워지면
> 안으로 차오는 사랑
> 꽃처럼 마음 내며 살 일이다
> 벌 나비 오갈 때 간혹 쉴 자리 내주고
> 목축일 이슬 한 방울 건넬 일이다
>
> —「병산서원 복례문 배롱나무」 부분

위 시에서처럼 안상학에게 꽃은 곧 내어 주는 자리이기 때문이다. 존재를 뽐내기 위한 발산의 형상이 아니라, 존재를 여미며 벌과 나비에 게 자리를 내어 주는 마음, 곧 '안으로 차오르는 사랑'이기 때문이다. 시 인에게 꽃은 새롭게 뻗어 가는 '푸름' 대신 다소곳이 존재를 여미고 멈추어 곁의 존재들과 더불어 춤추는 마음이다. 안상학의 시에는 자연 물을 통해 생명의 위의와 존재의 긍정성을 다져 가는 시들이 많지만, 그

---

3 안상학 엮음, 『시의 꽃말을 읽다』(실천문학사, 2015).
4 안상학, 『그 사람은 돌아오고 나는 거기 없었네』(실천문학사, 2014). 이하 이 책에서의 인용은 시 제목으로만 표기한다.

의 시선이 추상적인 차원에 머무는 경우는 없다. 가령 "세상 모든 나무와 풀과 꽃은/ 그 얼굴 말고는 다른 얼굴이 없는 것처럼/ (……)/ 나는 오늘도/ 쪼그리고 앉아야만 볼 수 있는 꽃의 얼굴과/ 아주 오래 아득해야만 볼 수 있는 나무의 얼굴에 눈독을 들이며/ 제 얼굴로 사는 법을 배우는 중이다"(「얼굴」)에서처럼, 그에게 '자연'은 초역사적인 자연물이 아닌 단독자로서의 존재이고, '최선을 다해 죽어 가는' 단 한 번의 생이다. 그리하여 안상학의 자연은 단 한 순간도 '무위자연'처럼 주어진 존재가 아니다. 그의 시에서는 동으로 누워 버린 갈대 또한 "동으로 가는 바람더러/ 같이 가자고 같이 가자고/ 갈대가 머리 풀고 매달린 상처다// 아니다 저건 바람이 한사코 같이 가자고 손목을 끌어도/ 갈대가 제 뿌리 놓지 못한 채/ 뿌리치고 뿌리친 몸부림이다"(「선어대 갈대밭」)에서처럼 갖가지 정념으로 몸짓을 바꾸는 자연이다.

시인의 마음은 대지에 뿌리박고 사는 '꽃'들로 향하지만, 그의 육체는 늘 바람과 함께 어디론가 향한다. "꽃들이야말로 내가 못 하는 뿌리내리기를 터득한 지 이미 오랜 자화상 아니겠는가"(「꽃이 그려 준 자화상」), "나는 어느 텃밭의 꽃이었을까/ 상추 사이 자란 봉숭아를 뽑아 던지며/ 나는 내 발밑을 생각해본다/ 내 뿌리는 왜 이렇게 말갛게 바람에 씻기고 있는 걸까 (……) 내 뿌리는 아직 허공이다 끝내/ 허공에 뿌리내린 거라 생각한다"(「뿌리」)라고 할 때 그의 몸은 '갈 수 없는 곳으로 가는 바람'을 타고 있음을 보여 준다. 허공에 뿌리내린 존재란, 집이라는 울타리, 이쪽과 저쪽이라는 경계를 넘나드는 자유로운 영혼을 의미한다. 「아배 생각」에서 아배는 "야야, 어디 가노?/ 예……, 바람 좀 쐬려고요/ 왜 집에는 바람이 안 불다?"라며 밖으로 떠도는 아들을 붙잡아 두려고 하지만, 시인의 몸은 온갖 제도를 뜻하는 '집'에 머물기를 거부한다. 안상학 서정시의 절창이라 할 수 있는 「그 사람은 돌아오고 나는 거기 없었네」도

이러한 바람 타는 몸이 맞닥뜨린 회한, 그럼에도 불구하고 떠나지 않을 수 없는 사람이 당도한 운명을 노래하고 있다.

> 그때 나는 그 사람을 기다렸어야 했네
> (……)
> 해가 진다고 서쪽 벌판 너머로 달려가지 말았어야 했네
> 새벽이 멀다고 동쪽 강을 건너가지 말았어야 했네
> 밤을 기다려 향기를 머금는 연꽃처럼
> 봄을 기다려 자리를 펴는 민들레처럼
> 그때 그곳에서 뿌리내린 듯 기다렸어야 했네
> 어둠 속을 쏘다니지 말았어야 했네
> 그 사람을 찾아 눈 내리는 들판을
> 헤매 다니지 말았어야 했네
>
> ―「그 사람은 돌아오고 나는 거기 없었다」 부분

위의 시는 시간과 계절을 거스를 수 없는 바람의 운명과 통한을 노래하고 있지만, 이러한 미련과 성찰이 시인을 정주하는 삶으로 돌려놓지는 못할 것이다. 떠난 자의 뒤늦은 후회, 그것이 곧 시의 운명이자 자유의 대가이기 때문이다. 허공에 뿌리를 내린 자는 아무것도 소유하지 못하지만, 그것으로 인해 모든 경계를 넘고, 그 너머의 것은 물론 '경계'에 대해 성찰할 수 있다.

일본 간사이 공항에서 "내 이름은 크리스마스로즈랍니다// 간사이 공항에서 만난 낯선 꽃은 이름표를 달고 있었다/ 지문 날인을 하고 들어간 일본에서 처음 만난 꽃"(「크리스마스로즈」)과 여전히 한국 이름을 고수하고 있는 '권을송'이라는 재일 교포를 대조할 때, 루드베키아라는 외래종

꽃에 대해 "어쩐지 낯선 꽃이라서/ 북아메리카 원산지라서/ (……)/ 뿌리째 뽑아 버리고 싶었던" 꽃이지만, "우리나라 꽃이거니 품지 않는다면/ 에다가와 사람들 안녕을 비는 건 염치없는 일 아니랴"(「루드베키아」)[5]라고 맘을 여밀 때, 시인은 애초에 경계 없이 태어난 '존재'의 시원을 회복하고 있는 것이다.

이렇듯 '자연법으로서의 인권 사상'이 시인의 바람을 타고 경계를 넘을 때, 난민을 만드는 국경과 전쟁에 대한 절망과 분노는 시인의 유순한 품성을 뚫고 솟아오르기도 한다. "사자가 얼룩말을, 매가 들쥐를 잡아먹듯/ 개나 소나 잡아먹는 것은 그렇다 치고/ 먹지도 않는 인간을 인간이 죽이는 것은/ 자연에서도 거의 볼 수 없는 것이므로/ (……)/ 자연스럽지 못한 인간의 역사 앞에서/ 나는 인간의 무딘 어금니를 증오한다"(「팔레스타인 1,300인」)라며 시인은 자연에서 배운 대로, 자연법칙을 어그러뜨리는 무차별한 학살로 치닫는 칼과 총의 역사를 폭로한다. "먹지 않으려면 죽이지 마라/ 사람을 죽여서 먹는 것이 땅이라면 땅을 죽여라."(「팔레스타인 1,300인」)라는 시인의 분노는 팔레스타인 소년의 주검에서 비롯된 것으로 '신성불가침으로서의 발밑'이라는 외침으로 이어진다.

> 내 발밑은 나만의 공간이다
> 한날 한시에 태어난 그 누구라도
> 서로의 발밑을 동시에 밟을 수는 없다
> 그런 의미에서 내 발밑은 언제나 나만의 신성불가침 구역이다

---

5 안상학, 『아배 생각』(애지, 2008).

사람은 발밑을 밟으면서부터는 단독자다
여섯 살 장마철 처음 밟아 죽인 지렁이

—「발밑이라는 곳」 부분

위의 시는 '발밑'이라는 이미지를 통해 그 최소한의 생존을 빼앗은 인류 역사의 폭력을 고발하고 있다. 대지를 딛고 선 발밑, 딱 그만큼의 자리는 어떤 이념도 명분도 넘겨다볼 수 없는 생명의 천부인권이라는 것. 이는 앞서 시인 안상학이 단독자로서의 꽃의 얼굴에 대한 발견, 즉 존재의 고유성에 대한 인식과 같은 맥락에 놓인 것이다. 허공에 들린 발들에게 최소한의 '땅'을 보장해 주어야 한다는 이 평화 사상은 난민은 물론 모든 희미한 존재들을 돌아보기를 호소하고 있다. 시인은 '칼을 밖으로 휘두르는 사람들과 안으로 들이대는 사람들'로 사람들을 분류하지만, 위태로운 세상이 가까스로 유지되는 까닭은 이 이념적이며 극단적 인간들에 의해서가 아니라고 한다. "없는 듯 있는 듯 살아가는 부류의 사람들", "평소에는 맨손인 이들", "소위 법 없이도 살 사람들"(「평화라는 이름의 칼」) 덕분에 세상은 그런대로 유지되지만, 이들은 칼 쥔 자들에 의해 '평화'라는 이름으로 학살당한다고 통탄한다. 이 희미한 존재들에게 "밥을 떠 넣는 숟가락 하나"를 보장하는 것, 그것이 진정한 평화로운 세상이라고 시인이 힘주어 말할 때, 그의 꽃과 바람의 대위법은 강렬한 휴머니즘으로 피어나는 것이다.

'개인'이라는 영웅

이대환 『총구에 핀 꽃』

'우연'에 의해 세계에 던져진 인간이 운명적으로 발견하는 자유의 첫 자리는 '개인'이 되는 것이다. 가족, 학교, 국가 등의 공동체와 시간. 그것들은 개인의 생을 결정하고 구속하지만, 결코 개인은 그것을 결정할 수 없다는 부조리와 소외 의식을 깨닫는 것. 이 물음은 인간이라면 누구나 갖게 마련이지만, 대개는 그것을 통과하지 그 물음을 끝까지 밀고 가지는 않는다. 『총구에 핀 꽃』[1]의 주인공 손진호는 드물게 이 질문을 온몸으로 밀어붙인 문제적 인간이다. 그는 베트남전 참전 중에 탈영해 주일 쿠바 대사관을 거쳐 스웨덴으로 망명했는데, 이 행적은 실존 인물인 김진수의 생애를 허구화한 것이다.

김진수[2]는 남베트남 수도 사이공에서 타이피스트 특기병으로 근무하던 한국계 미군으로 일본에서 휴가를 보내던 중 1967년 4월 3일 쿠바

---

1   이대환, 『총구에 핀 꽃』(아시아, 2019).

2   미국명 케네스 그릭스(Kenneth Griggs).

대사관으로 들어가 망명 신청을 한다. 피델 카스트로가 통치하던 쿠바는 사회주의 국가로 미국의 적성국이었고, 김진수는 "월남에서 미국의 침략 전쟁을 눈으로 보고 전쟁의 증오를 느꼈다."라고 망명 동기를 밝혔다. 김진수는 쿠바 대사관에서 8개월을 지내다 일본의 반전 평화 단체인 베헤이렌[3]의 도움으로 소련을 거쳐 스웨덴으로 탈출한다. 일본 기지에서 탈영한 최초의 미군 김진수 사건은 당시 미국 내 반전 시위가 확산되고 수만 명의 베트남전 징집 거부자가 쏟아지던 무렵, 한국과 일본에 보도되면서 이슈가 되었다.

기존 자료에 따르면 김진수는 반미 사상과 친사회주의 이념을 지녔고 "미국에서 10년 동안 살면서 나는 미국 시민이 되고 싶었다. 그러나 미국 군대에 들어가 일개 병사가 되어 한국, 일본 그리고 마지막에는 베트남에 파병되었다. 우선 남한의 참혹한 현실을 보고 동시에 왜 그렇게 되었는지를 생각하게 되었다. 전쟁이 가져다준 베트남의 상황을 보고 만일 미국이 한반도에서 행했던 것과 같은 방식으로 베트남에서도 자신들의 목적을 이루려 한다면 베트남 사람들의 운명이 어떻게 될지 그 미래를 생각했다."[4]라는 성명서를 통해 한반도의 분단 상황에 대한 문제의식을 분명히 보여 주었다. 그러나 소설에서는 손진호의 이념은 '반전'과 '개인'으로 집약된다.

소설은 1946년 서울 출생, 전쟁고아, 1956년 미군에 의해 입양, 미국에서 성장, 1963년 미 육군 자원입대 등의 실존 인물 김진수의 행적을 충실하게 반영하면서 디테일을 통해 반전과 개인주의 서사의 축을 만들어 간다. 손진호는 미국에 입양되어 대학에 다니는 동안 히피 사상을

3   ベ平連: 베트남에 평화를! 시민 연합.
4   고경태, 「망명객 혹은 '홈리스' 김진수」, 《한겨레 21》, 2014년 5월 9일.

접하고 탐닉한다. 앨런 긴즈버그의 시 「아메리카」의 한 구절 "아메리카, 언제 우리 인류의 전쟁을 끝낼 거지?"를 암송하면서 '자유와 평화', '반 세속'의 이념을 갖게 되지만, 환각제에 손을 대면서 아버지와 갈등하고 미군에 입대하는 것으로 그려진다. 이 히피 사상과 더불어 손진호의 탈 주에 결정적인 역할을 한 것은 한국계 미국인이라는 정체성이다. 시민 권 심사를 앞두고 손진호는 스스로 묻는다. '과연 나에게도 국가가 있는 가?'라고. 만약 있더라도 자신을 고아로 미국에 보낸 한국은 아니고, 미 국은 자신을 키운 고마운 나라이지만 그 보은과 부채 의식이 곧 국가의 자격은 아니라고. 하여 손진호는 '국가 없는 개인'으로 살고자 결심한 다. 그것은 세계시민으로서의 정체성을 세우는 자의적 결정이지만, 전 쟁과 이주 등으로 혼종성과 분열증을 안게 된 개인의 필연적 귀착지일 수도 있다.

　그 경로에는 베트남에서 목격한 전쟁의 참상, 맹목적 광기, 제국의 폭력, 그리고 한국전쟁의 기억이 놓여 있고, 결국 이것들이 손진호를 "베트남은 베트남인의 손에 맡기고 부대를 이탈하라."라는 베헤이렌의 삐라를 만나게 하고 시민 불복종 운동에 앞장서게 만들었을 것이다. 그 러나 개인으로 숨는 것과 개인으로 나서는 것은 전혀 다른 것이다. '개 인'에는 분명 인류가 유사 이래 꿈꿔 온 모든 자유와 욕망이 깃들어 있 고 많은 개인들의 자유행동은 전혀 문제될 것이 없겠으나, 어떤 개인주 의의 선언은 저렇듯 불온하고 위태로우며, 그래서 영웅적이기도 하다.

　『총구에 핀 꽃』은 전쟁과 국가에 희생된 망명 청년의 운명을 그리고 있다는 점에서 최인훈의 『광장』의 계보를 잇는 소설이라 할 수 있다. '왜 파시즘의 광장과 타락한 밀실만이 허용되는가.'라는 남북한 체제 비판 을 하고 배 위에 오른 이명준. 손진호는 한반도에 파문을 던지고 떠난 이 명준의 세계적 확장이라고 볼 수 있다. 근대국가가 낳은 희생자이기도 했던 손진호라는 디아스포라인은 묻는다. '왜 국가여야 하는가?'라는 막막하고 거대한 질문을. 『총구에 핀 꽃』은 답할 수도 해결할 수도 없는 아포리아이지만, 버릴 수도 없는 이 궁극적 질문에 맞짱 뜬 담대한 소설이다.

달리는 열차에 매달린 눈송이의 뜻은

김숨 『떠도는 땅』

1937년 9월 어느 날, 블라디보스토크 신한촌 언덕 밑 페르바야 레치카역에 수백 명의 고려인들이 모여들고 이들을 실은 화물열차가 6000킬로미터가 넘는 대륙을 가로지른다. 그렇게 시작된 고려인 강제 이주는 12월 말까지 이어져 124대의 열차가 18만 명의 한인들을 중앙아시아의 허허벌판에 짐짝처럼 부려 놓는다. 시베리아의 추위는 맹렬해졌고, 준비해 간 식량으로 간신히 허기를 때우며 기차 바퀴 소리에 갇힌 고려인들의 불안과 공포 또한 끝 간데없이 사나워졌다. 그들은 창문도 없는 화물열차에서 임시방편으로 용변을 해결해야 했고, 간간이 정차하는 역에서 바뀐 물 때문에 배탈을 앓아야 했으며, 면역력이 약한 아이와 노인 들은 병들어 끝내 땅을 밟지 못했고, 열차가 전복되기도 했다. 고려인 1000명이 이 광란의 열차 행렬에서 목숨을 잃었다. 극동 지역에서 점점 커져 가는 일본 세력을 두려워한 스탈린이 1937년 고려인들을 친일파 혹은 일본 첩자로 몰아 국경 지역에서 이들을 송두리째 뽑아내 중앙아시아로 강제 이주시키는 도중에 일어난 일이다.

이 지옥 열차에는 봉오동전투의 영웅 홍범도 장군도 타고 있었고, 카프 작가 조명희의 가족, 박헌영의 아내이자 혁명가 주세죽, 노벨 문학상 후보에 올랐던 러시아 한인 작가 아나톨리 김의 부모, 러시아 대중음악 슈퍼스타였던 빅토르 최의 할아버지가 타고 있었다. 그리고 열차에 오르지 못하고 블라디보스토크에 남겨진 많은 인물들이 친일파로 체포, 총살당하거나 감옥에 수감됐다. 2500여 명으로 추산되는 이들 중에는 조명희도 포함되어 있었다. 1928년 7월 일제 탄압을 피해 소련으로 망명, 신한촌에서 고려인 신문 《선봉》 등을 이끌던 독립운동가 조명희는 KGB에 '인민의 적'이라는 죄명으로 체포되어 1938년에 총살당했던 것이다. 식민지 조선인들의 가슴을 뜨겁게 했던 '날으는' 홍범도 장군은 시베리아 횡단 열차에 의해 가장 먼 곳인 야니크루간 지방 사나리크에 부려져 콜호스(집단농장)에서 일했고 말년에는 크질오르다의 극장에서 수위 일을 하다가 1943년 해방 2년 전에 쓸쓸히 죽음을 맞았다. 주세죽은 박헌영과의 사이에서 낳은 딸 비비안나를 소련의 보육원에 맡겨야 했고, 일제 밀정으로 총살당한 두 번째 남편 김단야를 잃고 강제 이주 열차에 올랐으며, 이 열차에서 김단야와의 사이에서 낳은 아이를 떠나보내고 크질오르다에서 유배를 살다 1953년 생을 마감했다.[1]

김숨의 『떠도는 땅』[2]은 이들의 이야기이다. 소설은 화물차 한 칸에 실린 고려인들이 중앙아시아의 황무지에 버려지기까지의 한 달가량의 이야기를 담고 있다. 우선 이 작품은 이들이 탄 열차의 열악함과 고난의 여정을 조명한다. 가축 운반 열차에서 이들은 악취와 추위에 떨며 각자 챙겨 온 식량으로 간신히 최소한의 생존을 이어 간다. 두 통의 양철통

---

1 주세죽의 파란만장한 생애는 조선희의 『세 여자』(한겨레출판, 2017) 참조.
2 김숨, 『떠도는 땅』(은행나무, 2020).

을 만들어 하나는 물통으로, 또 하나는 분뇨통으로 사용하면서 낮인지 밤인지도 모를 하루하루를 넘겨야 하는 이들이 잃은 것은 집뿐만이 아니라 존엄이다. 야만의 시간 위에 어디가 최종 목적지인지도 알 수 없는 불안과 공포가 겹치면서 그들은 '인간'이 갖는 모든 뿌리들, 집, 가족, 민족, 이웃, 마을, 언어, 위생, 치안과 결별한다.

그들이 탄 열차 칸 너머로 누군가의 죽음이 풍문처럼 떠돌고, 화물칸의 따냐도 갓난아이를 잃는다. 추위와 굶주림으로 울지 않는 아이의 시체를 열차 밖으로 던져 버려야 하는 따냐 부처의 처절한 고통, 잠시 정차한 열차 밑에서 소변을 보다가 끝내 열차에 오르지 못한 시어머니와의 충격적인 이별 등은 강제 이주 열차의 폭력성을 고스란히 드러낸다. 작가는 달리는 열차가 흩뿌려 놓는 원심력에 대항해 이들 가족의 내력을 구심력 삼아 철도 위에 '떠도는 땅'을 일궈 놓는다. 이들이 펼쳐 놓는 이야기는 달리는 열차에 내리는 눈송이처럼 6000킬로미터의 레일 위에 흩뿌려지고 흔적 없이 사라진다. 그럼에도 불구하고 점점이 흩어져 간 이들의 희미한 서사는 레일을 타고 끈질기게 살아남아 히말라야의 설산 못지않은 거대한 역사를 증언한다.

이들의 내력을 살펴보기 전에 한인의 러시아 유민사를 잠시 짚고 넘어가자. 한인의 러시아 지역 이주는 19세기 후반기로 거슬러 올라간다. 기근과 가난, 악정에 몰린 조선인들이 죽음을 무릅쓰고 두만강을 건너 우수리스크를 비롯한 연해주에 정착한다. 1870년경에는 연해주에 일곱 개의 고려인촌이 건설되었고, 그 규모는 차츰 커져 1917년경에는 인구 25만 명에 이르게 된다.[3] 이 중에 블라디보스토크의 신한촌은 해외 독립 운동의 거점 역할을 했는데, 을사조약 이후 궁민 이외에 항일 망명자들

---

3 권영훈, 『고려인이 사는 나라 까자흐스딴』(열린책들, 2001) 참조.

이 대거 이주해 온 것과 연관된다. 가령 조선 말 간도 관리사였던 이범윤을 비롯해 홍범도, 안중근, 유인석, 엄인석 등의 의병들과 독립운동을 지원하고 한인 사회 지도자 역할을 했던 부호 최재형, 그리고 「시일야방성대곡」의 장지연과 이상설, 이동녕, 박은식, 이동휘 등의 독립지사들이 이곳에 집결해 군사 활동과 항일 언론 활동을 펼쳤다. 그러나 한인 사회는 소비에트 혁명과 내전에 휩싸여 계급과 이념에 의해 분열되고 일제 탄압을 받으면서 구심점을 잃는다. 1918년 혁명 직후 일어난 러시아 내전은 고려인들의 끔찍한 희생을 초래했는데, 백군 세력(반혁명 세력), 일본, 미국 등의 수중에 넘어간 극동 지역에서 백군을 등에 업은 일본인들이 한인 사회를 파괴하고 반일 활동을 하던 고려인들을 무자비하게 학살한 것이다. 『떠도는 땅』에도 등장하는 정의로운 '갑부' 최재형은 신한촌의 '권업회' 회장으로 홍범도 등의 항일 세력을 지원했을 뿐 아니라 이로 인해 1920년 4월 참변 때 일본군에 의해 즉결 처형된 비운의 영웅이다. 1937년 강제 이주는 스탈린의 콜호스의 조직과 민족주의 말살 정책과 맞닿아 있는 것으로, 러시아 고려인들은 다른 소수민족과 함께 점차 소비에트 국가주의에 예속되어 민족 정체성을 상실하게 된다.

　『떠도는 땅』의 열차에 오른 이들의 내력 또한 저 위 군상들과 유사하다. 우선 의도적으로 추상화되고 점묘적으로 흩어져 있는 작품 속 인물군 중에서 초점 인물 역할을 하고 있는 금실을 보자. 그녀는 남편 근석이 보따리 장사를 떠나고 없는 사이에 시어머니인 소덕과 함께 열차에 타게 된다. 금실의 고향은 함경북도 무산군 쑥새이다. 다섯 살 되던 1910년 초봄에 그녀의 아버지 길동수는 일본 지주 밑에서 시달리다가 러시아에 가면 땅을 분배받을 수 있다는 소문을 듣고 러시아 파르티잔스크로 건너간다. 신한촌에 정착해 성장한 금실을 통해 소설은 신한촌 거리, 말 탄 차르 군대, 붉은 깃발을 든 볼셰비키 등 러시아 격변을 스케치한다. 금실의 남편 근석의 백부는 집안의 종손으로 조선 독립이 요원하다고 판단해 두 아들을 철저한 러시아인으로 키우면서도 순혈주의에 사로잡혀 러시아 며느리를 끝내 외면한다. 근석의 어머니 소덕은 근석 위로 아들 둘을 더 낳았지만 둘째는 뇌막염에 걸려 죽고, 첫째는 한인사회당 당원으로 활동하다가 4월 참변 때 일본 군인에게 총살당하고 만다. 소련 경찰들에게 이주 통지를 받은 후 소덕은 광목 치마를 잘라 마흔두 개의 주머니를 만들어 곡식 씨앗을 담는다. 그녀는 그 주머니를 매단 옷을 입고 열차에 오르면서 며느리에게 이렇게 당부한다. "나는 까마귀밥이 되든 말든 들판에 버려도 되지만 내가 입고 있는 저고리하고 치마는 벗겨서 꼭 챙겨 가져가야 한다." 그러나 소덕의 씨앗은 끝내 새로운 땅을 만나지 못한다.

블라디보스토크의 노동자들을 상대로 하숙을 치고 밥과 술을 팔던 들숙은 아들 최 아나똘리와 함께다. 들숙은 러시아 라즈돌나야 강가 숲에서 태어나 담비 사냥꾼인 아버지 밑에서 자란다. 열아홉 살에 금점꾼을 만나 블라디보스토크로 옮기지만 첫 번째 남편을 잃고 다시 금전꾼인 두 번째 남편을 만나 아나똘리를 낳는다. 두 번째 남편마저 금광을 찾아 떠나자 아나똘리를 혼자 키워야 했던 들숙은 아들이 조선인이라는 소외감으로 인해 비뚤어진 청년으로 커 가는 것을 가슴 아프게 지켜보게 된다.

1886년 함경북도 경원군 안농리에서 태어난 황 노인은 열다섯 살에 고향을 떠나 러시아의 그레데코보의 조선인 마을에 정착한다. 50여 채의 원호촌 마을에서 노비살이를 한 황 노인은 원호[4]과 여호[5]와의 갈등

---

4 러시아로 귀화해 땅을 분배받은 한인.
5 신민증을 취득하지 못한 한인.

과 차별을 증언한다. 그는 아내가 티푸스로 세상을 떠나자 열 살 난 아들 일천을 조선인 갑부(최재형으로 추정) 집에 맡기고 캄차카 어장으로 흘러든다. 조선인끼리 싸우는 걸 말리다 얼결에 한 사내를 죽이고 평생 죄책감을 짊어지고 이곳저곳을 떠도는 인물로 그려진다. 황 노인의 아들 일천은 조선인 갑부 밑에서 크면서 그를 아버지처럼 따랐으나, 항일 세력을 돕던 조선인 갑부가 1920년 일본 군인에게 총살당하자 큰 충격을 받는다. 항일이니 독립이니 같은 민족주의가 러시아 땅에서 얼마나 무용하고 위험한 것인지를 깨달은 일천은 그 뒤에 민족주의자들과 거리를 둔다.

혼혈아 미치카는 어머니와 함께 열차에 오른 소년인데, 이 소년에 얹혀지는 소련인과 한인의 비극적 사랑 이야기의 전말은 이렇다. 미치카의 엄마는 블라디보스토크의 강철 공장에 다니다가 친구 오빠인 안톤을 만나 결혼한다. 미치카가 태어나고 얼마 후 그녀는 남편이 소비에트 정부에서 적대시하는 부유층인 쿨라크 집안이라는 사실을 알게 되고, 공동 아파트의 감시자에게 발각되고 만다. 감시자의 공작에 의해 이들은 헤어지게 되고, 안톤은 당 관리자와 결혼해 새 가정을 꾸린다. 궁핍에 시달리던 미치카의 엄마가 아들을 맡기려 안톤을 찾아가지만 거절당한다. 그렇게 미치카는 강제 이주 열차의 운명을 만나게 된 것이다.

인설은 민족을 부정하는 일천과 열차에서 논쟁을 벌이는 인물로 민족주의자이자 사회주의자로 그려진다. 인설의 아버지는 땅이 아닌 다른 이유들, 예컨대 신분차별, 종교적 신념 때문에 국경을 넘는 조선인을 대변한다. 그의 아버지 이이세는 처자식을 고향에 둔 채 혼자 러시아로 와서 새로 가정을 꾸리고 두 아들을 얻는다. 맏아들 이고옥은 사회주의자로 활동하다가 1935년 반동분자로 체포되어 하바롭스크 감옥에 수감된다. 그의 아내 권옥희는 원호의 딸로 남편의 이력이 아들의 인생을 파멸시킬까 봐 야반도주하고 만다. 인설은 그의 형처럼 사회주의자로 가족 없이 혈혈단신 운동에 헌신하는 인물이다. 그는 혁명이 성공하면 소수 민족에게 자치권을 허용하겠다는 소비에트 정권이 약속을 어겼다고 분노하고 비판한다.

이들 고려인의 이야기는 그리움을 타고 옆 칸의 인물로 옮겨 가기도 한다. 금실은 블라디보스토크에서 담배 공장에 다닐 때 사귀었던 친구 올가를 회상한다. 올가는 연해주에 가장 처음 형성된 한인 마을인 지신허 출신으로 증조 때 두만강을 건너온다. 황무지를 농토로 가꾸던 조선인 집안에서 태어난 올가는 정치학 강사이자 열렬한 볼셰비키 당원인 강치수를 만나 결혼을 한다. 강치수는 아들에게 마르크스, 엥겔스, 레닌, 10월 혁명의 앞 글자를 따서 멜로르(Melor)라는 이름을 지어 줄 정도로 열렬한 사회주의자인 그 또한 일본 첩자로 체포되고 만다. 올가는 남편이 갇힌 하바롭스크 감옥을 찾아가 그곳에서 절구를 등에 혹처럼 짊어지고 감옥 근처를 배회하는 가련한 조선 할머니를 만나기도 한다. 올가를 통해 전해지는 초창기 러시아 개척사와 지식인들의 비극적 운명이 한차례의 눈발처럼 흩뿌려진다.

『떠도는 땅』은 이렇듯 강제 이주 열차에 몸을 실은 다양한 고려인들을 중심으로 누에고치처럼 이야기의 실을 뽑아내 1910년대 신한촌과 19세기 러시아 유민사를 불러온다. 이 이야기는 깊이와 입체감에 의한 실감보다는, 압축적인 진술과 파편적 장면으로 인해 평면적으로 전해진다. 그것은 저 기나긴 역사의 겹들을 한 폭에 담으려는 작가의 욕심 혹은 한계로 볼 수 있고, 또 한편에서는 점묘적 추상화를 염두에 둔 작가 의도의 성공으로 볼 수도 있겠다. 분명한 것은 화물칸의 어둠 속에서 서로를 잇는 이 실낱 같은 이야기들은 그들에게 빛이자 체온이었으며, 곧 당도

할 황무지에 뿌려질 씨앗이며, 새로운 터전을 가능케 한 공동체의 힘, 즉 결속된 하나의 '떠도는 땅'이었다는 것이다.

좀처럼, 끝나지 않는 전투

정지아 「검은 방」

「검은 방」[1]의 이야기는 30년 전부터 시작되었다. 1989년 스물다섯 살의 작가가 실록 소설인 『빨치산의 딸』[2]을 《실천문학》에 연재했을 때 부터 「검은 방」의 '그녀'이자 『빨치산의 딸』 이옥자는 산에서 내려와 우리와 함께 살기 시작했다고 할 수 있다. 그러나 목숨 걸고 산에서 싸 웠던 '지리산의 영웅들'이 산에서 내려온 후 어떻게 살았는지에 대해서 는 풍문으로 들었을 뿐 잘 알지 못한다. 그저 그들의 처절한 싸움이 산 위에서 끝났고, 우리와 다르지 않은 지리멸렬한 일상으로 흩어졌으리 라고 짐작할 뿐. 그러나 그들의 전투는 토벌의 끝자락인 1954년에도, 그리고 『빨치산의 딸』이 세상에 출간된 1990년에도 끝나지 않았다. 지 리산의 '지'와 백아산의 '아'에서 비롯된 이름이 상징하듯, '정지아'와 그 의 부모는 '빨치산'의 운명에 씌어진 길고 긴 전투를 여전히 치러 내고

---

1   정지아, 『검은 방』(아시아, 2020). 이하 이 책에서의 인용은 쪽수로만 표기한다.
2   정지아, 『빨치산의 딸』(필맥, 2005).

있는 중이다.

　작가 정지아는 남로당 전남도당 인민위원장이었던 아버지와 여맹 위원장이었던 어머니를 둔 '빨치산의 딸'이다. 작가 정지아가 마주한 인생의 첫 싸움은 초등학교 4학년 "느그 아부지가 빨갱이람서?"라는 친구의 도발로 시작된다. 이 낙인으로 인해 세상과 단절하고 책 속에 파묻힌 어린 소녀는 커서 작가가 되었고, 빨치산 이야기를 꺼내 놓았으나 '이적 표현물'로 판매를 금지당한다. 몇 년간 수배자로 도피 생활을 하고 집행 유예를 받는 동안 세상은 바뀌어 그녀는 작가가 되었고, 봉인된 이야기도 2005년 복간되어 세상에 풀려난다. 그러나 「검은 방」에 적힌 것처럼 '빨치산의 딸'이라는 표식은 끝내 그녀를 제도권 밖으로, 그녀와 그녀의 부모를 '산'으로 밀어낸다. 인적 드문 그곳, 지리산의 컴컴한 어둠 속에서 벌어지는, 좀처럼 끝나지 않는 이들의 전투를 담은 이야기가 「검은 방」이다.

　「검은 방」의 주인공은 아흔아홉 살의 노파이다. 그녀는 『빨치산의 딸』의 이옥자처럼 남편과 함께 지리산에 입산하여 남부군으로 싸우다 남편과 동지들을 잃고 체포되어 5년간 감옥살이를 한다. 감옥에서 나와 허허벌판에 던져진 그녀는 동지였던 한 남자를 만나 안착하고, 마흔두 살에 딸아이를 낳으면서 뿌리를 내린다. 사상을 잃은 뒤 '단 하나의 현재'이자 삶의 이유가 된 딸을 등대 삼아 그녀와 남편은 서툰 농삿일을 하고 허리가 굽도록 밤을 주우면서 늙어 간다. 그렇게 늙어 가는 동안 딸은 대학을 졸업하고 결혼을 하고 자식을 낳으며 '무던하게' 살아 낸다. 그리고 이제 '늙어 버린 어미'는 노심초사 길러 낸 딸의 유일한 걱정거리가 된다. 치매를 앓던 아버지가 죽자 딸은 계약직 교수를 그만두고 지리산에 홀로 있는 어머니 곁으로 내려와 그녀를 돌본다. 첫 남편과 동지들, 치매 걸린 남편을 떠나보낼 때마다 "금방 따라갈라요. 먼저 가서 자리 잡고 있으씨요이."라던 그녀의 다짐은 또다시 딸이 거처하는 윗집의 등불에 붙들리고 만다.

얼핏 보면 「검은 방」은 빨치산 경력을 지닌 노모와 딸의 일상을 담은 이야기이지만, 작가가 전하는 이들의 삶 곳곳에는 핏빛 진달래와 같은 처절한 전투가 새겨져 있다. 감옥에서 풀려난 '그녀'가 맞닥뜨린 첫 번째 전투는, 동지들과 목숨 걸고 싸웠던 '친일 청산과 조국 통일' 같은 구호가 더 이상 허용되지 않는 세상과의 타협이다. 달라진 세상에서 '젊은 빨갱이 년'은 남정네들의 욕정의 대상으로 전락하고, '산에서 죽었어야 한다.'고 입술을 깨물며 치욕을 견디던 그녀는 빨치산 동지를 만나 딸아이를 낳고 또 다른 전투를 치르게 된다. 그녀가 불러낸 생명을 품고 키우는 이 평범한 일이 빨갱이 전력을 가진 이들 가족에게는 빨치산의 그것 못지않은 전투를 의미한다. 왜냐하면 길고 긴 생이란 이데올로기에 대한 신념과 혁명적 낙관주의처럼 '명료하고 산뜻한 것'이 아니기 때문에. 배고프고 졸리고 아픈 몸은 지리산의 전사들에게 끝없이 모욕과 굴욕을 강요한다. 그러나 그 모욕 앞에서 새끼를 품은 어미는 한없이 굴종할 수밖에 없다. 사상을 잃은 자리에 이제 딸이 세상의 중심이 되어 '그녀'의 삶을 이끈다.

지리산 산골의 '검은 방'은 그렇게 살아 낸 아흔아홉 살의 몸이 적멸을 향해 가는 공간이지만, 어둠으로 가득 찬 이곳에는 적막 대신 최후의 격전지처럼 여전히 소요와 격정으로 들끓는다. 근처 대학에 출강하는 딸의 귀가와 방의 불빛이 밝아지기를 초조하게 기다리는 노모의 감각 주변에는 지리산의 먼 기억과 가까운 과거가 동시다발적으로 날아오른다.

그 기억 속에는 남편이 죽은 뒤 그녀를 돌봐 주던 박종하의 죽음과 그의 수의를 짓던 서른의 그녀가 있고, 또 남부군에 순경인 남편을 잃고

도 박종하를 연모해 쫓아 나선 소복 입은 철없는 처자도 있다. 그리고 그 젊은 처자를 경멸하던 그녀의 차가운 눈은 "살아도 살아도 모르겠는 세상, 그러지 말 것을 서러운 등짝 한번 가만히 쓸어 줄 것을, 그 가만한 손길로 어쩌면 사랑에 미친 제 죄를 용서받은 양 한평생 견뎌 냈을지도 모를 것을"이라는 회한과 함께 섞인다.

'검은 방'의 먼지처럼 떠오르는 기억 속에는 지리산의 일을 '사랑의 밀어'처럼 나누며 함께했던 두 번째 남편과의 일생이, 그리고 양 갈래 머리로 촐랑거리는 딸애의 모습과 딸의 등록금을 마련하기 위해 밤껍질을 벗기던 겨울밤이 있다. 그리고 밤을 까던 그 밤에 남편이 부르던 "태백산맥에 눈 내린다. 총을 들어라 출정이다."라는 「출정가」는 다시 토벌대에 쫓겨 폭설이 내리는 천왕봉 아래 눈구덩이에서 몸을 숨기고 며칠을 굶던 그 밤의 나지막한 「출정가」에 겹쳐진다.

검은 방에는 또 이념을 위해 목숨을 걸었던, '퍼렇게 날 선 한 자루 검'과 같은 젊은 날의 그녀와 아랫목의 갱엿처럼 녹아 내린 늙은 그녀가 함께 있다. "나흘이나 쌀 한 톨 먹지 못한 채 차가운 동굴의 물속에 몸을 숨기고 있을 때, 코앞으로 지나가는 국군의 무리를 피해 숨을 죽일 때" 그런 것이 살아 있는 것이라 믿었던 투사 여맹위원장은 이제 딸이 출강하는 수요일과 목요일에 동그라미를 쳐 놓고 하염없이 밖을 내다보는 늙은 그녀와 함께 딸을 기다리는 중이다.

그 기다림 속에서 지리산에서 열흘 굶은 남편이 보급 투쟁을 나갔다가 정신을 잃은 후 달걀을 먹고 깨어났을 때의 기억과 음식이 아까워 버리지 못하고 몰래 먹는 그녀에게 "세상이 달라졌다고 몇 번을 말해! 그냥 버리라니까!"라고 호통치는 딸의 얼굴이 격투한다. "쌀이 남아도는 세상이야. 부지런히 먹고 버려 줘야 농부들이 돈을 벌지. (……) 엄마가 꿈꾸던 세상은 진즉에 이루어졌어. 여자들도 남자들과 똑같이 공부하지, 굶어 죽는 사람 없지. 뭐든 넘쳐서 문제인 세상이야."라는 딸의 이야기에 총 들고 싸웠던 자본주의가 부린 요술에 놀라 "우리가 뭣 땀시 그 고상을 했을까?"라고 허망해하는 그녀가 또 전투를 벌인다.

그 뒤를 치매에 걸린 남편을 3년 동안 수발하던 그녀와 치매에 걸린 여동생의 마지막 모습이 따른다. 요양원에서 만난 늙은 여동생이 사람도 알아보지 못하고 엉덩이를 들썩이며 요분질하던 모습은 동생을 낳자마자 죽은 어머니에 대한 기억과 어린 동생의 보얀 궁둥이와 섞인다. 열다섯 살에 땅꾼에게 시집가서 일찍 죽은 제부 대신 홀로 네 아이를 키워 낸 동생의 마지막 모습에 충격과 모욕감을 느낀 그녀는 치매 앓는 남편이 딸자식에게 짐이 될까 봐 쥐약이든 농약이든 먹고 같이 죽으려 결심하고 겨울 지리산에 나선다. 그러나 지리산의 매서운 바람이 그녀의 걸음을 방해한다. "영하 사십 도를 훌쩍 넘는 한겨울에도 누더기에 짚신차림 거침없이 헤쳐 가던" 그녀이건만 봄밤 훈풍과도 같은 바람에 가로막혀 주저앉고 만다. 그 속에서 바람의 속삭임을 듣는다. "우리 멩꺼정 다 얹어 줬응게 원 없이 살다 오시게."라는, 죽은 자들의 소리를.

그러나 죽은 자들이 남긴 "실컷 사씨요. 죽을 때꺼정 사씨요."라는 말이 축복인지 형벌인지 그녀는 알 수 없다. 생의 모호함과 비정과 치욕이 칼날처럼 선명하고 숭고한 죽음보다 낫다고 할 수 없기 때문이다. 그녀가 동지들을 보내고 살아 낸 생은 그녀에게 진리의 밝은 빛과 간명한 깨달음 대신 차라리 더 지독한 무명과 혼돈을 남겨 준다. "한여름 뙤약볕처럼 수그러들 줄 모르는 생명"의 뻔뻔한 욕망에 대한 지독한 환멸과 경악, 그러나 어느 순간 그 존재가 기적과 경이로움으로 탈바꿈하는 블랙홀 같은 곳이 그녀의 검은 방이다.

이 격렬한 전투가 벌어지는 「검은 방」은 그러나 무겁거나 어둡지 않다. 그녀의 '검은 방'에는 고통과 절망과 패배가 어둠 속에 가라앉지 않고,

환희와 사랑과 행복이 날아오르지 않는다. 이 모든 정념을 입은 기억들은 그녀의 '검은 방'에서 푸가의 화음처럼 서로를 비추면서 아름답게 울려 퍼진다. 깊은 통찰을 거쳐 나온 작가의 '눈송이' 같은 경쾌한 삶의 태도가 이 전투들을 다음과 같은 시적인 감각으로 변형시켜 놓기 때문이다.

엄마!

꿈인지 생시인지 딸이 그녀를 부른다. 살짝 들춘 블라인드 너머, 긴 머리를 야무지게 양 갈래로 묶은 딸애가 보인다. 화장실에 가려는 참이었는지 딸 손에 손전등이 들려 있다. 딸이 전등을 하늘로 비춘다. 하얀 눈송이가 빛기둥 안에 갇힌다. 아이 주먹만 한 눈송이들이 빛 아래서 한 점의 흔들림도 없이 고요히 내려앉는다. 하늘과 땅 사이를 가득 메운 눈송이가 열일곱 소녀의 마음을 뒤흔들어 딸은 아무도 밟지 않은 순결한 눈밭을 방방 뛰어다닌다. 딸의 움직임에 따라 갈래머리가 봄날 흰싸리밭의 나비처럼 나풀거린다. 캉캉, 흰 진돗개 똑순이가 딸의 뒤를 쫓아 경중경중 뛴다.(24~26쪽)

열일곱 살 딸이 만든 빛 속에서 눈송이가 춤을 추고, 딸의 갈래머리가 봄날 나비처럼 나풀거리고, 진돗개가 경중경중 뛰는 이 아름다운 장면은 '검은 방'의 전투를 장식하는 궁극의 선율이자 어둠 속에서 날아오르는 뜻밖의 에피파니이다. 그 속에서 죽음과 생은 경계를 넘고 산 자와 죽은 자, 빛과 어둠, 숭고와 치욕, 환희와 고통, 기쁨과 슬픔이 용서나 속죄, 참회와 단죄 없이 하나가 된다.

가벼운 것이 농밀한 어둠 속에 무겁게 내려앉고 무거운 것이 햇살 속에 날아오르기도 하는 이 검은 방의 마술은, 사실 아흔아홉 살의 그녀가 보고 있는 건너편 딸의 방 불빛에서 풀려 나온 것이다. 검은 방의 그녀 앞에 죽은 남편과 동지들이 끊임없이 유혹하며 "후딱 나오제."라고 속삭여도, 그녀는 '몸 따라 일어나지 못한다'. 왜냐하면 검은 방 가득 매운 과거와 기억은 그녀가 하염없이 기다리는 딸이라는 '단 하나의 현재'를 이기지 못하기 때문이다. 하여 아흔아홉 살의 그녀는 죽은 자를 따라나서지 못하고 그녀를 이끄는 '마음 한 자락'에 끌려 주저앉는다. 치매 걸린 동생의 요분질과 다를 바 없다는 그 '마음'을 '욕망'이라 아무리 낮추어 말할지라도 사실, 죽음과 욕망을 이기는 사랑을 의미한다. 한 존재를 향한 어떤 마음이 살아서 마주해야 할 온갖 모욕과 허망을 기꺼이 감내하게 만든다. 그러므로 '검은 방'에서 딸을 기다리며 좀처럼, 끝나지 않는 마지막 전투를 치르는 그녀의 마음이란 살아 있는 것을 살아 있게 하는 마음, 지리산에서 싸우던 그 마음이며 일상의 전투를 치러내는 우리의 마음이기도 하다. '검은 방' 아흔아홉 구비의 산맥을 넘나드는 그녀의 끝없는 전투는 무명의 매일 속에서 '너'를 위해 살아가는 우리들의 전투이기도 한 것이다.

내가 내가 되면 안 되는 걸까요

백남룡 『벗』

『벗』[1]은 한 가정의 이혼소송을 두고 벌어지는 이야기이다. 소설은 새로 유행하는 원피스 차림의 30대 여인이 시 인민재판소의 판사를 찾아와 "못 살겠어요, 도저히!"라며 울먹이는 장면으로 시작된다. 온갖 범죄와 욕망, 유령, 좀비, 우주 행성까지 등장하는 이 무한 상상의 시대에 '이혼'이라는 한 커플의 헤어짐은 별스러운 것이 될 수 없을 것이다. 이 여인의 이혼 주장이 독자의 흥미를 끈다면, 그것은 이 작품이 북한 소설이라는 특수한 장르에 속하기 때문이다. 개인의 욕망보다는 체제와 이념을, 차이의 존중보다는 전체주의적 균등과 공유를 강조하는 사회주의 국가에서 이혼이라는 개인의 유별난 주장이 어떻게 처리되는지 들어본 적이 없기 때문이다.

이혼 청구자는 서른세 살의 채순희, 예술단의 성악 배우이고 일곱 살 아들을 두고 있다. 남편은 강안기계 공장 선반공인 리석천으로 그들

[1] 백남룡, 『벗』(아시아, 2018). 이하 이 책에서의 인용은 쪽수로만 표기한다.

은 곧 결혼 10주년을 맞게 될 터이다. 수심 가득한 채순희를 마주한 판사 정진우는 그녀의 이혼 결심이 일시적 불화가 아니라 오랜 불행의 결과임을 감지한다. '남편이 다른 여자를 좋아해서가 아닐까? 성격상 차이나 시부모와의 관계 문제일지도 모른다.'라는 판사의 의문은 사실상 이 소설의 중요한 시발점이 되고, 이에 대한 탐문은 이 작품 플롯을 끌고 가는 엔진이 된다. 이 여인이 북녘에 속한다는 사실을 간과하고 익숙한 독법으로 읽는다면 이들 커플의 이혼 배경에는 뭔가 흥미로운 사실이 도사리고 있어야 한다. 끔찍하고 비일상적인 범죄 사건과 음모가 아니라면 내밀한 심리적 갈등과 욕망의 대립 같은 것, 우리 현대인이 서사에서 누려 오고 확인했던 그런 것들 말이다. 그런데 이들 이혼 청구 배경을 탐정처럼 추적한 판사가 밝혀낸 것들에는 놀라운 반전도 발견도 없다. 놀라운 반전이라면, '탐정이자 심리상담사, 베이비시터' 같은 판사가 발굴해 펼쳐 놓은 그들의 북한식 일상과 결혼 생활이 우리의 그것과 크게 다르지 않다는 것이다.

채순희에 의해 적극적으로 피력되는 '이혼 원인'은 '생활 리듬이 맞지 않는다.'는 것이다. '성격 차'라고 흔히 말하는 그것을 가수답게 표현한 것이다. 그러나 보다 근본적으로는 '정'이 없다는 것, 즉 사랑이 식었다는 것으로 볼 수 있다. 사랑이 유효기간을 다하고 난 뒤의 남녀는 무엇으로 사는가. 국가 체제를 떠나 이 물음에서 자유로울 수 있는 사람은 없다. 사랑과 욕망에 관한 한 보편적인 정의(justice)가 존재하지 않는다면, 이 물음은 곧 옳고 그름이 아니라 선택과 자유의 문제가 된다. 이 지점에서 사적인 것은 정치적인 것이 된다.

채순희의 주장에 따르면, 남편 리석춘은 바윗돌처럼 말이 없고 감정이 없다. 공장의 선반 기능공인 리석춘은 직장 동료들이 인정하듯, 우직한 일꾼으로 자신의 노동에 만족하고 있으며 새로운 기계 창안에 몰두하는 것 외에 다른 취미와 야망이 없는 노동자이다. 같은 선반공 일을 했던 채순희는 공장 예술소조에서 성악 가수로 활동하다가 재능을 인정받아 도 예술단의 전문 가수로 발탁된다. 1년 만에 유명한 성악 가수로 발돋움한 채순희는 일에서나 생활에서나 더 많은 발전과 도약을 소망한다. 그녀는 차츰 벌어지는 남편과의 거리와 소통 부재를 메우기 위해 남편에게 공장 대학 진학과 승진 등을 권유한다. 그러나 리석춘은 그깟 대학 졸업장 같은 한낱 간판이 무엇에 소용되냐며 반발하고 아내의 소망을 허영심으로 본다.

"리혼이란 게 무대에서 노래를 부르고 퇴장하는 것처럼 간단하지 않습니다."라고 운을 뗀 판사 정진우는 이들 가정의 불화의 원인이 구체적으로 무엇인지를 탐색하기 시작한다. 판사는 행정 서류에 매달리지 않고 직접 집을 방문해서 홀로 감기를 앓는 호남이를 돌보고, 채순희와 리석춘의 직장 관계자를 만나기도 하고, 당사자들의 진솔한 심정과 과거 러브 스토리를 듣는다. 그런 과정 속에서 판사가 확인한 것은 이들에 대한 주변의 대립된 시각이다. 하나는 리석춘이 부단히 발전하고 변화하는 사회에 새롭게 적응할 희망이나 야심 없이, 맥없이 살아간다는 비난이고, 또 하나는 화려하게 성공한 순희가 우월감과 허영심을 가지고 기름때 묻은 노동자 남편을 무시한다는 것이다. 판사의 탐색이 도달한 곳은 원점과 다르지 않지만, 사실성과 우여곡절로 채워진 이들 불화에 대한 이해의 부피와 두께는 달라져 있다. 판사는 당사자처럼 체념하거나 이웃처럼 그들을 쉽게 비난하지 않는다. 특히 흥미로운 것은 '부르주아적 잔재'라고 맹비난할 수도 있는 순희의 욕망을 단순히 허영심으로 몰지 않는다는 것이다.

그러나 정진우는 채순희의 결함을 허영심이라고 박아 놓고 싶지 않앗다. 예술인 가수는 로동자와는 달리 직업적 특성으로부터 정신 생활에 허영심이 있을 수 있다. (……) 그렇다면 순희의 허영심이 과연 질적으로 나쁜 것인가? (……) 그 여자는 남편이 선반공이어서 불평하는 것이 아닌 것 같다. 남편이 십 년 전이나 오늘이나 정신생활에서 변화가 없이 따분하고 구태의연한 생활을 하기 때문이 아니겠는가 (……) 석춘이의 지성 정도나 리상은 신혼 생활 때와 수평이거나 침체되는 것 같다. 그러면서도 생활에 대한 자기만족에 차서 자존심을 세우고 있다. 거기에다 성실성이라는 울타리를 든든히 둘러치고 안해를 타매한다. (……) 바로 이런 마찰에서 순희의 우월감과 절망적인 결심이 생긴 게 아닐까. 분쟁의 초점은 거기 있는 것 같다.(142~143쪽)

판사 정진우가 내린 결론은 '이혼'이 아니라 사랑의 재생을 위한 '노력'이다. 구체적으로 그 해결은 리석춘이 공장 대학에 다니는 것으로, 더불어 과학기술축전에 출품하여 3등상을 탄 리석춘의 창안 기계에 대해 응당한 대가를 돌려주는 것이다. 그러나 이 '이혼 불가'의 결정 뒤에는 위 인용에서처럼 순희의 욕망을 이해하고 수용하는 판사의 내밀한 심리가 함축되어 있다. 표면적으로는 아내에게 우월감과 교만성의 위험에 대해 충고하고 현실에 발붙인 이상을 추구할 것을, 남편에게는 정신문명을 외면하는 안일함과 보수성을 고쳐 나가기를 요구하면서 수평을 맞추고 있는 듯하지만 어쩐지 순희에게 판정승을 내린 듯한 느낌을 지울 수 없다.

또한 가정을 사회의 세포로 보고 이혼을 중대한 사회 정치적 문제로 보는 판사의 입장이 반드시 이혼에 대해 부정으로만 일관하고 있는 것은 아니다. 정진우는 6년 전 채림이라는 세련된 젊은 판매과장이 촌뜨기 아내를 데리고 살 수 없다고 낸 이혼 소송에 대해서는 이혼을 결정했는데, 그것은 여인의 인권이 심대하게 침해받고 있다고 판단했기 때문이다. 즉 그의 이혼 결정은 여성을 남편의 지속적인 멸시와 모욕으로부터 해방시키는 것이었다.

1988년 북한에서 처음 출간되었을 당시 이 작품이 베스트셀러가 되고, 조선중앙텔레비전의 드라마로 제작, 방영되어 인기를 끌 수 있었던 것은 저렇듯 작가가 은연중에 여성의 편에서 이들을 대변했기 때문으로 보인다. 물론 이 작품은 궁극적으로 노동자 중심의 혁명 과업, 체제 선전이라는 프로파간다의 성격과 가부장제의 한계에서 벗어나지는 못하고 있다. 그럼에도 불구하고 백남룡이라는 남성 작가가 여성의 감정과 내면을 부각시키고 있다는 것은 이채롭다. 이는 판사 정진우가 아내 한은옥에 대해 성찰하고 각성하는 부분을 통해 확연히 드러난다.

정진우의 아내 한은옥은 농업학자로 황량한 고산마을인 연수덕에서 채소를 키우기 위해 자주 집을 비운다. 부재하는 아내 대신 가사와 온실 가꾸기를 감당해야 하는 정진우는 신혼 초의 순박한 사랑과 결심을 망각하고 불만을 품게 되지만, 이들 이혼 문제를 다루면서 스스로를 반성하고 아내의 충실한 벗이자 조력자로서 자신의 역할을 되새긴다.

'벗'이라는 제목은 사랑보다 더 건실한 정으로 함께해야 하는 부부 관계를 강조하는 것이지만, 또 한편 '인민의 벗'으로서의 판사와 위정자의 역할을 함축하는 것이기도 하다. 우리 감각으로 보면 리석춘의 창안을 돕기 위해 직접 모래를 퍼 나르고, 아이를 돌보고, 채순희의 예술단 부단장에게 그녀를 내치지 말고 돕도록 조언하는 판사 정진우의 행동은 도무지 믿기지 않는 것이다. 그것이 실제 현실과 얼마큼의 간극이 있는지는 모르겠으나, 백남룡이 제시하는 관리의 이상적인 모습은 북에서보다 우리에게 더 절실한 것일 수 있다. 특히 일체의 인간적인 것들을 배제한 채, 행정 서류와 숫자에 파묻힌 자본주의 현실과 무인 기계 같은 사법

제도를 떠올린다면 저러한 육체성과 마음을 가진 '벗'으로서의 관료는 자못 경이로운 것이다.

『벗』은 2020년 미국 '라이브러리 저널'이 선정한 '올해 최고의 세계문학' 중 하나로 선정됐다. 이 작품의 해외 진출은 2011년 프랑스에서 먼저 시작되었는데, 출간 당시 프랑스에서 가장 많이 읽힌 '코리아 소설'로 5000부가 판매되었다고 한다. 2020년 4월 조지워싱턴대학교 교수인 임마누엘 김에 의해 번역 출간된 영문판 소설(*Friend*)이 세계문학에 선정됨으로써 『벗』은 그 시간적 간극이 무색하게 그 작품성과 가치를 다시 한번 만방에 널리 알린 셈이다. 그런데 프랑스인들과 미국인들은 이 작품에서 무엇을 본 것일까?

> 임마누엘 김이라는 유능한 번역자에 의해 전달된 「벗」은 북한을 설명한다고 주장하는 많은 책에 대한 훌륭한 해독제이다. 소설 속 북한은 다른 곳과 마찬가지로 사랑하고 애태우고 결혼하고 싸우고 별을 보고 꿈꾸고 실수하고 늙어 가는 사람들로 가득 차 있다. 그들은 친절하고 완고하고 온화하고 위압적이고 어리석고 자기중심적일 수 있다. 북한에서도 삶은 다른 곳과 마찬가지로 반은 비어 있고, 반은 채워져 있는 그런 것이다.[2]

위 리뷰처럼 서구인들은 악마화되었던 북한의 이면에서 그들과 다르지 않은 사람들을 발견했을지 모른다. 북의 여인 순희뿐만 아니라 누군가를 만나고 사랑하고 헤어지는 일은 매혹적이고 어렵고 복잡하다.

---

2   Peter Gordon. 「"Friend: A Novel from North Korea" by Paek Nam-Nyong」, *Asian review of Book*, 2020년 7월 11일.

혹은 이러한 동질감이 아니라면 '벗'으로 상징되는 관료의 인간적인 모습과 건실한 도덕으로 봉합되는 이상적인 남녀 관계에 놀라움을 느낄 수도 있다. 동질감이든 이질감이든 중요한 것은 사랑에서나 정치에서나 생의 모양은 매끈하지 않다는 것이다. 그것은 누구나 체제의 안전성과 획일성을 어지럽히는 '자기'로 살아가기 때문이다. 이런 점에서 백남룡의 『벗』은 여성의 입장을 적극적으로 대변하는 페미니즘 소설로 볼 수 있지만, 보다 더 근본적으로는 개인의 욕망을 긍정적으로 형상화하고 있는 작품이라 할 수 있다. 백남룡의 흡입력 있고 다정다감한 문장은 휴머니스트 정진우를 통해 주인공 남녀의 불화를 화목한 결말로 맺는다. 그러나 작가는 이러한 이념을 도식적으로 풀어 가지 않고 풍부한 사실성과 서사성을 통해 보여 주고 있으며 다음과 같은 시적 비유를 덧대어 이끌어 간다.

봄바람은 잠들고 싶지 않은 모양이다. 대륙의 먼먼 산발과 골짜기와 들판을 달려오고도 피로하지 않은 것 같았다. 아니, 바람은 지쳐서 집 안에 들어오고 싶어 하는 것 같다. 밤이 되고 싸늘한 봄 추위에 몸이 얼어 드니 그제야 거처할 데가 생각난 것 같다. 바람한테는 보금자리가 없다. 어디서, 누구한테서, 무슨 일 때문에 쫓겨났는지, 배반했는지, 스스로 '가정'을 버렸는지 (……) 기원은 알 수 없으나 영원히 불행한 몸이다.(220~221쪽)

그런데 왜 나는 바람을 붙잡아 다독이고 가두는 저 위의 문장을 거꾸로 읽고 싶어지는 것일까. 백남룡이 채순희의 이혼 불발을 통해 말하고자 하는 핵심이 체제 선전이나 계몽은 아닐 것이다. 문장의 결에서 정치적 무의식처럼 삐져나오는 저 봄바람 같은 욕망들, 여성의 것이기도 하고 자신의 것이기도 한 개인의 욕망이자 감정이 아니었을까. 올더스 헉슬리의 『멋진 신세계』에서 야만인 존은 안락과 완전한 건강을 보장하는 전체주의 사회와 약을 거부한다. 존이 '시와 진정한 위험과 자유와 선'을 요구하자 총통은 그것은 곧 '불행해질 권리'를 의미한다고 일갈한다. 존은 물러서지 않고, 불편과 불행, 질병과 노화, 몰락, 그 모든 것을 원한다고 맞선다. '내가 내가 되는 자유'는 행복으로의 길이 아니라 많은 경우 저러한 불행과 맞닿아 있기도 하다. 그러나, 그럼에도 그 몰락을 향한 자유는 인간 존엄의 밑자락이자 출발점일 것이다. 『벗』이라는 창문을 통해 보여 주는 북의 풍경은 정지해 있지 않다. 정지 화면처럼 차갑고 매끈하게 펼쳐 있는 평양의 콘크리트 광장에도 저렇듯 언제나 훈풍이 불고 있다. "생활은 오늘이고 앞에 있어요."라는 채순희의 설렘과 기대처럼, 오늘은 어제를 배반하고 내일을 향해 달려가고 있다. 백남룡이 풀어놓은 저 미친 봄바람을 타고 더 많은 여성과 사람들이 '누런 벽지'를 뚫고 나오기를 고대해 본다.

위키피디아식 정념과 픽션

올가 토카르추크 『방랑자들』, 『태고의 시간들』

지루한 중년을 보내던 한 여성이 추리소설에 빠진다. 주말마다 도서관에 가서 양손 가득 추리소설을 빌려 와 탐독하지만, 좀처럼 그녀는 만족하지 못한다. '뭔가 애타게 찾으면서도' 정확히 그것이 뭔지 모르는 이 까다로운 독자의 무의식에 들어 있는 '아주 특별한 것'의 내용은 이런 것이다. "좀 더 사실적이고 그럴듯한 인물, 좀 더 풍성하고 자극적인, 근육질의 범죄", "그녀의 오감에 직접적으로 선명하게 와닿을 것, 그녀의 어깨를 확 부여잡고 절대로 놔주지 않을 것, 도저히 잠을 못 이루게 만들 것".

결국 이 독자는 작품 중반까지 살인도 서스펜스도 없이 지속되는 추리소설을 읽다가 마침내 작품 속으로 들어가 작중인물인 '추리소설 작가'들을 한 명씩 살인하고 나와 이야기를 만들어 간다. 올가 토카르추크의 단편 「눈을 뜨시오, 당신은 이미 죽었습니다」의 이야기이다.

올가 토카르추크의 소설은 흡사 위의 독자가 저렇듯 성에 차지 않

---

1   올가 토카르추크 외, 최성은 외 옮김, 『눈을 뜨시오, 당신은 이미 죽었습니다』(강, 2006).

는 작가들을 냉혹하게 죽인 뒤, 격렬하고 우아하게 써 내려간 '근육질'의 소설 같다. 한국어로 번역된 『방랑자들』, 『태고의 시간들』[2]은 형식과 내용이 다르지만, 두 작품 모두 근육질의 문장으로 이루어진 촘촘한 텍스처라는 점에서는 동일하다. 『방랑자들』은 2018년 노벨문학상 수상자 올가 토카르추크에게 한림원이 보낸 찬사 "백과사전적 열정으로 삶의 한 형태로서 경계를 넘어서는 과정을 해박한 열정으로 그려 낸 서사적 상상력"에 가장 부합하는 작품이다. "100여 편의 다양한 글들이 씨실과 날실처럼 정교하게 엮인 하이브리드 텍스트"(607쪽)[3]로 이루어진 기이한 여행서 『방랑자들』에서 작가는 '위키피디아'라는 항목에 대해 이렇게 적고 있다.

이것이야말로 인간이 만든 가장 정직한 인지 프로젝트라고 생각한다. (······) 사람들은 자신이 아는 모든 것을 위키피디아를 통해 실어 나른다. 만약 이 프로젝트가 성공한다면, 이는 끊임없이 생장을 거듭하는 백과사전, 아마도 세상의 가장 큰 기적이 될 것이다. (······) 우리는 다양한 출처를 인용하고 링크를 제시하게 될 것이다. 이런 식으로 우리는 세상사에 대한 자신의 버전을 함께 직조해 나가고, 우리가 만든 고유한 이야기가 지구를 에워싸게 될 것이다.(114쪽)

위 인용문에서 올가 토카르추크는 지식 권력이 만든 사전이 아니라, 전 세계의 누구나 참여하여 만들어 가는 위키피디아에 대한 매혹을 밝

---

2 올가 토카르추크, 최성은 옮김, 『방랑자들』(민음사, 2019). 올가 토카르추크, 최성은 옮김, 『태고의 시간들』(은행나무, 2019). 이하 이 책에서의 인용은 쪽수로만 표기한다.

3 최성은, 「경계와 단절을 허무는 방랑자들에게 바치는 찬사」, 『방랑자들』 옮긴이의 말.

히고 있는데, 『방랑자들』은 여기에서 탄생한 여행기이다. 『방랑자들』은 확정된 백과사전이 아니라, 링크라는 접속의 정념에 의해 수많은 형상들이 살아나고 이야기가 덧붙여지고 이어지는, 현재진행형의 위키피디아식 서사이다. 한두 문장으로 구성된 단상과 사물에 대한 에세이와 지도, 중편 분량의 소설들로 이루어진 이 여행서는 쉼없이 흐르고 공항과 터미널의 낯선 설렘으로 가득 차 있다.

백과사전이 그러하듯 이 소설의 어떤 표제어를 열면, 그 항목에서 인물들이 걸어 나와 이전에 무엇으로부터 파생되었든, 자신의 기원이 무엇이든 뻔뻔하고도 당당하게 자신의 이야기를 시작하고 조연이 아니라 주연처럼 힘주어 말하고 제 갈 길을 간다. 올가 토카르추크의 『방랑자들』, 『태고의 시간들』은 그렇게 모두가 주연인 위키피디아식 픽션이고 푸른색 글자를 누르면 곧장 또 다른 흥미진진한 이야기가 시작되는 하이퍼 픽션이다. 그러므로 기존의 책처럼 처음부터 순서대로 독파하려는 선형적 독서법은 좋지 않다. 침대 머리맡에 불교 경전이나 성경처럼 두고 하루의 앞뒤로 그날의 여정을 음미하거나 예기하는 주역 같은 이야기로 읽는 것이 바람직하다. 『방랑자들』의 위트 넘치는 단상과 흥미로운 서사들을 읽고 나면, 당신의 하루는 풍부한 서사와 정념과 빛나는 상상력으로 살아날 것이고, 거리의 사람들의 표정이 당신에게 말을 걸 것이며, 당신의 발걸음은 이 풍부한 삶의 결 속에서 한결 가볍게 되리라.

가령 꽃과 딸기 대신 "가위를 고안해 낸 사람은 레오나르도 다빈치이다.", "인간의 신체에서 가장 강한 근육은 혓바닥이다."와 같은 문구가 쓰인 포장지에 담긴 생리대, 여행용 화장품 키트, 유럽 호텔마다 성경 대신 절망의 심미가 시오랑의 책을 비치해야 한다고 주장하는 한 남성, 가장 많이 분실된다는 9호실 열쇠의 미스터리, 여객 터미널의 조감도, 하렘의 미로, 세상에서 가장 지루하고 긴 비행기 이륙 대기 시간 등에 대한 단상 등은 우리가 미처 깨닫지 못했던 일상의 신비를 보여 준다.

이 반짝이는 조각보들 사이로 그냥 스쳐 지나갈 수 없는 사연이 흘러넘친다. 가령, 다리를 절단하고 환지통에 시달리는 해부학자와 그가 만난 렌즈 연마공 스피노자, 불치병을 앓는 아들을 간호하다 노숙자가 되어 거리를 떠도는 여인, 첫사랑의 간곡한 부탁으로 안락사를 돕는 여인, 프랑스에서 사망한 쇼팽의 심장을 몰래 모국인 폴란드로 운반하는 쇼팽의 누이 이야기 등등. 이들 이야기는 접속과 호기심의 정념을 엔진처럼 단 링크에 의해 환유적으로 미끄러지는데, 자세히 들여다보면 시공간이든 생각이든 어떤 지점을 솔기처럼 물고 연결된다. 이 책에 등장하는 인물들은 서로를 알아보지 못한 채, 같은 유람선 주변에 있었거나 어떤 모티프들을 공유하기도 한다.

예를 들면,『방랑자들』의 초반부에는 크로아티아의 작은 섬에 휴가를 떠났던 쿠니츠키 가족 이야기가 등장한다. 이 여행에서 쿠니츠키의 아내와 아들이 실종되는 사건이 발생한다. 쿠니츠키는 깜쪽같이 사라진 모자를 찾기 위해 헬리콥터까지 동원하지만 결국 찾지 못한다. 그리고 이 이야기는 소설의 뒤편에서 다시 이어진다. 사흘 만에 나타난 아내는 길을 잃었고 숲속에 머물렀다고 말하지만 쿠니츠키는 그녀의 말을 믿지 않는다. 아내가 거짓말한다고 생각한 쿠니츠키는 불면증에 걸리고 아내의 물건을 뒤지고 미행한다. 쿠니츠키에게 아내가 사라진 사흘은 그냥 묻혀지지 않고, 절단된 다리의 '환지통'처럼 작동하게 된 것이다. 아내가 정말 속인 것인지 아닌지는 끝내 밝혀지지 않고 이 소설에서 중요하지도 않다. 작가가 이 이야기를 통해 강조하고 싶은 것은 파놉티콘처럼 촘촘하게 감시받고 있는 현대인들의 '실종'(lost)의 욕망이고, '실종과 환지통'은 이 소설의 다른 인물들과 연결되는 하나의 솔기이기 때문이다.

한편 『방랑자들』에는 인체 조직을 특수 처리하여 보존하는 '플라스티네이션'에 몰두하는 해부학자들과 전시에 관한 이야기가 자주 등장하는데, 이는 작가가 추구하는 '글쓰기'의 지향점에 대한 은유이기도 하다. "모든 것을 담아 보자."라는 위키피디아의 열정처럼, 작가는 글쓰기로 '아직 기록되지' 않은 이들의 생을 형상화함으로써 플라스티네이션처럼 보존하고 싶어 한다. 그러나 그 방식은 '죽은 인체 조직'의 전시가 아니라 이들이 살아서 움직이는 방식, 즉 이동하고 사라지고 변화하는 생(生)의 방식이다. 작가의 필치에 의해 공항과 터미널에 오가는 낯선 타자들은 국경을 넘듯, 경계를 넘어 살아 있는 형상으로 우리의 삶 속으로 들어온다. 그것은 여행에 잠재된 '실종의 욕망'과는 반대편에 은폐된 이야기들을 이끌어 낸다. 우리는 주변에 대해 '손바닥 들여다보듯 빤히 다 보인다.'라고 말하지만, 기실 우리의 손바닥처럼 알고 있는 장소와 사람들은 없다. 작가는 지도에 새겨지지 않은 이들의 삶을, 상징계와 상상계 어디에도 기록되지 않는 실재계를 '성냥갑에 쓰인 글귀를 들여다보듯' 관찰하고 자신만의 방식으로 끌어모은다. 이 책의 제목이 "끊임없이 움직이고 이동하고 장소를 바꾸는 것만이 악을 쫓아낼 수 있는 길"이라고 믿었던 러시아 정교의 한 교파 "달리는 신도"에서 비롯된 것처럼,(609쪽) 유동하는 서사를 통해 작가는 끊임없이 '움직이라'고 강조하고 있다.

몸을 흔들어, 움직여, 움직이라고. 그래야만 그에게서 도망칠 수 있어. 이 세상을 다스리는 존재에겐 움직임을 지배할 능력이 없어. 우리의 몸은 움직일 때 비로소 신성하다는 것을 그는 알고 있어. 움직여야만 그에게서 벗어날 수 있는 거야. 그는 정지 상태에 놓여 있는 것, 꼼짝도 하지 않는 것, 수동적이고 무기력한 모든 것을 지배해. (……) 그들이 원하는 건 경직된 질서를 만들고 시간의 경과를 조작하는 거야. 그들은 하루하루가 똑같이 반복되고, 구별이 안 되길 바라지. (……) 그들이 원하는 건 바코

드의 도움을 받아 세상을 속박하고, 모든 것에 상표를 붙이는 거야. (······)
움직여, 계속 가. 떠나는 자에게 축복이 있으리니.(389~392쪽)

우리를 물화시키는 자본주의적 욕망에 대항하여 끝없이 '달아나라'
는 위의 메시지는 모든 현대인들을 향한 일종의 계시이다. 여행과 이동
은 우리의 삶을 다른 시각에서 보게 하며, 타자에 대한 공포를 경이와 환
희로 바꿔 놓기도 한다. 하여, 이 책은 '세상의 모든 여행과 이동'에 바치
는 일종의 경전이라고 할 수 있는데, 이 신앙은 『태고의 시간들』에서도
빛을 발한다.

『태고의 시간들』은 '태고'를 중심으로 가족 3대의 이야기를 그리는
작품이다. '태고'는 가상의 지명이지만 폴란드의 변두리 지역으로 볼 수
있으며, 1910년경부터 1990년대까지의 역사로 짐작되는 일들이 이곳
사람들의 이야기를 통해 전달된다. 그러나 '태고'라는 가상공간에서 짐
작할 수 있듯, 이 소설은 구체적인 역사적 사실과 실존 인물을 명확히 내
세우지 않는다. 1·2차 세계대전과 독립, 사회주의 정부 수립, 자유화의
물결 등으로 짐작되는 역사적 시간에 '태고'의 신화적 시간과 환상이 겹
쳐지면서 보편적 서사로 나아간다. 하여 기존의 평론가들이 지적했듯,
이 소설은 마르케스의 『백년의 고독』의 마술적 리얼리즘을 닮아 있다.
예를 들면 성화의 성모가 인물과 이야기를 나누거나, 예지력을 지닌 숲
속의 마녀 크워스카가 사람들을 치유하고 사랑을 나누는 것, 또는 루타
가 태고의 숲속 '경계'에서 사라져 브라질로 이동하는 것 등등.

또한 이 소설은 헝가리 출신 작가 아고타 크리스토프의 '비밀 노트' 3
부작 『존재의 세 가지 거짓말』을 연상케 하는데, 구체적인 역사적 사건
과 시간을 제시하는 대신 추상적이며 익명적인 사건을 통해 폴란드의
비극을 강렬하게 드러내고 있다는 점에서 그러하다. 이 소설은 2차 세계

대전 당시 독일군과 러시아군의 격전지가 되어 숱한 희생자를 낳은 폴란드의 역사를 이들 군인들에게 집단 강간당한 '루타'를 통해 드러내고 있으며, '신이 없는 세상'을 보여 주겠다며 염소를 수간하는 러시아군의 비인간적인 모습을 통해 전쟁의 잔혹성을 보여 준다.

『태고의 시간들』을 끌어 가는 두 개의 큰 축은 도입부에서 중요 인물로 그려지는 '게노베파'와 '크워스카'이다. 그리고 이 둘은 각각 '문명'과 '자연'을 상징한다. 게노베파는 딸 미시아를 낳고, 미시아는 아델카를 낳고, 아델카는 도시로 나가 자식을 낳고 키운다. '크워스카'라는 버려진 여자는 남자들의 매춘부로 전락해서 살아가다가 숲속의 마녀로 정착하는데, 늑대 인간과 몸을 섞어 '루타'를 낳는다. 그러나 문명과 자연(혹은 야만)이라는 이 두 개의 줄기는 평행처럼 흐르는 것이 아니라 그 둘의 아이들처럼 뒤바뀌고 섞인다. 이 흐름의 어디쯤에서 문명은 선이 되기도 하고 악이 되기도 하며, 자연과 야만은 크워스카처럼 사람들을 치유하기도 파괴하기도 한다. 그런 의미에서 이 소설은 폭력적 역사를 우화적으로 그린 잔혹극임과 동시에 역사적 시간을 분쇄하는 덧없음과 유머를 담고 있다. 가령, 가족을 잃고 동물과 살아가는 외로운 노파 플로렌틴카는 밤이면 언덕에 올라 자신의 운명의 원흉으로 달을 지목하며 욕하는데, 크워스카는 이 미치광이 노파에게 이렇게 위로한다. "달이 이제 그만 용서해 달라"고 하더라고, "인간의 고통으로 달의 얼굴에 검은 주름을 더 이상 새기고 싶지 않다"고. 이 말을 전해들은 노파가 "달아 내가 널 용서하마!"라며 소리치는 장면은 폴란드의 비극적 역사를 에워싸고 도는 이 소설의 신화와 마술이 무엇을 의미하는지 깨닫게 해 준다.

올가 토카르추크가 열망하는 "어깨를 확 부여잡고 절대로 놔주지 않을 것" 같은 근육질의 문장은 이 소설에서 유감없이 펼쳐지는데, 따라서 철학적 단상과 낯선 형식의 즐거움을 선사하는 『방랑자들』에 비해 상대적으로 강력한 서사적 흡입력을 지니고 있다. 『태고의 시간들』 또한 『방랑자들』과 마찬가지로 미시적 서사들의 패치워크로 구성되어 있다. 이 조각보들은 "미시아 시간, 이지도르의 시간"과 같이 중심인물들의 시간으로 제시되기도 하지만, "익사자 물까마귀의 시간"처럼 죽은 자로 제시되기도 한다. 그런 점에서 이 소설은 다양한 인물과 사물의 시점으로 구성된 오르한 파묵의 『내 이름은 빨강』을 연상케 한다. 그러나 이 둘에는 중대한 차이가 있다. 그것은 '~ 시간'이라는 장 제목에서 알 수 있듯, 이 소설의 궁극적인 주인공은 '시간'이라는 점이다. 어떠한 위대한 인간도 자연도, 신조차도 인간 삶을 이끄는 주체가 될 수 없으며, 시간만이 모든 생성과 소멸을 이끄는 주재자라는 이 전언은 허무적이다. 그러나 한편 그것은 폴란드와 우리 역사가 지나온 20세기 잔혹극을 상대화할 수 있는 치유이자 미래에 대한 낙관의 힘이 될 수 있다. 올가 토카르추크의 두 작품은 소설의 역사에서 취한 빛나는 장치들과 교훈들을 장착한 강력한 포스트모던 서사이다.

5부

자본주의와 죄

프롤레타리아, 악의 형상을 입다

가난한 자와 하녀 들

프랑코 모레티는 「현대적 괴물의 사회학」[1]에서 프랑켄슈타인과 드라큘라를 부르주아 문명의 공포의 두 이름으로 칭한 바 있다. 그에 따르면 이 두 괴물은 각각 산업혁명기에 탄생한 노동자와 자본가를 상징한다. 익히 알고 있듯 메리 셸리의『프랑켄슈타인』에 나오는 괴물은 과학자 빅터 프랑켄슈타인이 죽은 사람의 신체 기관을 수집해서 만든 일종의 패치워크 누더기이다. 괴물은 아내를 얻고 인간처럼 살기를 욕망하지만, 그 불가능성을 알고는 프랑켄슈타인 박사의 가족을 살해하고 멀리 달아난다. 프랑코 모레티는 이 "집단적이고 인공적인 피조물"인 괴물에서 마르크스가 묘사한 소외된 노동의 변증법, 즉 '더욱더 기형화되고 야만화되고 무력해지고 노예화되는' 노동자와 프롤레타리아 계급성을 읽어 낸다.

반면 루마니아의 드라큘라 백작은 이름만 귀족일 뿐, 손수 가사를

---

1 프랑코 모레티, 조형준 옮김, 『공포의 변증법』(새물결, 2014).

돌보고 사치를 삼가는, 프로테스탄트 윤리를 내면화한 검소한 자본가를 의미한다. 드라큘라는 난폭하거나 과시적이지 않으며 다만 한 방울도 허비하지 않고 성실하게 타인의 피를 빨며 자본의 생리를 실행할 뿐이다. 이 인격화된 자본은 "흡혈귀처럼 오직 살아 있는 노동을 빨아먹어야 살 수 있으며, 더 많은 노동을 빨아먹을수록 더 오래 사는 죽은 노동"을 의미한다.

프랑켄슈타인과 드라큘라라는 괴물의 형상에서 '계급'을 적극적으로 읽어 내고 있는 프랑코 모레티의 독법은 이채롭지만, 새로운 것은 아니다. 우리 시대 많은 콘텐츠에서 '좀비', '유령'은 이미 가난한 자의 형상으로 향유되고 있지 않은가. 그럼에도 모레티의 「현대적 괴물의 사회학」은 '공포, 분노, 두려움'의 진원지를 보여 주는 중요한 탐침이 될 터인데, 이를 곧 악인의 사회학이라 불러도 무방할 것이다.

문학사에서 자신의 욕망을 포기하지 않고 파멸을 향해 가는 매혹적인 '악인'들이 더러 있다. 가령 젊음과 아름다움을 위해 삶을 초상화와 바꾼 오스카 와일드의 도리언 그레이, 충동에 이끌려 어린 여자를 자살로 몰아간 『악령』의 방탕아 스타브로긴이나 이와 유사한 도스토옙스키의 많은 인물들, 사랑을 생의 끝까지 추구하는 『폭풍의 언덕』의 히스클리프 등. 이들은 '인간'에게 금기된 쾌락과 자유를 향해 악의 드라마를 써 나간 일종의 탕아들이다. 그들이 '더 많은 자유'를 위해 생을 기꺼이 소진시켰다면, 이와 반대되는 지점에서 '최소한의 자유'를 위해 초법적 악인이 된 자들도 있다.

호아킨 피닉스가 연기한 영화 「조커」는 그러한 악인의 탄생기를 보여 주는 문제적 영화이다. 빅토르 위고의 『웃는 남자』에서 비롯된 조커는 「다크나이트」 등에서 변형되면서 주로 고담시의 수호자 배트맨과 대적하는 절대 악당으로 등장하지만, 그의 '인간적' 면모와 내력은 알려지지 않았다. 토드 필립스 감독은 기존의 DC 코믹스의 조커 형상을 이어받으면서, 그가 어떻게 악당이 되었는지를 사회학적으로 추적한다. 일용직 광대 일로 생계를 연명하는 아서 플렉은 그를 '해피'라고 부르는 병든 노모와 함께 살고 있다. 아서는 이러한 불우한 환경과 웃음 발작, 정신 질환, 영양실조에도 불구하고 코미디언이 되겠다는 꿈을 포기하지 않는다. 그러나 폭력적 세상은 조커에게 최소한의 삶조차 좀처럼 허락하지 않는다. 뒷골목 아이들은 아서의 광고 플래카드를 빼앗아 달아나고, 죽어라 쫓아간 아서는 이들에게 폭행을 당한다. 사장은 아서에게 플래카드 비용을 물리고, 동료는 장삿속에 아서에게 총을 건네고, 아서는 소아 병동에서 광대짓을 하다가 총을 떨어뜨리고, 해고된다. 해고당한 뒤 광대 분장을 한 채 귀가하던 아서는 전철에서 젊은 여자를 희롱하는 세 명의 은행원과 부딪치는데, 예의 웃음 발작으로 집단 폭행에 몰리자 우발적으로 총격을 가한다.

은행원 살인 사건이 매스컴에 대대적으로 보도되자 뜻밖의 일이 벌어진다. 빈민들이 광대 마스크를 쓰고 살인자를 옹호하며 부자들에게 항의하는 시위에 나선 것이다. 단 한 번도 타인의 '관심과 사랑'을 받아 본 적이 없는 아서는, 대중의 이러한 반응에 우쭐해지지만 곧장 이들의 '영웅'을 자처하지는 않는다. 아서는 여전히 '인간의 마을'에서 살기 위해 안간힘을 쓴다. 그러나 그에게는 몇 번의 치명적 불운만이 남아 있을 뿐이다. 밤무대에 올라 코미디 연기를 하지만 웃음 발작으로 인해 실패하고, 그의 우상인 머레이는 이 웃기지 않는 코미디언을 풍자 대상으로 삼는다. 슈퍼 리치 토머스 웨인이 친부라는 엄마의 고백을 듣고 그를 찾아가지만, 30년 전 그 집 하녀였던 엄마는 망상증 환자일 뿐이고 아서는 그녀가 입양한 아이라는 냉혹한 내침을 당한다. 누구의 말이 진실인지 알 수 없는 아서는 정신병원의 기록을 찾아내는데, 그 기록은 토머스 웨인의 말을 입증할 뿐이다. 또한 거기에서 아서는 의부로부터 폭행당했던 어린 시절의 비극만을 추가로 알게 된다. 급기야 집에 찾아온 형사와 얘기하던 도중 어머니가 쓰러져 의식을 잃어 아서는 철저히 혼자가 된다. 같은 층에 사는 여자와 데이트하는 장면이 나오지만, 이는 아서의 망상일 뿐이다. 토머스 웨인의 아들이라는 것은 망상이 아니라 진실일 수 있으나, 거짓과 진실을 섞어 버리고 서류로 봉해 버리는 슈퍼 리치의 힘 앞에서 그 진실은 아무런 희망이 되지 못한다. 머레이의 티브이 코미디 쇼에 조롱당하기 위해 초대된 아서는 결국 생방 도중 머레이를 쏴 죽임으로써 '악인' 탄생의 신호탄을 올린다. 영화 「조커」의 악인 형상은 이렇듯 철저히 사회적 약자의 모습을 하고 있다. 조커는 사회는 물론 이웃과 가족으로부터 철저히 존재를 부정당한 자, 늘 수동적이며 수세적으로 막다른 골목에 몰려 공포에 떨던 "무서워하던 아해"가 어떻게 "무서운 아해"가 되는지를 보여 준다. 출생에서부터 차곡차곡 올려진 그 폭력은 피스톤처럼 되돌려져 아서를 광기의 악당으로 밀어낸 것이다.

"웃음은 주관적이야."라며 머레이를 향해 총을 쏘는 조커는, 누가 웃는지를 스스로 결정하는 자로 재탄생한다. 머레이의 놀림감이 되거나 비굴하게 억지웃음을 짓는 것이 아니라, 자신을 억압하는 자들을 제거하고 그 자유를 맛보는 자의 웃음. 마지막 장면에서 가면 시위대를 향해 피로 그린 미소로 화답하는 조커의 메시지는 그가 코미디를 주관하는 자로 등극했다는 것을 의미한다.

영화 「조커」가 어떤 것도 허용되지 않은 빈자들의 초상을 빌런에 새겨 넣었다면, 가족을 둘러싼 분배에서 소외된 이들을 '악녀'로 그리는 작품들도 있다. 가장이 절대적 권력을 쥐고 가족 구성원의 생사 여탈권

2   이상, 「오감도」.

318

까지 통치하는 '가부장제'는 '한 남성'을 차지하기 위한 여성들의 경쟁, 그리고 가족 내의 경쟁 등을 초래한다. 시대가 바뀌어 이러한 가부장제의 절대적 권위는 줄었으나, 다양한 형태의 재화를 둘러싼 '가족 권력'의 드라마는 여전히 드라마를 통해 변형·재현되고 있다. 그리고 그 분배 투쟁에서 가장 끝에 있는 것은, 당연히 늘 등장하지만 조명받지 못하는 하녀들이다.

마거릿 애트우드 소설 『그레이스』[3]의 주인공 그레이스는 희대의 살인범으로 등장한다. 1843년 캐나다에서 있었던 실화를 소재로 한 이 소설이 문제적인 것은 그레이스를 둘러싼 세간의 해석에 도전하고 있기 때문이다. 기정사실은 이렇다. 1843년 7월 캐나다 토론토 근처의 시골 마을에서 살인 사건이 발생한다. 희생자는 부유한 독신남 키니어와 그 집의 가정부 낸시. 사건 발생 후 며칠 뒤 그 집의 마굿간지기였던 제임스 맥더못과 하녀 그레이스가 미국에서 체포되어 연행되고, 살인범 맥더못은 교수형에 처해진다.

열여섯의 어리고 예쁜 그레이스는 종신형을 받고 30년간 옥살이를 하는데, 이 아름다운 하녀를 두고 사람들은 저마다의 흥미로운 치정극과 서사를 만들어 간다. 과연 그레이스가 살인 교사자였으며 공범이었는지 혹은 맥더못의 협박으로 마지못해 함께 도망친 희생자였는지. 그레이스를 둘러싼 이 서사 전쟁은 사회적 관습, 대중의 욕망과 희생 제의, 개혁주의자들의 구출 서사 등이 얽힌 복잡한 드라마를 만들어 내고 19세기 내내 큰 논란을 불러일으킨다. 1974년 이 살인 사건을 소재로 CBC 텔레비전 드라마 「하녀(*The Servant Girl*)」의 극본을 썼던 마거릿 애트

---

3 마거릿 애트우드, 이은선 옮김, 『그레이스』(민음사, 2017). 이하 이 책에서의 인용은 쪽수로만 표기한다.

우드는 1996년 그레이스를 중심으로 이 사건을 재구성하여 내놓는다.

> 자기가 각본을 미리 준비해 놓고 상대방의 입안으로 쑤셔 넣는 사람들이 있다. 그런 사람들은 박람회나 품평회에서 복화술을 보여 주는 마술사와 같고, 그들 앞에서 나는 그저 나무 인형일 뿐이다. 재판정에서도 마찬가지라. 나는 피고석에 앉아 있었지만 사기로 된 머리를 달고 안에 솜을 넣은 천 인형과 다름없었다. 나는 나라는 그 인형 속에 갇혀서 내 목소리를 내지 못했다.(94~95쪽)

인용문의 그레이스의 말대로, 사람들은 이 살인 사건에 저마다 보고 싶은 것을 새기며 입이 없는 그레이스를 대신해 '복화술'로 자기 서사를 완성한다. 가령 캐나다 초기 개척 생활을 기록한 수재너 무디는 교도소와 정신병원에서 그레이스를 만난 뒤, 그녀의 서사를 이렇게 매듭짓는다. '그레이스는 집주인 토머스 키니어를 사랑해 낸시에 대한 질투심으로 맥더못을 사주한 주모자이며 희대의 악녀이다. 마굿간지기 맥더못은 그레이스에게 푹 빠져서 그녀의 말대로 낸시를 도끼로 죽여 시신을 사 등분한 다음 키니어를 총으로 쏴 죽인다. 이들은 귀중품을 훔쳐 달아나지만 곧 붙잡히고, 그레이스는 그녀를 쫓아다니는 낸시의 핏발 선 눈 때문에 괴로워한다.' 그러나 마거릿 애트우드는 이러한 무디의 서사가 그녀가 즐겨 읽던 해리슨 에인워스와 디킨스에 대한 모방에서 비롯된 통속극으로, '시체 훼손과 핏발 선 눈'이 사실이 아님을 소설에서 밝히고 있다.

한편 그레이스의 변호를 맡았던 케네스 매킨지와 탄원서에 앞장선 베링거 목사는 그레이스를 어리숙하고 연약한 여성 희생자로 만든다. 변호사와 박애주의자 성직자의 서사 욕망은 다를지라도 이들에게 '그레이스'는 지적 능력이 떨어지는 바보 천치가 되어야 했다. 또는 어떤 정신과 의사에게 그레이스는 제어할 수 없는 미친 여자로, 또 어떤 정신과 의사에게는 처벌을 면피하기 위해 광기를 연기하는 노련한 연기자로 변신한다. 그레이스는 그녀를 찾는 이들에게 그들이 보고자 하는 것을 기꺼이 보여 준다. 때로는 괴물을, 때로는 광녀를, 때로는 욕망의 화신인 악녀를, 때로는 처연한 아름다움을 지닌 매혹적 여성을, 때로는 기억상실증 환자를. 마거릿 애트우드가 그리는 그레이스는 일인칭과 삼인칭을 오가는 소설의 형식과 소설 내내 등장하는 퀼트처럼, 조각조각 흩어져 서사 사냥꾼들에게 던져진다. 애트우드가 그리는 그레이스의 궁극의 목표는, 이 서사 사냥꾼들이 『아라비안 나이트』의 술탄처럼 셰에라자드의 이야기에서 벗어나지 못하게 하는 것이다.

이 흩어진 조각보들을 이어 붙인 마거릿 애트우드의 서사는 위의 두 극단의 중간 정도에 놓는다. 이 서사는 사이먼 조던이라는 하버드대 의대 출신의 젊은 정신과 의사에 의해 만들어진다. 아일랜드에 살던 그레이스의 가족은 지독한 가난 때문에 캐나다 이민을 감행한다. 캐나다로 향하던 배 위에서 그레이스의 어머니가 사망하고, 아홉 남매는 주정뱅이 아버지와 함께 불모의 땅 캐나다에 던져진다. 열세 살의 그레이스는 이들 가족을 떠나 하녀로 취직하게 되고, 첫 직장에서 메리 휘트니와 같은 친구를 만나 즐거운 추억을 쌓기도 하지만, 곧 메리의 비극적 사건 뒤에 토마스 키니어의 집으로 옮기게 된다. 키니어의 집에서 그레이스는 같은 처지의 하녀인 낸시가 키니어의 '정부'임을 눈치채지만, 그녀를 질투하지는 않는다. 오히려 이전에 사생아를 낳았던 경험이 있는 낸시는, 주인 키니어가 품위 있는 그레이스를 좋아한다는 것을 알게 되어 전전긍긍한다. 그리고 이 집에 그레이스를 향한 맥더못과 제이미 월시의 애정이 얽혀 든다. 결국 낸시는 자신을 깔보는 맥더못과 자신의 자리를 넘보는 그레이스에게 해고 통고를 한다. 이에 불만을 품은 맥더못은 그레이스에게 주인 키니어와 낸시를 죽이겠다고 말한다. 그레이스는 이 사실을 폭로하지 않고 노심초사하다가 결국 살인 사건을 목격하게 되고 맥더못의 협박에 못 이겨 그와 함께 도망친다. 이때 그레이스가 수동적인 공범자였는지 단순 목격자였는지에 대한 사실 확인은 사이먼 박사의 '이중인격', '기억상실'과 같은 중립적인 지점에서 멈추고 만다.

마거릿 애트우드는 부정할 수 없는 증거인 낸시 목에 감긴 손수건에도 불구하고 사이먼 조던을 통해 그레이스를 무고한 희생자로 구출해내지만, 이 소설에서 좀 더 중요한 것은 그레이스의 범죄 사실 여부가 아니다. '하녀가 악녀로 등극하는' 바로 그 문제적 지점이다. 모든 것을 가진 주인 남자를 탐한다는 세간의 가상 시나리오에서 하녀는 모두 잠정적인 악녀일 수밖에 없다. 그리고 이 소설에는 악녀이거나 희생자인 하녀, 혹은 약자로서의 여성들이 곳곳에 숨어 있다. 그레이스의 친구였던 하녀 메리 휘트니는 보스턴에서 대학을 다니던 주인집 아들의 아이를 배고, 낙태 수술 뒤에 험악하게 죽는다. 그레이스 이야기를 받아쓰던 젊고 매력적인 의사 사이먼은 하숙집 주인인 험프리 부인과 부적절한 관계를 맺는다. 영악한 메리 휘트니가 주인집 아들을 유혹했든, 험프리 부인이 사이먼의 침실에 침입했든 그것은 중요하지 않다. 남녀의 성적 관계의 모호한 영역은 정의의 차원에서 낱낱이 밝힐 수 없거니와 어떤 진실이든 한쪽에게 면책권이 주어질 수 없기 때문이다. 하녀에게는 보잘것없는 '성'이 있을 뿐이고, 주인 남자에게는 난공불락인 '모든 것'이 있을 뿐이다. 그리고 이 둘은 절대 등가교환되지 않는다. 의사 사이먼과 주인마님의 관계를 훤히 알고 있는 도라처럼, 하녀들은 주인의 모든 것을 알고 있고 일상을 관장하지만 이들의 인정 투쟁은 헤겔의 주인과 노예의 변증법처럼 역전되지 않는다. '하녀'는 물질적 재화는 물론 모든 권력으로부터 철저히 배제되어 있을 뿐 아니라, 주제넘게 그것을 욕망하고 빼앗는 자라는 오명까지 써야 한다. 우리는 일찍이 그러한 하녀 형상을 김기영의 영화 「하녀」(1960)를 통해 목격한 바 있다. 이 영화에서 하녀는 중산층의 한 단란한 가정을 파멸시키는 희대의 악녀로 등장한다. 음악 선생으로 여공들의 사랑을 한 몸에 받는 동식은 주위 여성들의 구애를 물리치는 엄격한 남자이나, 식모의 악착 같은 유혹에 빠져 파멸하는 희생자로 그려진다. 식모는 경제권은 물론 '가족'과 '안주인'이 상징하는 모든 것을 갖기 위해 권력의 핵심인 동식의 아이를 배고, 안주인으로부터 낙태를 강제당한다. 그리고 이것을 빌미로, 하녀는 동식을 자신의 침실에 묶어 두고 안주인으로부터 모든 것을 빼앗아 온다. 결국 이 영화는 동식과 하녀의 비극적 죽음으로 끝나고, 감독은 이 끔찍한 치정극이 사실 동식의 상상에 불과한 것이라며 안전한 소극으로 마무리한다. 그러나 대중들로 하여금 가슴 쓸어내리게 하는 이 무시무시한 잔혹극에서도 '하녀'의 존재는 철저하게 핍박받는다. 동식의 불륜은 동식의 탓이 아니라 저 '이빨 달린 자궁'을 가진 팜 파탈의 적극적인 계략에 의해서라는 설정은, 가부장제가 어떻게 하녀를 울타리 밖으로 쫓아내는지를 다시 한번 확인하게 한다.

이상에서 우리는 '악인'의 형상에 새겨진 계급의 표식을 추적해 보았다. 위의 악당, 하녀의 탄생기에 대해 곰곰이 생각해 보면 서사에서 자주 등장하는 악인과 빈자, 하녀의 단단한 결속은 반드시 리얼리즘의 구가가 아닐 수도 있다. 빈자들에게 모든 악행을 전가하는 서사적 불평등 또한 일종의 계급적 불평등의 재생산이 아닐까.

자본주의 리얼리즘과 문학

임성순의 '회사 3부작'을 중심으로

자본주의 리얼리즘

먼저 '자본주의 리얼리즘'이라는 용어부터 정리해 보자. 이 글에서 사용하는 '자본주의 리얼리즘(Capitalist Realism)'은 우선적으로 영국의 비평가 마크 피셔의 『자본주의 리얼리즘, 대안은 없는가(*Capitalist Realism Is There No Alternative?*)』[1]에 기대고 있다. 이 책은 마거릿 대처의 신자유주의 선언인 "대안은 없다."(There is no alternative.)를 의식하며 '정말로 자본주의 현실만이 유일한 현실인가?'라는 질문에 대한 비판적 사유를 담은 글이다. 따라서 우리가 쉽게 떠올릴 수 있는 근대적 문예사조로서의 리얼리즘과는 다소 거리가 있다. 즉 쉽게 짐작해 봄직한 '자본주의사회의 객관적 현실을 문학적으로 재현'으로서의 '자본주의 리얼리즘'은 아니라는

---

1   마크 피셔, 박진철 옮김, 『자본주의 리얼리즘』(리시올, 2018). 이하 이 책에서의 인용은 쪽수로만 기입한다.

것이다. 마크 피셔가 프레드릭 제임슨과 슬라보예 지젝의 "우리는 자본주의의 종말을 상상하는 것보다 세계의 종말을 상상하는 것이 더 쉽다."라는 구절을 빌려 "이 슬로건은 내가 '자본주의 리얼리즘'이라는 표현으로 의미하는 바를 정확하게 포착하고 있다. 자본주의가 유일하게 존립 가능한 정치·경제 체제일 뿐 아니라 이제는 그에 대한 일관된 대안을 상상하는 것조차 불가능하다는 널리 퍼져 있는 감각이 그것이다."(11쪽)라고 했을 때, 이 용어가 함의하는 바는 분명해진다. 자본주의만이 유일하게 경험적 현실이며, 가능한 현실이라고 보는 이 논리는 리얼리즘의 더 오랜 기원으로서의 소박한 실재론(實在論)(자본주의가 관념이나 이데올로기가 아니라 실제 사물이며 자연이라는 의미에서)에 가깝다.

마크 피셔는 "자본주의 리얼리즘은 특수한 유형의 리얼리즘이 아니다. 오히려 그것은 리얼리즘 자체에 가까운 것이다."라며 자본주의 현실주의가 우리 시대에 하나의 이념적 관점에 의한 선택적 표상이 아니라 현실을 인식하는 절대적 표상임을 강조하고 있다. 그러나 그는 이 세계관이 있는 그대로의 '사실'이 아니라 '실제성(reality)'을 강조하는 이데올로기로서의 사실주의(realism)임을 여러 곳에서 지적한다.

'이데올로기로서의 자본주의 리얼리즘'을 이해하기 위해서는 사회주의리얼리즘을 참조하는 것이 좋을 듯하다. 사실 '자본주의 리얼리즘'은 마크 피셔가 창안한 것이 아니다. 이 용어는 1963년의 독일의 팝아티스트 그룹의 한 전시회에서 출발한다. 이 그룹의 중심인물인 게르하르트 리히터는 동독에서 서독으로 건너온 화가로 미국의 팝아트와 플럭서스 운동의 영향을 받아 파격적인 전시를 선보이지만 팝아트와 달리 자본주의를 낙관적으로만 그리지 않았다. 서독 자본주의의 어두운 면을 반어적이며 비판적으로 그리는 이들 그룹의 경향은 이후 전성기를 누리면서 하나의 예술 양식으로 자리 잡는다. '자본주의 리얼리즘

(Kapitalistischer Realismus)'은 동독의 사회주의리얼리즘에 대응하는, 서독 젊은 예술가들의 미학적 경향이었던 것이다.[2] 따라서 자본주의 리얼리즘은 '사회 현실을 사회주의적 관점에서 낙관적으로 인식하고 표현하려는 창작 방법론'[3]인 '사회주의리얼리즘'에 대한 명백한 패러디로, '사회 현실을 자본주의적 관점에서 낙관적으로 인식하고 표현하려는' 팝아트의 차용과 동시적인 비판을 담고 있는 것으로 볼 수 있다.

마크 피셔의 자본주의 리얼리즘은 이러한 게르하르트 리히터 그룹의 미학적 이념을 수용하면서 예술 분야를 넘어 일상적 영역으로 더욱 확대시킨다.

이 용어는 1960년대 독일의 한 팝아티스트 그룹이 사용했으며, 마이클 셔드슨이 1984년 책 『광고, 불편한 설득』에서 쓰기도 했다. 두 경우 모두 사회주의리얼리즘을 패러디하면서 참조했는데, 내 용법에서 새로운 점은 내가 그것에 부여하는 더 포괄적이고 심지어는 과도한 의미다. 내가 이해하는

2　이 용어는 화가 게르하르트 리히터와 콘라트 루엑, 지그마 — 폴케, 만프레트 쿠트너와 함께한 1963년의 가구점에서의 전시 제목 「팝과 더불어 살기 — 자본주의 리얼리즘을 위한 전시(*Leben mit Pop: Demonstration für den Kapitalistischen Realismus*)」에서 출발한다. '독일의 팝아트'라 불리는 이들은 자본주의 리얼리즘 그룹을 결성하여 정육점이나 가구점, 뜰 같은 곳에서 해프닝과 전시를 선보였다. 이들의 작품은 미국의 팝아트와 유사하게 이미지, 사진을 활용해 소비사회를 반영하고 있지만, 팝아트와 달리 자본주의의 어두운 현실을 비판적으로 드러내기도 한다. 독일의 자본주의 리얼리즘에 대해서는 김보라의 「게르하르트 리히터의 자본주의 리얼리즘 연구」, 《기초조형학 연구》 15권 5호(2014) 참조.

3　사회주의리얼리즘은 1934년 제1회 소비에트 작가회의에서 채택된 이후 사회주의 작가가 지켜야 할 창작 방법으로서의 지위를 갖게 된다. 기존의 리얼리즘의 전통에 사회주의적 당파성을 결합시킨 이 새로운 리얼리즘은, '인민성', '계급성', '당파성', '혁명적 낭만주의'를 기본축으로 하여 미래에 대한 낙관적인 전망을 표현할 것을 창작 원리로 정립한다. — 하정일, 「사회주의리얼리즘」, 『한국민족문화대백과사전』(한국학중앙연구원, 2012).

자본주의 리얼리즘은 예술에도, 광고에서 나타나는 유사 선전적인 방식에도 한정되지 않다. 그것은 어떤 만연한 분위기에 더 가까운 것이다. 자본주의 리얼리즘은 문화의 생산뿐 아니라 노동과 교육의 규제도 조건 지으며, 나아가 사고와 행동을 제약하는 일종의 보이지 않는 벽으로 작용한다.(36쪽)

'포괄적이고 심지어는 과도한 의미', '만연한 분위기'로 확장된 '자본주의 리얼리즘'에 대한 좀 더 정치한 이해는 조디 딘과의 대담을 통해 가능하다. 자본주의 리얼리즘이 '어떤 일반적인 이데올로기의 구성체, 즉 후기 신자유주의의 환영과 희망을 의미하면서 다른 한편, 자본주의 헤게모니에 도전하는 사람들에 맞서 행사된 어떤 논점이자 무기를 의미하는 것인가?'라는 조디 딘의 물음에 마크 피셔는 다음과 같이 답변한다.

자본주의 리얼리즘을 사고하는 한 가지 방식은 그것을 자본주의가 유일하게 존립 가능한 정치·경제 체계라고 여기는 하나의 믿음으로, 다른 체계들이 바람직한 것일지는 몰라도 자본주의만이 제대로 작동하는 유일한 체계라고 여기는 믿음으로 보는 것입니다. 자본주의 리얼리즘에 접근하는 또 다른 방식은 그것을 이 모든 것과 관련된 어떤 태도로, 가령 투쟁은 의미가 없으며 우리는 그저 적응해야 한다는 식으로 말할 때 볼 수 있는 것과 같은 체념의 감정으로 생각하는 것입니다.(137~138쪽)

위의 글에서 알 수 있듯, 마크 피셔는 자본주의 리얼리즘을 '자본주의를 유일한 현실로 믿는 믿음 체계'로 규정하면서 그것을 우리 시대 만연한 '초개인적인 정신적 하부구조'이자 이데올로기로 보고 있다. 그러나 마크 피셔가 거듭 지적하듯 자본주의 리얼리즘의 진정한 힘과 공포는 그것의 이데올로기성과 정치성을 은폐하고 '자연'으로 가장한다는 점이다. "이데올로기적 입장은 자연화되기 전까지는 진정으로 성공할 수 없고 사실이 아니라 가치로 생각되는 동안에는 결코 자연화될 수 없다. 이에 따라 신자유주의는 바로 그 윤리적 의미에서의 가치라는 범주를 제거하고자 했다."(37쪽)라는 진단은 자본주의의 위력이 사실의 차원으로 확정되었다는 것이다.

그렇다면 자본주의를 단 하나의 현실로 보는 그 이데올로기의 실체는 무엇인가. 단순히 말하자면 모든 가치를 '돈'이라는 등가 체계 속에 기입시켰다는 것이다. 모든 것을 '화폐'에 대한 환상으로 바꿔 버리는 이 물신주의에는 개인주의, 자유주의, 사유화 등의 이념들이 더불어 현실의 확고한 작인으로 등극하게 된다.

마크 피셔가 자본주의 리얼리즘을 현실이 아닌, 하나의 현실적인 것(realistic)으로 가정되는 이데올로기로 규정하는 것은 이에 대한 비판과 대안이 이것의 이데올로기성을 폭로하는 데에서부터 출발한다고 보고 있기 때문이다. 그는 라캉의 정신분석학에서 '실재(the real)' 개념을 가져와 '현실(reality)'과 구분해 다음과 같은 비판적 출발점을 마련하고 있다.

라캉에게 실재는 모든 현실이 반드시 억압해야 하는 것이다. 실제로 현실은 바로 이러한 억압을 통해 구성된다. 실재는 재현할 수 없는 X, 겉으로 드러난 현실의 장 내에 있는 균열과 비일관성 속에서만 엿볼 수 있는 어떤 외상적 공백이다. 그러므로 자본주의 리얼리즘에 대항하는 한 가지 전략은 자본주의가 우리에게 제시하는 현실의 기저에 있는 실재(들)를 환기시키는 것이다. 환경 재앙이 그러한 실재 중 하나다. (……) 기후 변화나 자원 고갈 위험은 억압되기보다는 오히려 광고나 마케팅에 통합되고 있다. (……) 즉 자원은 무한하고, 지구 자체는 특정 시점에 자본이 허물처럼 벗어 버릴 수 있는 껍데기에 불과하며, 어떤 문제도 시장을 통해 해결

할 수 있다고 전제하는 것이다.(39~40쪽)

마크 피셔는 구성된 현실인 자본주의 리얼리즘이 억압하고 있는 실재들을 환기시키는 것이 자본주의 오작동을 보여 주는 실증적 근거가 될 수 있다고 강조하면서, 두 개의 아포리아를 제시한다. 자본주의의 곤경과 역설의 두 가지 지점은 정신 건강과 관료주의이다.

이 글은 이상에서 살펴본 자본주의 리얼리즘의 문학적 형상화를 임성순의 작품을 중심으로 고찰하고자 한다. 여기에서 자본주의 리얼리즘의 문학적 형상화란, 자본주의 현실성에 대한 재현임과 동시에 그러한 믿음 체계에 대한 재현을 의미한다. 대상 텍스트는 임성순의 단편 「회랑을 배회하는 양 떼와 그 포식자들」, 그리고 회사 '3부작'이라고 야심 차게 밝힌 『컨설턴트』『문근영은 위험해』『오히려 다정한 사람들이 살고 있다』[4]이다. 임성순은 자본주의를 유일한 현실로 믿는 이념을 비판적으로 재현하면서, 이것이 이데올로기임을 폭로하는 실재계를 보여 준다. 각각 자본에 잠식된 예술계, 살인 컨설턴트, 납치극, 장기 매매 등을 다루고 있는 작품들이지만 이들은 모두 자본이라는 대타자와 그 외화로서의 회사, 그리고 그 매끈한 현실에 구멍을 내는 '실재들'을 다루고 있다.

교환가치의 무한회로

자본주의 리얼리즘에 대한 전면적 제고를 요청하고 있는 작품은 드

---

4 임성순, 『컨설턴트』(은행나무, 2010). 임성순, 『문근영은 위험해』(은행나무, 2012). 임성순, 『오히려 다정한 사람들이 살고 있다』(실천문학사, 2012). 이하 이 책들에서의 인용은 쪽수로만 표기한다.

물지만, IMF 이후 가속화된 글로벌 신자유주의와 더불어 '돈'으로 식민화된 국민 무의식을 문학에서 찾는 건 어렵지 않다. 자본주의의 거침없는 진격은 '청년 실업', '비정규직', '프레카리아트', '루저', '이주 노동자', '양극화', '감정 노동' 등의 사회적 이슈에서뿐 아니라, 사랑과 가족이라는 친밀성의 영역에까지 뻗쳐 있음을 목격할 수 있다. 가령, 정이현의 영악한 여성들이 순결과 사랑을 결혼 시장에 내놓고 팔기 시작하고,[5] 궁핍한 젊은 여성이 5000만 원에 대리모를 자처하고 나서고,[6] 돌봄에서 인간적 관계성을 떼어 내어 시장에 내다 팔 때,[7] 감정이 중요한 노동 수단이 되었을 때[8] 자본주의 완전 정복의 거친 그림을 확인할 수 있는 것이다.

그러나 이러한 자본주의 리얼리즘의 문학적 기원은 개인의 내면 서사가 급부상한 1990년대 문학으로 거슬러 올라간다고 볼 수 있다. 특히 김영하의 『나는 나를 파괴할 권리가 있다』의 극단적 개인주의 선언은 자본주의 리얼리즘의 출항의 신호라고 할 수 있는데, 개인의 자유야말로 사적 소유와 자본 증식을 목표로 하는 자본주의의 근본적인 동력이기 때문이다. 실제로 후기자본주의의 문화적 표징이라 할 수 있는 포스트모더니즘은 김영하의 몇몇 작품에서 그 밑그림으로 드러난다. 가령 전혀 교환될 수 없을 것 같은 사용가치들이 함께 나란히 전시될 때,[9] 이데올로기가 부유하는 상품 속에서 길을 잃을 때,[10] 자유의 무한 추구가

---

5   정이현, 「낭만적 사랑과 사회」, 『낭만적 사랑과 사회』(문학과지성사, 2003).

6   김이설, 「엄마들」, 『아무도 말하지 않는 것들』(문학과지성사, 2010).

7   김혜진, 『딸에 대하여』(민음사, 2017).

8   황정은, 「복경」, 『아무도 아닌』(문학동네, 2016).

9   김영하, 「전태일과 쇼걸」, 『호출』(문학동네, 2006).

10   김영하, 『빛의 제국』(문학동네, 2006).

도달한 하나의 완강한 구조가 무엇인지를 깨닫게 된다. 그리고 자유란 그 구조 안에서의 속물적 자유와 상업 자유라는 것을.

임성순의 회사 3부작 『컨설턴트』, 『문근영은 위험해』, 『오히려 다정한 사람들이 살고 있다』는 자본주의 리얼리즘에 대한 진지한 물음과 성찰을 담고 있다. 『컨설턴트』가 살인 컨설턴트를 통해 죽음조차 상품 서비스화하는 자본주의의 구조적 폭력성을 이야기한다면, 『문근영은 위험해』는 오타쿠와 히키코모리를 통해 소비 자본주의의 분열증을 드러낸다. 『오히려 다정한 사람들이 살고 있다』는 단지 장기 매매의 비윤리성을 폭로하는 것에 머물지 않고, 장기가 어떻게 추상화된 신체의 등가 체계 속에서 화폐처럼 작동하는지를 보여 주고 있다. 위 세 작품에서 임성순이 문제 삼고자 하는 것은 '어떤 특정한 현실'이나 경험적인 구체적인 서사라기보다는 '비즈니스'가 장악한 체제 자체이다. 하여 그의 작품이 다소 추상적이고 도식적이라는 느낌이 드는 것은 이러한 선험적 문제의식이 보다 강하기 때문이다.

작가 임성순의 자본주의에 대한 문제의식은 한 단편소설을 통해서도 알 수 있다. 「회랑을 배회하는 양 떼와 그 포식자들」[11]에서 평론과 강의로 근근히 생계를 이어 가던 주인공은 한 선배를 만나 에이전시 일을 하면서 새로운 세계에 눈을 뜨게 된다. 고유한 예술작품이 화폐로 둔갑하여 숱한 욕망으로 현전하는 판타스마고리아(Phantasmagoria)를 알게 된 것이다. 그 세계에서 그림은 양도세, 상속세, 보유세도 필요 없고 자금 출처를 밝히지 않아도 되는 완벽한 재테크의 수단이 되고, 사회적으로는 예술을 사랑하는 '우아한 노블레스 오블리주'의 증좌로 포장된다. 건

---

11 임성순 외, 『2018 제9회 젊은작가상 수상 작품집』(문학동네, 2019). 이하 이 책에서의 인용은 본문 쪽수로만 기입한다.

물 신축 시 조형물 설치를 의무화하는 법체계 속에, 조형물은 가격 부풀리기, 가짜 바꿔치기, 이중 계약을 통한 리베이트와 비자금의 탈법적 온상에 제물로 희생되지만 가난한 젊은 작가들이 이 회로에 제동을 걸 수 있는 힘은 없다. 부동산 브로커와 별반 다르지 않은 이런 일을 하면서 승승장구하던 주인공은 재벌의 비자금 특검 사건과 더불어 추락하고 만다.

'큰손'들의 몸사림으로 얼어붙은 한국 미술계를 떠나 뉴욕 갤러리를 방황하며 재기를 꿈꾸던 그는 한 노신사를 만나고 전시회 팸플릿을 받게 된다. "회랑을 배회하는 양 떼와 그 포식자들". '금세기 최고의 공포 퍼포먼스'라고 병기된 그 전시회에서 그는 돈으로 잠식된 감성을 뒤흔드는 '실재계'와 마주친다.

검은 회랑으로 안내하는 늑대 가면들, 밀폐된 어두운 공간에 전시된 해체된 양, 생고기를 먹고 있는 하이에나와 독수리 가면과 피비린내, 터지지 않는 휴대폰……. 화자인 '나'는 이 끔찍한 스너프 퍼포먼스의 회랑에서도 끈질기게 기획자와 브로커의 태도를 유지하려 애쓴다. "조금 놀랍고 기발하다는 생각을 했지만 경고처럼 두려울 정도는 아니었다. 그보다는 오히려 얼마나 들었을까 하는 생각이 먼저 떠올랐다.", "이것도 죽음에 대한 일종의 숭고미라고 부를 수 있는 걸까?", "벽에 어울릴 만한 기괴한 그림을 그릴 젊은 작가 몇을 섭외해 기획전처럼 꾸미면 돈이 될 것 같았다. 관련법을 알아봐야 하겠지만 화려한 복귀가 될 수 있으리라. 언론에선 찬반 논쟁이 뜨거울 테지만 그 덕에 참여한 작가들은 이름값이 오를 터였다.", "꼭 양으로 할 이유가 있을까? 넥타이 같은 걸 매면 돼지도 그림 좋잖아."라며 그는 줄곧 이 공포의 퍼포먼스를 어떻게 국내로 옮겨 돈으로 만들 수 있을지를 고민한다. 그러나 처음에 함께 출발했던 서른 남짓의 관객들이 점점 사라지고, 생생한 장기와 피비린내,

그리고 앞서가던 미대생이 둔기에 맞아 끌려가는 장면, 뒤처져 오던 헤드폰 소년을 연상케 하는 시체를 맞닥뜨리면서 점차 '전시'와 '화폐'의 교환 회로에서 벗어나 실제적 공포에 사로잡힌다. 비명을 삼키고 기절할 것 같은 두려움에 떨면서 복도 끝에 도착한 '나'는 늑대 가면과 열두 명의 비둘기 가면이 있는 테이블로 안내된다. 그리고 피가 떨어지는 스테이크를 앞에 둔 열두 명의 관객과 함께 스크린에서 상영되는 과거의 '프리크 쇼'를 마주한다.

흑백사진 속에는 꼽추, 난쟁이, 샴쌍둥이와 언청이, 그리고 수염이 난 여자와 종양이 몸을 덮은 아이가 나왔다. 초기자본주의, 제국주의 시대의 망령들이 하나둘 되살아나는 기분이었다. 나는 깨달았다. 현대미술이 말하는 초월적 카타르시스야말로 프리크 쇼의 또 다른 재현이었다. 세계가 깨어지는 충격에서 오는 미학적 쾌감은 이 세계에 속하지 않는 기형을 보는 것과 크게 다르지 않았던 것이다. 나는 노신사의 말을 떠올렸다. 비로소 퍼포먼스란 이름의 이 쇼가 진정 두려운 이유를 깨달았다. 금세기 최고라는 광고 문구조차 이전 세기의 프리크 쇼에 대한 일종의 오마주였다.(82~83쪽)

위의 인용문은 "회랑을 배회하는 양 떼와 그 포식자들"이라는 공포 퍼포먼스의 알레고리를 짐작해 볼 수 있게 한다. 양이라는 무력한 대중, 그 양을 살육하고 포식하며 죽음조차 미학으로 향유하는, 잔혹한 '자본'의 향연. 가상과 실재가 섞이고, 현실과 꿈의 경계가 지워지는 그 지점에서의 공포와 쾌감도 '자본'의 관점에서 보자면 더할 수 없는 '숭고의 미학'이 될 수 있는 것이다. 제국주의 시대에 '프리크 쇼'가 그러했듯. 그러나 이 숭고의 미는 부자들이라는 계층에게만 허용된 미학적 감수성이다.

> 현대미학은 개념적이고 관념적이며 통시적인 맥락이 중요한 탓에 그
> 것을 즐기려면 학습이 필요했다. 그리고 그렇기에 부자들이 사랑했다. 잉
> 여의 돈과 시간이 없는 이들에게는 결코 들어올 수 없는 장벽 너머의 세
> 계였으니까. 미학적 감수성이 새로운 계층을 만들어 냈다.(82쪽)

그러나 '나'는 그 부자들의 대열에 끼지 못하고, 양 떼 쪽의 최후의
희생자로 지목된다. "쇼는 계속되어야 하니까요."라는 선언과 함께 최후
의 생존자인 열두 명의 끼지 못한, 경쟁에서 뒤처진 '나'는 이제 비둘기
가면을 쓰고 제단 위에서 해체될 위기를 맞는다. "추상이 회화의 경계를
지웠던 것처럼 공포와 퍼포먼스가 뒤섞이고 현실과 꿈의 지워지고 있"
는 그 순간 나는 그 경계를 만들고 지우는 최후의 주인인 자본이라는 대
타자를 상기해 낸다. "겁에 질리지 말 것"이라는 노신사의 경고는 "이것
이 쇼든 현실이든 답은 늘 같았다. 모든 건 결국 돈의 문제였으니까."라
는 자본주에 대한 경각심이다. 그리고 이것은 공포의 실재계에서 빠져
나갈 수 있는 구원의 가능성을 의미한다. 달려드는 늑대를 향해 '나'는
이렇게 외친다. "이걸 라이선스 할 수 있을까요?"라는 단말마는 그가 짓
누르고 있는 실재계를 상징계로, 즉 미술이라는 퍼포먼스로 치환하는
주문이고, 날것을 안전한 가상의 진정한 프레임인 자본에 가두는 마술
쇼의 외침이다. 즉 공포와 죽음을 실제로 겪는 양과 비둘기의 편에 서면
동일한 죽음을 맛보는 것이고, 퍼포먼스로 보는 자본의 편에 서면 살아
남는 것이다. "회랑을 배회하는 양 떼와 그 포식자들"의 서울전 팸플릿
으로 끝나는 마지막 장면은 그가 결국 이 주문을 통해 실재계에서 탈주
했음을 의미한다. "겁에 질리지 말 것"이라는 경고는 프리크 쇼의 관람

객이 되라는, 진짜 삶을 대상화하는 자본의 편에 서라는 자본주의 리얼리즘의 도덕률이다. 완전한 봉쇄를 뜻하는 자본주의 리얼리즘은 우연성을 가장한 필연성의 세계를 보여 주는 잭슨 폴록의 「one: number 31」을 통해서도 암시되고 있다.

> 마치 프랙털처럼 부분들은 아무리 작게 나눠도 전체와 유사성을 지녔고, 전체는 부분의 총합보다 컸다. 동시에 어디에도 같은 부분은 없었다. 그것이 혼돈에 부여된 기묘한 질서였다. 그리고 그 질서가 보인다고 생각한 순간 다시 시야에서 빠져나가 선과 점으로 흩어졌다. 삶이 지닌 모호함처럼 말이다. 흩뿌려 우연히 그린다는 그의 이미지는 우연성을 강조하기 위해 그야말로 만들어진 이미지일 뿐이었다. 가까이 다가가 흩뿌려진 물감들이 이루고 있는 층을 바라보면 이 우연이야말로 섬세한 계산에 의해 이뤄진 필연적인 결과물이라는 걸 깨닫게 된다.(69쪽)

물감을 흘리고, 튀기고, 흩뿌리는 잭슨 폴록의 액션페인팅이 우연의 효과 위에 기초하지만, 이 우연성 또한 '물감이 번지고 퍼지는 범위, 전체의 흐름과 통제'에 의해 만들어진 필연성이라는 것. 이는 자유 이념 아래 수행되는 숱한 삶의 모습도 '결국 돈'이 만든 정교한 작업의 결과임을 보여 준다. 잭슨 폴록의 그림 앞에 선 주인공의 울음은 예술혼에 대한 감동이라기보다는 무한 자유를 설파하는 자본주의의 간계에 대한 절망을 뜻한다. 이 작품은 자본주의를 유일한 현실이라 믿는 '자본주의 리얼리즘'에 대한 강력한 비판적 음화이다.

『컨설턴트』는 살인 컨설턴트에 관한 이야기이다. 주인공이자 화자인 '나'는 표면적으로는 작은 외국계 리서치 회사에서 근무하고 있지만, 이는 살인 시나리오를 쓰는 그를 위해 만들어진 위장막일 뿐이다. '나'

는 회사에서 의뢰한 구조 조정 대상을 '자연스러운 죽음'으로 위장하는 각본을 만들어 주고, 회사는 이를 실행한다. 구조 조정 대상이란 조직에 "심대한 피해나 문제를 일으키는 사람"으로 가령 회사의 비밀 문건을 가진 대기업 임원, 정치자금 수사 관련 기밀을 폭로할 예정이었던 여당의 전임 사무처장, 신도시 쇼핑몰 건설 예정 부지에서 땅을 내놓지 않는 농부, 2세에게 기업을 물려주지 않는 기업 회장, 위험한 펀드매니저, 청부 살인에 중독된 심부름센터의 청년에 이르기까지 다양하다. 1년에 세 명 정도를 구조 조정하면 변호사 연봉과 비슷한 돈을 버는 '나'는 세금도 내고 4대보험도 가입되어 있는 직장인이라 생각한다.

주인공이 이런 일에 하게 된 계기는 그의 글쓰기 재능 때문이다. PC 통신 시절 추리소설 동호회에서 활약했던 그는 군 제대 후 한 남자로부터 범죄소설 출판을 권유받는다. 단 출판사 쪽에서 캐릭터나 자료, 전체적인 줄거리 일체를 제공하고 그것을 기반으로 쓰는 철저한 기획 소설이어야 한다는 조건으로. 강원도의 수상한 콘도에서 홀로 글쓰기에 몰두한 작가는 세 편의 소설을 제출하고 회사에 정식으로 채용된다. 그가 쓰는 소설이란 이런 식이다.

한 회사에서 구조 조정으로 명예퇴직한 이 부장이라는 사나이가 있다. 퇴직한 그에게 뜻하지 않은 불행이 연쇄적으로 닥친다. 부인은 다른 남자와 눈이 맞아 그의 집을 담보로 자산을 챙겨 도망가고, 퇴직금으로 마련한 전세금마저 사기당한다. 외아들이 휘말린 폭행 사건의 피해자 측에서 높은 합의금을 부르자 화가 난 이 부장은 경찰서에 찾아가 난동을 부린다. 공무집행방해죄로 유치장에서 하루를 보내고 나온 그는 자신의 집 차고에서 차가운 시신으로 발견된다. 사인은 일산화탄소중독. 그러나 이 부장에게 닥친 그 모든 불행과 죽음은 '컨설턴트'인 '나'에 의해 기획된 시나리오이다. '부인에게 접근했던 남자는 회사에서 보낸 사람이었고, 전세금 사기의 뒤에도 회사가 있었고, 그의 아들에게 시비를 건 폭행 피해자도 회사에서 고용한 남자였고, 공무집행방해죄로 그를 집어넣은 경찰도 회사의 입김에 의해서였다.' 그리고 이 모든 우연을 가장한 필연은, 이 부장이 회사에서 가지고 나와선 안 될 무언가를 가지고 나왔기 때문이다. 이 부장의 두 번째 구조 조정은 '나'의 자문에 의해 실행된 것이다. 그러나 기획자인 '나'는 대상과 접촉하지 않으므로 실감도, 죄책감도 갖지 않는다.

> 난 회계사, 변호사, 펀드매니저와 크게 다를 바 없다. 죽음조차도 하나의 서비스 상품일 뿐이다. (……) 나는 죽음을 비극적이고 현실적인 동시에 모두가 만족할 만한 무언가로 만든다. 이게 내가 지닌 전문성이다. 원한다면 날 킬러라고 불러도 좋다.(23쪽)

죽음을 상품 서비스로 기획하고 판매하는 회사에서 전문직으로 일한다는 『컨설턴트』는 「회랑을 배회하는 양 떼와 그 포식자들」의 구조와 상동성을 보여 준다. 미술과 자본이 한통속이 되어 삶을 미학화하고 상품으로 유통시켜 교환가치로 바꾸어 놓듯, 『컨설턴트』의 킬러와 회사는 죽음을 미술 전시처럼 철저히 대상화하고 기획해 '범죄소설'이라는 하이퍼리얼리티로 유통시킨다. 그 실재와 무관한 상징계 속에서 작가는 어떠한 죄책감도 느끼지 않고, 오직 자신의 업무에 충실한 화이트칼라이자 중산층으로 살아갈 수 있는 것이다. 심지어 그는 과거 연인까지도 구조 조정하는 악마적인 킬러로 추락하지만, 그것은 다만 '악의 평범성'에 비견될 수 있는, 일상적 업무에의 성실성이었을 따름이다.

그리고 '나' 또한 '회사'의 입장에서는 그가 구조 조정한 숱한 인물들처럼 욕망을 탑재한 하나의 상품에 불과하다. '나'의 성적 환상에 딱 들어맞는 매혹적인 여성 매니저가 그의 살인을 추동하고, 순정의 대상인 '예린'을 만나고, 전 애인이었던 현경을 자살로 몰아가게 한 것이 모두 회사에 의해 연출된 것이었다는 사실이 이를 입증한다. 그는 자신의 행보 또한 영화 「트루먼 쇼」처럼 사전에 각본이 짜인 허구적인 네트워크 속에 있다는 것을 알고 있고, 더러 '실재'를 맞닥뜨리지만 좀처럼 여기에서 빠져나가지 못한다. 이는 그가 현경의 사랑을 끈질기게 명품 백에 대한 욕망으로 치환했던 것처럼, 자신과 살아 있는 사람들의 행위 일체를 '돈'에 대한 욕망이라는 단 하나의 추상으로 압축해 버렸기 때문이다. 이 믿음은 그를 성공한 킬러이자 부자로 만들어 주었지만, 또한 자신의 살아 있는 육체성을 스스로 제거하는 결과를 낳고 만다.

『오히려 다정한 사람들이 살고 있다』에서도 이러한 구조는 반복된다. 이 소설에서도 선택적 죽음(자살)을 도와주는 에이전트가 등장한다. 이 회사에서 전직 의사인 범준은 자살자들의 장기를 적출하는 일을 맡아 수행하는데, 그는 이 일이 한 명의 희생으로 다른 네 명의 목숨을 구하는 일이라는 확고한 믿음을 가지고 있다. 한 명이 네 명이 되는 산술은 그러나, 바로 모든 인간적 가치와 개별성을 말살한 추상적 수치의 세계, 즉 교환가치의 원리 위에 지어진 허구에 불과하다.

소독이 끝나고 제모까지 완벽하게 해 놓은 피부에 절단기를 대고 밀어내면 얇은 피부층이 일식 요리사가 잘라 내는 무 껍질처럼 얇게 벗겨졌다. 수간호사가 박피를 돕기 위해 끝을 당기면 피부는 라텍스처럼 늘어났다. 그러면 옆으로 늘어난 모공들이 유난히 크게 보였다. 모든 피부조직을 말끔하게 벗겨 내면 4000만 원은 받을 수 있었다. (……) 다리뼈들을 모두 끄집어 내면 2500만 원을 건질 수 있었다. 누군가의 눈을 뜨게 할 각막은 800만 원, 십자인대 파열 환자에게 이식할 수 있는 아킬레스건은 개당

100만 원, 미터당 1200만 원을 호가하는 복재정맥과 팔뼈, 골반뼈 등도 모두 그가 거둬들여야 할 것들이었다. 회사와 수술한 동료들이 나누어 돈을 챙기는 장기와는 달리 신체 조직들은 순전히 그의 몫이었다. 그렇다고 그 몫이 작은 건 아니었다. 남은 조직만으로도 2억 5000에서 3억까지 벌 수 있었다. 그리고 그걸로 할 수 있는 일들은 무척 많았다.(38~39쪽)

위 인용문에서 범준은 인간을 장기로 분해하고, 그것에 상품 가치를 부여함으로써 철저히 물화시키고 있다. 범준은 이 행위가 다른 많은 이들의 목숨을 구할 수 있다고 스스로에게 면죄부를 주지만, 생명은 물론 일체의 것을 탈신성화하고 화폐가치를 부여하는 파괴적인 자본주의의 기술자일 뿐이다. 물론 이 작품들이 겨냥하는 것은 특정 인물의 자본가적 면모에 대한 고발이 아니다. 범준은 병원에서도, 그리고 봉사를 떠났던 아프리카 오지에서도 이러한 변전을 경험한다. 병원은 인술이라는 거창한 이념 대신 '수가와 특진료로 계산되는 숫자 속의 환자, 그와 다르지 않은 기능인인 의사'로 이루어진 거대한 시장일 뿐이다. 의료봉사로 떠난 아프리카 오지에서는 난민을 대상으로 에이즈 신약 실험을 하고, 한편 말라리아 치료 약을 공급하는 제약 회사의 기이한 행태와 이와 공모하는 언론과 정부, 엔지오 단체를 만난다. 그리고 한 아이의 감염된 다리의 고름을 입으로 빨아 냈던 어린 미국 여 의사의 숭고한 행위가 실상은 20대에 유엔 입성을 위해 계산된 영리함의 산물이었다는 것을, 그가 자부했던 '가장 인간적인' 이념이 인종 청소를 자행하는 '증오'와 크게 다르지 않음을 알게 되면서 범준은 '견고한 모든 것을 휘발시키는 거대한 시스템'을 깨닫게 된다.

회사란 무엇인가 — 관료주의와 냉소적 거리 두기

임성순의 두 장편에서 지속적으로 등장하는 '회사'의 존재는, 특정 회사를 의미하는 것이 아니라 개별 기업들을 총합한, 일종의 일반명사로서의 '회사'를 의미한다. 작가는 『컨설턴트』의 첫 장에서 이를 명확히 밝힌다.

> 이것은 내가 다니는 회사에 관한 이야기이다. (……) 어쩌면 당신도 나와 같은 회사에서 일할지 모르겠다. 하지만 그렇다 해도 우린 서로를 알아볼 수 없을 것이다. 회사는 그런 식으로 되어 있기 때문이다. 어쩌면 당신은 회사를 위해 일하면서도 자신이 무슨 일을 하고 있는지조차 모를 지도 모른다. 심지어 당신 스스로가 자신이 회사 소속이라는 걸 알지 못할 수도 있다. 콩고에서 만난 전직 대기업 직원은 내게 이런 말을 했었다.
> "요샌 다들 자기가 어디서 누굴 위해 일하는지도 모른다니까."(10쪽)

'당신도 다니고 있을지 모를 회사, 그러나 서로를 알아볼 수 없는 회사, 무슨 일을 하는지도 모르면서 속해 있는 회사'란 곧 자본주의 구조 그 자체를 의미한다. 그러나 구조로서의 '자본'은 하나의 궁극적인 책임자나 집합적 주체가 아니라, 탈중심화된 시장 자본주의를 작동케 하는 궁극적 원인이다. 『컨설턴트』의 주인공은 살인 시나리오를 쓰는 특정 범죄자로 설정되어 있지만, 위 인용문에서 알 수 있듯 '구조 조정'의 수행자는 단지 한 개인이 아니라 이 자본주의 시스템에 연루되어 있는 모두이다. 자본주의 시스템에서 하나의 숫자로 작동하는 개인들은 그저 각자 최대한의 합리성을 추구했을 뿐이다. 회사는 통제나 개입을 하는 중앙정부와 같은 규제 기관이 아니라 이들 소비자가 '마찰 없는 교환'(마크 피셔)을 할 수 있도록 일체의 비합리성을 제거하는 이상화된 시장이다. 따라서 '살인 시나리오'를 기획하는 총체적 음모자로서의 책임자란 허구이며, 실제는 이 거대한 구조 속에 살아가는 모두가 공모자라는 것을 작가는 다음과 같이 밝힌다.

> 과연 그의 불행은 그저 불운이었을까? 불운이 아니라면 누군가에게 책임이 있을 것이다. 그를 한창의 나이에 백수로 만든 회사였을까, 도망간 부인이었을까, (……) 그들 중 누군가는 이 불행의 연쇄 작용을 막을 수 있었을지도 모른다. 하지만 아무도 그러지 않았다. 경찰은 공무를 법대로 행했을 뿐이고, 피해자는 자신의 피해를 보상받기 위해 최대한 합리적으로 행동했을 뿐이다. (……) 회사 역시 마찬가지였다. 회사는 그가 비용을 최소화하고 이윤을 극대화하는 데 부적합한 인물이라고 판단했다. 따라서 그들의 행위는 자신들의 욕망에 대해 합리적이었다. 다들 애덤 스미스의 추종자라 할 만하다. 보이지 않는 손이 부린 작은 심술. 그의 불행은 그 이상도, 이하도 아닌 것처럼 보인다. 이게 회사에 적합하지 않은 사람들이 걷는 운명이다.(12쪽)

보이지 않는 손이 부린 작은 심술, 이 부장의 불행의 연쇄란 결국 시장 합리성의 연쇄를 의미하고 그 속에서 궁극적인 책임자는 없다. 따라서 총기획자로서의 '회사'나 '나'란 존재는 결코 결과를 다르게 만들 수 없는 허구일 뿐이다. 실제로 수행하는 자들은 킬러가 연기하고 있는 '화이트칼라'와 '중산층'라는 평범한 개인들이다. 그들에게 선택의 여지는 없다. "회사가 일하는 방식은 늘 그런 식이다. 결정권을 주는 듯하지만 선택의 여지는 없다. 회사는 적어도 자신들이 필요한 만큼 모든 것을 알고 있으며 모든 것에 관여한다. 욕망을 지배하는 것은 일도 아니다."(31

쪽) 개인의 행보를 결정하는 것은 전문적인 킬러가 아니라 '회사'로 상징되는 구조이다. 그 구조란 결코 변하지 않으며 숱한 누락자를 제거하면서 영속한다. "진정한 구조는 결코 조정되지 않는다. 사라지는 건 늘 그 구조의 구성원들뿐이다."(23쪽)

『오히려 다정한 사람들이 살고 있다』에 등장하는 회사 또한 마찬가지이다. 이 작품에서 '회사'는 병원 경영과 설비 전반에 솔루션을 제공하는 일종의 컨설팅 회사이자 다국적 의료법인으로 설정된다. 제약 회사, 몇 명의 의사, 정체를 알 수 없는 투자자들이 모여 만든 이 회사는 '장기 기증자의 자발적 동의' 아래 신체 조직을 유통시키고 거래한다. 이 회사 또한 특정한 다국적 의료법인을 의미하는 것이 아니라, 인종 혐오를 연출하고 콩고의 우라늄으로 히로시마 인구를 죽이는 힘, 즉 '지구를 가로질러도' 볼 수 없는 거대한 구조로서의 자본이라는 대타자를 의미한다.

『컨설턴트』의 킬러는 자신이 거대한 미로 속의 한 마리 모르모트였음을, 아프리카 콩고에서 알게 된다. 콜탄이 무기로 바뀌고, 무기가 숱한 민간인의 죽음으로 바뀌는 거대한 교환 회로를 접하면서 "내 머리를 겨눴던 권총은 내가 현경에게 사 줬던 가방이었고, 내 머리를 겨눈 총알은 내 휴대폰이었다. 마치 그녀를 다리에서 밀어 넣었던 것이 내가 사 준 귀걸이이며, 배 속의 내 아이를 죽인 게 그녀에게 사 준 목걸이였던 것처럼."(265쪽)의 세계를 깨닫게 된다.

이 자본주의 시스템에서 "우리는 결코 대타자 자체와 조우할 수 없다. 대신에 그 대역들만 대면할 수 있을 뿐이다."(지젝) 지연되는 책임과 최종 관리자의 부재, 권력의 분산, 기율의 내면화와 자기 감시는 전 지구적 자본주의가 업그레이드한 새로운 관료 체제의 모습이다. 『컨설턴트』에서 킬러는 회사의 지령을 받고 법의학 논문까지 공부하면서 자신의 일을 성실하게 수행할 뿐이다. 그는 살인의 당사자도 아닐뿐더러 희생자와 어떤 식으로도 연루되어 있지 않다. 거대한 관료주의 체제의 하나의 고리에 불과한 것이다. 자본이라는 대타자는 개인을 소비자로 호명하며, 통제와 감시와 무한 욕망을 개인 무의식에 심어 줌으로써 자본주의 리얼리즘을 강화한다.

마크 피셔는 이러한 탈중심화된 시장 스탈린주의적 관료주의가 중앙 책임 기관이 있는 관료주의보다 훨씬 더 카프카적이라 지적하면서 그 예시로 콜센터를 들고 있다. 콜센터는 서비스들이 순탄하게 제공되는 환상을 제공하지만, 언제나 분노로 끝나는 상담원과의 대화는 난센스와 다다이즘으로 점철된 것으로, 행방불명된 '중앙'과 비인격적 특성을 드러내고 있다는 것이다. 이 새로운 관료주의는 "특수한 노동자들이 실행하는 고유하고 한정된 형태를 취하는 것이 아니라 모든 노동 영역에 침투해 노동자들이 스스로에 대한 감사관이 되어 자신의 성과를 평가하지 않을 수 없게 만든다."

"요샌 다들 자기가 어디서 누굴 위해 일하는지도 모른다니까."라는 말은 이러한 새로운 관료주의의 텅 빈 중심을 의미한다. 작가 임성순은 세 번째 암살단에 대해 "살인의 절차를 분업화했으며 의사결정권을 모두에게 나눠 줬고 관료제와 복잡한 자본, 다층적인 신분과 구조로 위장했다. 누가 누군지 알 수 없는 상황이 시작됐다. 살인은 계속됐지만 이제 누구도 암살단의 죄를 물을 수 없다. 모두 공모자며 모두 종범이었고 모두 교사범이었다."(267쪽)로 설명하면서 냉혹한 자본주의에 중첩된 관료주의를 고발하고 있다. 아무도 직접 살인하지 않지만, 누군가의 사회적 죽음, 불행에 연루된 공모자라는 것은 우리 모두가 자본주의의 자발적 순응자라는 사실을 들춰 낸다. 그리고 '받아들이거나 체념하거나' 할 수밖에 없는 자발적 순응자란 곧, 존재 자체를 원죄로 만드는 구조의 비도덕성을 표상한다.

이는 어쩔 수 없이 순응함으로써 공모하는 노동자의 숙명을 의미한다. 그러나 노동자의 순응은 중층적인 정서적 반응 속에서 결정되는데, 마크 피셔는 이를 냉소적 거리 두기로 명명하면서 다음과 같이 지젝의 논의를 빌려 온다.

> 자본주의 이데올로기는 우리의 행동에 드러나 있는 외면화된 믿음을 희생시키고 내면적인 주관적 태도라는 의미의 믿음을 과대평가하는 데 놓여 있다. 자본주의가 나쁜 것이라고 (진심으로) 믿는 동안에도 우리는 계속해서 자유롭게 자본주의적 교환에 가담할 수 있다. 지젝에 따르면 일반적으로 자본주의는 이러한 부인 구조에 의존한다. 우리는 화폐가 아무런 내재적 가치도 없는 무의미한 징표일 뿐이라고 믿는다. 하지만 우리는 마치 화폐가 신성한 가치를 지니고 있기라도 한 듯이 행한다. (……) 이미 머릿속에서 화폐와 아이러니한 거리를 유지해 왔기 때문에 행동에서 화폐를 물신화할 수 있는 것이다.(32쪽)

자본이 지배하는 사회 현실을 부인하면서도, 부인하기 때문에 냉소적으로 자본주의적 교환에 가담할 수 있다는 이 거리 두기는 작가 임성순이 두 작품에서 지적하는 우리의 정서적 태도이기도 하다. 『오히려 다정한 사람들이 살고 있다』의 의사 범준은 돈 때문에 장기 적출과 매매에 가담하는 것이 아니다. 그는 "사실상 그것을 공급하는 것만으로도 여러 사람을 구할 수 있습니다. 뿐만 아니라 저는 그 조직을 팔아서 결코 장기 이식을 받을 수 없는 가난한 자들을 수술하는 데 사용합니다. 부자 두 명이 살면 가난한 자 두 명이 살 수 있는 거죠. 이건 단순한 이윤의 추구가 아니라 공리의 실현입니다."(272쪽)라고 믿는 휴머니스트이다. 그러나 그의 화폐 부인이 장기 유통이라는 초법적 자본주의 시스템을 만드는 동력이 되고 있다는 사실은 이러한 냉소적 아이러니를 보여 준다.

자본주의의 분열증과 시뮬라크르

앞에서 살펴본 임성순의 두 작품이 '회사'로 상징되는 '자본주의 리얼리즘'을 폭로하기 위해 쓰였다면, 『문근영은 위험해』는 이와 정반대의 메시지에서 출발한다. 즉 자본주의 리얼리즘 따위는 '허구'이자 '음모'라는 것. 이 작품에는 세 명의 인물이 등장한다. 히키코모리이자 오타쿠인 승희, 문근영 팬클럽 부회장 혜영, 그리고 조루 음모론자 성순이다. 고등학교 동창인 이들은 이름 때문에 '걸스카우트'로 묶여 왕따를 당하다가 결국 모두 '잉여'로 전락한 인물들이다.

고교를 중퇴한 천재 승희는 집에 처박혀 컴퓨터게임과 만화에 몰두하는 원조 덕후로서 인터넷의 광대한 바다에서 성인 동영상물 거래로 먹고산다. 성인이 되는 날 2년간 해 온 편의점 알바를 그만두고 할머니의 유산으로 신생 벤처기업의 CEO로 둔갑한 성순은 모든 일에 배후가 있다고 믿는 지독한 음모론자로 그의 일상은 이 음모론을 파헤치는 데 집중되어 있다. 셋 중 유일하게 대학에 진학한 혜영은 동기 여학생을 쫓아 다니다가 차인 후, 문근영 사생 팬으로 살아간다. 이야기는 이들 셋이 똑같이 '문근영이 나오는 꿈'을 꾸었다는 데에서부터 출발한다. 음모론자 성순은 이것이 어떤 계시라고 믿고, 나머지 둘에게 문근영의 배후에 세계 종말을 획책하는 '회사'가 있다고 강변, 문근영이 TV에 나와 세계 종말을 단행하는 신호를 보내기 전에 그녀를 납치하자고 설득한다.

이 작품은 이렇듯 황당한 문근영 납치극이라는 플롯에 온갖 실재와 가상을 뒤섞어 만든 B급 하이브리드 소설이다. 가령, 이 소설 곳곳에는 박정희, 이명박, 광주민주화운동, 천안함 사건 등의 정치적 사건이 사실과 음모론, 과잉 정보와 함께 흩뿌려져 있고 광고, 게임, 만화, 디시인사이드 등에서 파생된 말들이 객관적 사실의 각주와 함께 제시된다. 가령 이런 식이다.

1) "당신이 어떤 질문에 답하면 당신 팬 중 한 명이 아마도 대통령을 암살할 겁니다. 최소한 그런 시도를 하겠지요. 그리고 사용한 무기에서 파란 매직으로 써진 결정적인 증거 1번이 나올 겁니다. 그러면 전쟁이 일어나는 거죠. 아마겟돈! 지구 최후의 전쟁이!"(각주 139: 2010년 3월 26일 포항급 초계함인 천안함이 침몰한다. 이 사건은 그 진상을 놓고 아직까지 논쟁이 되고 있다. 우익 단체나 군대에서는 친북 세력의 음모라고 주장하지만, 많은 사람이 음모론을 믿는 이유는 정부와 국방부의 부실한 해명이나 진술 번복 탓이 크다.)(210쪽)

2) 성순은 광기 어린 눈빛으로 혜영의 뺨을 때렸다. "정신 차려, 새끼야!" 짝! 하는 소리가 지하실에 울려 퍼졌다. "논 자유의 모미 아니야. 요태까지 그래 와꼬 아패로도 개속."(각주 156: 미국 드라마 「로스트」의 대사. 영화상 주연급 캐릭터에 두 명의 한국인이 있고, 한국을 배경으로 두 사람의 과거사가 한국어로 진행된다. 하지만 김윤진을 제외하고 등장하는 모든 배우의 한국어 발음은 그야말로 경악 그 자체이다. 특히나 화장실에서 한 서양인이 주인공을 협박하는 장면은 짤방으로 만들어져 수없이 회자되었다. "페이퍼 타월이 요기잉네."로 시작하는 특이한 발음도 발음이지만 서양인 특유의 강세가 가미된 화법은 무척이나 인상적이다.)(253쪽)

인용문 1)은 성순이 문근영을 심문하면서 지구 종말을 경고하는 장면이다. '결정적 증거 1번'이라는 천안함 사건과 관련된 엄숙한 정치적 사실은, 성순의 망상과 저 소극적 납치극에서 돌연 튀어나옴으로써 폭소로 휘발되어 버리고 만다. 인용문 2)에서도 문근영의 탈출을 두고 싸우는 성순과 혜영의 긴박한 상황은 느닷없이 튀어나오는 미국 드라마 대사로 인해 코미디로 변질되어 버린다. 이 소설은 위 인용문과 같이 패스티시와 패러디로 점철되어 있는데, 작가가 의도적으로 가상과 실재, 농담과 풍자, 사실과 음모를 뒤섞어 거대한 잡동사니를 만들고 있음을 짐작할 수 있다. 게다가 이 작품은 승희의 오타쿠적 세계, 성순의 음모론, 혜영의 판타지적 회로와 망상으로 이루어진 시뮬라크르의 세계를 보여 주다가도 곳곳에서 이들이 살고 있는 현실을 진지하게, 그리고 비판적으로 그리고 있기도 하다.

1) "니가 대학생이야? 시험에서 이따위로 풀면 점수 줄 거 같아? 미친놈. 고등학생이면 고등학생답게 정석대로 풀 것이지, 어디서 잘난 척을 하고 지랄이야! 지랄이."

그렇다. 페이지 번호를 외울 정도로 지난 20년간 『수학의 정석』을 한결같이 사랑한 담임에게 정석에 대한 도전은 그에 대한 도전이었다. (……) 사실 담임의 행동은 어느 정도 합리적이었다. 고등학교 공간은 기본적으로 사회의 축소판이었다. 그 말은 앞서 홉스가 말한 것처럼 만인의 만인에 대한 투쟁의 장이라는 의미이다. 그것은 교사도 예외가 아니었다. 의도한 것은 아니었지만, 승희의 행위는 일종의 권위에 대한 도전이었고 마키아벨리의 조언에 따르자면 그것은 절대로 용납할 수 없는 일이었다.(77~78쪽)

2) 그들 밑에 있는 비정규직들도 오십 보 백 보였기에 혜영은 금세 이곳의 서열을 깨달았다. 그는 물류 창고의 제3계급이었다. 정규, 비정규, 파견이라는 피라미드가 창고를 지배하고 있었고, 계급 간의 차이는 넘을

수 없는 벽이었다. (……) 물론 정규직들이 파견 직원들을 종처럼 부려 먹고 엄청나게 괴롭히긴 했지만, 고등학교 시절에 왕따에 비하면 양반이었다. 혜영의 생각에 다른 파견 직원들은 너무 염세적이었고, 삶을 우울하게 보는 경향이 있다. (……) 다들 결혼을 못 한다느니, 방값이 밀렸다느니, 현실에 치여 바둥거리고 있었다. 자신처럼 이룰 수 없는 현실 따윈 포기하고, 사랑하는 문근영만 바라보면 될 텐데 왜 그 난리들인지 한심하기 이를 데 없었다. 때때로 고용 평등성이나, 동일 노동 동일 임금이니를 떠드는 친구들이 나타나곤 했다. 그들은 늘 순식간에 쫓겨났는데, 자신이 무언가 바꿀 수 있다는 허망한 믿음 탓이다.(149~150쪽)

인용문 1)은 천재 승희가 수학 문제를 『수학의 정석』 방식이 아닌, 혼자 공부해서 터득한 최신의 공식으로 푼 것에 대한 수학 선생의 반응이다. 승희는 이 사건으로 인해 완전히 왕따의 길로 가게 되고 급기야 중퇴하게 되는데, 이 에피소드는 권위주의와 평준화, 획일화로 점철된 한국 교육에 대한 비판적 성찰을 보여 준다. 또한 왕따와 잉여들이 왜 현실을 외면하고 가상의 세계에서 향락을 누리게 되었는가에 대한 문제의식을 담고 있으나 이 진지함은 과잉의 허풍과 코믹 속으로 사라져 버린다. 2)는 대기업의 물류 창고에 파견 직원으로 일하게 된 혜영을 그린다. 이 에피소드는 신자유주의 노동 유연화와 정규직, 비정규직의 계급 차별, 청년 실업과 삼포 세대의 문제까지를 환기시키고 있지만, 현실을 문근영에 대한 판타지로 맞바꾼 혜영에 의해 '아무것도 아닌 현실'의 일로 휘발되어 버리고 만다. 이 소설은 이처럼 부정할 수 없는 실재의 그림자를 풍자적으로 다루고 있지만, 그 모든 실재는 이 작품에 미만한 B급 상상력의 패스티시와 함께 그 무게를 잃고 시뮬라크르의 회로 속으로 가볍게 날아간다. 해마다 '마법사'(남성이 서른 살까지 동정을 지켰을 때 얻을 수 있는 영예)가 늘어나고, 부동산값이 치솟고 청년들이 결혼과 출산을 포기하는 현실에 대한 지적과 울분은, 이들의 세계 종말 기획이라는 판타지 속으로 사라져 버리는 것이다.

1)"공산주의야말로 자본주의 최대 발명품이야."(……)

"19세기 자본주의가 맞이한 최대 위기가 무엇이었는지 알아? 공장이 너무 힘들어서 아무도 일하려 하지 않는 거였어. (……) 그런데 마르크스란 사람이 딱 하고 나타나 한마디 한 거야. 노동은 고귀한 것이라며, 노동자들이 모여 혁명을 일으키면 노동자들의 세상이 올 거라고 말이지."
(……)

"마르크스 덕분에 공장은 일자리를 구하는 노동자들로 가득했어. (……) 일하지 않는 건 죄였고, 농업기술이 발달하며 농촌에는 일하지 않는 죄인들이 넘쳐 났으니까. 자본가들은 종교로 가난한 사람들에게 일하라 압박했고, 공산주의자들은 혁명의 이름으로 일하라고 괴롭혔어. (……) 다들 노동이란 이름의 족쇄가 채워진 거야. (……) 세상은 이미 그 이전부터 그들에게 지배되어 있었는데 말이야. 혁명? 시스템을 붕괴시키는 가장 좋은 방법이 뭔지 알아? 그건 혁명이 아니라 시스템 자체를 가속화하는 거야. 자동차 망가뜨리는 가장 좋은 방법은 브레이크를 고장 내는 거지. 공산주의야말로 자본주의의 브레이크였던 셈이야."(178~179쪽)

2) 세계를 정복해서 뭐? 자본주의와 민주주의가 왜 탄생했는지 알아? 권력자에겐 이제 정치조차 귀찮은 일이 된 거야. 돈만 있으면 모든 일이 해결되는데 뭐 하러 쥐알만 한 한 푼돈 가지고 이권 다툼하는 일에 뒤치다꺼리하고 싶어 하겠어? 이제 기계가 다 알아서 노예 노릇하는 세상이니 더 이상 인간도 필요 없는 거야. 그러니 인류를 멸망시키려 하는 거라고.(179쪽)

인용문은 모두 자본주의에 대한 진지한 성찰에서 출발한다. 그러나 이 성찰이 공산주의가 자본주의의 발명품이자 브레이크이며, 자본주의의 시스템 가속화는 민주주의와 함께 인류를 멸망시키려 한다는 망상으로 치달을 때 이 일련의 재현적 현실은 사실성을 상실하고, 무해한 시뮬라크르의 세계로 곤두박질치고 만다. 『문근영은 위험해』의 매끈한 시뮬라크르의 세계는 현실의 의미화 사슬을 붕괴시키는 자본주의 분열증의 징후적 표상이다. 극소 조각들, 기표들, 가상의 매트릭스에서 질주하는 시뮬라크르 세계는 사용가치와 교환가치의 구분이 더 이상 불가능한 자본주의 분열증의 문화적 표정인 것이다.

그렇다면 작가는 왜 이러한 분열증적 망상 세계를 정색을 하고 그렸을까. 『문근영은 위험해』에는 앞서 언급했던 두 가지 층위, 오타쿠와 음모, 판타지라는 가상의 네트워크와 세 명이 몸담고 있는 현실의 실재적 그림자 외에 한 가지 층위가 더 있다. 이는 이 글쓰기의 무의식의 의식화라고 명명할 수 있는 것으로 작가 임성순의 이야기가 그것이다. 이 작품에서 『컨설턴트』로 세계문학상을 수상한 작가 임성순은 시상식 직후 만취하여 귀가하다가 정체불명의 승용차에 태워지고 호텔에서 한 남자를 만나게 된다. 그 남자는 임성순에게 『컨설턴트』에서 언급한 '회사'는 진짜로 존재하며, 그 사실을 은폐하기 위해 새로운 소설을 집필할 것을 요구한다. '회사의 부정적 이미지를 확 깨는', 진실을 알 수 없도록 '진실과 거짓을 뒤섞어서' 회사를 어떤 은유나 상징으로 생각할 수 있는 전위적 작품을 쓰라는 것이다. 이 '회사의 남자'는 노숙자 등으로 변전하며 지속적으로 작품에 개입하는데, 가령 "회사의 배후에 외계인이 있는 거 어때요? 음모론 하면 역시 외계인이지."(87쪽)라고 속삭인다. 그러니까 이 작품의 실질적인 작가는 앞서 두 작품에 등장하는 그 '회사'인 것이다.

"그런데 제가 어떤 글을 써 주기로 되어 있었던 거죠?" (……)

"당연히 PPL이죠."

"무엇에 대한?"

"회사에 대한."

"왜요? 제 소설은 전편이나 이거나 회사에 대해 별로 긍정적이지 않잖아요. 그런데 당신들은 왜 제게 의뢰했고, 왜 저는 쓴 거죠?"

"당신이 저희와 계약한 이유는 저도 잘 모르겠습니다. 회사 입장에서는 그것조차 팔아먹을 수 있으니까요. 그리고 이 구조가 불가항력이라고 말하는 것처럼 회사에 좋은 PPL은 없죠." (……)

"당신이 무슨 짓을 하건 이 책은 시장에서 팔릴 테고, 그 순간 하나의 상품에 지나지 않게 되는 겁니다."(302~303쪽)

인용문에 따르면 『문근영은 위험해』는 '자본의 바깥은 없다.'는 자본주의 리얼리즘에 대한 홍보이자 이데올로기 유포이다. '회사'의 입장에서 보자면 긍정이든 비판이든 자본주의 담론은 구조의 불가항력에 대한 확인이므로 체제를 공고히 하는 일일 뿐이다. 더구나 장 보드리야르의 "자본이 우리에게 요구하는 모든 것은 자본을 합리적인 것으로 받아들이거나 합리성의 이름으로 그에 대항하여 싸워 주는 것이다. 또는 도덕적인 것으로 받아들이거나 도덕성의 이름으로 자본과 싸워 주는 것이다."[12]라는 전언에 기대면, 합리성과 도덕성의 이름으로 자본주의 체제를 비판하는 것은 그것의 지속 가능한 체제 정비를 위해서도 환영할 만한 일인 것이다.

『문근영은 위험해』는 성공적으로 이 일을 수행하고 있는 듯 보인다. 특히나 실질적인 작가인 '회사'의 지령대로 '수십만의 문근영의 복제품

12 장 보드리야르, 하태환 옮김, 『시뮬라시옹』(민음사, 1999), 44쪽.

이 레이저로 인류를 멸망시켰다는 허무맹랑한 결말' 혹은 '문명권 근본 환경 영구 개조 시스템(약칭 문근영)'을 이용한 게임의 베타버전이었다는 식의 결말은 이 작품에 어른거리는 실재와 우울증을 허풍으로 날려 버리는 성공적인 작전으로 보인다. 그럼에도 불구하고, 이 작품은 역설적으로 자본주의 분열증이라는 병리적 징후로서, 그리고 시뮬라크르라는 포스트모던 이데올로기로서 우리의 현실의 밑그림을 적시하고 있다.

시뮬라크르란 진실을 감추는 것이 아니다. 진실이야말로 아무것도 존재하지 않는다는 사실을 숨긴다. 시뮬라크르는 참된 것이다. ─ 전도서[13]

이 소설은 저러한 보드리야르의 명제를 책의 맨 앞에 슬로건처럼 걸어 놓고 있다. 이는 이 소설의 '병맛'의 시뮬라크르가 결국 가상이 아니라 우리가 살고 있는 현실이라는 것, 분열증과 가짜, 음모, 복제의 세계란 하나의 허구에 불과하다는 소설의 허구성은 기실, 그 허구가 실재임을 역설하고 있음을 의미한다. 자본의 분열증적 리비도의 미친 듯한 질주의 풍경을 담은 『문근영은 위험해』는, 자본주의 리얼리즘이라는 완강한 믿음에 '합리성과 도덕성'이 아닌 '비합리성과 반도덕'으로 흠집을 내고자 하는 일종의 돌팔매이다.

포스트 자본주의를 위하여

여기까지 임성순의 '회사 3부작'을 '자본주의 리얼리즘'이라는 개

---

13 앞의 책, 9쪽.

넘을 통해 고찰했다. 마크 피셔는 '자본주의 리얼리즘'을 자본주의를 유일한 현실로 믿는 믿음 체계라고 정의했다. 임성순의 작품은 자본주의 현실성을 보여 주는 동시에 자본주의 리얼리즘의 이데올로기성을 폭로한다.

"왜 공산주의가 진보와 계몽의 편에 있고, 유일한 대안이라고 말하지 않는가? 왜 포스트 자본주의라고 하는가?"라는 조디 딘의 물음에 마크 피셔는 다음과 같이 답한다.

> 우리를 비난하고자 하는 사람들에게 사태를 손쉽게 만들어 주지 않기 위해서입니다. 자본주의 리얼리즘이 거둔 성공 중 하나는 비자본주의적인 것을 전체주의적인 것과 결합시켰다는 점입니다. 놀랍게도 여전히 사람들은 "자본주의가 싫으면 북한에나 가서 살아라." 같은 논점의 글을 쓰고 있습니다. 그래서 저는 '공산주의'보다 '포스트 자본주의'라는 용어를 선호하게 되었습니다. (……) 우리는 브랜드 컨설턴트나 광고업자와 경쟁하고 있습니다. 이들은 '공산주의' 같은 단어를 거부할 텐데, 이 단어가 뒤집어쓴 오명을 벗겨 내는 개념적 세탁 작업에 너무 많은 노력이 들기 때문입니다. (……) 포스트 자본주의라는 개념은 무거운 유산이 되어 버린 나쁜 연상들을 대동하지 않는다는 장점이 있습니다. 공산주의와는 반대로 '포스트 자본주의'라는 용어는 비어 있으며, 나아가 그 내용을 채우라고 우리에게 요청합니다.(158~159쪽)

마크 피셔는 '자본주의의 종말보다 세계의 종말을 상상하는 것이 더 쉽다는 말'은 자본주의 이후의 사회가 어떤 모습일지 상상조차 할 수 없다는 뜻이고, 이를 사회적 상상력의 쇠퇴, 유토피아 비전의 포기, 신자유주의에 굴복한 좌파의 병리 현상으로 진단하고 있다. 마크 피셔가 자본주의 리얼리즘의 이데올로기성을 힘주어 폭로하는 것은 포스트 자본주의 상상력의 회복을 열망을 의미한다. 그리고 그것은 제대로 돌아가지 않는 자본주의사회의 아포리아, 가령 환경오염, 정신 건강, 관료주의와 같은 실재의 환기를 통해서 가능하다고 말한다. 마크 피셔의 말대로, '자본주의=욕망'이라는 등식은 다른 체제에 대한 모든 상상력의 패배를 의미한다. "사이버 공간에서 상품화나 자본주의 주체성이 강화되기도 하지만 우리는 그곳에서 탈상품화 및 새로운 집합성 양식으로 나아가려는 거대한 경향"(150쪽)을 체험하기도 한다. 즉 모든 욕망이 자본주의적 욕망을 의미하지는 않는다는 것이다. 우리 현실에는 돈과 자본에 대한 욕망 이외에 탈영토화의 욕망 또한 존재한다.

장류진의 「일의 기쁨과 슬픔」[14]은 마크 피셔가 말한 하나의 믿음 체계로서의 자본주의 리얼리즘을 상징적으로 보여 준다. 판교 테크노밸리의 한 소규모 스타트업에서 일하는 서비스 기획자 김안나는 대표의 지시로 '거북이알'이라는 네티즌을 만난다. '거북이알'이 김안나의 회사에서 만든 중고품 거래 앱인 '우동마켓'에 끊임없이 신상품 판매 글을 올리기 때문이다. 알고 보니 '거북이알'은 잘나가는 대기업 '유비카드'의 직원인데, 회장의 인스타그램의 자아를 배려하지 못한 어떤 업무 건으로 인해 눈 밖에 나고 급기야, 1년간의 월급을 카드 포인트로 받게 되었다는 것. '거북이알'은 회장의 그 어처구니없는 처사에 순응하여 포인트로 물건을 사고, 그것을 돈으로 바꾸는 일을 하게 되었다는 것이다.

이 소설에는 육교와 ㅁ 자가 나온다. '길 건너편으로 이어진 게 아니라 다시 우리가 있던 쪽으로 이어져 있는' 육교, 그리고 판교 테크노밸리의 랜드마크인 엔씨소프트사의 압도적 건물의 ㅁ를 보면서 주인공은

---

14 장류진, 『일의 기쁨과 슬픔』(창비, 2020).

비상구 없는 '자본주의' 현실에 암담해한다. 이 절망은 '네모반듯한 하늘을 가로지르는 무언가'를 상상하게 하지만, 이 왜소한 노동자들은 그 바깥을 탐색하기보다는 '소확행'과 같은 지극히 사적인 행복 속에서 피로를 달랠 뿐이다.

벤야민은 「종교로서의 자본주의」에서 과거의 종교를 대체한 자본주의의 특징으로 순수한 제의 종교, 제의의 영원한 지속, 부채감을 들었다. 자본주의란 돈에 대해 경배하게 하면서, 그러나 역설적으로 끊임없이 죄를 지우게 하고 걱정들을 만든다는 것이다. '교리는 없고 순수한 제의로만 이루어진 자본주의', '무의식을 지옥으로 만든 프로이트라는 자본주의 성직자' 등의 벤야민의 통찰에는 마크 피셔의 '자본주의 리얼리즘'의 모습이 겹쳐 있다. "종말까지 견디기, 궁극적으로 신이 완전히 죄를 짓게 되는 순간까지, 세계 전체가 절망의 상태에 도달할 때까지 견디기"[15]는 자본주의를 유일한 현실로 믿는 완강한 신념 체계, 종교로서의 자본주의의 세계 정복을 의미한다. 그러나 이 이데올로기는 장류진의 소설에서처럼 어떤 회사의 건물 구조일 뿐 '유일한 현실'은 아니다. 그 실재의 각성, 그것은 벤야민의 말대로 현실에 대해 주어진 방식이 아닌, '직접적이고 실제적' 관심을 지닌 '이교'에 의해서 가능할 것이다. '오늘날 자본주의처럼 그것의 "이상적" 또는 "초월적" 성격에 대해 확실한 생각 갖고 있지 않는'[16] 어떤 회원들에 의해.

---

15 발터 벤야민, 최성만 옮김, 「종교로서의 자본주의」, 『발터 벤야민 선집 5』(도서출판 길, 2019), 123쪽.
16 앞의 책, 126쪽.

시인, 쉬인, 죄인

장정일 시론을 위한 메모

"형식 속에는 더 이상의 동경도 고독도 존재하지 않는다."[1]

루카치에 따르면 인간은 세계 인식에 눈뜰 때, 삶의 절대적이고 근원적 근거를 찾으려는 깊은 충격이나 그리움을 갖는다. 그는 이 그리움을 '영혼'이라 이름하고, 이 전율하는 영혼이 형식을 갖추어 세계에 모습을 드러내는 것이 예술이고 종교라고 했다.

장정일 시의 주요한 형식 중 하나는 '범죄 현장'과 '심판'이다. 표면적으로는 범죄 현장이고, 심층적으로는 심판이라고 볼 수 있다. 그의 시는 끊임없이 죄를 짓고, 죄인을 소환하고, 단죄한다. 그러나 장정일 시의 '시적 자아'가 아무리 죄를 짓더라도 그는 '어떤 관문'을 통과하지 못한다. 그의 죄는 아직 모자라거나 덜 잔혹하거나, 덜 음란하거나, 그래서 다시 돌려보내진다. '그것이 네 진심의, 네 신앙의 최대치냐?' 악마는 언제나 그 관문 앞에서 그가 저지른 악의 진정성을 묻고, 조롱하고, 등을

---

1   게오르크 루카치, 홍성광 옮김, 『영혼과 형식』(연암서가, 2021).

돌리게 한다.

이 되풀이되는 법정극은 카프카의 「법 앞에서」를 닮아 있다. 「법 앞에서」는 이렇게 시작한다. "법 앞에 한 문지기가 서 있다. 이 문지기에게 한 시골 사람이 와서 법으로 들어가게 해 달라고 청한다. 그러나 문지기는 지금은 그에게 입장을 허락할 수 없노라, 라고 말한다." 시골 사람은 이 문지기의 허락을 받기 위해 여러 날 여러 해를 노력했으나 끝내 들어가지 못한다. 문지기는 그에게 고향을 묻기도 하고 심문을 하기도 하지만, 마지막에는 언제나 그에게 아직 들여보내 줄 수 없다고 말한다. 다 늙어 죽기 전 시골 사람은 문지기에게 묻는다. "'지난 수년 동안 나 이외에는 아무도 입장을 허락해 줄 것을 요구하지 않았는데, 어째서 그런가요?' 문지기는 그 시골 사람이 이미 임종에 다가와 있음을 알고, 희미해져 가는 그의 청각에 들리도록 소리친다. '이곳에서는 너 이외에는 아무도 입장을 허락받을 수 없어. 왜냐하면 이 입구는 단지 너만을 위해서 정해진 곳이기 때문이야. 나는 이제 가서 그 문을 닫아야겠네.'"[2]

이 이야기는 '법이란 정말로 누구에게나 그리고 언제나 들어갈 수 있어야 한다.'라는 진리값이 얼마나 허구인지를 보여 주는 카프카식 알레고리이다. 노동자 상해보험 회사에서 근무한 카프카의 경험의 밀도가 투영되어 있는 작품이다. 장정일의 시는 이를 거꾸로 세워 놓은 도착의 알레고리이다. '죄를 지은 자는 그가 누구든 처벌받아야 하지만' 그의 유죄와 최종 심판은 유보된다. 그는 언제나 '더 많은 죄를, 더 많은 죄를' 요구받는다. 장정일은 "청탁을 받을 때마다 누군가를 죽이고 싶은 깊은 살의에 빠지곤" 했고, 원고 청탁서는 "그날까지 어김없이 자진해 달라거

---

2 프란츠 카프카, 이주동 옮김, 『변신』(솔출판사, 1997), 225~227쪽.

나 그 날짜에 청탁서를 죽이러 와 달라는 살인 명령서나 다름없다."[3]라고 고백한 바 있는데 이는 비유적 차원을 넘어서 그의 시에서 수행되기도 한다. 가령 "싸움질을 하고 피에 묻은 칼을 씻는"(「삼중당 문고」, 『길안』)[4] 폭력에서부터 국기 경례를 거부하는 불경죄, 소년의 항문을 탐하는 비역질(「하얀 몸」, 『길안』; 「얼굴 없는 사랑」, 『눈』)과 '항문', '성기', '창녀'로 이루어진 외설과 관음증, 음란죄, 낙태죄("낙태의 죄를 짓게 한 후/ 밤새워 참회의 글을 쓴다"(「슬픔」, 『서울』), 강간범(「미국 고전」, 『길안』)과 '친구와 아이를 잡아먹고'(「참」, 「탕」, 『눈』) 아비를 죽이고, 신까지 살해하는 수많은 살인자들, 그리고 "방이 하나면, 방이 하나면……아아 개새끼! 나는 사람도 아니다."(「방」, 『햄버거』)로 암시되는 근친상간에 이르기까지, 그의 시는 마치 범죄 영화와 포르노의 혼종 장르처럼 난잡하고 잔혹하다. 그의 시에는 펜을 무기 삼아 저지른 죄들이 훈장처럼 번뜩인다. 시적 자아는 죄를 짓고 반성하는 것이 아니라 그 죄로 말미암아 용기를 얻어 더 많은 죄로 향한다.("용기를 지속시켜 주는 것은, 바로 죄라는 것을", 「프로이트식 치료를 받는 여교사」, 『서울』)

　　범죄와의 친연성은 그의 많은 시들에서 빈번하게 출현하는 "진술", "도망", "유형", "자수", "죄", "심판", "체포", "파문", "살인자", "죄수", "완전범죄", "자백", "법" 등의 시어들에서도 확인할 수 있다. 그리고 이러한 의식은 『눈 속의 구조대』에까지 지속된다. 이 시집에는 "진술서"라는 제목의 시가 두 편 들어 있다.

3　장정일, 「개인 기록」, 《문학동네》 1999년 봄호.

4　이 글에서 다루는 장정일 시집의 서지 사항은 다음과 같다. 『햄버거에 대한 명상』(민음사, 1987), 『길안에서의 택시잡기』(민음사, 1988), 『서울에서 보낸 3주일』(청하, 1988), 『주목을 받다』(김영사, 1995), 『눈 속의 구조대』(민음사, 2019). 『주목을 받다』는 『상복을 입은 시집』(1987), 『서울에서 보낸 3주일』, 『천국에 못 가는 이유』(1991)의 시들 중에서 뽑은 선집이다. 이하 인용시 시집의 제목을 줄여서 시집의 첫 단어(햄버거, 길안, 서울, 주목, 눈)만을 적는다.

아빠는 살인자가 아니다
아빠는 꿈속에서 살인자가 아니다

소년은 막힌 골목을 달리고 있고
소년은 구름 아래로 떨어지고 있다

(⋯⋯)

소년은 살인자가 아니다
아빠는 살인자가 아니다

—「진술서」 부분, 『눈 속의 구조대』

아이 엠 어 보이
(나는 아빠입니다)
유 알 어 파더
(당신은 살인자입니다)

(⋯⋯)

아이 엠 어 보이
(나는 살인자입니다)
유 알 어 파더
(당신은 소년입니다)

—「진술서」 부분, 『눈 속의 구조대』

유사한 모티프와 구조로 이루어진 이 두 편의 시는 이상의 「오감도」를 패러디한 것으로 보인다. 막힌 골목을 질주하는 '무서워하는 아해와 무서운 아해'의 극한 공포는 위 시에서 '아빠와 소년'으로 변주된다. 위 두 편의 시에서 "아이 엠 어 보이", "아빠는 살인자가 아니다"와 같은 기표는 통상의 기의를 확보하지 못한다. 기표와 상관없이 "아빠"는 "살인자"가 되고 "소년"의 경우도 마찬가지이다. 그 둘은 살인자와 피해자의 위치를 바꾸면서 '진짜 살인자'라는 심층을 향해 경쟁하듯 질주한다. "살인자가 아니다"와 "아이 엠 어 보이"라는 텅 빈 기표는 피 묻은 깃발처럼 부친 살해와 '만인에 대한 만인의 투쟁'으로 구축된 인간 문명을 적시한다. 이렇듯 인간이 처한 야만 상태는 '생존'이 내포하고 있는 보편적 '유죄성'을 폭로하는 것으로 표출되기도 한다.

시베리아에는 참이라는 동물이 산다. 어떤 치들 가운데는 참을 곰이라고 우기는 사람들도 있는데 그건 잘 몰라서 하는 소리다. (……) 길 잃은 사람은 추위와 배고픔 그리고 승냥이 떼의 좋은 먹잇감이 된다. 그런데 가끔씩 그런 상황에서 목숨을 부지하는 사람이 있고, 마을로 생환하여 그날을 생일 삼아 잔치를 벌이는 사람이 있다. 배는 고프고 온몸이 한기로 뻣뻣하게 굳어 탈진되었을 때, 갑자기 인기척처럼 등 뒤가 뜨끈해지는데 그가 뒤돌아보기도 전에 누군가가 조난자의 어깨를 툭 친다는 것이다. (……) 참은 인간을 좋아해서 아주 멀리서도 인간의 냄새를 맡고 온다. 그러면 길 잃은 조난자는 가지고 있던 칼로 반가워서 빙글빙글 웃고 있는 참의 배를 갈라서 내장을 꺼낸 다음, 그 속에 들어가면 된다. (……) 자신의 몸이 들어갈 만큼 참의 내장을 들어내고 조난자가 그 속에 들어가 웅크리면 한증탕에 든 것처럼 후끈하다. 뿐 아니라 참의 뜨거운 배 속은 동상으로 못이 박힌 어혈을 단번에 풀어 준다. 추위와 동상을 해결했으면 이제 배고픔을 해결해야 하는데, 허기진 조난자는 방금 파낸 참의 뜨거운 내장을 오물오물 씹어 먹어도 좋고 자신이 들어앉아 있는 참의 배 속에서 젖을 빠는 새끼처럼 야금야금 살을 파먹어도 좋다. (……) 시베리아에서 길을 잃고 사경을 헤매다가 구조된 조난자들은 거개가 참의 희생으로 목숨을 부지했다는데, 참이 이렇듯 잘 알려지지 않고 이 변변치 않은 사람의 글에 의해서 널리 알려지는 까닭은, 인간에게 수치심이 있기 때문이다. 목숨을 부지한 조난자는 차마 동료를 죽이고 그 덕분에 살게 되었다는 것을 밝히기를 꺼린다. 칼로 배가 쭉 갈라진 동료가 오랫동안 죽지 않고 눈을 끔벅이며 "살려 줘, 살려 줘, 나는 너의 친구잖니?"라고 호소했다는 것, 그런데도 혼자 살기 위해 동료의 피와 살을 먹고 마신 것을 수치로 여겨 말할 수 없었기 때문이다.

—「참(懺)」부분, 『눈 속의 구조대』

신화나 우화를 겨냥한 위 시는 시베리아 벌판에서 조난당한 이의 생환기를 그리고 있다. 조난자들은 하나같이 '참'이라는 전설적인 동물 덕분에 잠자리와 양식을 해결했다고 떠벌리지만, 사실은 '참'이라는 동물은 자신이 잡아먹은 '친구'의 다른 이름이라는 것. '참'은 인간의 죄와 수치를 감추기 위해 만들어진 거짓 형상임을 폭로하고 있다. 늑대 상태와 다르지 않은 이러한 각자도생의 도륙장은 「탕」에서도 변주된다. 이 시에서 '살아 돌아온 사람'은 벤츠를 타고 금의환향한다. 그는 '친구를 잡아먹는' 저 참의 신화 세계와 부끄러움을 부정한다. 친구를 잡아먹는 과거 원시시대는 끝났고, '나는 나만을 사랑했어요.'라며 자신이 모범 탕아임을 자랑한다. 그러나 시인은 '판검사', '벤츠', '빌보드 차트 1위'로 표상되는 현대의 생존자들이 자랑하는 무혈의 '새로운 신화' 뒤에 '탕—탕—탕—탕'이라는 '돌아오지 않을' 총알을 전시한다. '참의 내장과 살을 가르는' 원시 신화는 '타이어'와 '윈도 브러시'로 상징되는 노동자 착취를 통해 현대 신화로 넘어온다. 위의 시는 우리 삶을 지배하고 있는 약육강식을 고발하고 있으나 삶의 '보편적 유죄성'을 공유하고 있다.

'도망' 모티프는 기존 평론에서 자주 언급된바, 장정일 시의 곳곳에 산견된다. "도망가고 살고 싶다/ 정일이는 정어리가 되고/ 은희 이모는 은어가 되어/ 깊은 바다 속에 살고 싶다"(「도망」, 『햄버거』)에서부터 "한 사나이가 있다. 그는 도망 중이었다."(「도망 중」, 『햄버거』), "교황청의 사자가 나를 파문시키기 전에/ 씨아이에이와 케이지비가 경쟁하듯/ 나를 예비 검속하기 전에/ 혹은 도덕재무장운동의 청년회원에게/ 린치당하기 전에"(「극비」, 『서울』), "「중앙」에서 편지가 왔다/ 당신의 유형이 해제되었노라고"(「중앙」과 나, 『서울』)에 이르기까지 장정일의 시적 자아는 검거를 피해 도망 중이거나, 유형 상태에 있다. 또는 "잡히지 않는 건 쉽고/ 잡히는 건 어렵다/ 그래서 나는/ 잡히기로 결심했다"(「자수」, 『주목』)라며 자수를 결심하기도 한다. 그러나 장정일의 범죄자들은 좀처럼 참회하거나 용서나 사면을 수용하지 않는다.

　　노아 홍수 이후. 다시는 홍수로 인간을 멸하지 않겠다고 하나님은 인간과 약속을 했다. (……) 다시는 물로 심판하지 않겠다는 언약의 무지개를 하나님이 저 하늘에 세울 때, 나는 왜 나의 무지개를 저 하늘에 세우지 않았나? 다시는 죄를 짓지 않겠노라는 언약의 무지개를 인간은 왜 하나님이 세우신 무지개 밑에 나란히 세워 두지 않았나? (……) 그러나 슬프게도 인간에겐 무지개를 세울 능력이 없다. 죄를 짓지 않고 배길 능력이 인간에게는 없는 것이다./ 그렇다면 내가 아무리 죄를 짓더라도 다시는 심판 따위를 받지 않을 것이란 말인가? 정말 그렇다면 그것은 얼마나 끔찍하고, 불쌍하고, 외로운가? 나의 죄를 벌해 줄 심판이 없다는 사실은 얼마나 큰 저주인가?/ 안심하라. 죄 많은 인간을 벌하는 데 어찌 물고문만이 유용할 것인가. (……) 물의 심판은 이제 없다. 다음에는 불이다! 나는, 나를 벌해 줄 심판이 마련되어 있다는 것을 알았으므로, 비로소 안심한다. 나는 미래에 있을 심판/ 화형으로 인해, 정화되었다.

—「슬픔」 부분, 『서울에서 보낸 3주일』

위 시에서 시인은 노아 홍수 이후 다시는 물로 심판하지 않겠다는 하나님의 언약에 대해 극도의 불안을 느낀다. '죄를 짓지 않고는 못 배기는 존재'라는 인간의 보편적 유죄성과 별도로, 시적 자아는 자신의 범죄가 멈추지 않을 것임을 예감하고 각오한다. 그런 그에게 하나님의 무한한 관용은 심판보다 더 끔찍한 저주이다. "아무리 죄를 짓더라도 다시는 심판 따위를 받지 않을 것이란 말인가? 정말 그렇다면 그것은 얼마나 끔찍하고, 불쌍하고, 외로운가?"는 시인의 끝없는 금기 위반이 무죄와 완전범죄를 목표로 하지 않음을 보여 준다. 정정일의 범죄자들은 '심판'과 '화형'을 겨냥하고 있다. 그 최후 심판이야말로 연쇄 범죄의 알리바이이자, 용기이다. 물고문이 아니라 불의 단죄와 그로 인한 정화만이 흉악범을 안도하게 하고 죄를 감행하게 한다. 그의 시에 자주 나타나는 '불타는 집'의 형상은 운명의 화형식에 대한 시인의 황홀한 두려움을 보여 준다.

"어머니, 어머니, 당신의 집/ 하늘이 불타고 있어요. (……) 병들고 지친 개같이 늙은 당신/ 당신을 구하러 어린 죄수가 달려가요./ 하늘에 계시다는 당신/ 성스럽고 성스럽다는 당신을 구하기 위해/ 죄 많은 아이, 살인자/ 달려가요"(「불타는 집」, 『길안』)에서 구원의 도식은 전복된다. 소년원의 어린 살인자는 구원자로, '천년왕국설'을 믿는 여호와의증인인 어머니는 화형에 불타고 있다. 어린 살인자가 수많은 죄인들을 대속한 예수의 형상으로, 어머니는 기독교 교리에 의해 희생된 죄인으로 그려지고 있는 것이다. "모든 십자가로부터 목수의 어깨를 뜯어 내라/ 가랑이 벌린 여인이 거꾸로 매어 달린/ 이것은 새로운 십자가"(「텅 빈 껍질」, 『햄버거』)에서 그리스도 대신 창녀의 십자가를 세운 것처럼, 시인은 원죄와 교리를 강요하는 기독교에 맞서 악인을 성자로 내세우고 있다. 장정일의 범죄자는 인간의 죄를 대속한 순결한 그리스도가 아니라 죄인의 대열을 이끌고 있는 '최후의 죄인', 혹은 '죄의 전위'로서 구원자를 자처하고 있다. 이 죄의 전위부대로서 그는 최후까지 '신' 혹은 '아버지'로 표상되는 일체의 법과 교리, 규율과 맞서 싸운다.

> 내 의식과 무의식 속에서 글을 쓴다는 행위는 항상 누군가를 죽인다는 느낌, 범죄와 동일시되어 왔다. 나는 늘 파괴해 왔고, 특히 아버지로 표상되는 모든 것을 죽여 왔다. 글을 쓰는 내 손은 항상 피에 젖어 있다. 그래서 나는 언제나 죄의 무게에 짓눌려 있었고 늘 불안했다. 내게 훼손당하고 살해당한 모든 것들이 언젠가 나에게 복수하러 오기 전에, 빨리 이 어두운 세계로부터 손을 씻고 싶었다. 내게 박해받는 것들이 무서워서가 아니라 화해를 원하지 않는 나의 내부가 무섭다.[5]

변전과 우연의 생을 그리고 있는 소설에서 토로하는 저와 같은 고백은, 장정일의 '글쓰기'가 벌이는 전투가 '범죄와의 전쟁'이 아니라 '아버지'로 표상되는 '대타자', '법'과의 전투임을, 그리고 시인 자신은 최후 심판에 이르기까지 화해하거나 포기하지 않는 '최후의 죄인'이 되겠노라고 공표한다. 이러한 각오는 마치 '지옥이 텅 비기 전에는 성불하지 않겠다.'는 지장보살의 염원을 연상케 한다. 일체 중생이 구제받기 전에

---

5 장정일, 『보트하우스』(산정미디어, 1999), 174쪽.

는 지옥에 남겠다는 자비의 보살처럼, 장정일은 '자해 성자'를 자처하며 위악과 탕자의 방식으로 '성불'을 수행한다. 그의 글쓰기가 '육체'와 '항문'에 항용 매달리는 것은, '육체는 반성을 모른다 — 악마란 반성할 줄 모르는 사람이다 — 육체는 악마다'(「정말 그렇다」, 『주목』)이기 때문이고, "항문은 솔직하게 반응한다. 그리고 그 무엇보다도 그것이 신의 금제를 넘어선다는 것과 그 정도는 아닐지라도, 적어도 그것이 자연을 거스르는 행위라는 것은 만족을 준다. 그리고 최종적으로 그 행위가 죽음을 안겨 준다는 것은 좋은 일이 아닌가."[6]라는 생각에서 의도적으로 기획한 '공안'이기 때문이다. 장정일은 이 전도된 방식으로 죄인의 대열을 이끌고 그들을 쫓아낸 '낙원의 뒷문'으로 향한다.

> 천국으로 들어가는 두 개의 문이 있는데 하나는 좁고 하나는 넓어요.
> 그래서 죄가 적은 사람은 좁은 문으로 들어가고 죄가 많은 사람은 넓은
> 문으로 들어갈 수 있지요.
>
> —「프로이트식 치료를 받는 여교사 7」 부분, 『서울』

'좁은 문'이 아니라 '넓은 문'으로, 순결과 결백, 천사의 방식이 아니라 타락과 오염, 악마의 방식으로. 장정일은 이 전도된 방식을 "나는 이제 서쪽에서 동쪽으로 거꾸로 걸어 보겠어/ 홀쭉해졌다, 부풀었다 지루한 반복을 하지 않겠어/ 태양의 연인이라는 자랑스러운 자리도 내버리겠어"(「슈퍼 문」, 『눈』)에서처럼 달의 역행으로 표현하고 있다. '태양 주위를 돌기를 거부한 달의 역행, 십자가에서 목수를 끌어내고 창녀를 세운 신성모독, 수많은 살인자들의 두목을 자처한 최후의 죄인' 등으로 이루

---

6   장정일, 「개인 기록」, 《문학동네》 1999년 봄호.

어진 반영웅적 글쓰기는 '죄인으로서의 시인'을 탄생시킨 「쉬인」에서부터 예고된 것이다.

> 쇠람들은 당쉰이 육일 만에/ 우주를 만들었다고 하지만/ 그건 틀리는 말입니다요./ 그렇읍니다요./ 당쉰은 일곱째 날/ 끔찍한 것을 만드쉈읍니다요./ (……)/ 드디어 나는 만들어졌읍니다요./ 그러자 쇄계는 곧바로/ 슈라장이 되었읍니다요./ 제멋대로 펜대를 운전하는/ 거지 같은 자쉭들이/ 지랄 떨기 쉬작했을 때!// 그런데 내 내가 누 누구냐구요!/ 아아 무 묻지 마쉽시오./ 으 은 유 와 푸 풍자를 내뱉으며 처 처 천년을 장슈한 나 나 나는/ 쉬 쉬 쉬 쉬인입니다요.

—「쉬인」 부분, 『햄버거에 대한 명상』

위의 '쉬인의 탄생기'는 신의 일곱 번째 창조를 삽입하는 '성경 다시 쓰기'이자 시인의 존재론에 대한 메타시이다. 위 시에서 "쉰출내기 요리쇠"인 하나님은 "된장국에 냅다 마요네즈를 부어" 버린 것은 같은 엉망진창인 세상을 만들었고, 그 대안으로 '쉬인'이라는 존재가 탄생한다. "기발하게도", "멋진 쉥각", "해처럼", "공들여"에 의해 조명받고 있는 "쉬인"은 하나님이 만든 엉터리 세상을 "슈라장"으로, 그리고 하나님의 창조물을 은유와 풍자로 고발한다. "하나님이 보기에 좋았더라"는 세상의 허구는 시인에 의해 폭로되고, 비틀어지고 해체된다. '시인'은 하나님의 아름다운 세계를 표현하는 천상의 존재가 아니라, 부패한 세상을 폭로하는 "쉬인"으로 바뀐다. 이 "쉬인"의 탄생으로 말미암아 '세계'는 "쇄계"로, '시작'은 "쉬작"으로, '당신'은 "당쉰"으로, 혼탁하게 바뀐다. 이렇듯 세상을 분탕질한 '시인'이란 곧 '죄인'과 다름없다. 즉 시인은 '당신의 세계'를 "당쉰의 쇄계"로 바꾸는 '반역자'이자 '창조자'라는 것, 그러나 그 원죄는 '시인'에게 있는 것이 아니라 '서툰 요리사'인 신에게 있다며 항의하고 있는 것이다.

신에게 맞선 '쉬인-죄인'의 분탕질은 "적지에 던져진 병사/ 총탄을 맞고 울부짖는/ 게릴라"(「K2」, 『눈』)의 전투로, 반역자 시인의 영웅성은 'K2'라는 정상의 이미지로 그려진다. '아버지' 표상을 죽이고 '독재자'를 자처한 시인은 문장 쓰는 일을 "세계의 가속도에 브레이크 거는 일"[7]이라는 비장한 영웅적 제스처로 등극시키지만, 그의 항거란 '민지연'이라는 어린 소녀의 이름을 '민지'라는 이름으로 바꿔 부르기(「진흙 위의 싸움」, 『길안』)에 지나지 않는다. 이 시에서 이웃집 여인이 자신의 딸의 이름을 제멋대로 '민지'라고 부르는 시인을 향해 "시인은 법도 없냐, 법도 없어!"라고 항의하는 것은, 아버지의 문법을 파괴하고 제멋대로 '항문'과 '섹스'라는 '순수 고독의 형식'[8] 놀이로 줄달음질 치는 장정일 자신에 대한 비판이기도 하다. 장정일도 내심, 자신의 문학이 진정 세상의 문법을 바꿀 수 있다고 생각지 않는다. 그는 "나의 삶과 문학이 세계를 바꿀 수 있다거나 없다는 '믿음'이 아니라, 다만 탄원하고 우는 '과정'"(「개인 기록」)이라고 밝힌 바 있다. 이런 맥락에서 그의 수많은 범죄극은 '독자들의 자유'를 위한 대리 통곡이라고도 볼 수 있다. "자비를……자비를……자비를……(운다)"(「슬픔」, 『길안』)는 그 고무줄놀이처럼 높아져 가는 죄의 순도와 순수 고독의 형식 끝에 마침내 비어져 나오는 단말마 같은 '서정'의 자백과 같은 것이다. "육체는 슬프다/ 악마는 슬프다"(「정말 그렇다」, 『눈』)라고 진술한 바 있지만, 장정일은 일찍이 순도 높은 슬픔의 서정시

---

7   장정일 소설집, 『아담이 눈 뜰 때』(미학사, 1990). 이하 이 책에서의 인용은 제목과 쪽수로만 표기한다.
8   『아담이 눈 뜰 때』 71쪽에서 장정일은 사랑이나 출산을 목적으로 하지 않는 섹스를 '순수 고독의 형식'이며, 자신의 생의 사용이라고 언급했다.

(「사철나무 그늘 아래 쉴 때는」, 「강정 간다」 등)를 쓴 바 있고, 그의 위악적 살인 극들은 사실 슬픔의 반어적 표현이라고 할 수 있다. 그 슬픔은 이미 실패의 운명을 알고 있는 자의 것이다.

중요한 것은 장정일이 실패한 '세상 바꾸기'나 기만적인 권력자[9]의 '영웅 되기'가 아니다. 그가 세상을 '가짜 낙원'이라 손가락질하고, 부패한 아버지를 죽이는 반역자가 되겠노라고 '돈키호테'처럼 날뛰면서 자진해 들어간 그 '관문'이다. '낙원의 뒷문', '최후의 심판', '화형과 정화'라고 지목한 그곳.

> 아예 깨끗이 포기함으로써 즉, 그 욕망을 버림으로써 그 욕망을 이룰 수도 있었을 것이다. 욕망으로부터 자유로워진다는 의미에서 소망의 깨끗한 포기는 소망의 성취에 다름 아닌 것이 되었을 테니까. 그리하여 자신의 모든 욕망을 비워 낼 줄 알게 된 이는 어느새 자신을 완전히 다스릴 줄 아는 완전한 자유인, 곧 내 자신의 독재자가 되는 것이다.(10쪽)

'안과 밖'의 의식은 사춘기의 젊은이가 제일 먼저 눈뜨는 의식이다. 젊은이는 자신의 자아를 어렴풋이 인식하면서, 일상적 세계와 담을 쌓는다. 그는 자신의 자유를 확보하기 위해, 고독을 선택한다. 「유리의 성」에 나오는 어느 주인공은 '나 혼자 있을 때 세상은 내 것이 된다. 세상을 소유

---

9 "그가 10여 년 동안 만들어 온 작품들은 자신의 삶을 보이지 않는 아버지의 면전에 보고하는 기록 체계이면서 바로 아버지의 형상, 아버지의 우상을 만드는 일이었다. (……) 그가 손으로 무엇인가 주물러 만들기 시작했을 때 그것은 자유로운 자아의 표현이 아니라 아버지를 우상화시키는 것이었다."(『내게 거짓말을 해 봐』, 54~55쪽)를 두고 평론가 구모룡은 장정일의 백일몽적 글쓰기가 세상의 권력을 무화시키는, 또 다른 권력자 되기였다고 평한 바 있다. ─ 구모룡, 「오만한 사제의 위장된 백일몽」, 《작가세계》 1997년 봄호, 장정일 특집, 49~50쪽.

하기 위해서 나머지 인간은 모두 죽어야 한다. 고독 속에서만 모든 것을 상상할 수 있다.'고 말했다. 고독 속에서만 모든 것을 상상할 수 있다는 말은, 무한대의 자유가 어떻게 획득되는가에 대한 답이 되고 있다. 무한대의 자유란 내가 아닌 타인은 배제함으로써, 세계와 담을 쌓음으로써 이루어진다.(69쪽)

『아담이 눈 뜰 때』에서 열아홉 살 아담은 자신의 욕망을 비워 냄으로써 '소망을 성취'하는 완전한 자유인이 되겠노라고, 무한대의 자유를 위해 타인과 일상 세계와 담을 쌓고 고독을 선택하겠노라고 선언한다. 장정일은 '시민성과 예술' 사이에서 갈등하는 '토니오 크뢰거'와 같은 소심한 예술가와 달리, 단박에 시민성 따위와는 담을 쌓겠노라고 공표하고 있는 것이다. 실제로 장정일이 보여 준 지금까지의 삶의 모습은 '금욕적인 수도승'에 가까운 것이었다. '시민성'과 결별한 장정일의 문학적 행보가 반시민적 '죄'의 대열에 섞인다는 것은 어쩌면 쉬운 일이다. 그러나 '시'가 직업이기를, 노동과 삶 그 자체이기를 소망하는 것은 거의 불가능에 가까운 일이자 불온한 일이다. 젊은 시인 장정일은 진정으로 이것을 소망했고, 시도했다. "시로 덮인 한 권의 책/ 아무런 쓸모없는, 주식 시세나/ 운동경기에 대하여, 한 줄의 주말 방송 프로도 소개되지 않은 이 따위 엉터리의"(「시집」, 『햄버거』)라고 욕하면서도 햄버거 레시피로 "명상도 하나의 훌륭한 노동"(「햄버거에 대한 명상」, 『햄버거』)이라고 독자들을 난처하게 할 때, "적어도 내가 시를 쓸 때는/ 거대한 용광로에 끓이지요"(「철강 노동자」, 『햄버거』)라고 철강 노동자와 시인을 오버랩시킬 때 '시'는 물질적이고 구체적인 '노동'이 된다.

　　길안에 갔다.

길안은 시골이다.

길안에 저녁이 가까워 왔다. 라고

나는 썼다. 그리고 얼마나

많이, 서두를 새로 시작해야 했던가?

타자지를 새로 끼우고, 다시 생각을

정리한다. 나는 쓴다.

(······)

길안에 갔다.

길안이 아름다워 나는 울었다.

길안에 어둠이 내렸다.

길안에 택시가 보이지 않는다.

길안 바깥에서 나를 기다리고 있을 사람들 생각을

한다.

길안이 불편해진다.

길안이 내 모든 약속을 퍼지르고 앉았다.

길안이 불안하다.

(······)

새로운 시를 쓰고 싶은

열망은 우표수집가가 자신의 스토크 북 속에

없는 볼리비아산 나비 우표를 간직하고 싶어 하는

그 열망 이상의 것에 다름 아닐 것이다. 우표

수집가가 아무리 구하기 어려운 우표를 구해

간직했다 한들, 그 때문에 세상이 바뀌지 않듯
시인이 아무리 좋은 시를 쓴들, 또한 세계는 변함
없는 것. 우표수집가와 시인 가운데 어느 쪽이 더
위대한가, 우열을 가릴 수 없을 때 우리는 우표수집가의
그, 성취의 기쁨을 위해 시를 써야 한다.
(……)
여기까지 쓰자 아침이 밝고, 나는 세수를 하러 일어선다.
하룻밤 꿈을 꾼 듯. 밤샘한 어제가
어릿하다. 더운 물에 찬 물을 알맞게
섞는다. 생각이 떠올랐다.
물과 물이 섞인 자리같이
꿈과 삶이 섞인 자리는, 표시도 없구나!
나는 계속, 쓸 것이다.

　　　　　　　　　　　　—「길안에서의 택시잡기」부분, 『길안에서의 택시잡기』

　「길안에서의 택시잡기」는 이미 많은 비평이 언급했듯, 시 쓰기 과정
의 시이자 시론이다. 시인은 밤새 '길안에서의 택시잡기'라는 동명의 제
목으로 시를 고쳐 쓰고, 그 과정과 생각을 캐논처럼 이어 붙인다. 하나의
선율은 시인의 시작(詩作) 과정을, 또 다른 하나의 선율은 그 개작된 '시'
를 번갈아가면서 보여 주는 메타시이다. 이 시의 표면적 주제는 시인이
제시하고 있듯, '길안이라는 낯선 자연 상황 속에 처한 한 도시인을 통
해 본 테크놀로지의 불편함'이라고 볼 수 있다. 시와 시작 과정의 캐논
은 한편 이 주제를 향해 진행되고 있다. 그러나 심층적으로, 이 시는 마
지막 연에서처럼 '꿈과 삶이 섞인 자리'라는 목표를 품고 있다. '시'가 꿈
이라면, '삶'은 시를 쓰는 시인의 구체적인 노동과 시간이다. 그러므로

이 시는 심층의 심층을 품고 있는 이중의 캐논 형식으로 구성되어 있다. 글을 쓰는 시인의 지난한 과정이 한편의 꿈과 같은 '시'가 되는 자리, 이를 시인은 '물과 물이 섞인 자리' '꿈과 삶이 섞인 자리'로 표현하고 있는 것이다. 시인은 시 쓰기가 우표 수집가가 우표를 모으는 일이며, "아무리 좋은 시를 쓴들, 또한 세계는 변함 없는 것"이라고 자조하고 있으나, 그 무용성을 결코 경멸하지 않는다. "우표수집가와 시인 가운데 어느 쪽이 더/ 위대한가"라는 반문으로 그 무용성을 숭배하고 "우표 수집가의/ 그, 성취의 기쁨을 위해 시를 써야 한다.'고 격려하고 있다. 시 쓰기가 "고무줄 높이를 높이면서 고통을 즐기는 것"일지라도, '새로운 세계'로 나가는 것은 위대한 노고라고 결의한다. "꿈과/ 꿈/ 사이에/ 현실// 현실과/ 현실/ 사이에/ 꿈// 꿈과/ 현실/ 사이에/ 시"(「시」, 『주목』)라며 꿈과 현실의 이원성을 '시'에서 극복하고자 했던 시인은 그 강렬한 소망을 초기 시편들에서 밀고 나갔다. 그리고 마침내 「길안에서의 택시잡기」를 통해 그 실현을 보여 준다. 시민성에 등을 돌리고 삶에 속한 모든 것을 '시'에서 실현하고자 하는 이 도착적인 예술가는 마침내 노동과 시가 하나가 되는 아름다운 시 한 편으로 그것을 증명해 보였던 것이다. 그것은 "시인이 직업이 아니면 아무 의미가 없다.'라던 젊은 장정일의 야심이 도달한 곳이기도 하다. 그러나 '길안'에 갇힌 것은 작중 도시인만은 아닌 듯하다. '길안이 내 모든 약속을 퍼지르고 앉았다.', '과연, 길안을 떠나 다시 길안으로 돌아올 수 있겠는가?', '길안 바깥이 불안으로 닥쳐온다.'와 같은 불안과 폐소공포는 일상과 단절하고 시에 갇힌 고독한 '수인'의 것이기도 하다. 하여, "몽상가들이 꿈꾸는 것은 바로/ 현실입니다."(「실비아 플라스에 빠진 여자」, 『햄버거』)라는 탄식은 길안에 갇힌 시인의 비명이기도 하다.

이즈음에서 그토록 많은 죄를 거느리고 통과하려고 애쓴 '낙원의 뒷문'의 실체를 어렴풋이 눈치챌 수 있다. 그것은 일체의 법과 제도, 규율, 타인, 노동, 현실 등이 부재하는 '위대한 거짓말'의 세계, 즉 가상의 세계이다. 그토록 많은 죄를 짊어지고 거듭 문을 두드린 곳, 그곳은 '삶＝죄'가 되지 않는 문학적 절대와 탐미의 세계이다. 이런 맥락에서 본다면, 시인을 '도망'다니게 한 것은 심판자가 아니다. '훔치지 않았다고 해서／ 절도범이 아닌 것은 아니다 (……) 살인하지 않았다고 살인범이 아닌 것은 아니다 (……) 자신의 결백을 항변해 보이겠다는 수작인가? (……) 도망 중인 사나이는 시민이었다.'(「도망 중인 사나이」, 『햄버거』), 혹은 "체포는 간단했다／ 완전범죄를 맹신한 점／ 우연을 고려치 않은 점 (……) 나를 체포한 아내는 생활이었어"(「체포」, 『길안』)에서 짐작할 수 있듯 시인이 피해 다녔던 것은 '시민'과 '생활'이었던 셈이다. 시인의 진정한 죄는 펜으로 저지른 살인, 절도, 비역질, 반역, 폭력이 아니다. 그의 진짜 죄는 생활과 노동이라는 자본주의 교환가치의 세계를 거부한 것.[10] 돈 따위 되지 않는 시 쓰기를 가장 위대한 노동으로 찬양하다 못해 진짜로 실행한 것. 열렬히 진심으로 소망하고, 피와 땀을 바쳐 그 꿈을 수행한 것. 그것은 강철같이 빛나는 세속의 양식과 자본주의가 지배하는 현실에서 '김일성 만세!'보다 더 불경하고 불온한 도발이다. 장정일은 시가 밥이 되고, 구원이 될 수 있다는 '헛된' 꿈을 맹목적으로 추종하고 그 믿음을 설파하면서 그 위에 예배당을 지은 광신도이자 교주였다. 그가 온몸으로 세속의 법과 제도, 규율을 허물어뜨리고 신과 대결하면서 쌓은 이 미(美)의 첨탑을 사람들은 믿었을까?

10 김예리는 장정일의 문학이 부정의 글쓰기를 통해 노동의 가치를 제로화함으로써 종교화된 자본주의에 맞서고 있다고 분석하고 있다. ― 김예리, 「부정의 윤리와 진정성 너머의 문: 종교로서의 자본주의를 향한 장정일의 시적 대응」, 《한국현대문학연구》 56호(2018).

눈이 푹푹 쌓이는 날
반쯤 읽은 책을 반납하기 위해
도서관으로 향했다
파혼한 애인을 평생 사랑하게 될 그는 모르리라
교회는 왜 자꾸 마을로 내려오고
도서관은 왜 자꾸 산마루로 올라가는지

도서관으로 올라가는 비탈길 입구는
눈의 나라가 아니었다
119 구급차가 비탈길을 가로막은 골목은
새로 생긴 동네의 정육점 진열대 같았다
갑작스러운 시험은 날씬한 이들만 웃게 한다

비탈길을 조금 올라가자
어지러운 발자국과 바퀴 자국이 보였고
정돈되지 않은 무전기 교신음이 들렸다
형광 옷을 입은 네 명의 구조대원은 산소통을 둘러매고
바퀴 달린 접이식 들것을 끌고 있다

이 월급쟁이들은 곧 누군가를 구하게 되리라
병마개를 삼킨 어린아이를
(⋯⋯)

가져간 책을 반납했다
이제 누군가는 구조되었으리라

한 명의 약혼녀와 파혼했던 자의 책을 반납하고
세 명의 약혼녀와 연이어 파혼했던 자의 책을 빌렸다
이들만큼 애타게 구조를 바랐던 이들은 또 없으리라
이들에 비하면 우리는 참 잘도 쉽게 거뜬하게 구조된다
청와대보다 우수한 건양대학교 응급구조학과가 있으니!

건양대 응급구조사 국가시험 3년 연속 100% 합격
(……)

도서관에서 내려오는 길에
눈 속에서 두런거리는 구조대를 다시 만났다
쫑긋 세운 귓등으로 구조대와 마을 사람의 대화가 들렸다
"어디를 찾습니까?"
"현대빌라요."
"현대빌라는 저긴데."
"거기는 신현대빌라라고 하더군요."
"그래요? 우리도 모르는 신현대빌라가 이 동네에 있어요?"

— 「눈 속의 구조대」 부분, 『눈 속의 구조대』

　위의 시에서 시적 화자는 책을 반납하러 도서관을 향한다. 그 길에서 '현대빌라'를 찾아 헤매는 119구조대를 만난다. 시인은 "건양대 응급구조학과의 응급구조사 시험 100% 합격"이라는 광고를 가져와 그들이 최첨단 장비를 통해 수많은 조난자들을 구하리라, 고 조롱한다. 응급구조자들은 '병마개를 삼킨 어린아이, 성매매를 강요당했던 여중생, 자살을 시도한 대학생, 실직자', 그리고 '고양이에게 물린 개와 개에게 물린

개'로 상징되는 온갖 희생자들을 구할 것이다. 그러나 정작 구급 요청을 보낸 '현대빌라'를 찾지 못한다는 진술은 그들이 현대인의 실존과 아무런 관련이 없음을 의미한다. 구조대는 '행방불명된 현대'를 찾아 헤매고 "죽었다는 신은 자꾸 새로 생겨"나고, 교회는 세속에 더 낮게 임하고, 도서관은 반대로 교회가 섰던 자리로 밀려가는 것, 그것이 이 매끈한 테크놀로지로 가득 찬 자본주의사회의 진상이다. '현대'의 영혼에 가닿는 것은 결국, 저 높은 곳으로 밀려난 작가들의 묘지-도서관이다. 그 성지로 가는 길은 비탈길처럼 좁고 가파르며, "동네의 정육점 진열대"처럼 피와 살로 얼룩져 있다. 그러나 그 험난한 길을 걷는 자, 그리고 죽은 작가의 영혼을 들여다본 자들은, 구원받을 수 있다. "한 명의 약혼녀와 파혼했던 자"였던 키르케고르의 영웅적 결단,[11] "세 명의 약혼녀와 연이어 파혼했던" 카프카[12]의 고독한 불안과 더불어 '목적 없음'의 편에서 생산과 유

---

11 덴마크의 철학자 키르케고르는 레기네 올센과 파혼하고 평생 그녀를 사랑한 것으로 유명하다. 키르케고르는 레기네 올센과 연애하고 결혼을 약속했으나, 느닷없이 파혼을 선언한다. 그는 레기네 올센을 사랑하지 않으며, '자신이 유희적인 정신의 소유자라 매 순간 새로운 인간, 새로운 관계를 필요로 하는 사람'이라며 그녀를 내친다. 레기네는 키르케고르의 파혼 요구를 받아들일 수 없다며 자살하겠다고 위협했으나 키르케고르는 이를 번복하지 않는다. 그 후 레기네는 다른 사람과 결혼했으나 키르케고르는 평생 그녀를 절대적 사랑의 대상으로 그리워하며 이를 기록한다. 루카치는 이러한 키르케고르의 행동이 헤겔의 '보다 높은 통일', '중간의 길'을 거부하고 '이것이냐 저것이냐'라는 배타적 결단으로 '절대성'을 추구해 나간 영웅적 행위였고, '시인의 삶'을 쟁취했다고 쓰고 있다. ─ 게오르크 루카치, 홍성광 옮김, 「삶에 부딪혀 발생한 형식의 파열」, 『영혼과 형식』(연암서가, 2021).

12 카프카는 펠리체와 두 번의 약혼과 파혼, 율리에와 한 번의 약혼과 파혼을 했다. 장정일은 자신이 필명을 'Kafka'처럼 앞뒤가 똑같이 읽히는 '장정장'으로 하려 했다고 고백하는 등 카프카 문학에서 받은 영향을 여러 곳에서 털어놓았다. 또한 카프카와 아버지의 관계는 장정일의 문학에서 매우 유사한 방식으로 되풀이되는 등 장정일의 작품들은 카프카의 영향을 받고 있다. 가령 장정일의 시의 '죄 지음'의 수행은 죄가 벌을 쫓는 카프카의 『심판』과 흡사하다. 특히 단편소설 「펠리컨」은 카프카의 『심판』, 「선고」와 매우 유사하다.

리된 현대인들의 영혼은 구원받으리라는, 저 아름다운 교리는 믿을 만한 것이다. 장정일, 그 스스로 '현실'과 거듭 '파혼'하고, 그 뒤 오랫동안 '현실'을 꿈꾸었던 몽상가였으므로. 운명이 발견한 한 탐미주의자의 형식 속에는 '더 이상의 동경도 고독도 존재하지 않는다'.

* 우리 세대 문학 지망생들 중 일군은 이 미치광이 같은 피리 부는 사나이를 따라 황홀한 어두운 길에 들어섰던 무리들이다. 이 글은 그 부채감과 원망을 담은, 뒤늦은 기록이다.

영원의 기획

1판 1쇄 찍음 2023년 1월 19일
1판 1쇄 펴냄 2023년 1월 31일

지은이   정은경
발행인   박근섭·박상준
펴낸곳   (주)민음사

출판등록   1966. 5. 19. 제16-490호
           서울시 강남구 도산대로 1길 62(신사동)
           강남출판문화센터 5층(06027)
대표전화   02-515-2000
팩시밀리   02-515-2007
홈페이지   www.minumsa.com

ⓒ 정은경, 2023. Printed in Seoul, Korea

ISBN   978-89-374-6910-7 (03800)